Über die Autorin

Dacia Maraini, geboren 1936 in Florenz als Tochter einer sizilianischen Prinzessin und des berühmten Orientalisten Fosco Maraini, begann noch vor dem Abitur zu schreiben. Während des Kriegs lebte sie in Japan, dann kehrte sie zurück und studierte in Florenz, Palermo und Rom. Ihr literarischer Mentor Alberto Moravia, den sie später heiratete, veröffentlichte ihre ersten Erzählungen in seiner Zeitschrift «Nuovi Argomenti». Unter dem Titel «Der Junge Alberto» liegen ihre Gespräche mit Moravia als rororo Taschenbuch Nr. 12606 vor. Sie schrieb Romane, Erzählungen, Dramen, Gedichte, Essays und arbeitet als Regisseurin. Dacia Maraini lebt in Rom.

Dacia Maraini

Zug nach Helsinki

Roman

Aus dem Italienischen
von Gudrun Jäger und
Pieke Biermann

rororo

Rowohlt

Die italienische Originalausgabe erschien 1984
unter dem Titel «Il treno per Helsinki» bei
Giulio Einaudi Editore S. p. A., Turin

Veröffentlicht im Rowohlt Taschenbuch Verlag GmbH,
Reinbek bei Hamburg, September 1992

Umschlaggestaltung Barbara Hanke
Gesamtherstellung Clausen & Bosse, Leck
Printed in Germany
990-ISBN 3 499 13028 9

Zug nach Helsinki

Ich schäle eine Kartoffel. Halte inne, das tropfende Messer in der einen Hand, die halb geschälte Kartoffel in der anderen. Aus dem kleinen schwarzen Plastikkasten dringt Mieles Stimme. Er redet vom Frieden. Die Stimme nervös, belegt, sehr zurückgenommen und vernünftig.

Ich kann den Worten nicht folgen. Der Klang der Stimme dringt mir in die Ohren und geradewegs hinunter in den Bauch auf Wegen, die schon einmal beschritten und dann vergessen wurden. Es ist Jahre her. Beinah fünfzehn. Ich kann mich nicht genau erinnern. Die Vergangenheit ist dick wie eine Gemüsesuppe.

Jahre her, daß ich diesen Weg beschritt. Von der Kehle bis in die Eingeweide. Diesen glitschigen engen Pfad, wo seine schlüpfrigen ›S‹ mir Ruhekissen sind und Brücke in das Gewirr der Gefühle.

Stehe da wie vertrottelt, die Hände gelähmt, der Blick fest auf dem Radio. Aus welcher verdammten Ecke der Welt kommt diese Geisterstimme? Aus welchem finsteren Loch der Erinnerung?

Ich esse Alices Pilz. Werde winzig. Steige in den Spiegel und gleite hinab in einen schwarzen Trichter, einen verkleisterten Tunnel mit weichen Wänden, die mich tiefer und tiefer hineinziehen bis an die Wurzeln der Gedärme, bis an die Enge des Anus, der sich krümmt, und plop falle ich von mir ausgekackt in einen duftenden Garten und sehe mich benommen um.

Miele ist da, erwartet mich, ein bißchen väterlich, ein bißchen zögerlich. Trägt weiße Leinenhosen und ein Baumwollhemd mit himmelblauen Streifen. Paolo hat ihn irgendwo aufgegabelt. Hat ihn mit nach Hause gebracht. Gibt mir einen Kuß auf die Wange. »Miele ist ein geniales Arschloch«, sagt Paolo und lacht. Er zieht sich die Schuhe aus, wirft einen nach hier, den anderen nach da, ein kurzer Blick auf sein letztes Bild mit den dicken dunklen Strichen, setzt sich auf den Boden und fängt an, mit der flachen Hand auf die Trommel einzuschlagen.

Miele setzt sich ein bißchen verlegen. Er hat den kräftigen Hals des Sportlers, abfallende Schultern, kräftige Gelenke, funkelnde Augen. Ich schenke ihm Rotwein ein, und er bedankt sich mit dieser andächtigen weichen Stimme, die mich neugierig macht.

Paolo schlägt die Trommel, beachtet uns nicht, der schöne Kopf zwischen die Schultern gezogen. »Er hält sich für einen Afrikaner«, sagt Miele und trinkt das Glas in einem Zug leer, wobei er mich sehnsuchtsvoll fixiert.

»Er fühlt sich wie im Bauch seiner Mutter«, sage ich, denn ich kann die Art seiner Schläge auf dieser Seehundhaut erkennen. Es ist ein Ruf aus den tiefsten Dunkelheiten, des frühesten Lebens. Es ist das Herz des Kindes, das sich den Rhythmen des mütterlichen Blutes anzugleichen sucht. Es ist eine Agonie, in der die kommende Geburt beweint wird. Die kommende Schande, auf der Welt zu sein.

Miele lacht, ohne zu verstehen. Er kennt einen anderen Paolo. Den melancholischen Maler. Den Kommilitonen. Einen Jungen mit gezeichnetem Gesicht, ungepflegten Kleidern, Haß auf den Reichtum seiner Familie, nie begriffen noch verdaut. Einen, der mit einem alten verbeulten Kombi zur Universität fährt und mit seinem schwarzen Mischlingshund, der ernst aus dem Fenster guckt. Einen Schweiger mit leicht gebogenen Schultern, das Lächeln sanft und freundlich. Einen, der stundenlang vor einer Kette von Polizisten mit Maschinengewehren und Schilden sitzen kann, um gegen einen fernen ungerechten Krieg zu protestieren. Einen, der sich im rechten Augenblick unter die Hufe der angriffsbereiten Pferde wirft, um es Amerika zu zeigen. Einen, der jeden Hungrigen oder Müden mit nach Hause bringt, aber dann nicht im Traum daran denkt, sich auch zu unterhalten. Einen, der ein merkwürdiges schräges blondes Mädchen geheiratet hat, das Theaterstücke schreibt, die niemand aufführen will.

❖

Plötzlich, zwei Tage später sehe ich ihn vor der Haustür in seinem roten Volkswagen auf mich warten. Ich meine Miele und diesen Körper, den er wie einen trägen, sinnlichen Kater mit sich herumträgt.

»Was machst du?«

»Ich gehe ins Theater.«

»Ich komme mit.«

Testone, der immer alle freudig begrüßt, ist bei Miele zurückhaltend. Er beschnuppert ihn, aber ohne großes Interesse, an den Schuhen und Hosenbeinen und wendet sich dann gleichgültig ab, hebt das Bein gegen einen Pfahl und spritzt ein paar Tropfen Urin ab.

»Wo ist denn Paolo?«

»Keine Ahnung. Er ist heute morgen um sieben weggegangen. Er hat mir nicht gesagt, wohin.«

»Ist das nicht sein Hund?«

Auch er zeigt Verachtung. Erwidert Testones Abneigung. Beide sehen sich lange feindliche Augenblicke an. Dann nimmt jeder die würdevolle, gereizte Haltung an, die man hat, wenn man aus Gründen des Anstands jemanden aushalten muß, den man nicht schätzt.

Wir gehen in die Bar des Tennisclubs bei den Kaiserforen. Testone schlüpft rasch zwischen die Zwergzypressen, setzt sich zu Füßen eines Riesengladiators aus weißem Marmor und fixiert eine goldene Taube, die gemächlich über die gemeißelten Locken der Statue spaziert. Scharf konturiert gegen den gelblichen Himmel, die Muskeln in emphatischem, pompösem Realismus gespannt, richtet der Gladiator seine blinden Augen auf eine klare, unbewegliche Welt.

Miele läßt sich in einen rosa und blau gestreiften Liegestuhl fallen. Er trägt wieder die weißen Leinenhosen und ein blutrotes Hemd. Hat Sinn für Eleganz, aber nur innerhalb eines persönlichen Entwurfs, eines höchst privaten Weltbilds. Verabscheut Mode, überhaupt alles, was offensichtlich und vorhersehbar ist. Sein Körper sagt gelassen: Hier bin ich, jung, schön, ehrlich, stark und biete mich jedem an, der mich will, er muß mich nur irgendwie verdienen. Ich habe keine Zeit zu verlieren mit Dummköpfen und Frustrierten.

Er ist nicht frustriert. Er hat breite Daumen, mit denen man die Welt an den Ohren nehmen und sich zu eigen machen kann. Aber ich versuche, ihn zum Lächeln zu bringen, denn am meisten gefällt mir an ihm genau dieses Lächeln, unerwartet, nachgiebig und still. Wenn er lächelt, bekommen seine Augen ein welkes, beunruhigendes Grün.

Ich denke, ich habe Lust, diesem Lächeln auf den Grund zu gehen: Ich will versinken in diesen schlammigen Augen mit ihren Blitzen aus Bedrohung und Verführung und ihrem Abgrund aus smaragdgrüner Trägheit.

Er bestellt einen Daiquiri, und ein Ton zwischen Angeberei und Schüchternheit liegt in seiner Stimme, als er es dem Kellner sagt. Was zum Teufel ist ein Daiquiri? Ich werde es gleich wissen, wenn der Kellner mit einem kleinen Metalltablett zurückkommen wird, obendrauf ein durchsichtiger Kelch mit einem gezuckerten Rand. Innen drin ein milchig weißer Likör.

»Darf ich mal probieren?«

»Hast du nie einen Daiquiri getrunken?«

»Nein.«

»Er ist zu süß. Schmeckt scheußlich. Ich trinke ihn, weil er mich an eine Frau erinnert, die ich geliebt habe.«

Er spricht, indem er die Worte achtlos fallenläßt. Er wirft sie weg mit einer Geste reizbarer Mattigkeit.

»Hast du sie sehr geliebt?«

»Wahnsinnig.«

»Wie war sie?«

»Wunderschön.«

»Blond braun groß klein?«

»Vierzig Jahre, zwei fieberglühende Augen. Verheiratet mit einem Industriellen, zwei sechzehnjährige Söhne. Eine Villa in Fregene, zwei Zofen und zwei Leibwächter, deren Jacken mit Pistolen und Munition gepolstert waren.«

»Wie kommst du denn an jemanden, der so weit von dir entfernt ist?«

»Der Mann steht auf Huren und ist nie zu Hause ...«

Er hat Geschmack am Erzählen gefunden. Er spult den Faden seiner Stimme ab wie eine gierige Spinne und zieht ihn geschickt Zentimeter für Zentimeter aus dem Mund, ein Gemisch aus Wahrheit und Erfindung, Prahlerei und Paradox.

»Sie ist immer allein«, fädelt er zufrieden weiter, »die Jungen sind im Internat. Einer in der Schweiz, der andere in Amerika. Ich ging immer nachts zu ihr, wenn sie ein oranges Licht im Badezimmer angeschaltet hatte. Ich nahm den Dienstboteneingang und kletterte über die Feuerleiter hinauf. Hinter dem Rücken von diesen zwei bewaffneten Wichsköpfen.«

»Und weiter?« Auch ich hingerissen, gepackt von dieser Stimme, die Fäden zieht, die fest ist wie eine Pflanzenfaser und weich wie eine Wolke.

»Eines Nachts kam er unerwartet nach Hause. Wir hatten ihn nicht gehört. Er fand mich in seinem Bett auf seiner Seite. Wollte mich den zwei Killern zum Fraß vorwerfen. Aber seine Frau hat ihm gedroht, ihn zu verlassen, und er hat's geschluckt. Er will sie an seiner Seite haben, später, wenn er alt ist, und behauptet, sie gern zu haben und an die Familie zu glauben. Auf seine Art hat er vielleicht sogar recht.«

»Und du?«

»Ein Industrieller mit einer goldenen Nase. Und einem Haufen Arbeiter, die er bei der Stange halten muß. Eine Ehefrau, die zu Hause eingesperrt ist wie ein preisgekröntes Schwein.«

»Damit war Ende?«

»Er hat mir die beiden Killer auf den Hals geschickt. Ich durfte nicht mehr zu ihr. Ich bin verzweifelt um die Villa gerannt und wie ein Affe von Baum zu Baum gesprungen. Aber sie hat sich nie mehr auch nur blicken lassen. Ich konnte nicht mehr essen und nicht mehr schlafen. Stundenlang betrachtete ich ein kleines Foto, das ich ihr gestohlen hatte, und weinte wie ein Kind ... Dann, eines Morgens sah ich sie für einen Augenblick. Sie stand am Fenster. Aber ich erkannte sie nicht wieder. Sie hatte ganz weiße Haare und einen schwarzen Morgenmantel eng um die Taille. Dünn wie ein Strich. Das Gesicht verwüstet. Ich fing an zu schreien. Hörte etwas pfeifen direkt neben meinen Ohren. Ich hing ganz oben auf einem Ast, der in ihren Garten ragt, wie ein Affe, der sich an den Stamm klammert. Ich habe mich fallenlassen ... vier Monate Krankenhaus mit sechs gebrochenen Rippen und einem zerschmetterten Arm.«

»Eine heroische Liebe.« Ich gieße etwas kühles Wasser auf dieses Feuer aus Worten. Er lacht und taucht die Nase in den Daiquiri.

»Ich habe vier Jahre gebraucht, bis ich geheilt war.«

»Wie alt warst du damals?«

»Neunzehn.«

»Und jetzt?«

»Sechsundzwanzig.«

Augenblicke lang Schweigen. Ich sehe, daß er unschlüssig die Zungenspitze in die milchige Flüssigkeit hält. Er schließt die Augen, bläht die Nasenflügel. Trinkt in kleinen lautlosen Schlucken.

»Hast du sie nie wieder gesehen?«

»Laß uns über erfreulichere Dinge reden. Glaubst du, ich werde mich in dich verlieben?«

»Und was sagst du?«

»Ich glaube, ich bin's schon.«

Und so hat er mir alles gesagt. Dort, versunken im Liegestuhl, die braungebrannten Arme hinterm Kopf verschränkt, die grünen Augen lächelnd, und er hat keine Angst, vor gar nichts. Stürzt sich ins Abenteuer wie einer, der weiß, wie man immer gut davonkommt. Gefahren witternd wie ein alter Raubfischer.

Ich dagegen, ich habe Angst vor allem: vor meiner Unbeholfenheit, den Wunden der Liebe, der Zukunft, die ich in schwarzen Kugeln am ungewissen Horizont heranziehen sehe, und betrachte ihn kalt, wie um zu sagen: Du kannst mich nicht betören, ich sehe dich, anziehend bist du, ja, aber damit hat sich's, du liegst offen da, bloß, deiner selbst sicher und ohne Geheimnis.

Miele dagegen war nicht ganz da. Aber das begriff ich zu spät, als ich längst in seinem Geheimnis hing wie eine Fliege in der Milch.

Von Liebe ist nicht mehr die Rede. Er verschwindet für einen ganzen Monat. Und ich leide nicht. Ab und zu denke ich an ihn, besonders an diesen Namen Miele – Honig – so unüblich, hauchzart, so selbstverständlich süß. Diesen Namen, der gleitet, Fäden zieht, flüssig und wohlriechend auf beinah ekelhafte Weise.

Ich lasse mich aufsaugen von den Gewohnheiten einer glücklichen Ehe. Paolo, den ich seit vier Jahren jede Nacht umarme. Sein Atem am Hals. Und wir schlafen ein wie schweigsame, verlassene Geschwister auf der breiten Matratze, die nach Desinfektionsmittel riecht.

Ich träume vom Fliegen. Seit Monaten. Ich fliege, sobald

ich einschlafe. Ziehe die Schuhe aus, um leichter zu sein. Stelle mich auf die Zehenspitzen. Löse den Flug aus. ›Lösen‹ ist das richtige Wort, es erinnert an die entschiedene und behutsame Trennung des Frucht-Fleisches vom Kern. Ich trenne mich von der kauernden Form einer Frau in den Armen eines ewigen Ehemanns und steige auf ins Universum der Großstadtdächer. Stelle mich auf den Fenstersims und sehe hinunter. Acht Stockwerke dunkle Glätte. Ein Fehler und ich werde sterben, zerschmettert auf den Pflastersteinen.

Mit der Angst, die mir in der Kehle birst, stürze ich mich hinunter, und im selben Augenblick breite ich die Arme aus, als wären sie Flügel, und schwinge sie langsam. Bewege auch die Beine, ähnlich wie beim Schwimmen. Die Luft trägt mich.

Wenn ich müde bin, klammere ich mich an einen Sims. Setze mich, lasse die Beine ins Leere baumeln. Dann wieder von vorn. Ich visiere den nächsten Sims an, den runden, ganz weißen an der Banca Nazionale oder den roten an der Ordensschule. Mache Halt auf dem Flügel des Adlers über dem Tor zum Villa-Borghese-Park. Atme tief durch, fühle mich wohl, habe Lust weiterzufliegen.

Messe mit den Augen die Entfernung zum nächsten Sims. Genau, ich werde bis ganz zu den Papstkugeln fliegen, die über dem Tor des Piazzale Flaminio schweben. Riesige Lilien aus grauem Stein mit zwei starren Blättern und einer Kugel aus rosa Granit.

Ich setze mich auf eine dieser Kugeln und beobachte den rasch vorbeigleitenden nächtlichen Verkehr: Zwinkernde Augen, rot und grün glänzende Rücken von Jungwalen, die untertauchen und wie im Galopp wieder an die Oberfläche kommen, eine kleine Kaskade aus flüssigem Hellblau, das auf die Wände der schlafenden Häuser kleckert. Die nächste Station wird der Wipfel einer riesigen Eiche sein, deren dunkle Masse mich von jenseits der Muro Torto anzieht.

Ich wache auf mit dem Gefühl von etwas Schwerem auf dem Bauch. Paolo versucht soeben, sich in mich zu drücken. Mit diesem blinden Starrsinn, den ich nur zu gut an ihm kenne. Ich umarme ihn matt. Und er drückt im Rhythmus der Trommel: Will in mich, auch mit dem Becken, auch mit dem Hintern, auch mit den Beinen, warum denn nicht, und schnellt zurück und stößt auch mit dem Kopf.

Kein Wort, kein Kuß. Nur dieses stumpfsinnige Hinabstürzen in die schwarzen Wasser des mütterlichen Bauches. Aus dem Schlaf zerre ich einen zerrissenen, abgehackten Orgasmus hervor. Flöge lieber weiter von Dach zu Dach. Oder drehte eine verzweifelte kleine Runde um eine Fernsehantenne herum, wie ein Fähnchen im Wind, ein Gefühl von Freiheit um mich, eine nicht zu unterdrückende Euphorie, die mich reinreißt.

❖

Ich gehe in die Küche, um ein Glas Wasser zu trinken. Lamberto sitzt am Tisch und nascht verstohlen aus einer Schüssel mit Sahne.

»Die Sahne ist für die Torte morgen.«

Er zuckt zusammen. Hebt den Kopf, kurzsichtig, mit einer enttäuschten Grimasse. Folgt mir mit den übergroßen Augen, während ich zum Kühlschrank gehe und ihn öffne. Ich bücke mich, nehme eine Flasche Mineralwasser, gieße ein Glas voll und trinke.

Er weiß nicht, ob er weiteressen soll oder nicht. Führt eine Hand an die Brille. Rückt sie auf der Nase zurecht. Wirkt sofort sicherer.

»Verstehe, verstehe«, sagt er väterlich.

»Wenn du diesen Ton hast, Lamberto, dann mag ich dich nicht, klingst wie mein Großvater.«

Er ist fünfundzwanzig. Eine Krankheit läßt ihn Kind bleiben. Spastisch der Körper wie von einem vorzeitig gealterten Elfjährigen, Augenblicke lang von großer Intelligenz und Zärtlichkeit, andere voller Leere und Reglosigkeit.

»Nimm die Bücher, wir machen ein bißchen Geographie.«

»Heute ist Mathematik dran.«

»Wir machen beides.«

Gehorsam nimmt er die Bücher. Bleibt aber mißtrauisch. Hat Angst, ich schimpfe ihn aus wegen der Sahne. Beugt den dicken Kopf über die Schulhefte. Zieht die Nase hoch. Knirscht mit den Zähnen. Manchmal spüre ich, wie er wächst, wie durch eine unkontrollierte Laune der Natur. Aber dann sackt er wieder in sich zusammen, wie um ein träges, müdes Herz gewickelt.

»Iß die Sahne ruhig auf. Morgen mache ich neue.«

Sein Gesicht strahlt vor Glück. Er grapscht den Löffel und haut ihn so gewaltsam in die Schüssel, daß die Sahne durch die Gegend spritzt.

Es klingelt an der Tür. Miele steht da mit einer Riesentorte mit Zuckerveilchen oben drauf.

»Hat Paolo nicht Geburtstag?«

»Morgen.«

»Dann komme ich morgen wieder, Ciao.«

Er geht und zieht die Tür leise hinter sich zu. »Bleib doch, wenn du willst ... trink einen Schluck«, sage ich, aber er läuft schon die Treppe hinunter.

»Wie oft paßt die Drei in die Fünfzehn?«

Lamberto seufzt, schluckt. Kaut am Bleistift. Lacht. Er hat die tapsige Anmut einer hungrigen Ratte. Ab und zu wirft er einen Blick auf die Sahneschüssel, die er noch nicht ganz ausgekratzt hat.

Der Gedanke an Miele schlängelt sich zwischen die Zahlen, bekommt die Form einer runden Fünf, einer ranken, schlanken Zwei. Ich sehe Lambertos dickliche Finger, die krampfhaft den Bleistift umklammern.

»Gehen wir einkaufen, Armida?«

Seine Hand in meiner, eine Plastiktüte, die mir in die Finger schneidet, in der anderen. Wir gehen in der Sonne spazieren. Den Geruch von zermatschten Broccoli und rohem Fisch in der Nase. Zum ersten Mal frage ich mich, was Miele wohl macht, wenn ich ihn nicht sehe. Und stoße ins Leere: Ein unbekanntes Haus, unbekannte Gedanken, Ansichten und Handlungen, die ich mir nicht vorstellen kann.

Wir essen zu dritt, Paolo, Lamberto und ich, in der Küche. Die ersten gratulieren per Telefon. Zuallererst Elisabetta mit der schrillen, warmherzigen Stimme. Dann Dida mit Lachkaskaden. Dann Nico und Cesare und Ada: Die kleine Familie aus engsten Freunden.

Aber ich denke an dieses Stück Tag, das mich von morgen noch trennt.

Ab und zu sehe ich nach der Torte mit den Veilchen im

Kühlschrank. Sie ist immer noch da. Und versichert mir, daß er kommt. Ich warte, ob sie mir etwas mehr über ihn sagt. Aber die weiße Glasur verbirgt, was innen ist. Und diese Veilchen glitzern so schön, so falsch, sie sagen nicht die Wahrheit.

Paolo hockt sich auf den Boden und trommelt. Während ich koche, schneide, wasche, schäle, einfette, brate. Und der unendliche Tag des Wartens neigt sich endlich seinem Ende entgegen. Es kommt die Nacht mit den blinden Umarmungen. Es kommt der einsame Flug. Es kommt das Heulen der Busse auf der Piazza unterm Fenster. Es kommt der Wecker mit seinem aufdringlichen Pfiff.

Miele kommt zu früh, eine erdfarbene Locke fällt ihm in die nackte Stirn. Er umarmt Paolo. Schenkt ihm einen silbernen Füllhalter. Und mir kaum einen verlegenen Händedruck.

Ich widme mich den Spaghetti mit Pesto. Lamberto sieht fern, ißt Pralinen. Auf dem Ziegenfell im Wohnzimmer kauert Testone und behält die Tür im Auge.

Jetzt kommt Dida, hochgeschlossen in einem duftigen Kleid mit rosa Spitzen. Eine lange Kette aus falschen Perlen baumelt ihr auf dem Bauch. Sie setzt sich neben Paolo. Küßt ihn auf den Hals, lange. Sofort danach kommt Cesare und brummt schon an der Tür über ich weiß nicht was für eine Gemeinheit, die man ihm angetan hat. Die ganze Welt verschwört sich gegen ihn. Nach ihm Ada, rabenhaft und schweigsam, die Arme voller Geschenke.

Miele hat nur Augen für Paolo. Ich frage ihn, ob er einen Daiquiri möchte. Er antwortet mir nicht einmal. Mustert mich verstohlen einen frechen Augenblick lang. Ich dränge nicht. Er setzt sich neben Paolo, zwischen das Grammophon und die afrikanische Götterstatue, und federt mit dem Kopf im Rhythmus der Trommel.

Ada tanzt allein für sich am Fenster. Nico trinkt Wein mit Bier vermischt. Hat rote Augen und lächelt komplizenhaft jedem zu, der ihn ansieht.

Nico ist verliebt in Dida, die verliebt ist in Cesare, der ohne Gegenliebe Ada liebt, die ihrerseits Dida liebt. Eine Kette aus fiebrigen Gefühlen, die auf sich selbst zurückfallen, ohne je zum Ziel zu gelangen.

Die Gruppe trifft sich seit Jahren jeden Abend. Seit kurzem hat sich auch Miele dazugesellt. Seine Gefühle sind nicht sehr deutlich, und deshalb wird er mißtrauisch beäugt. Ein bißchen auf Distanz gehalten, dann für einen Augenblick gehätschelt steht er fast zufällig im Mittelpunkt einer krankhaften, übersteigerten Aufmerksamkeit.

Auch ich frage mich, was Miele wohl im Kopf hat. Betrachte ihn, während er seine Hände bewegt wie ein indischer Prinz, den Rücken gegen die Wand gepreßt, die breiten Füße in derbe Bergsteigerschuhe gesperrt.

Meine Spaghetti werden in wenigen Minuten verputzt. Wir gehen über zum Fleisch-Sahne-Auflauf. Miele ißt kaum, kaut lustlos. Lamberto bedient sich gierig dreimal. Paolo ermahnt ihn, den anderen auch etwas übrigzulassen. Er zuckt die Achseln. Cesare sticht mit der Gabel in den Auflauf, als hätte er einen Nahkampf auszufechten. Nico kostet langsam jeden Bissen, nachdem er ihn mit dem Messer mißtrauisch auf dem Teller seziert hat.

Miele stellt seine große Torte mit der undurchdringlichen milchweißen Glasur auf den Tisch. Die Glitzerveilchen sehen nach Plastik aus. Dida reißt die Augen auf. Lamberto rechnet, wieviel davon für ihn ist. Eine brennende Kerze steht gefährlich schief. Paolo bläht die Backen und pustet sie vorsichtig aus. Alle klatschen in die Hände. Das Messer versinkt im weichen Teig.

Gegen zwei schläft Lamberto auf dem Stuhl ein. Ich bringe ihn ins Bett. Dida fragt mich, wo der Talkumpuder ist, sie hat sich das Kleid bekleckert. Paolo zieht sie an der Hand ins Bad. Ada steht seit einer Stunde vor dem Fenster und trinkt in Zeitlupe. Nico liegt zu ihren Füßen. Cesare sammelt die Krümel der zerbröselten Torte vom Tisch und steckt sie sich geistesabwesend in den Mund.

Ich bin müde. Möchte schlafen. Aber niemand macht Anstalten zu gehen. Ich helfe Lamberto beim Ausziehen. Als er unter der Decke liegt, greift er eine Hand von mir und hält sie gefangen in den seinen. Meine Stirn sackt vornüber. Ich döse, ans Bett gefesselt, wartend, daß er einschläft.

Als ich aufstehe, ist die ganze Stadt in Schweigen versunken. Kein Busgeheul. Kein Pfiff, kein Klappern von Schuhsohlen auf dem Asphalt. Ich gehe ins Bad. Hebe den Rock.

Setze mich aufs Klo. Höre gedämpfte Geräusche. Denke an Ratten.

Im Wohnzimmer sitzen Cesare und Ada aneinandergelehnt und schlafen. Nico ist gegangen. Miele auch. Und Dida? Ihre Schuhe gucken unter dem Tisch hervor.

Tastend finde ich zum Schlafzimmer. Öffne die Tür. Sehe Dida über Paolos Schoß gebeugt. Ziehe die Tür wieder zu. Gehe in die Küche. Setze mich an den Tisch, zwinge mich, das Glas mit der Milch anzusehen, die eine gelbliche Fettschicht angesetzt hat. Aber das perverse Bild ist noch da, im Schlitz meines Auges. Dida, die Paolos kurzes, festes Glied aus den Hosenfalten gräbt. Dida, die zufrieden lächelt, während sie ihre schönen dicklichen Finger um diesen Fleischwulst spielen läßt. Paolo, der fügsam den Kopf zurückwirft. Dida, die sich ernst und gemessen vorbeugt, um diesen Wulst zu essen.

Und da ist Paolo. Er kommt in die Küche. Geht entschlossen zum Kühlschrank. Sieht mich, tut aber so, als täte er es nicht. Nimmt die Wasserflasche und will wieder gehen.

»Was hast du mit Dida gemacht?«

»Ich? ... gar nichts ... wir haben gespielt.«

»Was für ein Spiel habt ihr gespielt?«

»Du weißt doch, daß wir wie Geschwister sind. Es ist absurd, daß du auf eine Frau eifersüchtig bist, die ich vor so langer Zeit geliebt habe.«

»Ich bin nicht eifersüchtig ... Fest steht, ich bin nicht eifersüchtig genug.«

Ich fühle mich im Gegenteil euphorisch, so als erlöste mich diese Tat aus einem Übermaß an ehelicher Intimität.

Er geht, ohne mir zuzuhören. Inzwischen ist Lamberto wieder wach, von einem seiner üblichen Alpträume. Er hat Nasenbluten. Und das Blut tropft ihm auf den Mund, auf die Brust, die Hose und den Fußboden.

Ich lege ihm Eis auf die Schläfen, lasse ihn sich auf den Boden legen. Er tritt wild um sich. Dann steckt er meine Hand zwischen die Zähne und beißt zu, bis ich schreie. Jetzt lacht er zufrieden.

❖

Um ein Uhr nachts gehen wir aus dem Haus. Paolo hat den blauen Trainingsanzug mit dem langen gelben Streifen an, der ihn seitlich in zwei Hälften teilt. Ich trage die weite Hose und den dicken Pullover mit den Farbflecken. In der Hand halte ich die Turnschuhe, die ich nicht schnell genug angekriegt habe.

Auf der Straße warten Dida und Cesare. In Didas eigelbem Morris. Paolo beugt sich nach unten und küßt sie. Cesare nickt mit dem Kopf. Ich setze mich zu ihm nach hinten. Wir fahren los.

Die beiden Eimer mit dem Kleister stehen neben mir auf der Erde. Der eine erbsengrün, der andere anilinrosa. In einer Tüte zwei Pinsel, die nach Terpentin stinken.

Dida fährt ruhig und verdreht nur die Augen. Die duftigen blonden Haare auf den breiten Schultern, die sommersprossigen Arme, die aus dem kurzen, engen Mantel ragen. Cesare läßt einen Arm aus dem Fenster baumeln.

Wir halten auf der Piazza Mazzini. Das Auto gleitet den Bordstein entlang, bleibt am Lichtpfeiler stehen. Wir steigen aus. Dida holt eine Rolle mit Plakaten aus dem Kofferraum. Cesare nimmt den rosa Eimer, greift sich einen Pinsel, taucht ihn in den Kleister und streicht den Pfeiler ein. Dida läuft hin, klebt das Plakat auf den Beton. Cesare geht noch einmal drüber: Kräftige Striche, quer und längs.

Ich nehme den anderen Eimer, den anderen Pinsel, gehe zum dritten Mast, während Paolo schon die Plakate entrollt. Ich höre Schritte hinter meinem Rücken. Drehe mich um. Ein Mann mit offenem weißen Hemd sieht mich verwundert an. Ich werfe Paolo einen Blick zu. Er zuckt die Achseln. Hat gerochen, daß es sich weder um einen Polizisten noch um einen Faschisten handelt, der Streit sucht. Wir kleistern weiter.

Dida ist inzwischen mit dem Plakat in der Hand zum nächsten Pfeiler gegangen. Cesare läuft mit dem Kleistereimer hinterher. Klebrige Spritzer. Und dann plötzlich die Polizeisirene. Cesare hält inne und lauscht. Macht Dida ein Zeichen mit dem Kinn und geht eilig zum Auto zurück.

Dida rollt die Plakate zusammen. Steigt wieder in den Morris. Paolo steht immer noch da und hält die Arme hoch: Mir trieft der Kleister von einer Hand.

»Was macht ihr denn, ihr Idioten? Weg hier!«

Paolo läßt das eingekleisterte Plakat fallen und rast ins Auto. Ich hinke mit dem vollen Eimer hinterher. Stelle ihn neben mir auf den Boden. Der Wagen fährt mit einem Ruck los. Die Tür ist noch offen. Beim Zumachen trete ich mit einem Fuß in den Eimer.

Der Wagen steht jetzt wieder, diesmal an einer langen pickeligen Mauer. Ich weiß nicht, wo wir sind. Habe den Kopf unten gehabt und mich um meinen verklitschten Fuß gekümmert. Ich sehe Cesare, er steigt aus, greift sich Eimer und Pinsel und patscht auf die Wand ein. Dida steht hinter ihm mit den aufgerollten Plakaten.

Ich steige auch aus. Nehme den grünen Eimer. Mein Fuß glitscht im nassen Schuh herum. Bei jedem Schritt riskiere ich, auf dem Bürgersteig kleben zu bleiben. Gehe, indem ich das Knie im rechten Winkel hochziehe. Paolo grinst. Cesare schimpft, wir würden Zeit verlieren.

Ich tauche den Pinsel in die weißliche Flüssigkeit. Im Schein der Lampe sieht sie aus wie Menschensamen. Ich sage es Dida, die leise kichert und die Achsel zuckt. Aber ich stehe da, die Augen starr auf der gallertartigen Oberfläche, zu keiner Bewegung fähig. Ein Eimer voller Sperma, in den ich einen vorwitzigen Fuß gestellt habe. Hundert Glieder, die Samen ausstoßen, im selben Augenblick, mit einem lauten »oh!«, aus dem ein Getöse wird, eine gigantische Explosion kollektiver Befriedigung, die *mascoliata finale*, wie sie in Sizilien den Höhepunkt des Feuerwerks nennen: Fädenziehende, sprühende Lichter fliegen gegen den schwarzen Festhimmel, das Leben spuckt aus vor dem Tod der Dinge.

»Was machst du denn, um Himmelswillen, beeil dich endlich!« Paolos Stimme ist ungeduldig und barsch.

Ich hebe den Kopf weg von diesem Ozean aus Samen, der wie eine Milchstraße durch die dumpfe Wärme des Großstadtasphalts tanzt, gleitet, wogt und Mauern und Pfeiler und Bürgersteige befruchten will.

Ich folge Paolos Händen, die die Wand in Vierecke unterteilen. Das Plakat hängt gerade und ohne Falten. Ich fasse den Pinsel. Tauche ihn in den Eimer. Klatsche Armevoll Samen auf die Worte: Krieg Konzerne Kapitalisten. Die fettgedruckten Buchstaben weichen auf, schlagen winzige weiße Bläschen. Der blutrote Untergrund taucht in eine Wolke aus klebrigem Dampf.

Wir werden eingeholt von nervösen, aggressiven Stimmen. Ich sehe Cesare zum Auto rennen und Dida am Arm mit sich ziehen.

»Los, Paolo, Armida, lauft!«

Ich mache den letzten Querstrich über das Plakat. Paolo sitzt schon neben Dida. Cesare hält mir die Tür auf. Ich schnappe den Eimer und stürze los. Dida hat den Wagen angelassen und gibt Gas.

Hinter der Ecke sind die Faschisten aufgetaucht. Sind gefürchteter als die Bullen. Ein Dutzend dunkel behoste Beine, Schuhe mit harten Absätzen, schwarze Ledergürtel, geblähte Taschen, bleiche, zornige Gesichter. Sie kommen auf uns zu. Einer von ihnen bleibt vor einem frisch angeklebten Plakat stehen. Stößt einen Pfiff aus. Die anderen rennen in die gleiche Richtung.

Ich kann gerade noch das Bein ins Auto ziehen, bevor Dida mit einem Ruck startet. Die Tür fällt dumpf ins Schloß. Aufgeregtes Stimmengewirr ist zu hören. Dann ein metallischer Knall. Ein Stein hat die Motorhaube des Morris getroffen.

Dida gibt Gas. Die Autotür springt wieder auf schlägt gegen die Wand, prallt zurück und fällt scheppernd wieder zu. Um ein Haar hätte ich mir zwei Finger eingeklemmt.

Wir fliegen fast in Richtung Unterführung. Also waren wir an der Universität. Wir fahren einmal im rechten Winkel, Richtung Piazza della Repubblica, und biegen falschrum in eine Einbahnstraße. Cesare stampft mit den Füßen.

»Es reicht, Dida, die haben wir angeschmiert, halt an!«

Ich klammere mich an den Sitz, der Kleister spritzt mir auf die Knöchel. Dida biegt mit hundert Stundenkilometern runter in die Viale Regina Elena, die Haare fliegen ihr um die Augen. Hat das Steuer fest im Griff. Cesare protestiert und tobt. Paolo hält den Atem an und stemmt sich mit den Füßen ab.

Ich versinke im Sitz. Das Gefühl, alles schon einmal durchlebt zu haben. Aber wann? Ich war nur Augen und nur Haut. Im Arm meiner Mutter. Damals war's. Durchgeschüttelt, aus einem Haus ins nächste, aus einem Auto ins nächste, so entdeckte ich die Stadt im Halbschlaf von unten nach oben, eingeschlossen in den Bogen ihrer Schultern, die mich von Kopf bis Fuß zudeckten. Und mein Vater raste, streifte Bürgersteige, überholte haarscharf die anderen Autos, immer zu spät dran, immer in Eile, hin zu ›seiner glänzenden Zukunft‹.

Meine Mutter trug Kleider, die intensiv schmeckten, elektrisierende Blaus, Graus vermischt mit dem Rosa von Silber, das man nicht scharf sieht. Sie Nomadin und ich Nomadin, die eine im Schoß der anderen, umarmt, entliebt, aus zuviel Liebe, nicht recht wissend, wo die eine anfängt und die andere aufhört.

Lichtertrauben. Geheimnisvolle Eier. Kleine Kugeln, die in der Luft hängen, hielten ein ganzes Gefüge aus dunklen Formen aufrecht: die Häuser. Weiße Wände im Dunkeln, bleierne Wände, immer da, um über uns zusammenzukrachen, und doch immer geheimnisvoll im Gleichgewicht in der Leere.

Jetzt gibt Cesare Dida eine Ohrfeige. Sie bremst abrupt. Steigt aus dem Auto und läuft davon, die Tür hinter sich zuwerfend. Cesare rennt hinter ihr her. Paolo sieht mich an aus verzweifelten, leeren Augen.

Ich lege den Kopf auf den Sitz. Mein Blick bleibt hängen an Löwenmäulchen, die zwischen den Eisenstäben eines schwarzen Tors hervorspringen. Es sind Totenblumen. Hinter dem Gitter sind die Gräberreihen des Verano-Friedhofs zu sehen. Meine Füße weichen im Kleister auf. Eine unwirkliche Stille packt uns an der Gurgel.

Ich schließe die Augen. Sitze in einem sonnigen Bus. Fahre mit meiner Mutter nach Milazzo, meinen Vater abholen. Wir sitzen allein am Fenster, das die Sonne zum Glitzern bringt, und warten, daß der Bus voll wird. Frauen in lila-eisgrünen Sommermänteln. Kinder in Sonntagskleidern. Strümpfe weiß, unbefleckt. Schühchen aus schwarzem Lack. Samthüte mit Blumen garniert. Ein Mann in blau, der eine Zieharmonika im Arm hält. Sie kommen alle von einer

Hochzeit. Und haben Bonbonsäckchen am Handgelenk, Kuchenpakete und Blumen. Sie wirken festlich und satt.

Plötzlich sehe ich sie alle tot, Mütter und Kinder, blanke Schädel, entblößte Zähne, die Arme wie zwei Stöcke, die Beine baumelnd. Der Unterleib, dieses runde, weiche Ding, bedeckt mit Tüchern und Tüchlein, über denen Röcke und Röcklein wippen, es ist nur ein Schnittpunkt blanker leichter Knochen. Skelette von Schafen, wie ich sie schon einmal bei uns nebenan gesehen hatte.

Eine Vision, die mich verstrickte, mich betörte. Und ein matter, schrecklicher Schmerz, der mich schüttelte. Das Gefühl des Todes entstand zum ersten Mal in der zarten Brust eines kleinen Mädchens, das noch keine trostreichen Gottheiten kannte.

Paolo weckt mich, indem er mir einen Pappbecher heißen Kaffee in die Hand drückt. Ich trinke ihn in einem Zug leer. Obwohl ich weiß, daß ich danach nicht schlafen werde. Aber ich bin geschüttelt von Kälteschauern.

Wir küssen uns im Dunkel des Autos, während wir auf Cesare und Dida warten, die um die Ecke miteinander streiten. Der Geschmack seiner Zunge, kaffeebitter. Wange an Wange.

❖

Miele kommt jetzt jeden Abend zu uns. Er grüßt mich kaum. Verschwindet in Paolos Atelier. Hört ihm beim Trommelschlagen zu. Sie reden hitzig. Ich weiß nicht, was sie sich zu sagen haben. Zur Essenszeit kommen beide fröstelnd und hungrig heraus. Fragen, was ich gekocht habe.

»Sag Armida, wie sehr wir beide befreundet sind.«

»Das weiß sie.«

»Weiß sie nicht. Das kann sie sich nicht mal vorstellen.«

Etwas ist verdächtig an dieser Zurschaustellung brüderlicher Gefühle. Etwas, das mir gilt. Das ich aber nicht verstehe. Eine Strafe? Ein Ausschluß? Eine Drohung?

»Sag du's ihr.«

»Soll ich anfangen bei den Gemeinsamkeiten oder bei den Differenzen?«

Einer an den Hals des anderen geklammert kommen sie lachend in die Küche. Lamberto liebt den Gast nicht, der Paolos Aufmerksamkeit abzieht, ebensowenig wie Testone ihn liebt. Wo er nur kann, ärgert er ihn. Aber Miele zeigt nie, daß er es übelnimmt. Er ist liebevoll zu Lamberto, zärtlich zu Testone. Nur zu mir ist er distanziert und vage.

Gegen Abend kommen Ada und Nico und gleich danach Cesare und Dida. Ada raucht. Hängt an der Zigarette wie an einem Lebensquell. Als müßte sie aus diesem weißen Röhrchen wer weiß welche geheimnisvolle Kraft beziehen. Sie saugt sie aus, dünstet sie mit den Lippen, verschlingt sie in der Hoffnung, von einem göttlichen Wohlgefühl überkommen zu werden.

»Heute abend habe ich keine Lust, für alle zu kochen«, sage ich.

»Dann gehen wir ins Restaurant.«

»Oh ja, gehen wir ins Restaurant«, Lamberto legt seinem Bruder eine flache Hand auf die Brust.

»Ja, los, gehen wir.«

Dida hat einen weißen Pulli mit aufgenähten Perlen an. Ein indisches Seidentuch um die Schultern gebunden. Cesare läuft schmollend hinter ihr her. Ada geht neben mir. Das Gesicht klein und spitz, die Augen vor Kummer geweitet.

»Ich habe geträumt, ich wäre mit Dida nach Paestum gefahren.«

»Warum nach Paestum?«

»Keine Ahnung! Sie saß neben mir im Auto, und ich hatte eine Hand einfach so zwischen ihren Beinen. Plötzlich merkte ich, wie sich unter der Hand ihre Hose fürchterlich blähte. Ich sage: Du bist ja ein Mann, du hast mich reingelegt! Sie hat die Hose aufgemacht und mir lachend eine kleine Schildkröte gezeigt, die sich in ihren Schoß gekuschelt hatte. Was meinst du, was das bedeutet?«

»Keine Ahnung.«

»Ich träume fast jede Nacht von ihr.«

»Hast du ihr das gesagt?«

»Nein.«

»Sag's ihr.«

»Bringt nichts. Sie ist hoffnungslos verliebt in diesen Trottel Cesare.«

»Aber Cesare ist doch in dich verliebt.«

»Ich will ihn aber nicht ... Was soll ich machen, Armida?«

»Keine Ahnung ... Warte.«

»Ich warte seit zwei Jahren.«

»Alle schräg, unsere Lieben. Nico liebt Dida, die aber in Cesare verliebt ist, der wiederum liebt dich, und du liebst Dida.«

Wir gehen in die Pizzeria in der Via Flaminia. Flaschengrünes Neonlicht, Wände mit Holzmustertapeten, weiße Plastiktische.

Miele setzt sich neben Paolo. Lamberto kommt zu mir, legt mir seinen Kopf auf die Schulter, bittet mich, ihm das Fleisch kleinzuschneiden. Ab und zu werfe ich einen Blick auf Miele. Aber er guckt mich nie an. Und unser Gespräch damals in der Bar des Tennisclubs? Seine Behauptung, sich verliebt zu haben? Alles vergessen, ausgelöscht.

Ada ißt und raucht. Legt die brennende Zigarette auf den Tellerrand, greift abwesend nach dem Messer, schneidet ein Stück Pizza ab, schiebt es in den Mund. Die Tränen quellen ihr aus den Augen.

»Zu heiß«, murmelt sie.

Die anderen lachen. Dida gibt ihr ein Glas Wasser. Cesare hält ihr die Hand wie einen Kelch unter das Kinn und schreit:

»Spuck's hier rein, spuck's hier rein.« Aber sie schluckt es hastig hinunter, greift wieder zur Zigarette und sagte keinen Ton.

Nach dem Essen beschließt Paolo, Miele nach Hause zu bringen. Ich gehe mit Lamberto nach Hause. Nico fährt mit Ada. Cesare, der vergeblich versucht hat, bei ihnen mit ins Auto zu schlüpfen, geht zu Fuß los und brummt vor sich hin, daß alle ›Arschlöcher und Schweine‹ sind.

Dida trippelt neben mir her. Der weiße Rock flattert ihr um die langen Beine.

»Tut mir leid wegen neulich abend ... Ich weiß ehrlich nicht, warum ich es gemacht habe. Cesare hat mich so zur Verzweiflung gebracht ... Vielleicht aus Gemeinheit ... nein, aus Verzweiflung.«

»Bist du immer noch scharf auf Paolo?«

»Nein ... oder vielleicht doch. Aber ich liebe ihn nicht ...

Ich mach mir überhaupt nichts aus ihm, verstehst du? Vielleicht ist das der ideale Zustand zum Liebemachen. Wenn man zu sehr liebt, ist man gelähmt.«

»Hast du eigentlich mit Cesare geschlafen?«

»Nein. Ich glaube, er verachtet mich. Was meinst du?«

»Ich glaube nicht, daß er dich verachtet. Er hat einfach kein Interesse.«

»Ich fürchte, ich löse nur Ekel bei ihm aus. Hast du gesehen, wie er mich anguckt?«

»Cesare ist immer zu allen mürrisch.«

»Er sagt nie etwas zu mir ... Guckt mich nur so wahnsinnig gleichgültig an, daß ich Angst kriege. Hast du gesehen, wie er die Augen zusammenzieht, wenn er mich anguckt? Als ob ihn eine totale, despotische Müdigkeit packt, wenn er mich bloß sieht. Er kann mich nicht leiden ... Weißt du, wann er ein bißchen munter wird? Wenn er mir von Ada erzählt, wie klug sie ist, wie mutig, außergewöhnlich ...«

»Warum beharrst du drauf, wenn er dich nicht will? Laß ihn laufen ...«

»Kann ich nicht. Ich bin verliebt. Warst du nie verliebt? Ich würde alles tun, um ihn bloß zu sehen. Jede Gemeinheit, um ihm bloß nahe zu sein. Auch wenn er mich nicht anguckt. Das ist egal ... Und ich bin nicht einmal eifersüchtig auf Ada. Ich hab sie gern, und außerdem weiß ich, daß die Liebe keinen Willen hat ... Es ist nicht ihre Schuld, wenn er sie liebt und nicht mich. Außerdem kann sie ihn nicht leiden. Sie hätte gern Nico, aber der wiederum liebt mich. Ganz schön verkorkst, was?«

»Weißt du noch: Helena liebt Demetrius, der aber liebt Hermia, die Lysander liebt, der wiederum Helena liebt ...«

»Und nur mit ein paar Tropfen von Pucks Veilchensaft wird das Liebesobjekt ein anderes, ich weiß. Aber das zu wissen, macht die Dinge nicht anders.«

»Würdest du dich in einen Eselskopf verlieben?«

»Mir genügt es, wenn ich nur sehe und höre, daß er nahe ist, auch wenn er an jemand anderes denkt. Ich muß nur wissen, er ist im selben Zimmer ...«

»Wenn er dich liebte, würdest du dich womöglich bald nicht mehr interessieren für ihn.«

»Ich würde daran sterben.«

»Und wenn dir der böse Puck ein paar Tropfen von seinem Schicksalssaft in die Augen träufeln und du in einen anderen verliebt aufwachen würdest?«

»So etwas passiert nur im Theater, Armida. Ich werde ihn immer lieben.«

»Das Kräutlein ›Immer‹ wächst nicht einmal im Garten des Königs.«

»Morgens wache ich auf, und mein Magen ist in Aufruhr. Ich überlege: Wahrscheinlich habe ich etwas Verdorbenes gegessen. Aber nein, ihn habe ich gegessen. Und kann ihn nicht verdauen. Er zieht mir die Därme zusammen, schnürt mir die Kehle ab. Ich stehe auf, mache mir Kaffee und merke, daß ich gar nicht aufpasse, was ich mache: Es sind mechanische Gesten, die aus der Gewohnheit kommen. Mein Denken ist auf ihn fixiert. Ich habe Bilder, eingekerbt in die Netzhaut, ich hole sie mir ins Bewußtsein: Er, wie er die Treppe runterkommt, mit diesem Seemannsgang, leicht wacklig auf den Beinen, als ob die Welt ihm unter den Füßen tanzt. Er, wie er die Lider zusammenkneift, um in die Ferne zu sehen, und seine Augen werden hell und phosphoreszieren in einer Unschuld, einer Reinheit, Armida, daß ich mich jedesmal verliebe, wenn ich nur daran denke ... Er, wie er Wein ins Glas schenkt und dabei den Arm angewinkelt hält wie einen Spaten, den Ellbogen im rechten Winkel. Hast du je gesehen, wie Cesare sich bewegt: eckig und schlenkernd. Er hat Angst sich hinzugeben, und gleichzeitig verliert er ständig Teile von seinem Körper. Er bleibt stehen, um sie wieder einzusammeln, aber er ist nie sicher, ob es ein Teil von seinem Körper ist. Komisch, nicht? Und hast du gesehen, wie das aussieht, wenn er von weitem grüßt, wie er die Hände auf- und zuklappt wie die kleinen Kinder? Wie könnte ich je einen anderen lieben, wenn mich jede Kleinigkeit von ihm mit Rührung erfüllt?«

Lamberto fühlt sich ausgeschlossen und ist sauer auf unser konzentriertes Geplapper. Er niest. Sieht mich ängstlich an. Seine Nase fängt an zu bluten.

Ich ziehe das Taschentuch heraus. Aber das Blut ist schon auf dem Hemd, den Schuhen. Wir laufen die letzten hundert Meter. Dida greift ihm unter einen Arm, ich unter den anderen.

❖

Sitzend auf dem Asphalt vor der amerikanischen Botschaft. Paolo schlägt die Trommel. So hitzig, daß wir fast vergessen, wir sind mitten auf einer Straße mit Polizeiketten im Rükken.

Die Angestellten stehen an den Fenstern, bewundern fasziniert die schöne Parade junger Italiener in Aufruhr. Warum demonstrieren die denn für Vietnam? Was wissen die denn von diesem fernen Land? Was geht die das an? Solche und andere vernünftige Fragen stehen eingekerbt in ihren weißen, ein bißchen erschrockenen, ein bißchen belustigten Gesichtern, die sich vor den strahlend hellen Zimmerdecken abheben.

Für sie sind wir alle gleich, alle fanatisch, alle unbegreiflich. Und doch passiert in ihrem Land dasselbe: Andere Bürokraten mit anderen weißen Gesichtern stehen an anderen Fenstern und beobachten andere junge Leute, die nicht arbeiten wollen, in keinen Krieg ziehen wollen, die auch nicht wollen, daß andere Krieg machen, sie setzen sich auf die Erde, auf den Asphalt und reden über Dinge, die sie nicht kennen, außer daher, daß sie sie im Fernsehen gesehen haben.

Über eine Fotografie gebeugt. Dida mit Wangen, die von Tränen gestreift sind, reißt, um sich abzulenken, ein paar Witze über die amerikanischen Soldaten, die wie verrückt Drogen nehmen. Cesare zieht beeindruckt die Augenbrauen hoch und denkt vielleicht zum ersten Mal, daß sein Gebrummel sinnlos ist. Nico hält sich den Magen. Lamberto versteht nicht und fragt weiter: »Wer sind denn diese Toten? Warum haben sie die so kaputtgemacht? Laß mich gucken, Armida, laß mich auch gucken.«

»My Lai, Lamberto, ist ein vietnamesisches Dorf, wo sie ein Massaker angerichtet haben.«

»Und die Kinder da haben keinen Kopf?«

»Nein, sie sind verbrannt.«

»Verbrannt, weil jemand ein Streichholz drangehalten hat?«

»Nein, mit Bomben.«

My Lai, eine Kantilene, ein Kandislecken. Und zwischen dem Blond des reifen Getreides und dem niedrigen bewölkten Himmel eine nackte Frau, die Haut verknittert von tausend dunklen Furchen, das Gesicht verzerrt zu einer Fratze des Grauens, der Pagodenstrohhut in die Stirn gerutscht.

Auf der Erde durcheinander liegen Körper von Frauen mit aufgeschlitzten Bäuchen, Kinder mit zerschmetterten Beinen, Männer mit verkohlten Köpfen. Zwischen den gespreizten Beinen eines jungen Mädchens ein Baby, ein paar Monate alt, den Kopf obszön verdreht auf dem Hals, im Begriff, dorthin zurückzukehren, wo es herausgekommen war, in einem Anfall von Angst rennend, behende, auf den dürren, krummen Beinen, der Bauch von Parasiten aufgedunsen. Nur noch ein rascher Schritt, bevor die Soldaten kommen mit den Flammenwerfern, bevor die Flugzeuge kommen mit den Bomben, bevor die Panzer kommen mit ihrem Gebrüll wie von einem rasenden Drachen.

Fünfhundert Menschen lagern vor der amerikanischen Botschaft, sitzen dreist auf den Bürgersteigen, mitten auf der Straße. Eine Einheit uniformierter Polizisten, frisch rasiert und gestärkt, die Gesichter versteckt hinter den durchsichtigen Plastikvisieren, die Arme auf die glänzenden Gewehre gestützt. Verschlafene Blicke, ins Leere starrende Augen. Sie warten auf den Befehl zum Angriff. Treten von einem Bein auf's andere, brütend über den Resten des Kaffees, über Bruchstücken von Comics. Jetzt hebt *Nembo Kid* die Arme, der Brustkorb bläht sich auf wie eine Montgolfiere, der Schild glitzert gelb auf rot auf dem Raumanzug, aus der Kehle steigt ein Gefühl von Allmacht und Herausforderung.

Jetzt hebt *Nembo Kid* ein Knie, am Fuß einen rotblauen Schuh mit dem rostbraunen Flügelchen an der Ferse wie der gerissene Merkur, erbebt für einen Augenblick, genau die Zeit, die Augen auf das Flugziel zu heften. Und dann wirft er sich hoch und ist wie der Blitz genau da, wo ein Individuum mit kantigem Kiefer eben ein Messer in den Rücken eines anderen niederträchtigen Individuums mit Schlitzaugen rammt. In der nächsten Szene kriecht ein Schlangenschwänzchen aus der Bildecke und verkündet, der größte Feind, die Inkarnation des Teufels sei ein freundlich aussehender Chinese.

Nembo Kid kommt angeflogen, und mit einem »Splash«, einem »Plock«, einem »Ughh« reißt er dem Mörder das Messer aus der Hand, befreit die schöne halbnackte Frau, die gefesselt am Pfahl hängt, wirft mit einem Fausthieb den Chinesen mit den Schleifchen im Zopf zu Boden. Dabei sprühen seine Augen Funken. Und mit der ganzen Weisheit und Kraft des Mannes, der sich dem Guten und dem Ruhm geweiht hat, schlüpft er aus dem Fenster, um den Kampf gegen das nächste Unrecht, die nächste Gesetzwidrigkeit aufzunehmen, die beseitigt und bestraft gehören.

Zwischen den Schlägen der Trommel, den heiseren Schreien der anderen erkenne ich Mieles wohltönende, schwungvolle Stimme. Mit offenem Mund, geblähten Halsschlagadern steht er da und schreit, auch sein Gesicht der Flagge mit den roten und blauen Streifen zugewandt, die müde vom Wind an den hohen Mast geschlagen wird.

Schreit seinen Haß gegen die Väter heraus, seinen Ekel gegen die Alten mit den unbeirrbaren Gesichtern, die seit zwanzig Jahren auf seinem Schicksal lasten, starre, überhebliche Gesichter, hinter denen sie die Habgier verstecken, mit der sie sein Leben plündern. Schreit gegen das Unrecht seiner zerbrechlichen Verfassung als Student, gegen die Gesetzesbrüche der Breitärsche, gegen die Anmaßung der Professoren, die ihm für die Zukunft nur Intrigen und Arbeitslosigkeit in Aussicht stellen, gegen die Vormunde aller Art, die ihm die Freiheit nehmen wollen, selbst zu entscheiden, gegen die Angst, die sie auf ihn abgewälzt haben, die ihn schon feige macht, bevor er überhaupt zu leben versucht hat, gegen die Generäle, die andere für Dinge in den Tod schicken, an die sie selbst nicht glauben, gegen alle, die seine Seele wollen, im Tausch gegen ein bißchen Sicherheit und Geld, gegen Amerika, das im Namen des Friedens Italien mit gefährlichem Todesgerät vollgestellt hat, gegen sich selbst und die Versuchung, zu resignieren und sich gehenzulassen.

Die Schreie haben etwas Vertrautes: Ein Getöse aus Ressentiments gegen die eigenen, allzu bekannten und geliebten Väter. Die Väter mit den mediterranen Gesichtern, der

Mund ans Lügen gewöhnt, die Nase eitel hochgetragen, die Augen gerissen nach Mafiaart, diese Väter, die jeden Tag zu sehen sind, zu Hause und in den Zeitungen und im Fernsehen und in der Straßenbahn und in der Bar und bei der Arbeit, und die dich daran erinnern, in jeder Sekunde des Tages, mit der Obszönität eines großen Reklametraums, daß du nur ein Komma bist, eine Null, ein kleines Nichts aus Gold, in Silber gefaßt.

Wir sitzen da seit ein paar Stunden, aber niemand macht Anstalten zu gehen. Die Fenster der Botschaft gehen ab und zu auf und lassen ein ängstliches Gesicht sehen. Die Polizisten verlagern den Körper mal auf den einen Fuß, mal auf den anderen. Und wir singen, auf der Erde sitzend, dreist überzeugt von unserem Protest als Kinder von armen Bauern und Bürgern. Das Foto aus My Lai hilft, die Temperatur der Empörung hochzuhalten.

Ich schaffe es nicht zu schreien wie die anderen. Wegen dieses Gemischs aus Schüchternheit und dem Gefühl der Lächerlichkeit, das ich mit mir schleppe wie ein bläuliches Pilotfischchen, das immer mit mir schwimmt in den tiefen Gewässern des Bewußtseins. Ich nehme teil, aber ohne diese Erregung, die dich selbst und die Gefahr vergessen läßt. Ich sehe mich von innen und von außen, ein bißchen plump, tapsig, drauf und dran, die Fäuste durch die Luft zu wirbeln, und bleibe gebannt durch ein Gefühl verzweifelter Dümmlichkeit.

Ich spüre den Atem der uniformierten Jungen auf dem Hals. Der Kreis wird immer enger. Ich erwarte den Augenblick des Angriffs. Berechne die Entfernung zwischen den Toren der Botschaft und der ersten Querstraße links zwischen der Ampel und der Bank. Habe Angst um Augen und Hände. Denke wieder an Marilú, der die Finger unter den Stiefeln der Soldaten zerquetscht wurden. Denke wieder an Mirellas Auge, durch das sich ein fehlgelenktes Projektil gebohrt hatte.

Miele hat die ganze Welt vergessen. Schleudert seinen Zorn gegen diese graue Fassade, gegen diese Fahne, die sich Augenblicke lang bläht und einen Bauch mit weißen Sternen auf blauem Grund bekommt. So als hätte er, im Thronsaal des himmlischen Palastes versammelt, die vereinten Gottheiten vor sich und wollte ihnen erklären, wie die Dinge laufen in dieser Scheißwelt, die sie selbst geschaffen haben.

Paolo ist inzwischen in seine Trommel gekrochen, und aus diesem Gefängnis ruft er, ruft sie zum Sammeln, die Freunde, die Aufrechten, die Ruhelosen, die Rachsüchtigen, die Reinen, damit sie alle herbeieilen und Gerechtigkeit fordern. Tum, tum, tum, tum, die Schläge haben einen zwingenden, grandiosen Rhythmus. Hauen den Asphalt in Stücke und mit ihm die alte Welt. Legen jenes häßliche Amerika in Trümmern, das Stück für Stück die fleischlosen Knochen der vietnamesischen Bauern verschlingt und achtlos alles weit wegwirft, ihre Töpfe, ihre Kleider, ihre Schuhe, ihre Schweine, ihre Hunde, ihre Reisfelder, ihre Wälder, ihre Flüsse.

Dida singt aus vollem Hals »We shall overcome ... we shall overcoooooooome one daaaay« und schleift die Vokale in qualvoll gedehntem Haß. Die rundlichen Arme hoch in der Luft, die dicken Brüste kaum zusammengehalten von einer Reihe Perlmuttknöpfchen, die Augen feucht, so bietet sie ihren üppigen Körper dem gemarterten Vietnam, und je mehr sie singt, desto ergriffener wird sie. Viele betrachten sie verwundert wie das Emblem der Weiblichkeit im Aufstand.

Ada beobachtet sie, beim Mitsingen, auf dem Bordstein sitzend; der kleine braune Körper bereit zum Losschnellen. Auch sie zwiespältig zwischen der Ergriffenheit und den Berechnungen für die Flucht, zwischen dem Zorn und der vernünftigen Planung einer Strategie der Bewegung. Wir lachen uns zu wie Komplizinnen, wachsam gegenüber jeder kleinen Bewegung der bewaffneten Männer hinter uns.

Und dann, plötzlich, anhand von ein paar Kleinigkeiten, begreife ich, daß es losgeht. Die Tür der Botschaft öffnet sich knapp, um ein rundes, dunkel gekleidetes Individuum herauszulassen, das sich rasch in der Menge verliert. Die Polizisten versteifen sich hinter unseren Rücken. Ein Stimmengewirr, aber anders als das der Demonstranten, ein Geräusch von Gewehren mit Tränengaspatronen lösen den Alarm aus, sofort werden die Demonstranten lauter und der Rhythmus der Slogans schneller.

Einen Augenblick später sind wir umzingelt und werden angegriffen. Ich spüre den fettigen Geruch eines Gewehres dicht neben der Nase. Ein gewaltsamer Stoß wirft mich irgendwohin. Ich bin nur noch Augen und Ohren. Versuche zu begreifen, aus welcher Ecke der Angriff rollt und wo alles stockt.

Viele bleiben auf der Erde liegen. Ziehen den Kopf zwischen die Schultern. Verschränken die Arme im Nacken, um die Schläge der Gummiknüppel zu dämpfen. Lassen sich von vier derben Armen wegtragen.

Noch ein gewaltsamer Schlag in den Rücken, ich weiß nicht, ob von einem Gummiknüppel oder von einem Ellbogen, ich mache einen Satz nach rechts, sehe eine Lücke zwischen den Körpern, schlüpfe hinein, das Heulen der Sirenen in den Ohren. Der Geruch des Kampfs, der allmählich schwer wird, heftig: Es riecht nach Schweiß, Fett, Turnschuhen, nach Mannschaftsessen, nach Plastik, nach Rauch, nach Asphalt, nach Kippen, nach Menthol, nach Staub.

Ich stehe genau vor einem blutüberströmten Kopf. Der Junge hält sich die Stirn mit den Händen und schreit. Niemand kümmert sich um ihn. Ich kriege mit, wie ein Stuhl, der von ich weiß nicht wo auftaucht und von ich weiß nicht wem geworfen wird, ganz leicht in die Menge fällt. Zwei aneinandergeklammerte junge Leute stürzen rückwärts um.

Ich weiche einem Knüppel aus, der auf die Schultern eines Jungen mit nacktem Oberkörper niedergeht. Stürze vorwärts, werde aber von hundert Körpern in Bewegung zurückgeschubst. Eine Frau umarmt mich schreiend. Ein Stück Kopfhaut mit Haaren dran hängt ihr über eine Wange.

Ich suche Miele, aber ich finde ihn nicht mehr. Sehe einen Augenblick lang Paolo, der versucht, seine Trommel zu verteidigen. Aber ein Polizist durchstößt sie mit dem Gewehrkolben, während zwei andere auf seinen Kopf einschlagen. Ich stürze in seine Richtung. Aber als ich mitten in dem Gewühl ankomme, ist er nicht mehr da. Ich drehe um. Schlüpfe in eine Lücke zwischen lauter blutenden Körpern. Schaffe es schließlich, aus dem Gewühl herauszukommen. Schnappe nach Luft und stürze Hals über Kopf in Richtung Via San Basilio. Da an dem kleinen Brunnen mit der Putte finde ich Paolo mit blutüberströmtem Gesicht. Dida steht neben ihm und reinigt ihm die Wunden mit einem Rockzipfel. Cesare lehnt schluchzend am Mäuerchen. Ada, präzise und beherrscht wie eine Lazarettschwester, reißt Hemdstreifen für Verbände zurecht, gießt das Wasser aus dem Brunnen auf die Wunden, tupft, reinigt, wringt.

Sobald wir wieder Luft kriegen, gehen wir alle in Adas Wohnung in der Via dei Serpenti. Im obersten Stock eines Mietshauses ohne Aufzug.

Sie macht uns Tee mit Rum und Butterbrote mit Schinken. Paolo jammert weiter über die kaputte Trommel. Um seine Verletzungen am Kopf und an der Stirn kümmert er sich gar nicht, obwohl sie weiterbluten.

»Ich spüre nichts, du weißt doch, daß man am Kopf Schmerz nicht spürt. Den Kopf kann man jedenfalls reparieren, die Trommel nicht.«

»Wir schenken dir eine neue.«

»Trommeln haben ein eigenes Wesen. Eine so freigiebige und kecke wie die hier finde ich nie wieder.«

Miele tritt plötzlich ein, hat gute Laune, eine zerrissene Hose, einen dicken Striemen über der Wange, schwenkt eine Flasche Wein.

»Laßt uns darauf trinken. Ist doch sehr gut gelaufen. Morgen sind die Zeitungen voll davon. Es lief sogar mehr als gut, hast du die Menge gesehen? Seid ihr nicht zufrieden.«

Niemand hat Lust, an die Zeitungen zu denken. Wir stopfen uns mit Butterbroten voll wie Kinder, die gerade von einem mißglückten Schulausflug zurückgekommen sind. Miele macht die Flasche auf und schenkt allen Wein ein.

Adas Wohnung ist nackt und weiß, als hätten die Anstreicher sie eben gerade aus den Händen gegeben. Ein großes Fenster mit kleinen blanken Scheiben führt auf die Dächer. Regale aus weißlackiertem Holz. Ein Korbsofa, das sie selbst entworfen hat, mit weißen Kissen drauf. Ein Tisch aus Glas und Eisen, den sie selbst gebaut hat. Zwei dicke Lampen aus den bauchigen Fünfliterflaschen für Wein. Chinesische Matten, indische Kissen.

Es ist acht, als wir die Nudeln aufsetzen. Dida hat Schmerzen an der Brust, dort wo sie mit einem Gewehrkolben geschlagen wurde. Paolo bietet an, sie zum Arzt zu bringen, aber er verliert immer noch Blut. Also fährt Ada, Nico kommt mit.

Um zwei Uhr nachts sind sie wieder da mit der schönen Nachricht, daß Dida eine gebrochene Rippe hat. Wir bringen sie nach Hause. Halten an einer Apotheke, um Pflaster und Mull für Paolo zu kaufen. Miele bleibt immer bei ihm, trägt das, was von der Trommel übrig ist. Sie haben gesagt, sie wollen sie morgen im Garten der Villa Strolfen begraben.

Er geht, ohne sich von mir zu verabschieden. Ich gewöhne mich allmählich an seine Gleichgültigkeit. Beschließe, auch zu begraben, was noch übrig ist, von den alten Gelüsten, im Garten der Villa Strolfen.

❖

»Filippo hat angerufen. Er macht ein großes Fest zum Tod seines Vaters. Wir sind alle eingeladen in dieses scheußliche auf Mittelalter gemachte Schlößchen am Lago di Bolsena.«

»Wann?«

»Sonntag.«

»Die anderen auch?«

»Klar. Er hat alle eingeladen. Nur daß ich Sonntag mit Miele was zu tun habe. Fahr du schon vor. Ich komme nach.«

»Was habt ihr denn zu tun?« – Ich beiße mir auf die Zunge, sowie ich gefragt habe. Ich wirke nicht gern neugierig. Neugierde und Eifersucht gehen Hand in Hand. Und wenn sie erst mal zusammen losgehen, lassen sie sich nie mehr los.

»Eine Sache unter uns.«

»Und Lamberto?«

»Er bleibt zu Hause. Es geht ja bloß um einen Abend.«

»Nimmst *du* Testone mit?«

»Testone bleibt bei Lamberto.«

Am nächsten Tag nachmittags schnurren Ada und ich in Didas gelbem Morris die Via Cassia entlang. Dida wird nachkommen, mit Nico und Cesare.

»Warst du schon einmal in Galeria?«

»Nein.«

»Ein Dorf, das vollständig verlassen ist und völlig heile Häuser hat. Man weiß nicht, ob wegen der Pest oder wegen irgend etwas anderem: einer Invasion, eines Krieges, eines Erdbebens, man weiß es nicht. Ich habe Lust, es wiederzusehen. Magst du?«

Sie preßt die kleinen braunen Hände auf das Lenkrad. Dreht sich um und sieht mich stirnrunzelnd an. Ich nicke.

»Magst du wirklich? Du machst es nicht nur, um mir einen Gefallen zu tun?«

»Ich möchte wirklich.«

Fast erschreckt mich ihr ständiger Argwohn. Daß sie überzeugt ist, langweilig zu sein, nicht besonders beliebt, nicht besonders liebenswert. In einer Ecke zu sitzen und der Welt zuzusehen, die hastig vorbeirauscht, so als verstünde sie deren Regeln nicht ganz und müßte ständig von vorn anfangen. Die hellen Augen aufgerissen auf den Dingen. Der Hals steif, die Nase gebogen, das Lächeln strahlend. Aber Ada lächelt wenig. Steht abseits, um die anderen zu beobachten. Immer verliebt in irgendwen, der nicht einmal weiß, daß er von ihr geliebt wird.

Wir biegen in die Straße nach Cesano ein. In Windungen bergab durch Maisfelder und Obstgärten. Kommen zur Kirche Santa Maria in Galeria. Da ist der Weg hinauf zu den Ruinen. »Da hinten geht's runter und dann nach rechts, wenn ihr ein rostiges Eisentor seht.«

Wir nehmen die weiße staubige Straße hinter dem Tor. Das Auto ächzt den Berg hoch, über lauter Löcher. Der Feldweg endet unter einem steilen Abhang auf einer versengten Wiese. Den Rest gehen wir zu Fuß. Über trockene Gräser, Brombeerbüsche, pralle Feigenbäume mit runzligen Blättern, vorspringende Felsbrocken.

Wir kommen zu einem steinernen Bogen, hinter dem man die Umrisse von Häuserruinen ahnen kann. Augenhöhlen ohne Augen und Dächer wie hohle Zähne, Löcher ins Nichts, Böden, die von dicken knorrigen Wurzeln geborsten wurden.

»Paß auf, Vipern!«

Ich mit meinen Ledersandaletten. Bleibe verdutzt stehen. Sehe mir auf die nackten Zehen. Ada geht an mir vorbei und weiter, behende, schnell. Ich hinke hinter ihr her, versinke bis zu den Knien in harten Gräsern, stolpere durch die Brombeerhecken, die Knöchel zerkratzt, die Füße staubig.

Ein leerer Brunnen. Ein schiefes Haus mit weggerissener Tür. Eines der Fenster buchstäblich durchbohrt von einem Baumstamm, der sich einen immer breiteren Weg ins Innere des Gebäudes bahnt. In einer Ecke Stufen, die zu einem schwarzen Loch führen.

»Willst du da runter?«

»Ich denke nicht dran.«

Ada zieht mich lachend an der Hand. Als hätte sie immer in diesem Dorf zwischen den Ruinen und dem Wald gelebt. Von unten dringt das Rauschen eines Wildbaches mit Hochwasser zu uns. Wir klettern über Steinschwellen, biegen um zerbröckelte Mauern, schlüpfen in enge Flure zwischen eingebrochenen Wänden.

Geruch nach Wildminze und sonnengegerbten Kräutern. Je weiter wir gehen, desto dichter wird die Vegetation. Die Sonne verschwindet. Die Wurzeln kommen aus dem Boden wie heimtückische Arme, die dich gleich packen. Über dem Kopf schließen sich die Äste der Eichen, der Myrten, der Akazien zu einer Kuppel. Wir halten plötzlich vor einer Wand, die wunderbarerweise noch steht, ganz allein, ausbalanciert auf der Leere der Böschung. Eine Kletterpflanze breitet sich auf ihr aus wie Gewimmel von Schlangen, die blind durch die Gegend kriechen, auf der Suche nach einer Zuflucht. Tausende durcheinanderkrabbelnde Ameisen lassen das Pflanzengewirr aussehen, als ob es sich bewegt. Die Schlangen winden sich langsam, unter kleinen elektrischen Schlägen.

Wir setzen uns auf ein herausgerissenes Stück Fußboden in einem Haus ohne Dach gleich nebenan. Ada zieht die Knie unter das Kinn. Die Augen halb geschlossen.

»Ist es nicht schön hier?«

»Ein Geisterort.«

»Als ich mit zehn Jahren von zu Hause ausgerissen bin, habe ich das Dorf entdeckt und drei Nächte hier geschlafen.«

»Hattest du keine Angst?«

Sie lacht. Sie hat gerade, weiße kleine Zähne. Die vorderen ein bißchen fleckig vom Nikotin.

»Vielleicht doch. Ich wollte die Gespenster sehen.«

»Hast du sie gesehen?«

»Ja. Eine Nonne, glaube ich. Ich weiß nicht. Eine Frau mit bedecktem Kopf. Sie hat sich da neben die Kirche gehockt. Hat gepinkelt und ist wieder gegangen.«

Sie starrt auf die bewegte Mauer. Die Augen entschlossen. Aber von einer Entschlossenheit, die eher Tochter der Melancholie als der Sicherheit ist. Legt sich auf den heruntergefallenen Blättern lang. Das Gesicht auf das eingestürzte Dach gerichtet.

»Guck mal!«

Ich lege mich auch hin. Hebe die Augen zur Decke. Über dem durchlöcherten Dach liegt der Himmel offen zwischen zerbrochenen Ziegeln und Queckenbüscheln. Ein Loch in der geheimnisvollen Weiche des Nichts. Unsere Augen schleichen sich hinein, wandern herum, verlieren sich in der wässrigen Leichtigkeit dieses verhangenen Himmels.

Ein sehr langes Schweigen trennt uns. Ich nehme an, sie ist eingeschlafen. Doch ihr Atem hat den etwas unregelmäßigen Rhythmus des Wachzustandes. Ich wage nicht, sie anzusehen. Dann plötzlich höre ich ihre Stimme, tief, dunkel, so dunkel wie ihr Haar.

»Es ist etwas Grausames in meiner Liebe zu Dida.«

Ich antworte nicht. Drehe mich ein bißchen auf die Seite, um ihr besser zuhören zu können.

»Ich stelle mir immer vor, daß ich sie mit Gewalt ausziehe. Ich stelle mir vor, ihr die Beine zu spreizen. Wenn ich es tue, überkommt mich ein Glücksgefühl. Sie an den Knien fassen und drücken, dieses geisterhafte Weiß bezwingen ... Genau diese Nonne, die ich hier mit zehn Jahren gesehen habe, sah ihr seltsam ähnlich: ein Vollmondgesicht von einer Blässe, die nicht von dieser Welt ist. Ich habe mich in diese Blässe verliebt, für immer.«

Sie zieht die Nase hoch. Das schwarze Profil vor der krabbelnden Wand löst ein Gefühl von Unwirklichkeit aus: eine pflanzliche Fata Morgana.

»Ich habe Lust zu schrecklichen, verbotenen Dingen, Armida: Ich möchte sie fesseln und verletzen und in sie eindringen mit geballten Fäusten ... Eine Geschichte in *Tausend und eine Nacht* erzählt von einer Frau, genauso rund, ganz weiß, üppig ... Hundert Armbänder klimpern ihr an Handgelenken und Fesseln, und sie läuft auf Tigerfellen, barfuß, lautlos ... Nur ein leises Rascheln von Seide und Goldmünzen ... Und ich weiß, sie ist der Tod, wie in der Erzählung in *Tausend und eine Nacht* ... Der Tod, der um meine Liebe bittet ...«

»Ist das nicht ein etwas zu literarisches Bild?«

»Kann sein. Aber ich habe es, seit ich ein kleines Mädchen war. Und ich bin hierher gelaufen, um es zwischen den Ruinen aufsteigen zu sehen ...«

»Es ist das Bild einer Sklavin.«

»Für die ich selbst gern Sklavin wäre ... Sklavin einer Sklavin ... Ich male mir aus, daß ich fühle, wie sie auf mir herumtritt mit diesen prächtigen wohlriechenden Füßen.«

»Warum sagst du Dida nichts davon?«

»Du mit deinem gesunden Menschenverstand, Armida!«

Ein Ruck geht durch sie hindurch. Sie winkelt die Beine an. Dann streckt sie sie wieder aus. Hält sich einen Grashalm an die Lippen.

»Bist du sauer?«

»Nein. Du hast recht. Der gesunde Menschenverstand frißt mich bei lebendigem Leib.«

»Man kann dir nicht böse wollen, Armida. Du bist so nachgiebig. Ich weiß nicht, ob du gut bist. Du bist zu erschrocken dafür. Aber du bist bereitwillig, und ich habe Lust dich zu küssen, darf ich?«

Wir drehen uns auf eine Seite. Sie taucht ihre gelben Augen in meine. Der Schatten der Wimpern macht den finsteren Blick weicher.

Ich schließe die Augen. Spüre die schmalen kalten Lippen auf meinen. Das Gewicht der winzigen Brust mit den leichten Knochen auf meiner Brust. Als umarmte ich einen Raubvogel, spürte die Federn auf den Ohren, den kühlen Schnabel am Hals, als würden wir überrollt von einem stolzen, feinen Atem. Aber der Kuß dauert nur kurz. Sie rückt sofort von mir weg und schüttelt den kleinen schwarzen Kopf.

»Entschuldige, Armida, das war ein Fehler. Als ich dich küßte, ich habe an sie gedacht. Entschuldige: Es kam aus purer Zärtlichkeit, aber vielleicht habe ich dich nicht gemeint ...«

»Das macht nichts. Ich weiß doch, daß du in Dida verliebt bist.«

»Ich habe dich benutzt, um dir etwas zu stehlen, was gar nicht dir gehört. Verzeih mir.«

»Und wenn sie sich nie dazu durchringt, dich zu lieben, wirst du sie trotzdem weiter lieben?«

»Die Liebe ist für mich etwas Einsames. Manchmal trifft sie zufällig zusammen mit einem parallelen Gefühl. Aber selbst wenn sie erwidert wird, liebt doch jeder aus eigenen Gründen, mehr oder weniger stark nach seinen Bedürfnissen, seinen Phantasien, seinen fixen Ideen.«

»Du hast eine zu fatalistische und zynische Vorstellung von der Liebe.«

»Du wirst es auch noch merken.«

Sie sagt das, als wäre sie zwanzig Jahre älter als ich. Nimmt meine Hand. Liebkost sie wie etwas Kostbares, streichelt Finger für Finger, verweilt auf jedem Nagel, jeder Kuppe mit der Zärtlichkeit einer Mutter, die sich vergewissern will, daß das Kind lebt und gedeiht.

Wir springen wieder hinunter, als es schon dunkel ist, zwischen Brombeerbüschen entlang und über herausgebröckelte Steine. Erschrecken die Raben und die Eidechsen.

Das Auto stinkt nach Rauch. Ada unbewegt ans Fenster gelehnt, mit ihrem Königsfalkenprofil, zündet sich ganz langsam eine Zigarette an. Wir biegen auf die Straße, die gummihaft und luftig grau ist.

❖

Filippo steht in der Tür des Schlößchens mit kurzen Hosen und einem blaugestreiften Hemd. Er fuchtelt mit der Hand. Kurzer borstiger rötlicher Bart. Pferdezähne.

»War schon in Sorge. Sie haben gesagt, ihr seid um vier Uhr losgefahren.«

»Wir haben in Galeria haltgemacht.«

»Habt ihr Gespenster getroffen?«

»Dracula und seinen Diener«, antwortet Ada grinsend.

»Hat er sich euch an den Hals gehängt?«

»Es war noch nicht Abendbrotszeit.«

Zum ersten Mal sehe ich Filippos Schlößchen, von dem Cesare immer bewundernd erzählt. Ich finde es scheußlich. Ein runder Turm, nachgemachtes 13. Jahrhundert, aus Zement mit aufgemalten unregelmäßigen Quadern. Starre, überdimensionale Stufen. Eine kreisrunde Burg. Ein wuchtiger Block, verunstaltet von schaurigen Schießscharten.

»Hier wohnt Dracula und nicht in Galeria«, bemerkt Ada, während sie sich umsieht.

»Ich bin nur sein ergebener Diener.« Filippo spielt mit. Macht eine Verbeugung. Geht zu einem Schränkchen. Holt eine bauchige schwarze Flasche heraus.

»Ein bißchen Blut on the rocks?«

Der Wein fließt schwarzglänzend und dick aus der Flasche. Aber Filippo hat nichts Perverses an sich. Wenn überhaupt etwas in ihm wohnt, dann eine trostlose, traurige Naivität.

Drinnen ist das Schlößchen prunkvoll. Ein bißchen beunruhigend. Das verbissen Fiktive vor allem: perfekt imitierte Rüstungen und Helme, Lanzen, Stöcke, Panzerhemden, Porträts von Urahnen mit grimmigen Augen, dunkle Böden, mit schwarzem Holz getäfelte Zimmer, riesige Lampen mit künstlichen Kerzen, Plastikfackeln, Wendeltreppchen, hohe Decken, Wände mit feuchten Flecken.

»Alles nachgemacht?«

»Alles. Mein Urgroßvater hat es 1895 gebaut. Nach dem Plan eines englischen Schlosses aus dem 14. Jahrhundert. Angeblich hat er sich auch angezogen wie ein Schloßherr von damals und verlangt, daß seine Frau das Brot zu Hause backt und die Diener im Keller Kerzen und auf dem Dachboden Schuhe machen.«

Um neun kommt Dida mit Cesare und Nico. Kurz danach auch Miele und Paolo. Filippo läuft aufgeregt durch die Gegend, macht flaschenweise preisgekrönten Wein auf. Stellt reihenweise Gläser auf den Tisch. Lauter verschiedene. Welche im Stil von goldgeränderten Kristallkelchen aus glänzendem Metall, andere im Stil von Mattglaspokalen mit weißen Blümchenreliefs auf weißer Glasur, fackelförmige, trichterförmige, blumenförmige, stiefelförmige. Jedesmal, wenn er neue anbringt, wird sein Gesicht purpurrot.

Und wir haben Spaß daran, jeden Wein aus einem andern

Glas zu trinken. Blutroten Wein aus Sardinien, Weißwein aus Apulien, Rosé aus dem Veltinertal, moussierender Wein aus dem Friaul, Erdbeerwein aus Capri, milchiger Rheinwein, schwerer dunkler Wein aus Sizilien.

Dida und ich kochen. Unterstützt von Smeralda, Filippos Schwester. Auch sie rot, auch sie eckig, auch sie wächsern und unheimlich.

Filippo hat alles mögliche zum Essen gekauft, im Überfluß: frische Meerbarben, Hummer, Wachteln, geräuchertes Wildschwein, Forellen, Feldsalat, ganze Büschel Basilikum, Parmesan im Stück, Pfirsiche, Trauben, Wassermelonen, Sauerkirscheis.

Dida, die Haare mit einem rot-lila Plastikkämmchen hochgesteckt, schnippelt, fettet ein, brät. Nico wiegt das Basilikum und reibt den Käse. Cesare sitzt auf einem Stuhl in der Küche und liest eine zwei Wochen alte Zeitung. Filippo und Miele und Paolo laufen rein und raus und tragen Geschirr und Bestecke.

»Jetzt, da der Tyrann tot ist«, brüllt Filippo euphorisch, »will ich im preisgekrönten Wein schwimmen, ich will mir den Bauch vollschlagen, bis ich platze, ich will schreien, soviel ich Lust habe, ich will ficken, soviel ich Lust habe, ich will, ich will, ich will, ich will den Exzeß, ich will das Delirium und das Glück, laßt uns feiern ... trinkt ... nimm, Armida, trink!«

Zwischen den Töpfen hin- und herrennend, immer mit einem Auge bei dem kochenden Wasser, stürze ich ein Glas eiskalten Wein hinunter. Dida geht zwischen den Herdplatten um wie die Göttin der Freude: Schweißglänzend, die großen ausladenden Brüste treten über die Ufer des Dekolletés, die runden Arme voller Grübchen, der Bauch gespannt unter dem glänzenden Rock, die nackten Füße mit den wurstigen Zehen und ohne Hornhaut, wie die eines ganz kleinen Mädchens.

Sie taucht den Kochlöffel ins siedende Öl, zieht ihn raus, beschnuppert ihn, nimmt mit den Fingern ein Büschelchen Petersilie, rührt es in die Soße. Ab und zu reicht Nico ihr einen Kelch mit Goldrand voll Rotwein, und sie stürzt ihn auf einmal hinunter.

Wir essen spät, gegen elf. In dem kreisrunden Saal, der

von qualmenden Fackeln erleuchtet wird. Unter den finsteren Blicken der Urahnen, ob sie nun falsch oder echt sind, auf einer weißen gestickten Tischdecke zwischen Dutzenden funkelnder Gläser, die schimmern und blitzen.

Nico ißt alles hastig, schlingt es hinein. Hat den ersten Bissen noch nicht unten, da langt seine Hand schon nach dem nächsten und zwingt die Lippen auf.

Ada ißt mit Methode, kalkuliert die Gänge: Soviel Nudeln, soviel Hauptgericht, soviel Nachtisch. Ohne sich je zu übernehmen, ohne je der Gier zu verfallen.

Miele sitzt neben Paolo. Lacht mit ihm, teilt mit ihm die Portionen, sie tauschen Häppchen aus, trinken aus demselben Zinnbecher. Ich sitze ihm genau gegenüber, aber ich kann keinen einzigen Blick von ihm erhaschen. Warum versteife ich mich eigentlich? Verfalle ich etwa auch dem perversen Spiel der nichterwiderten Lieben? Wie Dida, wie Ada, wie Cesare und wie Nico? Habe ich etwa auch Spritzer in den Augen, Tropfen des Schicksalsveilchens aus dem Wald von Athen?

Filippo betrachtet alle mit Liebe. Drängt, daß wir ein paarmal nachnehmen, schwingt persönlich die großen Silberlöffel, um die leeren Teller wieder zu füllen.

Dida scheint zu explodieren vor lauter Freude, geliebt zu werden. Ada betrachtet sie zärtlich. Nico nimmt jede Gelegenheit wahr, ihr den Teller mit Leckerbissen zu füllen. Filippo wirft Küsse von gegenüber. Ihr Gesicht mit den hellen Farben wird breit, fängt an zu leuchten. Eine Rubenssche Juno, die nackt zwischen lasziven Pythons und schläfrigen Tigern spielt. Die Ellbogen auf den Tisch gepreßt, der Mund ölglänzend, die wunderschönen großen Augen, die sich dann und wann schüchtern auf Cesare legen, den einzigen, der sie offen verschmäht. Auch Smeralda betrachtet sie betört. Ganz abgesehen von sämtlichen Urahnen mit ihren geringschätzigen Mündern, die sie von den Wänden herab mit lüsternen Blicken durchbohren.

Nach dem Essen wollen Dida und ich den Tisch abräumen, aber Filippo schiebt uns auf die Terrasse: »Das mache ich morgen ... Laßt das jetzt bleiben ... Jetzt denken wir nur an uns ... Der Mond ist da, laßt uns auf die Terrasse gehen.«

Ein glänzender fetter Mond, wie eben in Öl gebadet. Rund

und gelb hängt er über unseren Köpfen und verstreut schmierige Flecken, wie goldene Schnörkel. Wir breiten uns auf den Schaumgummimatratzen aus. Schwer vom Essen, schlaff und aufgekratzt vom Wein, den wir im Leib haben.

Dida singt auf Filippos Wunsch ein honigsüßes Liebeslied. Filippo schnalzt mit der Zunge vor lauter Wohlgefühl. Irgend jemand schlägt mit den Füßen im Takt. Wir sind umhüllt vom wohltuenden Licht des Mondes, getrennt von der Welt durch einen dichten Vorhang aus Dunkelheit.

»Ich habe das starke Gefühl, daß mein Vater uns gerade beobachtet.« Filippo sagt es zu mir gewandt. Er liegt auf der Seite, den Kopf auf eine Hand gestützt. Die Stimme kommt aus den Tiefen seiner fühllosen Eingeweide.

»Alles, was an ihm rund war, war am Verfaulen: die Hoden, die Augen, die Drüsen, die Mandeln ... Zum Glück ist das Herz nicht rund ... Ist das Herz rund?«

Er sucht nach einem fröhlichen Tonfall, der die Dinge leichter macht, aber er mißlingt ihm. Die Stimme wallt aus tiefinnersten Fernen, dramatisch und schwülstig. Und wir, fasziniert vom Baden in diesem flüssigen Mond, hören ihm zu, als wäre es die Stimme der Geschichte.

»Mein Großvater ist auch in diesem Haus gestorben. Wegen Schulden. Bloß um sein Schloß nicht zu verkaufen hat er sich die Kehle aufgeschnitten. Aber mitten drin hat er es bereut und ist hilfeschreiend im Haus herumgerannt. Ich habe ihn so gesehen mit der offenen Kehle über und über mit Blut bekleckert, und geweint hat er ... Hast du das Schwert gesehen, das im Eßzimmer hängt? Das mit dem getriebenen Goldgriff? Mit dem hat er sich die Kehle durchgeschnitten. Mein Vater hat es jahrelang blutbespritzt aufbewahrt. Dann hat es jemand geputzt. Vielleicht meine Großmutter.«

Ein Käuzchen fängt nicht weit von uns an zu singen. Zerreißt die stillstehende Luft mit einem kleinen verhaltenen traurigen Schrei. Filippo schweigt einen Augenblick lang und lauscht. Lächelt. Erzählt wieder weiter.

»Meine Familie ist eine Männerfamilie. Frauen existieren nicht. Mein Großvater hat eine Bäuerin geheiratet und sie bald in die Küche verbannt, und sie durfte nicht einmal ihren Sohn küssen. Mein Vater war noch schlimmer: Er hat ein sehr schönes Mädchen aus dem Dorf genommen und in ein Kloster gesperrt, er ließ es von den Nonnen erziehen, als sie sechzehn war, heiratete er sie. Er hat sie zwei Kinder kriegen lassen, und dann hat er sie zu den Nonnen zurückgeschickt. Da ist sie immer noch, keusch und böse. Ab und zu gehe ich sie besuchen, aber sie liebt mich nicht, wir sind zu verschieden ... Eine Familie aus lauter selbstverliebten Männchen. Immer bereit zu verführen, aber keine Frauen von Welt, Gräfinnen, Bürgerstöchter, nein, nur Dienerinnen, Tänzerinnen, Prostituierte, Pilgerinnen, Bastardinnen, Frauen ohne Zuhause und ohne Namen. Sich zu verlieben galt als Laster. Mein Onkel Aroldo, der sich in eine Prostituierte verliebt hat, ist von meinem Großvater enterbt worden. Nicht, weil sie eine Prostituierte war, sondern weil er den Kopf verloren hatte, er war nicht mehr er selbst, und das hat ihn zur Weißglut gebracht.

Das Komische ist, daß die Kinder immer Jungen waren. Vielleicht war auch mal ein Weibchen dabei ... Die haben sie schon in der Wiege erwürgt, keine Ahnung. Meine Schwester Smeralda ist das erste Weibchen seit vier Generationen. Und ich glaube, mein Vater hätte sie gern erwürgt. Aber sie ist nicht die Sorte, die man erwürgt. Sie hat durchgehalten. Und gewonnen. Daß eine erwachsene Frau im Haus war, das hat ihn krank gemacht ... Als könnte nichts Rundes an seinem Körper mehr reifen, sondern wäre dazu verdammt, sich zu mumifizieren: die Augen, die Hoden, die Drüsen ... wegen eines abgrundtiefen, verzweifelten Neids auf die weiblichen Rundungen. In diesem Haus ist alles auf den Mann zugeschnitten, wie ihr gesehen habt: der Stil, die Einrichtung, die Farben, die Gerüche. Lauter Anspielungen auf den Krieg, die Jagd, den Kampf Mann gegen Mann, die Duelle, die Liebesabenteuer, die Einsamkeit, die Kameraderie. Nur in die Küche durften die Frauen, und wehe, wenn sie ihre Grenzen überschritten. Niemals betraten sie die Zimmer der Herren, sondern die Herren stiegen heimlich des nachts in ihre Dienstmädchenkämmerchen hinab. Raubten sich ihr Beutestückchen Freude und machten sich so schnell wie möglich aus dem Staube, um sich ja ›keine Seuche zu holen‹, wie mein Großvater zu sagen pflegte. ›Die Liebe, mein kleiner Junge, ist eine schlimme Krankheit.‹

Ohne daran zu denken, daß er sich, bloß um dieser schlimmen Krankheit, die die Liebe ist, nicht zu erliegen, so viele andere, schlimmere Krankheiten zugezogen hatte, die Syphilis, zehnmal Tripper, ich weiß nicht wie oft Pilze, genauer gesagt Candida. Candida war die Gefährtin meiner Kindheit. Ich hörte immer über sie reden. Stellte mir eine große weiße Frau vor. Hielt sie für meine Mutter. Verzehrte mich nach ihr. Zwischen dem Geruch von süßem Tabak, Eau de Cologne mit Lavendel, verstaubten Büchern, Gewürznelkenbrillantine, Rasierseife, Whisky-Soda triumphierte Candida in meinen Kinderträumen. Ich stellte mir vor, es würde an der Tür klingeln. Ich liefe hin. Die Tür ginge auf und hereinträte eine wunderschöne Frau ganz in Weiß und sagte: Ich bin Candida, komm in meine Arme!«

❖

Sie scheinen alle eingeschlafen zu sein auf der Terrasse, die weiß vom Mond ist. Ada zusammengekauert in einer Ecke, die Knie fast im Mund, der Kopf abgeknickt, pechschwarz, kaum berührt vom Licht. Cesare ausgestreckt neben ihr, die Augen zu, das Gesicht himmelwärts. Nico bäuchlings, die Arme unterm Kopf verschränkt, neben Dida, die als einzige wach zu sein und aufzupassen scheint. Der weite rote Rock ist über die weißen Knie gerutscht, der Rücken gegen das Mäuerchen gelehnt, das die Terrasse einfriedet, das blonde Gesicht Filippo zugewandt. Smeralda liegt reglos auf dem Rand des Mäuerchens.

»Die Leute im Dorf behaupten, es gebe ein Geheimnis in diesem Schloß«, Filippo hat wieder die heisere, vibrierende Stimme ..., »einen Fluch, der es denen, die es bewohnen, zum Verhängnis macht. Aber ich weiß, um was es sich handelt. Es gibt keine Geheimnisse. Das Geheimnis des Hauses ist das Geheimnis der Familie. Und das Geheimnis der Familie ist dieses Gefühl göttlicher Mimesis. Die Sünde des Hochmuts, die sie umbringt. War da nicht Gott und dann sein Sohn Christus? Waren die drei Gottheiten etwa nicht männlich? Vater, Sohn und heiliger Geist? Meines Vaters Familie hatte diesen göttlichen Dünkel, sie könnten ohne das weibliche Element auskommen. Gleichzeitig Väter und Mütter sein ... Den Söhnen das Leben schenken, ohne daß sie durch den Mutterschoß mußten, sie nähren, sie erziehen, sie sich zum Ebenbild machen, indem sie diese Herausforderung an die Natur durch die Zeit fortführten. Und sie haben es fast geschafft ... Ich, der letzte aus vier Generationen von absoluten Vätern bin aufgewachsen mit der Überzeugung, daß die Frau ein abstraktes, unbeständiges Wesen ist. Kennengelernt habe ich nur das väterliche Fleisch, den väterlichen Geruch, die väterliche Nahrung, den väterlichen Trost. Ergebnis?«

Sein Gelächter läßt uns gefrieren. Ein Gelächter, das sich in tief betrübten Selbsthaß und Selbstverneinung verwandelt.

»Ergebnis, mein Herz ist taub wie eine Glocke. Ich liebe niemanden. Außer der großen Göttin Candida. Ich weiß nicht, ob mir Männer oder Frauen gefallen. Ich kann mit niemandem Liebe machen außer mit mir selbst. Komplizierte Zeremonien, die im großen Mahagoniebett meines Großvaters anfangen und enden. Ich möchte an der Brust einer Frau saugen. Aber ich fühle, im selben Augenblick, in dem ich es tue, werde ich vor Angst sterben. Ich war zu lange Jahre hier eingesperrt. Heute bin ich frei und allein. Mein Vater ist tot. Ich habe euch eingeladen, um einen Bann zu brechen. Die Frau, die in einen Fuchs verwandelt wurde, erinnert ihr euch? Nur wenn ein Mann sie liebt für das, was sie ist, kann sie in ihre Haut zurückschlüpfen ... Ich suche diesen Mann. Oder diese Frau, ich weiß es nicht. Mochtet ihr meine Weine? Wir haben die Keller voll damit. Aber ich will all diese Flaschen zerschlagen. Und ich will nach Rom ziehen und da leben, in einer kleinen Wohnung am Stadtrand, in einer Gegend ohne Geschichte, zusammen mit meiner entzückenden Schwester Smeralda. Aber ich weiß jetzt schon, daß ich es nie schaffen werde. Wenn ich mich auch nur einen Tag von diesem Haus entferne, bekomme ich Erstickungsgefühle ... Ich brauche seine Häßlichkeiten, seine Gerüche und, warum auch nicht, seine Gespenster. Dida, bitte, darf ich dir eine Brust küssen? Scheuch mich nicht weg, ich bitte dich darum wie um eine Gnade ... Laß dir eine Brust küssen vom untertänigsten und perversesten aller Männer.«

Dida sieht ihn einen Augenblick an und versteht nicht. Dann lächelt sie. Die Großzügigkeit in ihr ist schneller als die Angst. Und so wie sie da sitzt, knöpft sie die rosa Bluse auf und holt eine pralle, schwere Brust heraus. Filippo kriecht auf allen vieren zu ihr. Kuschelt sich zwischen ihre Beine wie ein Baby von ein paar Monaten und hängt sich mit einem aufgerissenen bärtigen Mund an ihre Brust.

Ada bewegt sich brüsk, als wollte sie das böse Spiel unterbrechen. Aber dann überlegt sie es sich. Kauert sich noch undurchdringlicher in der dunklen Ecke der Terrasse zusammen. Cesare setzt sich verdutzt auf. Nico reißt den Kopf hoch wie eine Eidechse, die im Schlaf überrascht wird. Smeralda scheint noch immer zu schlafen, aber irgend etwas an ihrem Atem verrät, daß sie wach ist und aufpaßt.

Auch ich bin ergriffen von dieser Szene. Ein Schauspiel, zugleich gespenstisch und zärtlich. Ein bärtiger verzweifelter Mann in den Armen einer großartigen jungen Frau mit weißem Fleisch. Eingehüllt in das glasige Mondlicht, keusch gemacht und ferngerückt, beinah eine zarte heilige Skulptur. Es ist Candida, die ihren Sohn umarmt. Da, mitten unter uns. Im verfluchten Schloß. Mitten in einer versengten und verwesten Landschaft, einzig begleitet von einem nächtlichen Kuckuck.

❖

Ich schlafe in Paolos Armen ein. Ein bitterer Geschmack im Mund vom vielen Wein. Der Bauch gebläht, die Lider schwer. Ich träume, daß ich mich in meiner Haut nicht wohl fühle. Und Lust habe wegzulaufen. Mich auf Zehenspitzen stelle und mich mit den Armen abdrücke, mit den Beinen zappele und abhebe, aufsteige, fliege.

Ich wache fröstelnd auf. Paolo liegt nicht mehr im Bett. Einen Moment lang lasse ich den Blick über die Wände streifen, die in breiten gelben und schwarzen Streifen tapeziert sind. Aus einem massigen Rahmen starrt mich ein Alter mit begehrlichen, trüben Augen an, als würde er verzehrt von einer Geilheit, die nicht einmal der Tod hat löschen können.

Ich stehe auf und gehe langsam, nur vom bläulichen Licht des Mondes geführt zur Tür. Der Flur ist dunkel. Er scheint in einem miesen Horrorfilm zu liegen: Du biegst um eine Ecke und stehst direkt vor einem Ritter aus dem dreizehnten Jahrhundert, die Beine und Arme glänzen, das Gesicht verschlossen in einem Helm mit dunklen Schlitzen. Weiter hinten schießt ein Hirschkopf mit messerscharfem Geweih aus der Wand. Die toten Augen, die Traurigkeit ausscheiden.

Ich drehe den Knauf einer Tür, die zur Treppe führt. Ada sitzt am Fenster, sieht mich hereinkommen. Hält zwischen den Fingern eine brennende Zigarette.

»Schläfst du nicht?«

»Nein.«

»Sollte Dida nicht mit dir in einem Zimmer schlafen.«

»Doch.«

»Und wo ist sie?«

»Keine Ahnung?«

»War sie mit Paolo zusammen?«

»Keine Ahnung.«

Versunken in eine schmerzhafte Betrachtung. Die kleinen gelben Augen starr ins Leere. Sie zittert kaum wahrnehmbar.

»Geht's dir schlecht?«

»Nein. Jetzt gehe ich schlafen. Geh du auch schlafen.«

»Hast du Paolo gesehen?«

»Bist du eifersüchtig?«

»Ich weiß nicht. Ich bin aufgewacht von der Leere neben mir, und ich möchte wissen, wo er ist.«

»Laß ihn doch. Geh schlafen.«

Ich streife ihre Wange mit den Lippen. Mache die Tür wieder zu. Aber ich gehe nicht in mein Zimmer zurück. Ich laufe weiter den Flur hinunter. Bleibe vor geschlossenen Türen stehen. Versuche, am nächsten Türgriff zu drehen. Eine Tür, die ganz leicht nachgibt. Drinnen auf einem riesigen Bett mit Baldachin liegt Nico quer und nackt.

Ich mache die Tür wieder zu. Gehe weiter den Flur entlang. Steige ein Dutzend Stufen hinunter. Biege in einen anderen, engeren Gang. Steige ein Treppchen mit einem dicken Teppich hinunter. Stehe wieder vor einer dunklen

Tür mit angetäuschten Relieffiguren: Männer, die ein Gewehr umarmen, Meuten von Hunden mit aufgerichteten Schwänzen, tote Hasen, die kopfüber hängen, auf den Rükken gedrehte Enten mit zerschmetterten Füßen.

Sachte stütze ich mich auf den Türgriff. Drücke ihn nach unten. Die schwere Tür gleitet von selbst. Das Zimmer wird durchkreuzt von einem Bündel aus weißem Licht, das durch eine kaputte Jalousie kommt. Auf einem hohen Bett zwei männliche Körper ineinander verschlungen.

Ich bleibe fasziniert stehen und betrachte diese marmorne Komposition, die sich kaum wahrnehmbar mit langsamen Muskeldrehungen bewegt. Frage mich, ob einer von beiden Paolo ist. Aber wer ist der andere? Miele? Filippo? Cesare? Während ich noch darüber nachdenke, bemerken sie mich, und ich bin gezwungen, mich zu entschuldigen und ganz schnell zu gehen.

Als ich mich atemlos auf den Türgriff stütze, spüre ich einen warmen Atemzug am Hals. Ich drehe mich um. Es ist Miele. Angezogen und gekämmt. Sieht unterwürfig und glücklich aus. Nur die geröteten Wangen erinnern an den Wein, den er getrunken hat.

»Endlich finde ich dich.«

»Ich suche Paolo.«

»Komm.«

Er zieht mich am Handgelenk. Wir steigen hundert Stufen nach unten, machen zwei Türen auf, gehen durch zwei Salons voller Waffen, kommen heraus in einem dichten bewachsenen, unordentlichen Garten. Miele drückt mich an einen großen Birnbaum und umarmt mich.

Ich sehe seine Augen nicht. Spüre den Geruch seines erregten Körpers. Aber ich empfinde nichts. Ich bin steif und stumm. Er lockert die Umklammerung. Sieht mich überrascht an.

»Magst du nicht?«

»Ich saß noch im Garten des Tennisclubs. Dann habe ich dich verschwinden sehen. Habe auf dich verzichtet. Jetzt verstehe ich überhaupt nichts mehr.«

»Ich bin sicher, du liebst mich.«

»Da bist du sicher, und wieso?«

»Weil ich dich liebe. Und spüre, daß du mich willst.«

»Aber warum hast du mir das seit Monaten nicht mehr gesagt?«

»Magst du keine Überraschungen.«

»Nein.«

Er lacht und wirft den Kopf nach hinten. Ich nehme seine Hand. Fühle sie weich und warm zwischen den Fingern.

»Ich liebe dich so sehr, Armida ... So sehr, daß ich Angst hatte. Ich bin atemlos vor dir weggerannt. Ich habe mich in die letzten Scherereien gestürzt, bloß um mir nicht einzugestehen, daß ich in dich verliebt bin. Aber je mehr ich die Liebe vor mir leugnete, desto mehr verliebte ich mich. Jetzt weißt du es. Du kannst mich ruhig wegschicken. Ich werde dich nicht zwingen. Ich will nur, daß du es weißt. Ich liebe dich, Armida. Das ist ein altmodisches Wort, ich weiß, idiotisch, uralt, sinnlos, romantisches Zeugs aus Schnulzen, aber scheiß drauf, ich will es sagen, weil es mir gefällt, ich stopfe es mir in den Mund, ich liebe dich!«

»Und Paolo?«

»Was hat Paolo damit zu tun? Jedenfalls ist er intelligent genug, es zu begreifen. Die Liebe hat nichts zu tun mit Freundschaft, Treue und anderem Scheißkram dieser Sorte.«

»Laß mich nachdenken, Miele.«

»Ich lasse dir jede Zeit, die du willst. Du weißt ja nicht, wie erleichtert ich mich fühle, seit ich dir gesagt habe, daß ich dich liebe. Viel zu lange habe ich Spielchen gemacht und alles vermasselt. Jetzt weißt du es. Mach, was du willst. Aber lieb mich, Armida, lieb mich.«

»Lieb mich, Alfredo, wie ich dich liebe: La Traviata.«

Wir lachen beide. Miele nimmt mein Gesicht zwischen die Handflächen. Sieht mich an. Mit einer Heftigkeit und Hingabe, die ich an ihm nicht kenne. Aber ich habe es eilig wegzukommen. Befreie mich aus seiner Umarmung und gehe zurück in das Zimmer wie ein Automat.

❖

Paolo hat morgens beim Aufstehen das weise, melancholische Gesicht eines alten Hirten aus dem Gebirge. Eines

Mannes, der gewöhnt ist, mit den Schafen und Sternen zu reden, die genießbaren Kräuter bestens von den giftigen unterscheiden und ein Schwalbennest mitten in einem Dornengebüsch entdecken kann. Aber unfähig, sich mitten im Stadtverkehr zu bewegen. Unfähig zu begreifen, was in seiner verschlossenen, undurchdringlichen Alltagsseele vorgeht.

Er sitzt vor mir in der Küche mit verloschenen Augen und sieht so zerschlagen aus, als hätte er zwanzig Jahre damit verbracht, sich das Gesicht vom Wind aushöhlen zu lassen. Die Hände greifen von selbst nach dem Brot, betasten es gierig, schneiden es mit langwieriger Präzision.

»Hättest du Lust auf ein Kind?«

Er hebt das verkrampfte blinde Gesicht. Führt die Hand ans Ohr, wie um zu sagen, er habe nicht richtig gehört. Ich stelle ihm die Frage noch einmal.

»Wie kommst du darauf?«

»Ich bin schwanger, Paolo.«

Er lächelt. Reicht mir eine Scheibe Butterbrot. Es sind automatische Gesten ohne Absicht. Die Augen gehen ein bißchen auf, das Gesicht rückt sich wieder zurecht. Er hört auf zu lächeln.

»Seit wann?«

»Seit zwei Monaten.«

»Weißt du das bestimmt?«

»Ja, ich habe einen Test gemacht.«

Ein langes Schweigen. Er nimmt den Kopf zwischen die Hände.

»Ist das wirklich wahr?«

»Ja doch.«

Er umarmt mich. Aber zögernd. Gerührt. Kühl. Das eheliche Schamgefühl hackt ihm die Zunge ab. Dieses Schamgefühl, das uns immer fremder macht, je intimer wir werden.

»Und was soll ich da machen?« Er wirkt verloren. Plötzlich erschrocken.

»Nichts.«

»Wie nichts?«

»Nichts. Das Kind lasse *ich* im Bauch wachsen.«

»Ich werde dir helfen.«

»Ist gut.«

»Ich will dabei sein, wenn es geboren wird. Es ist auch meins.«

»Ich weiß.«

»Ich will da sein und sehen, wie es aus dir herauskommt.«

»Ist gut.«

Schon gepackt vom Zauber der Vaterschaft. Überspringt sämtliche Phasen der Schwangerschaft. Er sieht es schon groß, dieses Kind, die Beinchen in kleinen Wollhosen, die Hand in seines Vaters Hand, beide beschäftigt, den langen, schwierigen Lebensweg zu gehen.

Lamberto kommt herein. Ganz in Blau. Ein Schleifchen schnürt ihm die Kehle ab wie gewöhnlich Krawatten.

»Wo gehst du denn hin?«

»Ich fahre spazieren mit dem Bus.«

»Hast du dich deshalb so elegant angezogen?«

Er nimmt aus der Hand des Bruders eine dicke Scheibe Butterbrot und geht sie am Fenster essen.

»Weißt du, daß du einen kleinen Neffen bekommst?«

»Wer ist das?«

»Armida ist schwanger ...«

»Verstehe, verstehe ...«

»Red nicht so, du, wie mein Großvater.«

Er hält die angebissene Scheibe Brot mit den Fingern fest. Hört auf zu kauen. Sieht uns an aus argwöhnischen Augen hinter dicken Gläsern. Kräuselt die Lippen. Schluckt mühsam.

»Du bist doch wohl nicht eifersüchtig?« Paolo lacht ihn komplizenhaft väterlich an.

Lamberto schüttelt den Kopf. Dicke Blutstropfen kleckern ihm aus der Nase, laufen die Lippen entlang, bilden ein Rinnsal auf dem Kinn, tropfen einer nach dem anderen auf das Butterbrot.

»Hol das Eis, Armida ... nein, warte, ich hol's. Von heute ab will ich nicht, daß du noch einen Handschlag tust. Darf ich es Elisabetta erzählen?«

»Erzähl's ihr.«

Er läuft ins Schlafzimmer, um seine Mutter anzurufen. Ich höre ihn reden, erregt, setzt hinter jeden Satz ein dickes Ausrufezeichen. Testone kommt und legt die Schnauze auf meine Knie. Will, daß ich mit ihm rausgehe. Ich gieße ihm

Milch in den Napf. Er schleckt sie auf, spritzt dabei die Flüssigkeit über den Fußboden. Ich lege ihm eine Zeitung unter den Napf. Aber er ist schon fertig.

Ich nehme die Leine und gehe zur Wohnungstür. Paolos fröhliche Stimme holt mich ein:

»Wo gehst du denn hin, bist du verrückt! Ich gehe mit Testone vor die Tür.«

»Wann denn?«

»Sowie ich mit meiner Mutter zu Ende telefoniert habe.«

Ich lege die Leine weg. Setze mich an den Schreibtisch. Wer weiß, vielleicht komme ich weiter mit der Komödie, an der ich schon so lange arbeite.

Paolos Stimme holt mich wieder ein, diesmal feierlich:

»*Ich* kaufe heute ein! Wo ist die Leine? Du machst die Wohnung sauber, ich kümmere mich um alles andere. Ciao, Armida!«

❖

Ich parke vor dem rostigen Gartentor in der Via Properzio. Gehe um die Ecke. Betrete den Eingang Nummer fünfzehn. Steige die Treppe hoch. Klingele. Niemand rührt sich. Ich will gerade gehen. Bemerke unter der Tür einen Zettel. »Für Armida.«

Ein winziger mit Klebstoff verschlossener Umschlag. Eine schöne, zierliche bauchige Handschrift. Ich öffne und lese. »Komme später. Der Schlüssel ist beim Pförtner. Warte auf mich. Ich liebe dich. Miele.«

»Das entlarvendste Wort der Welt«, würde Cesare sagen. »Das Wort, das immer falsch klingt, aus der Mode, undenkbar, und wer kann heute eigentlich noch ›ich liebe dich‹ aussprechen, ohne sich lächerlich vorzukommen?«

Ich bleibe vor der verschlossenen Tür stehen, diesen Zettel in der Hand. »Ich liebe dich. Miele«. Er hat keine Angst vor der Lächerlichkeit. Ein derart abgewehrter, schlechtangesehener, aus der Mode gekommener Satz erschreckt ihn durchaus nicht. Die Entdeckung einer solchen Dreistigkeit ist mir nicht unangenehm. Ich denke daran, wie ich ihn umarmen werde, wenn ich ihn sehen werde.

Ich springe die dreihundert Stufen hinunter, die den dritten Stock von der Pförtnerloge trennen. Nehme den Schlüssel. Renne wieder hoch, immer zwei Stufen auf einmal nehmend. Schließe die Tür auf. Werfe mich auf das Bett, gepackt von einer nicht zu bändigenden Fröhlichkeit.

Stehe auf. Gehe in die Küche. Hole ein Glas Wasser. Stürze es hinunter. Gehe ins Wohnzimmer. Mache das Radio an. Die Stimme von Ida Cox. Herbe, starke Liederzauberin.

Plötzlich stehe ich barfuß da und tanze allein, mitten im Wohnzimmer. »Baby baby I am alone and you are gone ... baby I am alone ...«

Schlagartig sinke ich erschöpft auf den Fußboden, und da bleibe ich liegen, platt, wartend. Jedesmal wenn ich einen Schritt hinter der Tür höre, hebe ich den Kopf. Aber er ist es nicht. Jemand übt auf dem Klavier in der Wohnung oben drüber Do re sol do re sol do re sol ...

Ich sehe auf die Uhr. Es ist acht. Miele ist nicht gekommen. Paolo erwartet mich. Lamberto muß essen. Ich muß nach Hause. Ich lasse einen Zettel da, um ihm zu sagen, daß ich auf ihn gewartet habe. Gehe weg.

Während ich beim Essen sitze, klingelt das Telefon. Ich weiß, daß er es ist. Ich stürze dran. Es ist seine zärtliche Stimme am Ende der Leitung.

»Entschuldige wegen heute.«

»Macht nichts.«

»Ich bin in dich verliebt wie ein Idiot, Armida ... Ich kann an gar nichts mehr denken ... Sehe dich dauernd vor mir. Sag mir, daß du mich auch willst, sag's mir, sonst sterbe ich.«

»Ich war gekommen, um es dir zu sagen.«

»Daß du mich liebst?«

»Ja.«

Schweigen am anderen Ende. Ich denke, die Leitung ist zusammengebrochen.

»Bist du noch da?«

»Ich bin hier.«

»Sagst du nichts?«

»Mir ist die Luft weggeblieben. Ein Stich im Magen. Mein Gott, wie ich dich liebe, Armida, aber hab keine Angst, ich werde dich nicht nerven, ich werde dich nicht zwingen, ich liebe dich für das, was du bist und wie du bist, ich liebe dich, weil ich dich liebe und sonst nichts, auch wenn du mich betrügst, auch wenn du auf mich pfeifst, du sollst wissen, daß ich dich liebe ...«

Jetzt bin ich es, die nicht mehr essen kann. Ich setze mich wieder an den Tisch. Knabbere ein bißchen. Aber der Magen ist zu, verbarrikadiert. Paolo ist so beschäftigt mit seinen neuen Gedanken als Vater, daß er nicht einmal meinen Stimmungsumschwung bemerkt. Lamberto ißt gierig den Kartoffelauflauf, den ich ihm gekocht habe.

»Hast du schon überlegt, wo es hin soll?«

»Was?«

»Das Kind, Armida, mein vertrotteltes Liebchen, das Kind ...«

»Ähm, nein.«

»Ins Schlafzimmer, habe ich überlegt, kann es höchstens für ein paar Monate, gerade solange, wie du es stillst. Aber danach werden wir uns gegenseitig stören, und außerdem ist es hygienischer, wenn es für sich schläft. In Lambertos Zimmer, nein, nicht einmal im Traum ... ins Wohnzimmer auch nicht. Ich habe an dein Arbeitszimmer gedacht, hm, wie findest du das? Den Tisch stellen wir zur Seite, dann geht das Bett in die Mitte, wir hängen neue Vorhänge auf, ein paar weiße Schleiflackmöbel, hm?«

Es klingelt. Ich mache auf. Dida stürmt herein und wirft mir die Arme um den Hals. Hinter ihr Ada, Cesare und Nico.

»Alles Gute, Armida, viel Glück, viel Glück!«

Alle küssen mich, drücken mir die Hand, springen um mich herum.

»Weißt du schon, wie du es nennst?«

»Daran habe ich noch nicht gedacht.«

»Nenn es Narziß.«

»Warum denn?«

»Weil es ein wunderschöner blonder Junge wird und gar nicht anders kann, als ein Narziß zu werden ...«

»Nein, nenn ihn Giorgio Leone.«

»Nein, nenn ihn Nelson.«

»Und wenn es ein Mädchen wird?«

»Tja, dann wird sie es Iokaste nennen.«

»Nein, sie wird es Jolande nennen.«

»Und warum nicht Petunia?«

»Also, jetzt laßt sie in Frieden, sie ist müde.«

Paolo faßt mich um die Taille und führt mich zu einem Sessel. Schubst mich mit einem Ruck hinein. Reicht mir ein Glas Wasser mit Zitrone.

❖

Ich steige ins Auto. Unbeholfen. Der Bauch ist schon dick. Ich kriege keine Luft. Lasse den Motor an. Fahre in Richtung Via Cassia. Es ist heiß. Der Asphalt flitzt weich unter den Rädern lang. Auf beiden Seiten der Straße versengtes Gras und schattengeblähte Bäume.

Ich komme schweißgebadet am Schlößchen an, die Augen von der Sonne geblendet. Es wirkt noch häßlicher und gespenstischer als üblich. Ich lasse das Auto offen, mit der Tasche drin. Schleppe mich die Treppe hoch. Bevor ich klingele, bringe ich die Haare in Ordnung, versuche regelmäßig zu atmen.

Filippo macht auf. Das Gesicht gelb, der Länge nach durchgeschnitten vom Türspalt. Er macht ein »Oh!« mit den Augen, dem Mund, der Nase, dem Schnauzer, der vor Milch trieft.

»Du, Armida? Wie kommt das denn? Hab dich gar nicht erwartet ... Wie schön, komm rein, komm rein.«

Drinnen ist es dunkel und kühl. Es riecht nach gekochtem Kohl und Tabak. Ich setze mich auf einen harten Stuhl mit einer Rückenlehne mit geprägtem Lederbezug. Bitte ihn um ein Glas Wasser.

»Hier ist dein Wasser ... Und jetzt erzähl mir: Was machst du hier?«

»Ich suche Miele.«

»Warum gerade hier?«

»Ich weiß es nicht. Paolo hat mir erzählt, daß er oft zu dir kommt.«

»Ich habe ihn seit drei Monaten nicht mehr gesehen. Wo ist er denn?«

»Ich weiß es nicht.«

»Er wird verreist sein. Miele kann keine zwei Monate am selben Ort sein. Hat überall Freunde, das weißt du doch.

Warum rufst du nicht Gunter an, seinen Freund in Zürich, vielleicht ist er da.«

»Hast du die Nummer?«

»Nein, ich nicht. Aber Dida hat sie bestimmt.«

»Was hat Dida denn damit zu tun?«

»Weißt du nicht, daß sie und Miele mal verliebt waren?«

»Wann?«

»Vor ein paar Monaten.«

»Wie – vor ein paar Monaten?« Ich sehe ihn verdutzt an.

»Aber warum suchst du ihn denn so sehnlich?«

»Er ist verschwunden. Seit einem Monat.«

»Du hast dich verliebt, hm?«

Er mustert mich verschmitzt, der Schnauzer noch immer milchtriefend, die Augen schmachtend, maliziös. Ich möchte ihm sagen, er soll sich um seinen eigenen Kram kümmern. Verzichte aber.

»Wo ist denn Smeralda?«

»Keine Ahnung. Paolo hat gestern angerufen, um mit ihr ans Meer zu fahren. Hast du sie nicht gesehen?«

Filippo fängt an, sich zu amüsieren. Wir spielen Katz und Maus. In der Falle in seinem bösen Zauberschloß. Ein Spielchen, um sich den Bart zu lecken, genau im richtigen Moment, um die Monotonie eines einsamen Lebens zu unterbrechen.

»Stimmt es, daß du ein Kind kriegst?«

»Siehst du das nicht?«

Er starrt mir auf den Bauch. Verzieht den Mund zu einem Grinsen. Ich weiß nicht, ob aus Angst, Enttäuschung, Neid, Kummer. Jetzt spielt er nicht mehr. Die gutmütigen grauen Augen werden demütig und düster in dem bleichen Gesicht.

»Freust du dich?«

»Ja und nein.«

»Warum ja und nein?«

»Weil ich die Zukunft verworren finde. Eigentlich interessiert sie mich nicht. Aber eine Mutter muß an die Zukunft denken, nicht? Ich bin nicht sehr begabt, über die Zukunft nachzudenken. Ich denke jetzt über Miele nach und darüber, daß ich ihn nicht finde.«

»Weißt du, daß ich die Zukunft sehe wie eine alte Harpyie?«

»Du, Filippo?«

»Ich sehe, weil ich blind bin. Die Gegenwart interessiert mich nicht. Mich interessiert nur die Vergangenheit und ihre unfreiwillige Transformation in Zukunft.«

»Und was siehst du?«

»Ich sehe ein schwarzes Kind. Und ich sehe ein Fenster, aus dem du dich gefährlich hinauslehnen wirst ... Vielleicht wirst du dich hinunterstürzen ... Aber ich glaube nicht, denn deine Füße haben noch Schuhe an und eine schöne rosige Farbe.«

»Was bedeutet ein schwarzes Kind?«

»Keine Ahnung. Vielleicht bedeutet es ›tot‹. Vielleicht bedeutet es nur ›anders‹, ›unglücklich‹.«

»Du bist ja eine sehr düstere Sibylle. Und böswillig dazu.«

»Unterbrich mich nicht, Armida ... Ich bin gerade in einem begnadeten Zustand ... Ich sehe dich in einem Zug mit einem Mann, der nur dasitzt und trinkt und dir das Herz mit den Fingern zerbröselt ...«

»Miele?«

»Ich sehe dich in einem Krankenhausbett, du ißt Schweinefleisch ...«

»Du bist unheimlich, Filippo. Du redest wie ein Gespenst. Hör auf, mir solche grauenhaften Dinge zu erzählen. Erzähl mir, daß ich ein schönes Kind bekommen werde, daß ich mit Miele glücklich werde, daß meine Theaterstücke aufgeführt werden.«

»Der Fuchs wird den See durchqueren können, aber er wird herauskommen mit nassem Schwanz. Vielleicht sogar ohne Schwanz. Und was ist ein Fuchs ohne Schwanz?«

»Es ist dieses Haus, das dir so widerliche Gedanken einflößt. Warum verkaufst du es nicht und ziehst in die Stadt?«

»Ja, ich werde es verkaufen ... Ich lebe nicht gut hier. Aber ich weiß nicht, ob ich irgendwo anders gut leben würde.«

Er legt seine durchsichtigen, blaßgelben Hände auf die Marmorplatte des Tischs und sieht mich mit aufgerissenen Augen an.

»Ich würde meine Vergangenheit verlieren, und wovon soll ich mich dann nähren, Armida?«

»Du redest wie ein alter Mann.«

»Weißt du, daß ich mich neulich dabei ertappt habe, wie ich die Hunde mit der Stimme meines Vaters rief … Und gestern nacht habe ich geträumt, ich ziehe mich an wie mein Großvater und gehe zur Jagd mit seinem Hund Babo, der schon jahrelang tot ist.«

Ich küsse ihn auf die eisigen Wangen und rase wie verrückt über die verstopfte Via Cassia zurück nach Rom.

❖

Ich wache auf, mit dem Gefühl ohnmächtig zu werden. Es ist Nacht. Ich schwitze. Eine Empfindung bodenloser Schlappheit. Die Kräfte verlassen mich. Mit einem Auge sehe ich mich an, wie ich ermattet im Bett liege. Ich lege eine Hand zwischen die Beine. Ziehe sie klatschnaß hoch. Halte die Finger vor die Augen. Blutrot.

Ich richte mich auf. Kann mich aber nicht halten. Rufe Paolo. Der aus dem Schlaf schreckt, besorgt. Ich bitte ihn, mir ein Handtuch zu holen. Und Watte.

Ich stopfe mir die Unterhose voll Watte. Versuche, wieder einzuschlafen. Paolo schläft schon wieder, den Mund auf meiner nackten Schulter. Das feuchte Lauwarm seines Speichels auf meiner Brust.

Mein Auge, das über dem Fensterrahmen geschwebt hatte, betrachtet mich, als ich mit dem Mund schnappe wie ein Fisch. Das Blut strömt weiter. Ich halte mir den Bauch mit den Händen. Habe Angst, daß das Kind abgeht, aufgelöst, verloren in diesem reißenden Fluß.

Ich wecke Paolo. Der mich ungläubig anstarrt. Mir die Schulter küßt und nicht weiß, was er machen soll.

»Dieses Kind gehört mir. Du willst es doch wohl nicht so verlieren!«

»Geh, hol den Arzt. Geh, sofort.«

»Und dich lasse ich allein?«

»Sag Lamberto, er soll mir ein Glas Wasser bringen.«

Ich versuche, mich hinzusetzen, aber die Beine reagieren nicht, das Blut hat schon die ganze Watte durchtränkt, überschwemmt das Handtuch, das Bett.

Paolo sieht mich an und kann sich nicht entschließen, sich

anzuziehen. Nimmt einen Schuh, wirft ihn weit weg. Rennt ins Bad und kommt sofort wieder mit der Seife in der Hand. Legt sie aufs Bett, um den Schuh zu suchen.

»Scheiße, was geht hier vor, Armida, was für eine Scheiße hast du nur, darf man das mal erfahren, darf man das erfahren?«

»Geh, lauf, Paolo.«

»Ich gehe, ich gehe, aber wo zum Teufel haben sich meine Socken versteckt?«

»Geh ohne Socken, es ist keine Zeit ...«

Aber er kriegt es nicht hin, sich anzuziehen. Kommt wieder ans Bett. Küßt mich auf die Stirn. Packt meine Hände. Rennt in die Küche. Bringt mir Wasser. Zieht einen Schuh an. Merkt, daß er den Schlafanzug noch anhat. Zieht den Schuh aus, um aus dem Schlafanzug zu kommen. Und jetzt findet er den Schuh nicht wieder.

Das Auge ist immer noch auf dem Fensterbrett und sieht mich entschwinden, ich presse beide Hände gegen den Bauch, in dem Trugschluß, diesen Sturzbach aufzuhalten, aber das Blut quillt weiter, sprudelnd, strömend, spritzend, in Bächen, in Strahlen, mit einer geradezu maßlosen Glückseligkeit.

»Paolo, ruf den Krankenwagen, sonst sterbe ich, ruf den Krankenwagen!«

»Ja, ja, ich rufe ihn sofort ... Warum haben wir denn nicht gleich daran gedacht ... Wie geht's dir, hm, wie fühlst du dich?«

»Ruf den Krankenwagen.«

»Die Nummer, weißt du die Nummer?«

»Paolo ...«, sage ich. Dann stürze ich kopfüber auf den Fußboden.

Als ich aufwache, liege ich in einem Krankenhausbett, Nummer 55, in einem Zimmer mit acht Frauen, zwei Nadeln in den Venen, Pflaster auf den Handgelenken, Paolos Augen starr auf mir.

»Wir konnten das Kind halten, freuen Sie sich?«

Eine große Frau mit venetischem Akzent redet mir gut zu, zwei Zentimeter vor meiner Nase. Ich gucke Paolo an, der mich strahlend anlächelt.

»Das Kind lebt, hast du verstanden, Armida, es lebt!«

Er grapscht meine Hände und drückt sie. Küßt mir stürmisch die Wangen. Ich möchte ihm etwas sagen. Aber ich habe eine Zunge, die am Gaumen festgeklebt ist. Und eine große Lust zu schlafen.

❖

Paolo kommt um zwei mit einem fest verschnürten Paket. Darin sind die sauberen Nachthemden, die Bücher, das Mineralwasser, die Schlaftabletten, die bunten Taschentücher, das Kölnisch Wasser.

Er stellt alles vorsichtig auf das metallene Nachtschränkchen. Gibt mir einen Kuß. Sieht sich um. Inzwischen hat auch er sich mit den Bettnachbarinnen angefreundet. Maria, Bäuerin aus Maccarese. Pina, Gemüsefrau aus Vigna Clara. Teresa, Verkäuferin in der Via Gambero. Gesuina, die alte Gräfin, aus Parioli, und Velia, Gymnasiastin in der Vergil-Schule.

Um vier geht er. Kommt abends um sieben wieder. Obwohl es außerhalb der Besuchszeit ist. Zahlt den Pförtner, damit er ihn durchläßt. Im übrigen ist die Station voll von Müttern, Tanten, Enkelinnen, Töchtern, Nichten, die den Schwerkranken beistehen, vor allem nachts.

Manchmal kommt Lamberto mit. Oder Dida. Oder Cesare mit Ada und Nico. Sie bringen mir Rotwein: »Ist gut fürs Blut, Armida, trink!« Aber ich schenke ihn Pina, im Tausch gegen frisches Obst. Sie lachen, machen Witze, setzen sich aufs Bett, erzählen mir die neuesten politischen Entwicklungen.

Jedesmal, wenn ich sie kommen sehe, hoffe ich, zwischen ihren Köpfen den kastanienfarbenen von Miele zu entdekken. Aber ich finde ihn nicht. Niemand weiß, wo er ist.

Ich lese ein Buch nach dem anderen. Unterhalte mich gern mit Nachbarinnen. Solange sie nicht über Krankheiten reden. Dann verzichte ich lieber. Drehe mich zur Wand. Glücklicherweise steht mein Bett an der Wand, und ich kann in Ruhe lesen. Sie wissen Bescheid und nehmen mir mein plötzliches Verstummen nicht übel.

Meine Geschichte rührt sie. Sie haben mich unter ihre Fittiche genommen. Besonders Gesuina, die Gräfin, und

Pina, die Gemüsefrau. Für sie bin ich eine junge Frau, die ihr Kind zu verlieren droht, aber den Blutsturz aufhalten kann dank der Zauberkünste von ich weiß nicht welchem Professor mit Engelsfingern. Eine junge Ehefrau, angebetet von ihrem Mann, der ihr immer Süßigkeiten und Blumen bringt. Der sich aufs Bett setzt, händchenhaltend, und stundenlang da sitzen bleibt, ohne müde zu werden.

Die meisten sind da wegen verpfuschter Abtreibungen: tranchierte Föten, Gebärmutter durchlöchert von unerfahrenen Händen, Vergiftungen mit Petersilie und Bleichmitteln. Sogar die alte Gesuina, die aussieht wie sechzig, aber in Wirklichkeit vierzig ist, hat eine verkorkste Abtreibung hinter sich.

Abends sitzen sie um Pinas Bett und spielen Karten. Schweigend. Aufmerksam und gespannt. Sie spielen um Geld, und wehe dem, der stört. Nur gelegentlich wird eine von ihnen wütend, laut. Aber die anderen bringen sie mit ein paar Kniffen zum Schweigen. Wenn die Krankenschwester kommt, müssen sie nämlich aufhören, und sie haben keine Lust aufzuhören.

Eines Tages kommt Paolo mit Smeralda. Die sich nervös die Fingernägeln kaut. Sie guckt mich an, als ob sie mich nicht sähe. Das Flammenmeer der roten Haare verschluckt das halbe Gesicht. Der Ausdruck gespenstisch wie der ihres Bruders, nur belebt durch eine Handvoll verstreuter Sommersprossen.

Paolo tut väterlich mit ihr. Er ist zuvorkommend, abwesend. Sie stellt eine Schachtel Kekse auf den Nachttisch. Er reicht mir eine Flasche spanischen Cognac. Sowie sie weg sind, tausche ich alles gegen Feigen frisch vom Baum.

»Hast du dich verliebt in sie?« frage ich ihn, als er mich abends wieder besucht.

»Ich mag sie. Aber ich liebe dich, Armida, und ich liebe dieses Kind, das geboren werden soll.«

»Warum sagst du mir nicht die Wahrheit? Alle behandeln mich wie ein Dummchen ...«

»Ich mag sie, das habe ich dir doch gesagt. Ab und zu schlafe ich mit ihr. Aber ich liebe sie nicht. In Ordnung? Und vor allem habe ich nicht die geringste Absicht, dich zu verlieren oder mein Kind zu verlieren.«

»Ich bin froh, daß du mir das gesagt hast.«

»Ich liebe *dich,* Armida. Ich liebe nur dich.«

Er sagt es vollkommen aufrichtig. Mit der absoluten Lauterkeit, die nur die teilweise wahren Dinge haben, solange sie von einem Lebensentwurf gestützt werden.

Ab und zu kommt die Krankenschwester, legt mir den Bauch frei, stellt einen winzigen schwarzen Plastiktrichter auf die Haut neben dem Bauchnabel. Hält das Ohr dran und lauscht mit geschlossenen Augen. Dann erhebt sie sich wieder und lächelt triumphierend.

»Dem Kind geht's gut, Armida, tapfer, tapfer ...«, und sie geht, mit den weißen Stöckelschuhe klappernd, hinaus.

Jetzt kann ich das Kind schon unter der Handfläche spüren. Eine Spitze, die ein Knie sein könnte. Eine Rundung, vielleicht der Kopf. Es tritt ohne viel Energie, lebhaft wird es vor allem, wenn ich schlafe. Auf dem Rücken, ohne mich zu rühren, wegen dieses unaufhaltsamen Bächlein Blut, das trotz pfundweise Vitamin K weiter Tag für Tag zwischen meinen Beinen fließt. Aber das Kind wird es schaffen, das sagt der Arzt und schluckt seine Spucke, die ich mir süß vorstelle, weil er sie im Mund hin- und herbewegt und schmeckt, und manchmal spuckt er sie auch in ein kleines malvenfarbenes Taschentuch und betrachtet sie liebevoll. Die Anweisungen lauten: absolut stilliegen, viel essen, ausruhen, schlafen, viel trinken und an nichts denken.

Ich liege wie angenagelt auf der Matratze, ohne zu wagen, mich auch nur einen Millimeter zu verrücken. Ich esse wie ein Vielfraß: blutige Steaks, Nudeln mit Soße, Käse, Süßigkeiten. Alles schmeckt nach schlecht geputztem Topf und Ei. Wie damals in der Klosterschule. Ich schlinge alles runter, ohne darüber nachzudenken, ohne daran zu schnuppern, ich zwänge das verkochte Essen in den Trichter der Kehle, trinke literweise Milch, werde dick, die Arme haben schon den doppelten Umfang, die prallen Brüste lasten mir auf dem Brustkorb.

»Es wird ein Junge«, sagt mir eines Tages Gesuina, während sie einen Ring, der an einem Haar von mir hängt, über den Bauch baumeln läßt.

»Wenn er ausschlägt ist es ein Mädchen, wenn er sich dreht, ein Junge.«

Das Haar fängt an, sich wie verrückt zu drehen. Sie bremst es mit einer eleganten zufriedenen Geste. »Es wird ein Junge«, versichert sie. Und küßt mich auf den Mund.

»Wenn ich aber ein Mädchen will?«

»Das hast du doch nicht zu bestimmen. Das macht das Schicksal.«

»Nicht Gott?«

»Was soll Gott sich denn für solche Albernheiten interessieren. Die Madonna ja, die könnte entscheiden, das sind Frauensachen ... Aber die Madonna sagt nie etwas, die hat Angst vor Gott. Also hält sie den Mund. Und wenn der abends nach Hause kommt, fragt er: Madonna, warst du auch artig? Und sie sagt ja. Wenn es nicht stimmt, schlägt er sie zusammen.«

»Und das Schicksal, wer ist das?«

»Eine Frau mit Hut ... Hast du sie nicht schon mal auf der Straße getroffen, und sie lächelt dich an und sieht aus, als ob sie sagen will: Ich hab keine Zeit, ich hab keine Zeit ... Die rennt ewig, von einem Haus zum nächsten, von einem Bett zum nächsten. Denkt an alles ... die einfachen Dinge, die Gott nicht sieht: die Lieben, die Intrigen, die Eifersüchteleien, den Klatsch, die Abtreibungen, die Geburten und so weiter.«

»Gott sieht die Abtreibungen nicht?«

»Was soll er denn noch alles sehen! Er denkt an die Ewigkeit, an das Universum ... Die Abtreibungen sind Frauensächelchen, kleine Scherereien ... Darum kümmert sie sich, mit ihrem schiefen Hut, immer in Eile, und es kommt oft vor, daß sie, wenn sie da sein sollte, nicht da ist, weil sie viel zuviel zu tun hat, wie alle Frauen.«

❖

Heimtückisch, dieser Sohn. Wenn ich einschlafe, weckt er mich mit einem Tritt in die Hüfte. Ich drehe den Kopf auf dem Kissen, hole Luft. Er ist da, zusammengekauerter Aufpasser, ein bißchen sauer, wenn ich nicht wieder einschlafe, so daß er mich wieder wecken kann mit einem seiner liebevollen kleinen Tritte.

Gegen fünf schlafe ich ein, und er, zack, tritt mich fröhlich von neuem: Aufwachen, Mama, es ist Tag, und ich bin hier, und du liegst da rum wie eine blöde Kartoffel, warum stehst du nicht auf und fliegst mit mir über die Dächer?

Ich klingele nach der Schwester. Lasse mir die Bettpfanne unterschieben. Und er grinst. Dieser dauernde Drang, Wasser zu lassen, macht ihm Spaß, er bricht in unwiderstehliche kleine Lacher aus. Zu denen ich manchmal gedankenverloren ein Echo gebe. Die Schwester guckt mich beunruhigt an, die strengen Brauen wie Bügel über den harten Augen.

Paolo ist ganz aufgeregt über diese innere Bewegung, die die Persönlichkeit seines Sohnes bezeugt.

»Er meldet sich, hast du gesehen ... Sieht aus wie ich, wenn ich wütend bin.« Er lacht. Legt das Ohr auf den Bauch und horcht hingerissen.

»Er tritt, da, jetzt, er tritt, fühl mal, der Fuß, der Fuß Armida!«

Euphorisch, begeistert möchte er ihn mir am liebsten aus dem Bauch zerren und mit ihm spazieren gehen. Das ist kein sicherer Ort, dieser Mutterleib, ständig bedroht von neuen Blutungen, mit diesen verriegelten verrammelten Türen, diesen schlammigen Wassern, die drücken. Bei ihm zu Hause in seinem Bambusbettchen auf der kleinen Wollmatratze unter dem Laken mit den hellblauen Küken wäre er sicherer.

Er würde besser auf ihn aufpassen als ich, die ich zerstreut bin, voller Schmerzen und womöglich nicht einmal sehr mütterlich. Er würde ihn nach den neuesten Erkenntnissen der Wissenschaft vom Kinde erziehen, würde ihn vorsichtig im Rücken stützen auf die versilberte Waage legen, die Milch genau auf die richtige Temperatur warm machen, ihn zudecken mit dem weißen Schal, den seine Mutter gestrickt hat.

Er betrachtet mich mit einer Mischung aus Mißbilligung und Zärtlichkeit. Ist es möglich, daß ich nicht in der Lage bin eine Schwangerschaft in Ruhe und ohne Gefahren und Risiken auszutragen? Ist es möglich, daß ich nicht in der Lage bin, die einfachste Sache der Welt hinzukriegen, die Sache, die jede Frau hinkriegt, sogar die einfältigste?

Eines Morgens kommt er mit seiner Mutter, der schönen

Elisabetta. Beladen mit Geschenken und Geld. Sie setzt sich aufs Bett. Bedeckt mir das Gesicht mit Küssen. Die sanfte energische Elisabetta, die in Mailand lebt und eine Kette von Hemdenfabriken besitzt, hat drei Ehemänner gehabt und unterhält uns beide, das heißt uns drei, Paolo, Lamberto und mich. Und sie wird jetzt auch den kleinen Enkel unterhalten. Mit der etwas stürmischen, etwas schroffen Großzügigkeit von jemandem, der gewöhnt ist zu kommandieren.

»Du kannst nicht in diesem scheußlichen Krankenhaus bleiben, Armida. Wir brechen die Zelte hier ab und gehen nach Mailand. Ich sorge für dich, meine Kleine, die römischen Ärzte sind faul und verantwortungslos, die Krankenhäuser sind Müllhalden, ich will, daß du gut aufgehoben bist in einem schönen Zimmer mit vielen Blumen und einer Krankenschwester nur für dich.«

»Aber sie darf sich nicht bewegen, Mama!«

Ihr Lachen ist ansteckend. Sie faßt mein Handgelenk. Zieht mir die Decke weg. Guckt mir zwischen die Beine. Ich versuche, dieses Bächlein aufzuhalten, daß meine Verdammnis immer weiter verströmt. Aber ich kann nicht. Schlimmer, genau in dem Augenblick, als sie den Kopf davorhält, da, rutscht ein riesiger schwarzer Klumpen heraus, auf den ich einen schrägen, beschämten Blick werfe.

»Das ist Wahnsinn, mein Liebes. Ich bring dich sofort weg, aber sofort. Willst du etwa das Kind verlieren? Gehen wir, gehen wir ...«

Ich sage noch einmal, daß ich mich nicht bewegen darf, und sie schüttelt den Kopf, als wollte sie sagen: »Laß mich nur machen.«

Tatsächlich kommt zwei Stunden später mitsamt vier Pflegern eine ganz leichte, zerlegbare Krankentrage. Sie montieren sie mir an, ohne mich aus dem Bett zu nehmen und laden mich mit sämtlichen Laken in einen Krankenwagen, der mich mit heulenden Sirenen in fünf Stunden nach Mailand fährt.

Villa Santa Chiara. Blitzblank, still, mit dem Duft von frischen Blumen. Ich habe ein Zimmer für mich allein, einen Fernseher vor dem Bett, ein großes Fenster mit einem gelblichen Vorhang, eine Glaskugel über dem Kopf, ein grün gekacheltes Bad, das ich leider nicht benutzen kann. Ich bin gezwungen zur Bewegungslosigkeit. Mehr als vorher. Ich darf mich noch nicht einmal mehr auf die Seite drehen jetzt.

Ich habe zwei Ärzte, die sich um mich kümmern. Einer kommt morgens: Er ist klein, glatzköpfig, ältlich, förmlich. Der andere nachmittags: Barsch, jung, fett, mit schwarzen Haaren, die ihm büschelweise aus der Nase und aus den Ohren wachsen.

Paolo schläft im Bett neben meinem. Und wenn er nicht kann, schläft dort meine Schwiegermutter Elisabetta. Selbstsicher, dezent, aber bestimmt bekommt sie von den andern, was sie will, ohne sie je wirklich zu nötigen, sie überzeugt sie, steckt sie an mit ihrem Enthusiasmus.

Großzügig, die Hände immer voller Geschenke läßt sie die anderen nie spüren, was sie gibt, noch verlangt sie Gegenleistungen; versucht nur, sie hineinzuziehen in ihr leidenschaftliches Vertrauen in die Zukunft, alles ist möglich, man muß es nur wollen.

Mein Bauch jedoch bleibt widerspenstig gegen dieses Einbezogenwerden, nährt diesen zu fordernden Sohn mit Widerwillen und kann der absolut verbotenen Versuchung nicht widerstehen, ein Bächlein aus frischem Blut in der kreischenden Farbe von Chinalack entgleiten zu lassen.

So sehr Elisabetta sich auch ärgert, so sehr sie mich verführt mit ihren Sicherheiten, der bösartige Bach fließt weiter. So zerfetzt meine Venen auch sind von den vielen Spritzen, die sie mir rund um die Uhr geben. Immer massivere Gerinnungsmittel. Mit dem Risiko, wie ich dann erfahre, von Blutgerinseln, die sich durch die Venen schieben und Lähmung und Tod mit sich bringen.

Inzwischen überlasse ich mit den Ärzten völlig ergeben, ohne an irgend etwas zu denken. Dem förmlichen Morgenarzt, der mir den Bauch, den Puls fühlt, mir in die Augen guckt, sich verbeugt und geht. Dem Nachmittagsarzt mit seinem ewigen Abdruck von einem Kissen, einem Uhrarmband auf der Wange, wie um ein gutes Nachmittagsschläfchen zu bezeugen.

Sie wissen nicht mehr, wo sie die Nadeln für die Transfusionen einstechen sollen, manchmal jagen sie sie mir in die Fesseln, manchmal in die Handgelenke, manchmal in den Hals. Die Suche nach einer brauchbaren Vene dauert halbe

Stunden. Der Arzt wird ungeduldig und sagt: »Liegen Sie still, zappeln Sie nicht«, aber er selbst schwitzt, er zappelt, er sticht ein, trifft die Vene, verliert sie wieder, versucht es noch einmal, verliert sie noch einmal, verliert auch den Mut, ist gereizt, als hätte die Vene etwas persönlich gegen ihn.

Ich gleite in diesen Zustand wehrloser Passivität, die die letzte Quelle für Überleben ist, lasse tatenlos alles mit mir machen, will nur in Frieden gelassen werden. Ergebe mich ihren Händen, denn jeder Widerstand verschafft mir nur Schmerzen, ich bin ein totes Gewicht geworden, fett, kaputt, mit Ringen unter den Augen, die mir das Gesicht verschlingen, der Rücken in Stücken, unfähig, etwas zu begehren, das nicht das Ende von allem bedeutete.

❖

Und doch gibt es ein Einverständnis zwischen mir und meinem Sohn, das über die Nadeln, die Decken, das schmerzende Fleisch und jene schlammigen Gewässer läuft, ihn gefangen halten. Einen Pakt, der nirgends geschrieben steht, der nicht einmal ausgesprochen ist, aufgrunddessen wir aber immer zusammenbleiben werden, was auch geschehen mag. Ich ertappe mich manchmal dabei, daß ich die Krankenschwester mit einem höhnischen Lächeln ansehe.

Niemand, nicht einmal die besten Ärzte von Mailand, nicht einmal meine wunderbare Schwiegermutter Elisabetta kann den Grund dieser Blutungen verstehen. Niemand kann sie aufhalten. Nur er und ich wissen, was es ist: Eine ruhige, heitere Lust, den Gesetzen der Schwangerschaft nicht zu gehorchen. Dieses Kind, erwartet, gehätschelt, geliebt, noch bevor es geboren ist, spielt jedem Streiche, der es schon für sein Eigentum hält, indem es sich ein riskantes, aber berauschendes Spiel erlaubt: Die waghalsigsten Kunststücke vorzuführen und sich überhaupt darum zu kümmern, daß es sich den Hals brechen kann in meinem verspannten, schmerzenden Bauch. Sicher ist er sich nur meiner. Und ich mir seiner. Wir werden es der Welt schon zeigen, der ganzen. Der Gedanke an Miele kommt ab und zu hoch, beunruhigend. Verstopft mir den Kopf. Ich sehe ihn, wie er in irgendeinem Teil der Welt herumläuft, unbekannt, mitten in einem Wald voller blau-roter Papageien, mit einem Büchlein von Marx in der Hand.

Aber er, der andere da im Bauch, ist eifersüchtig. Hält die Gegenwart, auch wenn sie nur imaginiert ist, von jemand anderem nicht aus. Revoltiert sofort empört, indem er an sämtlichen Strängen des Bauchs zerrt und mich abgehackt atmen läßt. »Wie kannst du, Mama, dich nur so ablenken lassen, wo ich hier das Leben für dich aufs Spiel setze?« Und er lacht zufrieden, daß er mich erschreckt hat. Will, daß all meine Aufmerksamkeit, all meine Gedanken, all meine Gelüste, all meine Sehnsüchte für ihn sind und nur für ihn.

Die Tage vergehen ruhig, ohne Abweichungen, zerrissen von den Nadeln zu festen Zeiten. Die anderen sehen mich immer mehr wie ein Haus, das von einem unberechenbaren, tyrannischen Derwisch bewohnt wird.

Paolo und seine Mutter kommen beladen mit Blumen. Decken mir den Bauch bloß und beugen sich beide mit angenagelten Ohren über meinen gespannten Leib, um zu horchen. Lachen miteinander, geben sich Zeichen des Einverständnisses. Verfolgen die Bewegungen »ihres Kleinen«. Dann lüftet Elisabetta vorsichtig die Babywindel, die ich zwischen den Beinen habe, betrachtet den frischen roten Fleck und verzieht den Mund.

»Du mußt durchhalten, Armida, das Kind ist wunderschön, es geht ihm gut, du mußt nur noch einen Monat durchhalten.«

Das Nachtschränkchen voll mit Mandelplätzchen, Pralinen, die ich nicht esse, Orangenkeksen, kandierten Früchten, Eclairs. Riesige, mit roten Pünktchen übersäte weiße Lilien sehen mich aus der Vase bange an.

Zu Besuch kommen Kusinen von Paolo mit rosa Chiffonmänteln, mit gerade gekauften Strohhütchen. Es kommt sein Vater, der wieder geheiratet hat, mit der neuen Ehefrau. Er nimmt meine Hand in seine warmen, trockenen Hände. Schenkt mir einen Augenblick Freude. Ich hatte immer eine Schwäche für Paolos Vater, er ist ein Mann mit einem weichen Herzen.

Es kommen Paolos Schulkameraden, blond, athletisch, massig, mit ihren juwelenbehängten Ehefrauen.

Elisabetta jagt sie alle weg, unter dem Vorwand meiner Müdigkeit und Reaktionsunfähigkeit. Inzwischen esse ich nicht mehr. Alles, was ich runterschlucke, spucke ich wieder aus.

Wie ein flinkes, fleißiges Schneewittchen schüttelt sie die Kissen, räumt eins-zwei-drei das Zimmer auf, während die Zwerge draußen im Wald Holz hacken, und abends erscheint sie, rund sanft, sauber, am Tisch, der für alle gedeckt ist, mit dem suppendampfenden Kochlöffel in der Hand.

Wohltuend, ihre Gegenwart, ermutigend. Ich halte ihretwegen durch, nur ihretwegen, irgendwie hat sie mich angesteckt mit ihrem absoluten, unwiderruflichen Beschluß, dieses Kind zu machen, koste es, was es wolle.

❖

Diese Nacht habe ich seltsamerweise ruhig geschlafen, ohne die üblichen heimtückischen kleinen Tritte des einsamen Akrobaten. Ich erwache erholt, wenn auch verändert. Die Rückenmuskeln sind steif, der Bauch gespannt wie eine Trommel. Ich habe Hunger, zum ersten Mal. Stürze eine Tasse Milch hinunter und eine Handvoll Kekse in Medaillenform. Erwarte, alles wieder auszuspucken. Aber der Magen behält es.

Um neun kommt der Arzt, legt das Ohr an den Trichter, das übliche Abklopfen, Abtasten, Abhorchen, Abwarten. Hinter der Tür eines verwahrlosten Hauses. Das Haus des launischen Gespenstes.

Das Gesicht des Arztes verdüstert sich. Sofort weiß ich, daß etwas schief läuft. Er ruft die Schwester. Gemeinsam hängen sie über eine halbe Stunde lang tastend, horchen, mit angenagelten Augen über meinem Bauch. Alle beide mit spitzfindigen Gesichtern, mit denen sie sich verständigen wollen, ohne mich zu beunruhigen, angespannt bei ihrer komischen Anstrengung, eine offensichtliche Komplizenhaftigkeit zu mimen.

Kurz danach finde ich mich im Kreißsaal wieder. Die Beine in zwei ärmelartige rauhe Baumwollschlaufen gesteckt, die Brust bedeckt mit einem Tuch, das nach Desinfektionsmittel riecht. Der Arzt von morgens wühlt mir im Bauch herum mit den kleinen weißen, feisten Händen, der Arzt von nachmittags hilft ihm, indem er von außen auf den Bauch drückt. Sie sind wie Tag und Nacht: Weiß, leuchtend, rund der eine und braun, stachlig, schattig der andere. Ich sehe ihnen zu, wie sie sich um meinen Bauch herumbewegen, als gehörte er nicht mir. Sie machen sinnlose Bewegungen. Der Tag schnaubt und zerrt, die Nacht drückt und schwitzt. Irgendwann setzt sich die Nacht auf meinen Bauch, wie man es bei einem Koffer macht, der nicht zugehen will, und ich bin versucht, ihn in die Hand zu beißen. Als ich eine metallische Stimme höre, die sagt: »Nichts zu machen, es ist tot, und sie gibt's nicht her.«

Die Muskeln sind erstarrt in der letzten Umarmung des Sohn-Liebhabers, der aus meiner Kuppel ein Grab machen will, wir sterben gemeinsam, er und ich, wegen dieses Liebespakts, der uns gegen alle zusammenhält, ich ergebe mich in seinen Besitz, und er klammert sich an mich, tödlich.

Ich fühle kaum, daß sie mich festbinden, weil ich zapple. Ich möchte sie treten, diese wissenden Köpfe. Ich möchte sie zum Teufel schicken, um mit bestialischer Weichheit in die schwarzen Gewässer des Nichts zu stürzen, er und ich, glücklich umarmt.

Aber die Nadeln sind da, um uns zu trennen. Der Anästhesist findet ein noch intaktes Stück Vene irgendwo am linken Bein. Ich fühle eine plötzliche Hitze in der Kehle. Die Augen vernebeln sich. Ich sehe gerade noch hinter der Scheibe das feierliche Gesicht von Elisabetta, die mir ermutigende Zeichen gibt.

Dann falle ich in den Schlaf. Die Muskeln lockern sich, lassen zu, daß der Sohn von professionellen Händen gestohlen wird, die ihn ohne nur eine einzige Liebkosung in den Mülleimer werfen. Dann sagen sie mir, es war ein Sohn, wie Gesuina gesagt hatte, er hatte hellblaue Augen und war kräftig und hat gelächelt. Der kleine Akrobat hat sich den Hals gebrochen und sich der Familie für immer verweigert.

Zum Aufwecken hauen sie mir Ohrfeigen. Ich will nicht wieder zurückkommen. Bin geschwärzt von einer brutalen Traurigkeit, die mir die Eingeweide verrenkt. Erstarrt, von einem wilden Fieber gepackt atme ich stockend, trinke nicht, erhole mich nicht.

Es ist Elisabettas Kraft, die mich aus dem Sumpf dieses ungewollten Aborts reißt. »Ich hab dich an den Haaren gezogen«, wie sie sagt, »du warst wirklich schon mehr drüben als hüben.«

Das Gesicht, das ich sehe, als ich die Augen öffne, ist ihrs: Schön, weit weg von jedem Gedanken an Niederlagen oder an Kapitulation. »Wir machen noch eins, hm, Armida? Jetzt ruh dich aus und denk an nichts.«

Paolo wischt sich die Tränen mit farbverschmierten Fingern ab. Er hat wieder angefangen zu malen und macht schöne desolate Bilder, wo die Hellblaus verfließen in die Grüns eines Himmels ohne Engel und ohne Götter.

Ich lasse die Tage vergehen wie kurze, vorhersehbare Traumfetzen. Fange wieder an zu essen, lustlos, ohne das, was sie mir in den Mund stecken, zu schmecken.

Jeden Morgen binden sie mir die Brust ab. Die Brüste sind prall voll mit Milch. »Und die soll sich doch zurückbilden, nicht, Armida?« sagt die Schwester in mütterlichem Ton. Und bei diesen Worten zieht sie die Binden fest, zieht sie gewissenhaft fest und läßt mich als verzweifelte Mumie allein im Bett.

Abends kommt sie sie abnehmen. Nickt zufrieden: »Da, jetzt geht sie zurück«, das sagt sie, als redet sie über ein seltsames unberechenbares Tier. Nimmt eine Brustwarze zwischen die Finger und läßt ein paar Tropfen Milch herausspritzen. Greift zwei Mullvierecke, legt sie vorsichtig auf die schmerzenden Brüste, und mit der ausholenden Bewegung einer Mähmaschine wickelt sie mich wieder ein.

Das erste, was meine Aufmerksamkeit erregt ist ein Umschlag, der eines Morgens auf dem Nachtschränkchen liegt. Ein Brief. Die Schrift ist von Miele. Ich erkenne sie sofort. Nur er macht die »m« so sichelförmig und windet die »s«, als wären sie Seeschlangen. Armida Bianchi, das bin ich. Und dieser Brief liegt da, seit wer weiß wann, und ich habe es nicht gewußt!

Ich wage nicht, den Arm auszustrecken. Habe Angst, nicht dranzukommen. Und wo finde ich dann die Kraft, ihn aufzumachen? Normalerweise bin ich festgenagelt, mit Nadeln in den Fesseln und an den Handgelenken, und das Blut tropft mir langsam in die Venen.

Ich muß lachen. Ein Jahrhundert, daß ich nicht mehr lache. Ich glaubte, ich würde nie wieder lachen. Es verschafft eine seltsame Freude, das Lachen, mit dem Mund, mit dem Kopf, mit dem Hals, mit den Armen, mit dem Bauch. Ein Lachen, das Hunger und Lust auf Bewegung mit sich bringt.

Endlich nehmen sie mir die Nadeln raus. Ich lasse mir den Brief auf die Brust legen. Öffne ihn, indem ich ungeschickt daran herumreise. Schaffe aber nicht, ihn zu lesen. Sehe nur, wie die Buchstaben sich nach einer Seite biegen, als hätte ein wütender Sturm sie ereilt. Ein paar versuchen, sich wieder aufzurichten, indem sie sich auf die kurzen Beine stellen, andere machen nicht einmal den Versuch. Über jedem Satz der steife Balken der »t«. Am Grund eines Meeres aus Worten eine Unterschrift: Ein elegantes, stilisiertes »m«, ein spitzbübisches »i«, ein schmachtend zur Seite gelehntes »e«, ein in seiner barocken Perfektion leicht eitles, schlankes »l«, ein ganz in die Zukunft geworfenes End-»e«. Und dann ein Punkt, wie um zu sagen: Nach mir kommt nichts mehr, ich ende hier, und jedes weitere Zeichen ist Willkür.

»Liebe Armida, ich habe erst jetzt erfahren, daß es Dir sehr schlecht gegangen ist ...«, ein konventioneller Brief ohne Geheimnisse noch Begehren. Ein Brief, den man schreiben muß und den man schreibt, mit eingezogenem Hals.

Ich lege ihn enttäuscht beiseite. Aber dann überlege ich es mir. Lese ihn noch einmal. Und entdecke, daß etwas dasteht, was ich nicht bemerkt hatte. Eine Telefonnummer, schräg unten auf das Blatt geschrieben. Ohne jede Erklärung. Eine kleine Nummer aus sechs Zahlen, eine kabbalistische Botschaft nur für mich. Da liegt vielleicht das Geheimnis des Briefes, von dem Miele vermutlich denkt, er könnte in Elisabettas oder Paolos Hände fallen.

Ich warte, daß es nacht wird und ich allein bin. Elisabetta schläft zu Hause, und Paolo ist nach Rom gefahren. Ich bin allein mit meinen löwenköpfigen Lilien, meinen unverschämt roten Rosen, meinen Keksen, meinen Büchern.

Wähle die Nummer. Verwähle mich aber. Wähle noch dreimal. Endlich höre ich das Klingeln am anderen Ende: Ein verlängertes Sirenenläuten in der leeren Wohnung. Vier, fünf, sechsmal. Er ist nicht da. Ich will gerade auflegen. Aber da kommt ein: »Hallo?«

Ich will antworten, aber die Stimme kommt mir nicht aus der Kehle. Ich umklammere krampfhaft den Hörer, ohne sprechen zu können. Seine Stimme, etwas schläfrig, wiederholt immer noch: »Hallo, hallo! Wer ist denn da?« Dann knallt er auf.

Ich wähle die Nummer wieder. Und endlich schaffe ich, ein paar Worte zu sagen.

»Hier ist Armida. Ich habe dienen Brief bekommen ...«, und höre gelähmt wieder auf.

Er braucht ein paar Sekunden, um seine Fassung wiederzufinden.

»Armida? Was machst du denn? Von wo rufst du an? Weißt du, daß ich gerade von dir geträümt habe? Gott, Scheiße, verdammte, verfluchte, hab ich eine Lust, dich wiederzusehen ... Wo bist du denn? Stimmt es, daß du fast gestorben wärst?«

»Wirklich, hast du Lust, mich zu sehen?«

Soll ich sofort zu dir kommen? Sag mir, wo du bist, ich komme sofort ... Und wenn du in Australien wärst ...«

»Nein, laß. Sag mir nur, was du machst.«

»Ich sitze an der Examensarbeit. Hocke immer zu Hause und arbeite. Hab fünf Kilo abgenommen, wenn du mich sehen würdest, ich seh aus wie jemand anders ... Gott, das kommt mir unglaublich vor ... Ich dachte, ich würde dich nie wiedersehen.«

»Du warst es, der verschwunden ist, nicht ich.«

»Ich mußte mich eine Zeitlang unauffindbar machen ... politische Gründe ... Ich werd's dir erklären. Liebst du mich noch, Armida? Ich hab immer nur an dich gedacht.«

Da, gleich falle ich aus dem Bett mitsamt allen Büchern, dem Telefon, den Blumen, den Keksen, und was dann?

»Sag mir, wo du bist, damit ich kommen kann ... Ich halte es nicht mehr aus, dir fern zu sein.«

Aber ich weiß, ich will nicht, daß er mich so sieht: Aufgedunsen, kaputt, torkelnd, bleich wie eine Bohne.

»Wir sehen uns, sobald es mir bessergeht, Miele.«

»Willst du mich nicht sehen? Hast du mich vergessen?«

»Bleibst du jetzt in Rom, Miele?«

»Ich hab dir doch gesagt, ich muß die Prüfungen machen.«

»Ich komme in einem Monat runter. Wartest du auf mich?«

»Darf ich wenigstens anrufen?«

»Ruf um zwei an, zu der Zeit bin ich normalerweise allein.«

»Also, bis morgen. Ich bin so froh, daß du angerufen hast ... Ich habe nicht gewagt ... Ich hatte Angst, dir ungelegen zu kommen ... Darf ich dir sagen, daß ich dich liebe?«

Ich nehme den Spiegel. Habe ihn seit Monaten nicht mehr angefaßt. Sehe ein abgespanntes Gesicht, durchsichtig, die kleinen himmelblauen Augen verloren in den Höhlen, die viel zu groß sind und einen dunklen Hof haben. Einen verlorenen, resignierten Ausdruck, den ich an mir nicht kannte. Die blauen Flecken in den Armbeugen wie bei einer verfallenen Heroinsüchtigen, blaue Flecken an den Knöcheln, blaue Flecken an den Handgelenken. Und ich bin aufgedunsen. Aufgedunsen vom schlechtverdauten Essen, von der Langeweile und von der sinnlosen Resignation.

Ich werfe die Laken weg. Stelle die Füße auf den Boden. Kann mich gerade noch an einer Vase mit frischen Lilien festhalten. Nehme sie mit, zusammen mit einem Stapel Bücher. Das Gesicht zwischen den Scherben, das Wasser auf der Brust, der Rost der Blütenstempel an den Händen. Der Geruch der Lilien wird mich begleiten wie eine Kantilene der Glückseligkeit in Ewigkeit.

Elisabetta kommt genau in diesem Augenblick und zieht mich erschrocken hoch. Will mich wieder an die Nadeln hängen lassen. Aber ich lehne entschlossen ab.

»Nein, mir geht es sehr gut, bin nur hingefallen, weil ich es übertrieben habe, aber es geht mir gut, ich will weder Nadeln noch Transfusionen. Ab morgen will ich nach Hause.«

❖

Die Wände sind beklebt mit Blumentapeten. Dicke Begonien, lila, malvenrot, zyklamenrot, kirschrot. Eine weiße Porzellanleuchte, eine Kommode, die nach Lavendel duftet, Leinenvorhänge, die sich beim ersten Windhauch aufblähen. Das Fenster geht auf ein Wäldchen, lauter Tannen mit ausgefransten Ästen. Dahinter sieht man die sonnige Landschaft um Monza mit ihrem Gewimmel von Häusern und Fabriken. Schulen, Kasernen, Hochspannungsmasten, Silos, Hangars. Aber alles verschleiert von einem fliegendrahtähnlichen, schmutzig hellblauen Smogvorhang, der die Dinge fernrückt und ihre Umrisse auflöst.

Brot und Feigen, Brot und Schinken. Ich esse nur, was ich mag, wenn ich mag. Stehe jeden Tag ein paar Stunden auf, setze mich ans Fenster, lese. Warte auf Mieles Anrufe.

Elisabetta ist glücklich, mich bei sich zu Hause zu haben. Auch Paolo, der wieder angefangen hat zu malen, und Lamberto, der in einem Sessel vergraben im Garten Englisch lernt.

Wenn ich mich besser fühle, geht Elisabetta mit mir zwischen den Tannenbäumen spazieren, läßt mich barfuß über das Gras laufen, lädt mir Arme voller Dahlien, die vollkommen und riesengroß sind und nur in ihrem Garten wachsen, mit Hilfe potenter regenerierender Chemikalien.

Ab und zu gehe ich mühsam bis zu dem Pavillon am Ende des Parks, in dem Paolo malt, im Atelier von Elisabettas jungem Ehemann. Sie empfangen mich ohne große Begeisterung.

Paolo läuft im Atelier auf und ab, mit hochgekrempelten Ärmeln, leuchtenden Augen, farbverschmierten Shorts. Gerardo ist freundlich, aber flüchtig. Grinst, kaut am Schnauzbart, läßt geistreiche Sprüche fallen und wartet, daß ich wieder gehe.

Ein Teller Weintrauben steht mitten auf dem Fußboden, ein paar sind schon abgeknabbert. Daneben, auf einer Plastikdecke sitzt ein blondes Mädchen mit balkendicken schwarzen Augenbrauen, die ihr ein trotziges Aussehen geben.

Es ist Zaira, Gerardos Modell. Sie ist nackt, mit einem Läppchen zum Pinselputzen auf dem Bauch. Sieht mich an mit leeren Augen. Ich nehme ein paar Weintrauben. Stütze mich auf das Sofa und schnappe nach Luft, die mir immer fehlt.

»Schämst du dich vor mir?« sage ich, um irgend etwas zu sagen, als ich sehe, wie sie sich verrenkt, um sich den Bauch und die Brüste mit dem schmutzigen kleinen Lappen zu bedecken.

»Nein.«

»Du versteckst dich aber.«

»Es ist, weil ... ich schwanger bin.«

»Na und, was gibt's da zu schämen?«

»Sie malen mich so, mit dem Bauch. Aber vor den anderen schäme ich mich.«

»Ich hatte auch einen Bauch bis vor einer Woche. Und der war noch dicker als deiner.«

»Na gut, wenn's dich nicht stört, mich stört's auch nicht...«

Sie lächelt schüchtern. Mit einer anmutigen Handbewegung nimmt sie das Läppchen vom Bauch und sieht mich furchtsam an. Die Vorwürfe der Frauen aus dem Dorf gewöhnt, mißtraut sie mir.

»Wann sollst du entbinden?«

»In zwei Wochen.«

»Freust du dich?«

»Naja ... ich bin nicht verheiratet. Ich habe noch nicht einmal einen Verlobten. Mein Vater schlägt mich jedesmal zusammen, wenn ich nach Hause komme. Ich verdiene ein bißchen Geld, damit ich nach Mailand gehen kann.«

»Wenn du etwas brauchst, sag's mir... Ich bin immer im Haus.«

»Danke«, sagt sie leise.

Paolo stürzt zur Tür, um mich zu begleiten. Ich sage nein, ich finde allein nach Hause. Er seufzt erleichtert. Zieht behutsam, aber fest die Tür hinter mir zu.

Unterwegs treffe ich Elisabetta, die von der Arbeit kommt, mit naßgeschwitzten Kleidern. Erzähle von Zaira. Frage sie, ob wir ihr helfen können.

»Wer, glaubst du, bezahlt sie fürs Modellstehen? Ich war

es, die sie geholt hat. Ich weiß, daß sie Gerardo gefällt. Vielleicht hat er sogar mit ihr geschlafen. Aber das macht nichts. Ich glaube nicht an die Liebe unter Zwang. Und noch weniger an die Treue unter Zwang. Ich verlange von ihm nur, daß er mich gern hat und mich respektiert... Der Rest gehört eben zu den Dingen des Lebens.«

Sie sagt es lachend, mit einer Tüte voll Oliven in einer Hand, dem Ersatzteil für Gerardos Motorrad in der anderen. Aber sie sagt es, als müßte sie eher sich selbst als mich überzeugen, in der Stimme die bittere Gewißheit von einer, die weiß, daß sie die Dinge nur kaufen kann und nicht aus Liebe bekommen. Und doch ist sie so schön in ihren kristallinen Brauntönen!

»Ich werde ihr in Mailand eine Arbeit besorgen, sobald sie das Kind hat. Aber ich weiß noch nicht, bei wem sie das Kind lassen kann. Ihre Mutter ist letztes Jahr gestorben. Der Vater ist ein Bauer, fast blind, trinkt schon beim Aufstehen einen halben Liter Grappa und hört bis zum Abend nicht auf, und wenn er nur kann, schlägt er sie. Ich werde auch für das Kind einen Platz finden müssen ... Ich weiß nicht ... vielleicht behalte ich es ...«

Das brennende Gefühl der Niederlage. Jenes Kind, das ich ihr nicht geben konnte, wird ersetzt durch dieses kleine unbekannte, das noch nicht geboren ist. Ich habe ihr Vertrauen verraten, und sie wird es mich nie spüren lassen. Aber es wird ein Schatten sein, der auf unseren Beziehungen lasten wird.

❖

Nachts, in diesem Zimmer mit den Begonien, geschehen seltsame Dinge: Ein nackter Mann, der am Fenster steht. Eine Frau, die zitternd daliegt. Ein Mann mit gespreizten Beinen, der auf der Matratze kniet und über dem schmerzenden Bauch seiner Frau tobt. Eine Frau, die allen Willen zusammennimmt, um die atrophierten Gefühle wieder zum Leben zu erwecken.

Ein Mann, der die kalten, verkniffenen Lippen seiner Frau ausspioniert. Eine Frau, die den Geschmack einer geliebten

Zunge nicht wiedererkennt. Ein Mann, der auf der Seite liegend raucht, die Gedanken, die ihm zu dicken Tropfen auf der Stirn gerinnen. Eine Frau, die auf die Decke starrt, aus dunklen verloschenen Augen.

Ein Mann und eine Frau, die sich ansehen, zermürbt, ohne die Gerüche und die Geschmäcker wiederzufinden, die sie vor vier Jahren verliebt gemacht hatten. Im Begonienzimmer verzehren sich die letzten Sehnsüchte einer Ehe, die alle Frische verloren hat. Der Tod des Kindes mit den hellblauen Augen ist auf düstere Weise verbunden mit dem Tod des Begehrens. Zersprungen jenes Pfirsichherz, das sie zu Freunden gemacht hat, zu Komplizen in den kleinen Familiennöten, sie sind zwei tote Körper geworden, die im Dunkeln liegen. Zwei Körper, die keuchend und starrsinnig versuchen, sich eine neue Freude zu schenken, namens und eingedenk einer fernen Freude. Im Zimmer mit den kirschrosa, fleischrosa, himbeerrosa Begonien, neben dem herrlichen großen Zimmer mit den weißen Seidentapeten an den Wänden, in dem Elisabetta und Gerardo schlafen, ist unsere Ehe kaputtgegangen wie meine von den Nadeln gepeinigte Venen.

Tagsüber schließt Paolo sich in Gerardos Atelier ein und malt. Auf den nebelhaften Leinwänden prangen dicke Bäuche von Frauen, umgeben von prähistorischen Monstern: Krokodilen mit Menschenköpfen, Nattern mit tausend gespaltenen Zungen, Katzen mit Krötenköpfen und Kröten mit Rattenzähnen. Ein Gewühl aus beunruhigenden und bedrohlichen Figuren.

Zum Mittagessen kommt er nicht. Wenn Elisabetta da ist, esse ich mit ihr im Garten. Wenn sie in der Firma bleibt, esse ich allein über einem Buch. Lamberto hat seine festen Zeiten und ißt lieber in der Küche, wo er aus der Nähe die Töpfe und den Herd überwachen kann.

Ich habe wieder angefangen, für das Theater zu schreiben. Nachmittags, während der heißesten Stunden, schließe ich mich im Zimmer ein und setze mich an den Tisch vor die Schreibmaschine mit einem Glas Eistee daneben.

Ich mache wieder Gymnastik. Esse nur Obst und Gemüse, um abzunehmen. Bekomme ganz allmählich wieder Farbe. Bilde wieder Muskeln. Gegen Abend fahre ich mit dem Rad ins Dorf. Halte am Zeitungskiosk, am Obst- und Gemüseladen. Fahre zurück mit dem Korb voll Birnen und Trauben.

Ich fühle mich wohl alleine. Mit dem Gespenst von Miele im Blick. Ich will nichts wissen von der Zukunft. Ich will keine Entscheidungen treffen. Lasse mich überraschen von den Tagen, die, während sie im Krankenhaus alle gleich und vorhersehbar waren, jetzt alle verschieden und unvorhersehbar sind.

Der Wind hat gedreht. Der Oktober kommt. Und bringt abgefallene Blätter, Gerüche von herbstlichen Eintöpfen, von feuchten Innenräumen, von nassem Asphalt, von aufgehängten Trauben, von Füchsen, die nachts ausziehen, um Hühner zu erbeuten, von frisch geölten Fahrrädern.

Eines Morgens um fünf kommt Elisabetta in das Begonienzimmer gerannt. Paolo und ich schlafen Arm in Arm, die Beine verschlungen, der Atem vermischt.

»Komm, Armida, komm, hilf mit.«

Ich verstehe nicht. Mache einen Ruck, um einen Fuß aus dem verdrehten Bettlaken zu befreien. Paolo sieht seine Mutter mit offenem Mund an.

»Wie spät ist es denn?«

»Was geht dich das an? Schlaf. Ich brauche Armida.«

»Was ist denn bloß los?«

»Sie kommt gerade nieder.«

»Wer denn?«

»Wer – du Idiot ... Zaira, nicht ...?«

Sie stürzt aus der Tür. Und ich hinterher, barfuß, Paolos Bademantel verkehrt herum an.

»Wo kommt sie denn nieder?«

»In Gerardos Atelier ... lauf!«

Ausgerechnet da, zwischen Farben und Terpentin. Auf dem Fußboden liegend. Allein. Das Gesicht gefaßt, ernst. Das Jammern zurückhaltend, mit jenem Instinkt der kleinen Tochter armer Leute, die so wenig wie möglich zu stören versucht.

»Gleich kommt der Doktor, Zaira ... Solange sind wir da.«

»Ich will keinen Doktor, ich will Maria.«

Schwach, ohne ihr widersprechen zu wollen, versucht Elisabetta sie zu überreden mit ihrer freundlich hartnäckigen Stimme:

»Maria kommt auch, ich habe nach ihr geschickt... Aber den Doktor brauchen wir auch...«

»Nein, den Doktor, ich schäme mich, ich bitte dich, laß ihn nicht rein...«

»Na gut, wir sagen ihm, er soll im Flur warten, gut?«

Sie nickt japsend. Legt sich die dicken Bäuerinnenhände auf den Leib. Betrachtet fasziniert den runden, glatten Bauch mit den blonden Löckchen, die sich unten kräuseln. Wirkt alles so einfach!

Maria, die Hebamme, kommt. Ich hatte eine große dicke Frau erwartet. Statt dessen bekomme ich ein nicht einmal einen Meter großes Frauchen mit Zwergenärmchen und stechenden Augen zu sehen.

»Atme tief ein, Zaira, stoß die Luft aus!« befiehlt sie ihr, und sie atmet, füllt sich die engen Kleinmädchenlungen.

»Jetzt drück, drück, stärker, stärker, als müßtest du kakken...« Und Zaira drückt mit aufgerissenen goldenen Augen.

In wenigen Minuten ist die Kleine draußen, kräftig, keuchend, ganz schwarz behaart, bereit, ihr neues Element zu trinken: die Luft. Zaira hat nur ein einziges Mal geschrien, als die Schultern der Tochter durch die enge Passage der Beckenknochen kamen. Aber sofort hat sie sich auf die Lippen gebissen, als wollte sie sich entschuldigen für den Verdruß, den sie macht. Dankbar, daß wir um sie herumwuseln. Vertrauensvoll und bereitwillig.

»Es ist ein Mädchen, schön, rund und gesund... Jetzt fehlt ihr nur noch die Taufe... Wie nennst du sie denn, Zaira?«

Maria hält die Neugeborene an den Füßen hoch, gibt ihr Ohrfeigen, trennt ihr die Nabelschnur ab, wäscht sie in lauwarmem Wasser mit sicheren mütterlichen Bewegungen.

»Freust du dich?« Elisabetta beugt sich aufmerksam über sie, schon bereit, sie zu ihrer zu machen, diese Kleine, indem sie sie überhäuft mit Windeln, Schühchen, Mützchen, goldenen Anstecknadeln. Aber Zaira schläft, mit weit offenem Mund, die Haare auf der Stirn verklebt. Satt und befriedigt.

»Wie ähnlich sie Paolo sieht!« sage ich mit tiefer Stimme.

Elisabetta guckt mich verblüfft an.

»Das kann nicht sein, Armida, als sie sie empfangen hat, wart ihr noch gar nicht hier.«

Aber ich dachte nicht daran. Ich habe nur eine Ähnlichkeit festgestellt. Dachte daran, wie sie unser Kind hätte sein können. Erzählte arglos, ließ mich von Maria auslachen, die jetzt schon etwas durch die Zähne murmelt, etwas über Ehemänner, die alle untreu sind, und »kaum sehen die ein hübsches Stück Weib, verlieren sie das bißchen Verstand, das sie haben«.

Ich bin einfach nur verblüfft. Verblüfft über die Leichtigkeit dieser Geburt nach Hausfrauenart. Während ich Monate in Krankenhäusern verbracht habe und vermodert bin zwischen Medizinern und Medikamenten, in ständiger Todesgefahr.

Zum ersten Mal sehe ich meine Schwangerschaft als eine dumme, unnütze Herausforderung an die Natur. Eine Arroganz von Reichen. Wäre ich arm gewesen, hätte ich eine Fehlgeburt gehabt, wie es richtig gewesen wäre, in den ersten Monaten, bei den ersten Blutungen. So wie es mir der Nachmittagsarzt eines Tages gesagt hatte: »Es wäre klüger gewesen, im dritten Monat einen Abort zu machen, bevor das Kind wächst.«

Einen Augenblick lang verspüre ich Haß gegen Paolo und Elisabetta, die mit der unverzeihlichen Gier der Reichen lieber mein Leben aufs Spiel gesetzt haben, bloß um sich aus Gewohnheit, aus Habgier und weil sie's nicht erwarten konnten einen Erben zu sichern. Den Jungen mit den hellblauen Augen, der verlorengegangen ist in den Leeren meines Bewußtseins, zusammen mit den zärtlichen Küssen von Paolo.

❖

Der Winter beginnt. Die Luft wird dicht und feucht. Unsere Wohnung in Rom ist voller Flöhe. Die Abwesenheit von Testone, der bei Filippo auf dem Land war, hat sie entfesselt. Sie springen auf die Knöchel, Ballerinen eines mikroskopischen Zirkus, und haben nicht einmal die Kraft, sich am Fleisch festzuhalten.

Testone, so oft er auch gewaschen und desinfiziert wird, nimmt sie alle auf sich wie ein guter indischer Elefant, trägt sie tagelang spazieren und setzt sich geduldig hin, um sich zu kratzen.

Lamberto war in den letzten zehn Tagen zu Besuch bei Freunden auf dem Land bei Genf. Ist dicker geworden. Hat einen Koffer voll Mayonnaise in Tuben mitgebracht: den Leckerbissen seiner Träume. Morgens streicht er sie aufs Butterbrot und verschlingt acht, neun Scheiben. Die schwarzen Punkte um die Augen und die Nase sind größer geworden, sehen fast aus wie kleine erloschene Vulkane.

»Hast du dich amüsiert?«

»Ich habe meditiert.«

»Du weißt ja, daß ich das Kind verloren habe, das dein Neffe werden sollte…«

»Verstehe, verstehe.«

»Findest du das schade?«

»Ich habe mir meine Gedanken gemacht.«

»Und welche?«

»Frauen, die zuviel mit dem Kopf arbeiten, sind keine guten Mütter.«

Seine Sicherheit überrascht mich immer. Es kennt die kleinen alltäglichen Ängste nicht, dieses faltige Kind. Vielleicht besteht seine Krankheit gerade in dieser Unfähigkeit, sich in Bewegung mit den Dingen zu erleben, er steht unbewegt auf dem Gipfel eines Berges voller Gewißheiten, während die dumme, chaotische Welt unter seinem wachsamen und doch zerstreuten Blick vorbeiläuft.

»Warum redest du so dummes Zeug, Lamberto?« Paolos Gesicht in der Tür wirft mir unverständliche Zeichen zu.

Lamberto betrachtet mich mit Herablassung, wie man jemanden ansieht, der seine Hausaufgaben nicht ordentlich gemacht hat. Nimmt die Brille ab, spuckt drauf, putzt sie mit einem Hemdzipfel, setzt sie sich wieder auf die Nase, lächelt mich gutmütig an.

Paolo zwinkert mir zu. Ich bin kurz davor, die Tasse hinzuschmeißen, als Testone schwanzwedelnd hereinkommt und sich mit den Pfoten auf Lambertos Brust wirft und ihn aus dem Gleichgewicht bringt.

Der Stuhl fliegt auf die eine Seite, Lamberto auf die andere, Paolo stürzt vor, ich will den Stuhl im Flug packen, die Tasse knallt an die Wand. Ein dumpfer Schlag. Ein Geschepper aus Scherben und zersprungenen Brillengläsern.

Lamberto bricht in gellendes Geschrei aus, Paolo brüllt mich an, daß alles meine Schuld ist, ich sammele die Scherben auf, Lambertos Nase fängt an zu bluten, man hört die Rolläden der Nachbarn poltern, eine Stimme schreit: »Ruhe, verdammte Scheiße, hier kann man ja nicht schlafen!«

Im selben Moment klingelt es an der Tür. Es ist Dida. Paolo wirft ihr Lamberto in die Arme, der weiter blutet, um sich auf Testone zu stürzen, der sich unter den Tisch in eine Ecke verkrochen hat.

Dida nimmt Lamberto auf, mit ihrem duftenden Fleisch, das bereitwillig alle tröstet, die Dürstenden, die Vagabunden, die Kranken, die Verrückten, die Unglücklichen.

Nach dem Essen kommt auch Ada. Sagt mir, daß Miele gegen zehn kommen wird. Ich fange an, auf ihn zu warten. Bringe Lamberto ins Bett. Koche eine Pastasciutta für die Freunde. Aber in Gedanken bin ich da, an der Tür, mit der Hand am Griff, und spähe auf den Treppenabsatz, in der Hoffnung, das dumpfe Geräusch des Aufzugs zu hören.

Um zwanzig nach zehn ist er noch nicht da. Wir essen die Nudeln, reden über die politischen Neuigkeiten: Nixon fordert Verhandlungen wegen Vietnam. Gleichzeitig lassen sie sechs *Green Berets* frei, die einen Vietnamesen umgebracht haben. »Mord ist ihr Beruf. Dafür werden sie ausgebildet. Das sagt Robin Moore in seinem Buch, hast du's gelesen?« In Belfast schinden sie sich, stecken sich die Bomben in den Mund, »von Mund zu Mund, weißt du ... geben eine Bombe weiter, als wär's ein Bonbon, und wer mit den Zähnen drankommt... explodiert!« In Prag wieder eine menschliche Fackel: Ein junger Mann von vierundzwanzig verbrennt sich bei lebendigem Leib vor dem Parlament. Die Sowjetunion schickt sieben Männer ins All, »auf einen sanften, gemächlichen Spaziergang durch die Daunen des Universums, ohne auch nur einen Klack von diesen milchweißen Kautschukstiefeln...« Leutnant William Calley kommt vor ein Kriegsgericht wegen vorsätzlichen Mordes an Zivilisten in Südvietnam. »Was zuviel ist, ist zuviel, Übermut tut selten gut, Eigenlob stinkt... Leute, immer maßhalten, nie übertreiben, nie den Durchbruch schaffen, nie Gewalt anwenden, nie schreien, nie sich reinschmeißen, nie den Topfdekkel hochgehen lassen, vor allem nicht, wenn es Dampftöpfe sind...« – »Der Leutnant ist berühmt für seine Zielgenauigkeit: Er trifft ein Zehncentstück auf zwanzig Meter Entfernung, hat mit seinem Gewehr persönlich geschossen und hundertneunzig Zivilisten umgebracht an jenem 16. März 1968...«

Um halb elf klingelt es. Ich stürze hin. Es ist Cesare. Mit Nico. Sie umarmen mich, küssen mich, als wäre ich eine wiederauferstandene Tote. Sie ziehen mich an den Armen, betasten mir den Bauch, die Brüste, küssen mich auf die Wangen.

Ich fülle neue Teller, neue Gläser. Ich mußte mich noch nie so sehr zusammenreißen, um eine Ungeduld zu verbergen, die mich auf Zehenspitzen, auf Gedankenspitzen, auf Herzspitzen hält wie einen Athleten, der zu seinem ehrgeizigsten Hochsprung ansetzt.

Um viertel vor elf klingelt es wieder. Ich höre als einzige die Klingel in dem Durcheinander von Stimmen. Ich höre sie heraus wie einen entschiedenen, klaren Ruf aus dem Gelächter, dem Geschrei. Stehe auf, trockne mir die verschwitzten Hände am Rock. Schreite langsam auf die Tür zu. Mache auf. Er ist es. Wir bleiben lange Sekunden in der Tür stehen und starren uns an: Er dünn geworden, mit einem langen Bart, die Haare hinter die Ohren geklemmt. Ich dick geworden, bleich, mit Ringen unter den Augen.

Jemand schreit von weitem: »Wer ist da?«

Es ist das Zeichen für die Umarmung. Ich ziehe die Tür hinter mir zu, und da, im Treppenhaus fallen wir uns um die Taille, um den Hals, die Schultern, gierig und entzückt.

Mit diesem wilden Entzücken, das manchmal in der Liebe gedeiht. Das Entzücken, zu verschlingen und verschlungen zu werden, einer des anderen Jäger und Beute zugleich, verbissen den Mund voll der begehrtesten Stücke nehmend: Lippen, Wangen, Lider, Ohren, Zunge, Hals.

Wir drehen uns um uns selbst in einem schwindelnden Tanz, die Beine aneinandergeklebt, die Gesichter aneinandergedrückt, die Zungen versunken in das Spiel des Wiederfindens. Wir tanzen und tanzen auf dem eiskalten Treppenabsatz, erleuchtet von einem Streifen der würfelförmigen Lampe, die an der Decke hängt. Alles fliegt in einem Wirbelsturm aus wirren Gefühlen: Das Begonienzimmer explodiert, das Krankenzimmer in die Luft geflogen, und die winzigen Splitter, die im Leeren hängenbleiben, Elisabetta und Paolo fern, verloren, zwei unerkennbare Schatten, Zaira mit ihrem dicken Bauch, das kleine Mädchen, das aussieht wie Paolo, noch kleiner geschrumpft, bis es eine Ameise wird, die Nadeln im Fleisch weggerutscht bis auf den Boden der entferntesten Randzonen der Erinnerung, alles fliegt wie bei einem Fest durch dieses Treppenhaus, während ich eintauche in die beunruhigenden Düfte dieser Liebe.

❖

»Ich habe mich entschlossen, allein zu leben.«

»Geht's dir schlecht bei mir?«

»Du weißt, daß es uns schlechtgeht.«

»Das stimmt nicht... wenn etwas schlecht läuft, kann man es doch reparieren.«

»Ich glaube nicht.«

»Schließen wir einen Freiheitspakt... laß uns diese Ehe einfacher leben, wir wollen sie nicht kaputtmachen. Ich brauche dich.«

Ein trauriger, flüchtiger Kuß. Ich beiße mir auf die Lippen. Und lasse mich mitreißen von seinen neuen Energien. Versuchen wir's noch einmal. Die eheliche Liebe ist etwas anderes als die Leidenschaft, wie Paolo sagt.

»Aber ich muß dir sagen, daß ich in Miele verliebt bin.«

»Wußte ich. Das ist normal. Passiert mir auch. Nach Jahren des Zusammenlebens. Passiert eben. Aber deshalb macht man nicht alles kaputt. Wenn du mit Miele zusammenzögest, würde dir dasselbe passieren, und was würdest du dann machen? Eine Kette von Ehemännern, das ganze Leben lang?«

Er küßt mich auf die Lende. Die Finger trommeln auf dem Schenkel, als wollten sie ihm einen Ton entlocken, das Lied der Versöhnung.

»Laß uns noch ein Kind machen... hm, Armida?«

Ich sehe mich wieder an das Bett genagelt, mit den Nadeln in den Knöcheln, und sage, daß ich nie wieder ein Kind machen werde. Er lächelt ungläubig. Spielt mit meinen Locken. Zupft an ihnen, küßt sie, wickelt sie um die Finger mit einer ganz neuen Zärtlichkeit.

Auch Lamberto ist liebevoller geworden. Er sagt nicht mehr »verstehe, verstehe«. Setzt sich neben mich mit den Geschichtsbüchern und bittet mich, ihm von Herodot zu erzählen.

Eines Nachmittags kommt er mir entgegen, ganz in Dunkelblau, die Krawatte rötlich mit vorfabriziertem Knoten, die ihm den Hals einschnürt, die Manschettenknöpfe aus Gold, die Schuhe aus glänzendem schwarzen Rindsleder. Ich weiß, wie sehr er diese Schuhe haßt, die Mühe, die diese Schnürsenkel ihn kosten wegen der Finger, die dem Gehirn nicht gehorchen und entweder zu weit nach hier oder zu weit nach da streben. Er hat sie für mich angezogen.

»Gehen wir spazieren, Armida?«

»Und wo willst du hin?«

Es gefällt mir, wenn er sich als Herr verkleidet, mit dem gutmütigen Lächeln, das die Erregung über eine schlichte Fahrt mit der Straßenbahn verbirgt.

Untergehakt biegen wir in den Corso Umberto, um einzukaufen. Bleiben vor einem Schirmgeschäft stehen. Er ist fasziniert von einem Schirm aus rotem Wachstuch mit einem großen silbernen Schmetterling am Griff. Will ihn mir schenken.

»Hast du denn Geld?«

»Klar, ich habe einen Haufen Geld auf der hohen Kante. Warte hier, ich bin gleich wieder da.«

Er geht ins Geschäft. Ich sehe ihn mit der Verkäuferin schwatzen. Er zahlt und kommt wieder raus mit dem Schirm in der Hand. Legt ihn mir strahlend in die Arme.

»Jetzt gehen wir einen Tee trinken... magst du?«

»Ja, gern.«

»Wir sehen aus wie Mann und Frau, stimmt's?«

»Ich glaube schon.«

Wir gehen in die Teestube, die mit Spiegeln tapeziert ist. Wir setzen uns an einen Tisch am Fenster.

»Also – Tee?«

»Ja.«

»Und Gebäck?«

»Nein, nur einen Tee.«

»Mit Milch oder Zitrone?«

»Milch.«

»Herr Ober, zwei Tee mit Milch und ein Dutzend Teilchen.«

»Willst du zwölf Teilchen essen?«

»Nein, aber ich mag es grandios.«

Perfekter Schauspieler. Glücklicher Darsteller seiner selbst. Er beobachtet sich im Spiegel gegenüber. Gefällt sich. Beglückwünscht sich. Und ist unwiderstehlich in seiner Freude am Gefallen und am Spielen.

Der Kellner kommt mit dem Tee und dem Gebäck. Lamberto zahlt, mit emphatischen Bewegungen holt er das dicke Portemonnaie voller Scheine hervor. Gibt ihm auch ein dickes Trinkgeld.

Gießt mir Tee ein und schüttet die Hälfte auf den Tisch.

»Ich mach's schon«, sage ich.

Aber er legt zwei Finger auf meinen Arm.

»Ich bin hier der Gastgeber, Armida.«

Zum ersten Mal spüre ich einen liebevollen, freundschaftlichen Blick. Ich spiele mit, angesteckt von seinem Überschwang.

»Wieviel Zucker?«

»Zwei.«

Zweimal sehe ich, wie er sich krampfhaft auf die Finger konzentriert, die von der Zuckerdose zur Teetasse wandern. Diese sehr lange Strecke kostet ihn Mühe. Wenn er aber angekommen ist und mit einer leichten Bewegung des Handgelenks den Zucker in die heiße Flüssigkeit schüttet, jauchzt er.

Er fängt wieder von vorne an. Aber auf halber Strecke kippt der Löffel um, und der Zucker verstreut sich über den Tisch. Er, ganz feiner Herr, schnalzt mit der Zunge wie anläßlich eines dummen Unfalls aus Unachtsamkeit. Geduldig und penibel beginnt er wieder von vorne.

Wischt sich den Schweiß mit dem Taschentusch ab. Faßt sich an die Nase, immer in Panik vor dem Blut, das da herausfließen kann. Überzeugt sich, daß der Tee richtig gezuckert ist, daß die Teilchen richtig auf dem papiernen Spitzendeckchen liegen.

Streckt schließlich die Hand nach einem cremegefüllten Teilchen aus. Führt es zum Mund. Aber die Lippen bleiben geschlossen. Der Befehl ist nicht rechtzeitig angekommen. Der Kuchen zerquetscht an den zusammengebissenen Zähnen. Die Creme fällt auf das saubere Hemd. Die Augen füllen sich mit Tränen. Er knirscht mit den Zähnen. Die Krise ist kurz vor dem Ausbruch.

Ich greife nach seinem Handgelenk. »Lamberto, mach dir keine Sorgen, es ist nichts, versuch's noch einmal, es ist nicht schlimm.«

Und er wird einen Augenblick lang ruhig. Legt das zerquetschte Gebäck auf den Teller zurück. Nimmt ein neues. Setzt an, um es an die Lippen zu führen. Aber die Nase fängt schlagartig an zu tropfen. Das Blut fällt auf die Creme. Die Hände wissen nicht mehr, was sie tun sollen: Die runtergefallene Creme abputzen oder weiter das Gebäck an die Zähne drücken oder Tee trinken, als wäre nichts passiert, oder hastig die blutende Nase verstopfen.

Ich reiche ihm das saubere Taschentuch, aber jetzt ist er schon verloren, guckt mich nicht mehr an, reißt die Krawatte mit einer zornigen Geste weg und schleudert sie fort, auf ein kleines Mädchen, das gerade eine Schokolade schlürft und ihn verdutzt anguckt. Von den Nachbartischen kommen besorgte Blicke. Der Kellner nähert sich.

Wir stehen auf. Gehen hinaus. Er vorneweg, gestikulierend, mit dem blut- und cremeverschmierten offenen Hemd. Ich hinterher, versuche vergeblich, ihn zu beruhigen.

Zu Hause schließt er sich ins Bad ein, ich höre, wie das Wasser durch die Gegend spritzt, dann sehe ich ihn herauskommen, nackt, das Glied erigiert, und weinend in das Atelier des Bruders laufen.

Paolo malt. Taucht aus seinen Nebeln auf mit qualvoll geweiteten Augen. Er malt mit offenem Magen, die Gedärme in der Hand. Zerrissene Farben, Fetzen von lebendigem Fleisch. Mildwarme, hellblaue Töne, monströse Figuren, die aus dem Nichts geboren werden. Eine verquälte triefende Malerei, fast obszön in ihrer Maßlosigkeit.

Wir verbringen die Nacht ohne uns lieben zu können, räkelnd in der alten Freude, die Haut des anderen an der eigenen zu spüren, der Geruch des anderen, der sich vermischt mit dem eigenen, der Geschmack des anderen, der sich einnistet zwischen Zunge und Gaumen.

❖

Signora Giovanna mit dem blonden Bubikopf erwartet mich in der Bar. Wir setzen uns gegenüber. Sie hat ein schiefes Lächeln, das ihr den Mund verzerrt, der dicke Sohn einen Hintern, daß ihm fast die Hose platzt. Er spielt am Flipper hinten in der Bar.

»Darf ich Sie zu einem Daiquiri einladen?«

»Ja«, sage ich, obwohl ich nicht die geringste Lust habe, nachmittags um drei Alkohol zu trinken. Ich warte, bis der Glaskelch mit dem gezuckerten Rand auftaucht. Und während sie mir vom Film erzählt, schütte ich diese klebrige weiße Flüssigkeit mit geschlossenen Augen in mich hinein und denke an Miele.

»Sie haben mich die bösen Frauenrollen spielen lassen: die Lesbische, die Megäre, die Spionin, die Peinigerin... Wegen dieses harten Gesichts, das ich inzwischen habe... Dabei bin ich eigentlich sanft und zart und hasse alles, was nicht korrekt ist... Finden Sie Lesbischsein etwa korrekt?«

Jetzt erinnere ich mich, daß ich sie in einem Film gesehen habe als Nazi verkleidet, eine schwarze Lederjacke, die Haare glatt und platinblond. Sie beugte sich über die gefolterte Partisanin und atmete den Geruch des Blutes und des gemarterten Fleisches, dabei sog sie die Luft durch zwei winzige grausame Nasenflügel ein.

Ich versuche, über den Preis zu diskutieren, der mir zu hoch vorkommt: Die Wohnung ist klein, das Bad ein Loch, die Treppen in sehr schlechtem Zustand. Aber es ist nichts zu machen. Sie hält die Hand mit den violett lackierten spitzen Nägeln auf den Vertrag und will nicht diskutieren. Außerdem kann ich nicht gut handeln. Ich werde sofort müde. Ich unterschreibe und verabschiede mich. Aber sie hält mich auf, ist jetzt fröhlicher. Legt mir zwei mit einem

Bindfaden zusammengebundene Schlüssel in die Hand. Trinkt ihren Daiquiri aus. Erzählt mir von dem harten Leben, das sie beim Film hat, der Mühsal, sich da den Lebensunterhalt zu verdienen, der Unmöglichkeit, von einer Rolle loszukommen, die an ihr klebt und der sie nicht mehr entgehen kann. Sie hat etwas Ungezähmtes, das sie mir sympathisch macht. Es endet damit, daß wir noch einen Daiquiri bestellen und trinken und plaudern wie zwei alte Freundinnen.

Eine Stunde später bin ich in meiner neuen Wohnung. Im siebten Stock in der Via Andrea Sacchi. Zwei enge Zimmerchen, ein Bad, eng wie eine Sardinenbüchse, die Küche praktisch eine Nische in der Wand.

Ich gehe auf den Balkon. Links in der Ferne fließt der Tiber, versteckt hinter einer hohen grauen Mauer. Gegenüber ein verlassenes Grundstück voller Müll. Weiter hinten angeberisch aufragend die gelblichen Neubauten mit dem Querstrich aus smaragdgrünen Kacheln. Dahinter das Tiberufer, das jetzt in einem dichten Nebel versinkt, der auch die Straßenlaternen in dicke weißliche Bäusche hüllt.

Testone beschnüffelt neugierig die Ecken. Wedelt, aber nicht sehr begeistert, ein bißchen verängstigt von den Neuigkeiten. Auf dem Boden mitten im Zimmer stehen die Veilchen, die mir Paolo geschickt hat.

Ich werfe mich aufs Bett. Schließe die Augen. Via Andrea Sacchi, wie komisch! »Das wird dein Arbeitszimmer, Kleines, wo du in aller Ruhe an deinem Theater arbeiten kannst.« Elisabettas Stimme im Ohr, freundlich beruhigend, aber auch irgendwie bedrohlich. »Daß dir ja nicht in den Sinn kommt, die Familie zu zerstören! Ich habe dir meine beiden Söhne anvertraut, und jetzt kannst du nicht einfach kneifen, um keinen Preis.«

Um acht bin ich mit Dida und Cesare verabredet. Ich habe noch gar nichts aus den Koffern gepackt. Das Sofa steckt in Plastikhüllen und muß zusammengebaut werden, die Küche ist eine Wüste, im Bad gibt es nicht einmal Seife.

Das Bett hat meine Mutter mir geschenkt. Ein altes Bett für anderthalb Personen mit einer Sprungfedermatratze. Das einzige, was ich mitgenommen habe, ist der Arbeitstisch mit der breiten, dicken Platte voller Kerben und Löcher. Er duftet gut nach alter Pinie. Darauf habe ich die Schreibmaschine gestellt, dazu die zwei Seiten der Komödie, an der ich gerade schreibe, ein Packen Extrastrong-Papier, zwei Füllhalter, ein Stapel Theaterbücher. Die anderen Bücher liegen auf dem Boden auf einem Haufen aus Schuhen, Mänteln, Blusen, Gläsern. »Du wirst jetzt erstmal ein bißchen allein sein, das wird dir gut tun, und dann vertragt ihr euch wieder und habt ein Kind, stimmt's, meine Kleine?«

Ich sage weder ja noch nein. Mag sie nicht enttäuschen. Habe sie gern. Und komme mir vor wie ein gemeines Luder mit meinem Verlangen, in Zukunft allein zu leben und keine Kinder mehr zu machen.

Um sieben kommt Ada. Mit einem kalabresischen Salzfäßchen.

»Wußtest du nicht, daß man eine neue Wohnung mit Salz tauft?«

Sie küßt mich auf die Wangen. Geht durch die ganze Wohnung. Streut ein bißchen Salz in die Ecken. Lacht. Dreht sich viermal um sich selbst.

»Was ist denn mit dir los?« Ich habe sie noch nie so fröhlich gesehen.

»Nico und ich haben beschlossen zu heiraten.«

»Aber Nico ist doch in Dida verliebt?«

»Ich auch.«

»Ja und?«

»Eben deshalb heiraten wir.«

»Und Dida?«

»Ist in Cesare verliebt, das weißt du doch ... mehr denn je verliebt. Vielleicht heiraten die auch noch.«

»Aber ist Cesare denn nicht in dich verliebt?«

»Du bist so naiv, Armida ... Gibt es einen besseren Grund zum Heiraten als eine gemeinsame Liebe?«

»Und wohin fahrt ihr in den Flitterwochen?«

»Nach Helsinki.«

Die Augen gelb, scharf. Der Kopf aufrecht auf dem schmalen Hals wie eine Trophäe. Zwei Falten, kaum zu sehen, um den Mund, der selbst beim Lächeln zuallererst Trostlosigkeit ausdrückt.

»Und Paolo?« fragt sie mich und setzt sich auf einen Stapel Bücher.

»Hat ein Stipendium für Boston bekommen. Er fährt in einer Woche.«

»Testone bleibt bei dir?«

»Ja.«

»Und Lamberto?«

»Zieht wieder zu seiner Mutter.«

»Die Gruppe bröckelt auseinander.«

»Im Gegenteil, sie konsolidiert sich: bei zwei Ehen...«

»Die Ehe hilft nur, einen Bau zu stützen, der zusammenkracht. Man heiratet, um die Illusion zu behalten, daß die Gruppe bestehenbleibt. Aber sie ist eine Ruine.«

Die Fahrstuhltür schlägt hörbar zu. Ich erkenne Didas leichte, flinke Finger an der Klingel. Gehe öffnen. Werde überrannt von einem stechenden Duft nach Hyazinthen. Wir umarmen uns. Cesare steht hinter ihr. Hat Ada entdeckt und steht in der Tür, ekstatisch in ihren Anblick versunken.

Dida läuft durch die Wohnung und verströmt Hyazinthenwogen. Sie trägt einen weißen Rock und ein Blüschen aus bonbonrosa Organza. Mit ihr kommen die Weichheit und die Bereitwilligkeit. Eine stille Bereitwilligkeit, von einer Süße, die zermürbend ist, wunderbar heil und kraftvoll.

Die Wohnung ist augenblicklich voll von ihr, ihrer Stimme, ihren Bewegungen, ihrem Körper, der aufgeht wie ein Brot im Ofen. Ada folgt ihr mit wachsamen Augen. Nico setzt sich zu ihren Füßen, zufrieden, sie nur zu betrachten.

Cesare läßt sich von ihr lieben, mit einem gewissen mürrischen Stolz. Macht sie sich allmählich zur Gewohnheit, diese Liebe, die keine Gegenleistung verlangt, die schweigende Anbetung ist. Rühmt sich ihrer, fast ohne es zu merken, als wäre sie seine tollste Eroberung. Und wenn er sie nicht liebt, dann vielleicht nur, um ihre absolute Liebe solange wie möglich zu erhalten.

Miele stößt in der Pizzeria zu uns. Setzt sich neben mich. Drückt meine Hand unterm Tisch. »Um wieviel Uhr kann ich zu dir kommen?« flüstert er mir ins Ohr.

Wir sprechen über eine nächste Riesendemonstration, an der die gesamte Linke teilnehmen soll. Wir sprechen über Flugblätter und »Rednerlisten«.

»Wer ist bereit zum Flugblattverteilen vor der Sisma Freitag morgen?« fragt Miele ungestüm.

Dida hebt die Hand. Der Ärmel der rosa Bluse rutscht ihr den nackten Arm hoch. Alle Augen richten sich auf dieses leuchtende Stück Fleisch.

»In Ordnung, Dida ist bereit... Wer noch?«

Nico hebt verlegen die Hand. Man merkt, daß er es nur wegen Dida tut. Cesare brummt etwas durch die Zähne. Wird nicht mitkommen. Um seine Unabhängigkeit zu demonstrieren. Wird vermutlich zu Hause sitzen und toben, bei dem Gedanken, daß er hätte mitgehen müssen.

❖

Testone und ich gehen morgens lange am Tiberufer spazieren. Er läuft voraus, struppig, tiefschwarz, mit den flaumigen Barthaaren, die eine Herausforderung an die Welt sind. Ich hinterher, schlendernd, grübelnd, schlüpfe in die frische Luft wie in einen neuen Regenmantel.

Er bleibt an jeder Platane stehen, hebt das Bein, zielt, schleudert einen Spritzer dampfenden Urin an den Baumstamm. Ich lehne mich über die Brüstung, betrachte das trübe grüne Wasser, das in langsamen, kaum wahrnehmbaren Bewegungen vorbeifließt und Holzstücke, Algen, Flaschen und Plastikgegenstände mit sich schleppt.

Manchmal läuft Testone zwanzig Meter vor, lehnt sich mit den Pfoten an das Fenster eines Autos, das am Bürgersteig parkt, und erforscht aufmerksam das Innere. Überzeugt sich, daß es sich nicht um Paolos Auto handelt, sieht, daß der nicht drin ist und kommt zu mir zurückgetrottet. Wenn ich noch sehr weit weg bin, setzt er sich auf seinen dicken Schwanz und wartet auf mich, den Kopf ein bißchen zur Seite geneigt, die Schnurrbarthaare abwärts an der feuchten Schnauze.

Dann wieder hebt er ein Stück Holz, einen kleinen liegengelassenen Gummiball, eine kaputte Sandale auf und bringt sie zu mir. Legt sie behutsam neben meine Füße und erwartet, daß ich einen Blick darauf werfe. Wenn ich ihm sage: »Nein, laß diese Schweinereien liegen!«, senkt er beschämt den Kopf und läuft weg, um etwas anderes zu holen. Wenn ich ihm sage: »Was für ein schönes Ding hast du mir da gebracht, Testone!«, wirft er es mit der Schnauze in die Luft und fängt es im Flug mit den Zähnen wieder auf, freudig mit dem Schwanz wedelnd.

Jetzt drehen sich meine Tage ganz um meine Arbeit. Ich stehe um acht auf. Noch habe ich mich nicht daran gewöhnt, allein zu schlafen. Wache auf mit einem Gefühl der Leere. Strecke automatisch den Arm zur Seite und fahre jedesmal überrascht hoch.

Ich esse in der Küche, Marmeladebrote und Jasmintee. Manchmal koche ich mir ein Ei, denn ich werde bis abends nichts mehr essen. Wasche mich in dem winzigen Bad, spritze das Wasser an die Wände. Die Dusche hat zuviel Wasserdruck und neigt dazu, den Fußboden zu überschwemmen. Wenn ich fertig bin, wische ich auf.

Drehe mit Testone eine Runde. Kaufe die Zeitungen und ein paar Dinge für den Tag. Um halb zehn setze ich mich an den Tisch und schreibe. Die Finger leicht auf den Tasten, ein Gefühl von Omnipotenz, daß mir die Zunge trocken wird.

Ab und zu hebe ich die Augen auf den Streifen Himmel, der wie eine glitzernde Wolke auf die Häuser gegenüber sinkt. Die Erregung hält mich in der Schwebe zwischen Decke und Fußboden, in einem Zustand glücklicher Gärung.

Aber es reicht der Zick-Zack-Flug einer eiligen Schwalbe oder der Lärm einer Hupe oder die Wasserspülung der Wohnung nebenan oder das Weinen eines Kindes, um mich in die schwärzeste Verzagtheit zu stürzen. Ich werde nie auch nur das geringste zustande bringen, ich bin unbegabt für jede Form von Schreiben, sage ich mir, mein Kopf leer wie ein gerade geputzter Topf.

Ich bin einen Schuß weit weg vom Stadion. Sonntags ereilt mich das Geschrei der Menge beim Spiel. Vier Schritte von der Tennisbar, wo ich mich ab und zu mit Miele verabrede, um das Gefühl jenes ersten Tages noch einmal zu haben, an dem er mir von sich erzählt hat. Ich bin zwei Minuten von der Villa Farnesina und vom Englischen Friedhof entfernt.

Manchmal gehen Testone und ich bis zum Pinienwald hinter der Villa Farnesina. Zu dem Hügel mit den Bäumen, der bis zum Friedhof reicht. Wir klettern hoch, versinken bis zu den Knöcheln in den trockenen duftenden Nadeln. Begegnen eigenartigen Typen mit Schlips und Kragen. Typen, die unruhig kommen und gehen und nervöse Blicke um sich werfen. Hinter den Oleanderbüschen hört man Geflüster. Andere Typen mit kräftigen tätowierten Armen stehen wartend und rauchend herum.

Testone und ich gehen schnurstracks vorbei, mit der Miene von jemandem, der sich um seinen eigenen Kram kümmert. Abends gegen sieben läuft das Geschäft besser. Aber auch morgens ist immer jemand zu finden, der sich auf die Suche nach einem käuflichen Körper macht.

Während ich gehe, denke ich an das Theaterstück, an dem ich schreibe. Helena liebt Demetrius, der Hermia liebt, die Lysander liebt, der Helena liebt, an einem Mittsommermorgen in der Gegend der Piazza Cavour.

»Zusammenleben, Freundschaft, Liebe, Betörung, Verrat, Zauber, Treue, Egoismus, Bereitwilligkeit, Sexualität, Gewalt, Begehren, wie lange, wie lange kann ich meiner Freude hinterherlaufen und sie beim Schopf packen, dir zum Trotz und dem anderen, der mich liebt? Ist es nicht das, was dieses komplizierte neurotische System regelt, das wir Moral nennen?« sagt Helena zu Demetrius in einer Anwandlung von unerwiderter Liebe.

Um eins trinke ich ein Glas kalte Milch und lege mich dann eine halbe Stunde aufs Bett und lese. Manchmal schlafe ich ein. Um drei setze ich mich wieder an den Tisch. Schreibe weiter, schleppend, geblendet vom weißen Blatt, immer enttäuscht von den schwarzen Hieroglyphen, die die geheimnisvolle weiße Seite bedecken. Die Imagination steuert aus eigenen Gründen über ein offenes Meer, und du sollst da alles dann auf ein Blättchen Extrastrong-Papier bannen, spielend auf den sechsundzwanzig Tasten einer ›Olivetti Lettera 32‹.

Um sechs kommt ein Anruf von Miele. Er hat gerade die Universitätsbibliothek verlassen und kündigt mir mit leichtem Keuchen an, daß er auf dem Weg zu mir ist. Testone steht schon mit der Schnauze über der Brüstung auf dem Balkon und beschnuppert den Abend, der sich blau und milchig herabsenkt.

Miele kommt atemlos an, mit einem Pappteller voll Gebäck, das wir zusammen aufessen, auf dem winzigen Balkon sitzend. Verdünnten Wein trinkend. Er hat tausend Dinge zu erzählen, über seinen Tag in der Universität, über die Professoren, die Versammlungen, die Auseinandersetzungen, die Besetzungen, und dazu diese Art von ihm, seine Rede zu inszenieren, wie vor einer Versammlung, schwungvoll und verführerisch, als wäre die Veränderung dieses Landes ganz allein seine Angelegenheit, und wer ihm folgt, hätte die Ehre, den richtigen Weg gewählt zu haben.

Später treffen wir die anderen in einer Pizzeria oder in der Wohnung von Ada, die die Älteste ist und ihr Examen schon gemacht hat und in einem Architekturbüro arbeitet und anfängt, gut zu verdienen.

Paolo kommt manchmal mit Smeralda. Oder allein. Hat ein düsteres Gesicht. Redet nicht. Sieht mich böse an. Er bereitet sich auf seine Abreise nach Amerika vor und stößt komische Seufzer der Entschlossenheit aus. Wir streiten nur, wenn er mir sagt: »Falls du ein Kind mit jemand anders machst, darfst du es mir nicht aufhalsen, denn das will ich nicht.«

»Nachdem ich fast gestorben bin, um ein Kind zu machen, das du um jeden Preis wolltest...«

»Du könntest es ja trotzdem machen. Mit jemand anders. Und wir sind noch verheiratet. Es würde automatisch meinen Namen bekommen. Und das will ich nicht. Deshalb werde ich die Scheidung einreichen.«

»Mach, was du willst. Geld habe ich allerdings nicht, das weißt du.«

»Meine Mutter wird sie bezahlen.«

»Wovor hast du denn Angst?«

»Wenn du mit Miele ein Kind machst und es dann auf meinen Namen anmeldest, könntest du von mir auch Alimente verlangen...«

»Du bist zum Lachen, Paolo.«

»Inzwischen traue ich dir nicht mehr. Du könntest ja sonstwas machen.«

»Sonstwas?«

»Du hast die Ehe kaputtgemacht, wolltest gehen. Du bittest mich ständig um Geld, gehst mit einem anderen ins Bett.«

»Ich bitte dich um Geld, weil ich keins habe. Aber ich

werde bald welches haben, sobald ich Arbeit finde. Ich will dich nicht ruinieren, sei beruhigt.«

»Bevor ich nach Amerika fahre, will ich, daß du mir ein Papier unterschreibst, in dem du erklärst, daß du mir keine Kinder anhängen wirst, die nicht von mir sind...«

»Du hast ja eine fixe Idee! Ich habe nicht die geringste Absicht, Kinder zu machen... Aber von mir aus unterschreibe ich, was du willst... Du bist ein mißtrauischer Dickschädel.«

»Selber Dickschädel... Als ich dir angeboten hatte, bei mir zu bleiben, unter den besten Bedingungen, die jede andere Frau akzeptiert hätte...«

Und so gehen wir auseinander, feindselig, schmollend, jedesmal gegenseitig beleidigt. Und Testone, der von der Brust des einen zu der der anderen springt, glücklich, uns wieder zusammen zu haben, bekommt ein zerstreutes Kraulen am Ohr und ein Zupfen am Schwanz.

❖

Nico kommt uns steif und gebeugt entgegen. Mager wie eine Salzstange. Die Augen zärtlich dunkel. Neben ihm Ada, in einem strengen hellblauen Stewardessenkostüm.

»Dir fehlt nur noch das Käppi auf dem Kopf«, sage ich ihr ins Ohr. Sie lächelt. Hält mir das Sträußchen Kornblumen unter die Nase, das sie in der verschwitzten Hand hält.

»Riecht gut, riech mal ... Als Braut bin ich nicht viel wert... Ich mache alles falsch... Gib mir einen Kuß.«

Cesare kommt in einem neuen senffarbenen Auto. Steigt vorsichtig aus, um die frisch gebügelten Hosen nicht zu zerknittern. Die Arme schwenkend. Die Augen unter natürlichem Lidschatten. Er küßt uns alle auf die Wangen. Wirkt, als wäre er selbst der Bräutigam.

Auch Filippo ist da, eingemummt in einen Mantel mit schwarz-grünem Fischgrätmuster, der seinem Großvater gehört haben muß. Lächelt durch den Schnauzbart, gespensthafter denn je. Sucht mit den Augen nach Dida, die noch nicht da ist.

Nicos Eltern sind aus Kalabrien zur Hochzeit gekommen.

Und mit ihnen ein Grüppchen Schwestern, Brüder, Nichten und Neffen, alle in Weiß und Dunkelblau. Die Männer und Jungen mit glänzenden Krawatten, die Frauen und Mädchen mit Gazeröschen im Haar.

Adas Eltern sind nicht da. Sie leben in London und haben es nicht für nötig befunden, wegen einer Hochzeit zu verreisen. Eine Tante von ihr ist gekommen, sie steckt unter einem grauen Umhang und begrüßt alle mit verzückter Miene. Für sie, die aus einem kleinen Dorf in Irland kommt, ist diese Hochzeit die Umarmung mit dem warmen, blühenden Süden. Dem Süden der Männer à la Valentino, die leidenschaftlich küssen können, dem Süden der finsteren Nächte und der blutigen Geheimnisse, dem Süden der Barockkirchen, der Villen aus dem achtzehnten Jahrhundert, der Madonnen, die aus Stolz und Ehrgefühl weinen. Einem Süden an den Grenzen zum Tropischen, gärend vor nächtlicher Süße und jasminduftenden Geheimnissen. Dem Süden ihrer Jugendlektüre und ihrer Streifzüge als junges Mädchen des Nordens, hölzern und züchtig.

Die kalabresischen Verwandten begegnen ihr voller Verachtung. Sie ist zu fade, zu überschwenglich, zu altjüngferlich, zu arm für ihren Geschmack, und als sie sie kommen sehen, mit einem Tellerchen in der Hand, ergreifen sie grinsend die Flucht.

Smeralda ist mit ihrem Bruder gekommen. Ein auseinanderfließender Rock und ein herausgeputztes, goldgerändertes Körperchen. Sie bewegt sich ungelenk. Aber sie drückt etwas Nüchternes, Feines aus. Die Farben an ihr sind jedesmal wieder verblüffend: das Rot der Haare, das Milchweiß der Arme, das Veilchenblau der Augen.

Paolo sieht aus wie ein Mann, der schon halb weg ist, jenseits der Ozeane, in einer Zukunft voller Versprechen und Überraschungen. Sieht uns an, als wären wir für ihn verloren. Plötzlich findet er uns provinziell, fixiert auf die unwichtigen Kleinigkeiten. Sieht uns an, wie man jemanden ansieht, der nicht vom Herrgott auserwählt wurde für ein grandioses, abenteuerliches Schicksal.

Wir treten vor Kälte von einem Fuß auf den anderen. Über unseren Köpfen gibt Marc Aurel dem Bronzepferd die Sporen, ist eben aus den Händen der Restauratoren entlassen worden. Gegenüber das Rathaus mit der wunderschönen Freitreppe. Die beiden Silene, die sich über das Wasser der Brunnen beugen. Auf der anderen Seite das Kapitolinische Museum.

Endlich kommt Dida. In einem Taxi gelb wie die Sonne, in einen flammendroten Brokatmantel gehüllt. Die blonden Haare, die ihr in duftigen Löckchen über Hals und Stirn fallen. Die Brust kaum verhüllt von einem schwarzen Schal. Sie hält Einzug wie eine Königin, Schwaden von Hyazinthenparfüm verströmend, einen Ausdruck kindlichen Staunens in den hellblauen Augen. Sie weiß, und alle anderen wissen es auch, daß die wahre Braut sie ist, auch wenn Ada hier jetzt Nico heiratet. Im Mittelpunkt des Begehrens und der Aufmerksamkeit steht sie, und sie freut sich daran, aber mit anmutiger Bescheidenheit, wie eine wahre Königin.

Stehend, vor den beiden Damastsesseln hören wir uns die Rede des Standesbeamten an. Setzen uns dann. Ada und Nico tauschen die Ringe. Nicos Mutter weint in ein riesiges besticktes Taschentuch. Adas Tante umfaßt liebevoll ihre Schultern. Dieses Weinen ist für sie nur die Bestätigung ihrer ein bißchen folkloristischen, ein bißchen literarischen Vorstellung vom Süden: Eine Mutter, die wie ein entleerter, verschollener Maulwurf im Haus lebt, ihr Herz dem Sohn geschenkt hat, der in Rom studiert, und nunmehr der endgültigen Trennung von diesem ruchlosen Sohn beiwohnt, der sich eine zur Frau gewählt hat, die als lesbisch gilt und von der man sagt, daß sie in eine andere Frau verliebt ist, die den Ruf hat, eine Hure zu sein. In blauglänzende Seide gekleidet wird diese Frau Zeugin eines Verbrechens. Aber Mütter protestieren nicht. Sie nehmen alles hin mit dieser niederträchtigen, lupenreinen Hörigkeit, die typisch ist für die Mütter des Südens.

Die Zeremonie dauert nicht lange. Der Standesbeamte, bleich und schwitzend unter den Blitzlichtern der Fotografen, führt Ada und Nico zur Unterschrift zu einem dicken Register. Dann schickt er sie eilig weg und nimmt rasch die rote Schärpe ab, die er quer über der Brust hatte.

Wir sind wieder draußen in der Kälte, ohne recht zu wissen, was wir machen sollen. Nicos Eltern haben bei irgendwelchen Verwandten zu Hause ein kaltes Buffet vorbereitet. Aber sie haben nicht gesagt, wie viele Freunde teilnehmen dürfen, und Dida und Cesare und Filippo sehen sich fragend an und warten auf Adas Stimme.

Die Braut wird vom stocksteifen Schwiegervater am Arm gepackt, und der steckt sie in die gemietete Staatslimousine. Sie kann sich gerade noch umdrehen und uns mit einer behandschuhten Hand zuwinken, ihr nachzufahren.

Cesare, Dida, Filippo und ich steigen in ein Auto. Paolo, Smeralda, Lamberto und Nico in ein anderes. Und bald befinden wir uns mitten in einem Dorfumzug: Das Auto an der Spitze mit zwei weißen Blumengirlanden, die v-förmig über die Motorhaube gespannt sind. Das zweite und dritte Auto ebenso unerbittlich dunkelblau mit einer Tüllrose, die an der Antenne befestigt ist.

Die Wohnung von Nicos Verwandten liegt im Stadtteil EUR. Im ersten Stock, mit geräumigen Zimmern, die an einen wohlgepflegten Garten grenzen, dicht bewachsen mit Dahlien, Rosen, Kletterpflanzen, Oleander, Zedern und Tannen.

Wir essen überbackene Nudeln auf Jugendstilsesseln, die Füße auf weichen chinesischen Teppichen in hellblau und grün. Die Besitzer arbeiten bei der RAI, haben den südlichen Akzent abgelegt und bilden sich etwas darauf ein, zu jener kleinen Welt »richtiger« Italiener zu gehören, die den Nabel der Geschichte bilden.

Nico steht in der Mitte: zwischen den hölzernen Bauern aus der Provinz Catanzaro auf der einen Seite und auf der anderen den schlitzohrigen Angestellten des staatlichen Senders, die die römische Staatsangehörigkeit angenommen haben und Zoten reißen. Näher bei den ersten in der Empfindsamkeit, im Charakter, in den Ängsten und in den Lieben. Näher bei den zweiten im Geschmack, in der Sprache, in der Kleidung und in den Gesten.

Gespalten und deshalb gebeugt, als trüge er die Last dieser mühseligen und schmerzhaften Spaltung. Liebt mit dem Kopf jene Verwandten mit den festen Schuhen und der Verlegenheit und verachtet ihren Moralismus, ihr krankhaftes Festhalten an den Traditionen, ihr wildes und besitzergreifendes familiäres Zusammengehörigkeitsgefühl.

Heute ist er buckliger denn je. Mit aufgerissenen Augen

geht er unter Gästen und Verwandten um, erkennt sich wieder und haßt sich in den einen wie in den anderen. Wartet auf Dida, daß sie komme wie ein Luftzug, um ihn von seinen Alpträumen zu befreien. Aber sie ist woanders, in der Küche, unterhält sich mit Nicos jüngster Schwester, einem spindeldürren Mädchen von vierzehn Jahren.

Cesare geht zu Nico. Legt ihm eine Hand um den Nacken, neckt ihn fröhlich. Inzwischen hat der Hausherr mit einer etwas verächtlich großzügigen Geste eine Platte mit kalabresischen Tarantellas aufgelegt. Aber niemand scheint es zu merken. Er selbst weiß nicht, daß er nur ein künstliches Bild von der Volkskunst hat. Er verwechselt die Bauern mit der Kultur ihrer Großväter, die inzwischen Stoff für anthropologische Forschung geworden ist.

Einer der Jugendlichen geht zum Plattenspieler. Nimmt die Tarantella runter und legt eine Platte von Jimi Hendrix auf. Sofort stellen die anderen Jungen und Mädchen die Teller beiseite, die sie in der Hand hatten, und fangen an zu tanzen, außerordentlich gekonnt und unbekümmert.

Ada, der ziemlich unwohl ist in der Brautrolle, hält immer noch das Kornblumensträußchen in den Fingern, weil sie nicht weiß, wohin damit. Lächelt gefällig Nicos Mutter zu, nickt zu den gewichtigen Worten des Vaters. Aber ihre Augen sind hinter Dida her, die ab und zu vorbeirauscht und Hyazinthenwolken verströmt.

Cesare kommt auf mich zu. Ich versuche gerade eine Scheibe Roastbeef auf dem Teller abzuschneiden, der auf meinen Knien belanciert. Ein bißchen Soße spritzt mir auf den Rock. »Warte, ich helfe dir«, sagt er. Grinst verlegen. Weiß nicht, wo er das Glas hinstellen soll. Schließlich schüttet er mir das ganze Wasser über die Beine. Sieht mich betrübt an. Denkt aber schon wieder an etwas anderes.

»Warum sie mich nicht geheiratet hat, verstehe ich nicht«, sagt er und starrt auf die Bescherung, die er angerichtet hat.

»Weil du in sie verliebt bist und Aufmerksamkeit und Zuneigung von ihr verlangt hättest, während Nico in Dida verliebt ist und deshalb nichts von ihr will.«

»Aber wenn sie schon ohne Liebe heiraten mußte, dann hätte sie mich heiraten können, ich hätte für sie gesorgt. Guck dir doch an, wie abwesend Nico ist, dieser Trottel, guck ihn dir an da, die Augen kleben an Dida ... Was soll der ihr denn wohl geben ... Das wird ein ganz schlechter Ehemann!«

»Aber Ada wollte keinen Ehemann.«

»Ihr seid viel zu korrupt. Zynisch. Gemein. Und ihr benutzt die Menschen wie Nutztiere ... Wozu heiratet man eigentlich, kannst du mir das mal sagen, hm?«

»Wie intolerant du bist!«

»Gemein, verdreht, zynisch ...«

»Meinst du, du wärst besser, Cesare?«

»Warum heiratet man, ich meine, warum?«

»Du bist eifersüchtig.«

»Ja, ich bin eifersüchtig. Aber auch angewidert von dieser Bajazzo-Nummer ...«

»Ada liebt Dida. Wenn sie dich auch geheiratet hätte, sie hätte sie weitergeliebt.«

»Das wäre wenigstens nur eine halbe Täuschung gewesen. So dagegen ist es eine Hanswurstposse, eine widerliche Hanswurstposse ... Und außerdem, wenn sie mich geheiratet hätte, hätte sie mich am Ende geliebt, das weiß ich ...«

»Wenn sie das bis jetzt noch nicht getan hat, armer Cesare, warum meinst du, sollte sie es tun, wenn sie dich heiratet?«

»Was fasziniert euch eigentlich alle so an Dida? Sie ist ein dickes, aufdringliches, besitzergreifendes Mädchen.«

»Du wirst dämlich, Cesare ... Iß ein Stück von der wunderbaren Torte da ...«

»Guck doch, wie sie sich anzieht: Sieht aus, als ob sie zum Zirkus will, eine Nummer machen ... Sie ist lächerlich.«

»Sie ist wunderschön, und das weißt du ... Was immer Dida anzieht, sie sieht aus wie eine Königin. Und niemand schafft es, sie nicht zu lieben.«

»Mir ist sie völlig gleichgültig.«

»Wenn sie dir gleichgültig wäre, würdest du nicht so über sie reden.«

Er bricht in schallendes Gelächter aus. Nimmt das Weinglas, das ich auf die Erde gestellt hatte, und trinkt es in einem Zug leer. Fixiert mich mit den runden Augen, um die herum jemand mit einem schwarzen Stift einen Kreis gezogen zu haben scheint.

»Du kennst Ada nicht. Du weißt nichts von ihr. Nico weiß noch weniger als du. Sie ist auf idiotische Weise zu schade für diese Scheißehe, hast du verstanden, zu schade, sie wirft sich weg.«

»Die Ehe wird sie nicht verändern.«

»Und ob sie sie verändern wird. Sie wird verseucht werden von Nicos Banalität ...«

Ich folge seinem verliebten Blick. Ada ist jetzt allein. Steht wie ein Scherenschnitt vor der großen Glastür, die zum Garten führt, die glänzenden schwarzen Haare ein bißchen in die Stirn gerutscht, die kleine Adlernase klar gegen das Licht. Sie erinnert sehr an einen Falken, stolz und grausam, aber auch sehr zerbrechlich unter dem gesprenkelten Gefieder.

»Weißt du, wie lange ich sie schon liebe?«

Er steht auf. Schenkt sich Wein nach. Schiebt sich ein dickes Stück Torte in den Mund. Setzt sich wieder hin.

»Seit drei Jahren, Armida. Hast du je gehört, daß ein Mann von fünfundzwanzig Jahren drei Jahre lang dieselbe Frau liebt, ohne wiedergeliebt zu werden?«

»Auch Nico liebt Dida seit Jahren, ohne wiedergeliebt zu werden.«

»Stell dir mal vor, das ist doch Wahnsinn. Seit einem Jahr schlafe ich nicht mal mehr mit jemandem. Früher habe ich Mädchen gesucht, die ihr ähnlich sahen. Ich bin mit ihnen ins Bett gegangen und habe mir vorgestellt, sie wären sie. Ich habe sie im Dunkeln geliebt, sonstwas angestellt, schwitzend, habe sie gezwungen zu schweigen, damit sie mir ja nicht den mühsamen Zauber zerstören. Aber dann hatte ich es satt. Jetzt onaniere ich. Und denke an sie. Und warte auf sie. Wenn sie mich gebeten hätte, sie zu heiraten, ohne je mit ihr zu schlafen, ich hätte akzeptiert. Es ist ihr Mangel an Vertrauen, der mich verbittert. Sie hat diesen Tolpatsch von Nico vorgezogen, der sie überhaupt nicht sieht und der sie quälen wird ...«

Er schiebt sich noch ein Stück Torte in den Mund, während ihm unfreiwillige Tränen über die Wangen laufen. Tröpfchen einer Passion, die die Schwelle der schwarzgemalten Augenränder überschreiten und in den Teller fallen, freundlich und dünn.

❖

»Komm deine Kleider abholen, ich muß die Wohnung auflösen.«

»Ich habe alles mitgenommen.«

»Nein, hier ist noch Zeug.«

»Das kannst du wegwerfen.«

»Ich möchte dir etwas schenken.«

Ich gehe hin. Nach dem Abendessen. Durch einen feinen Regen, der nach Asphalt und vermoderten Blättern riecht. Ich steige die Treppe hoch. Klingele. Die Schlüssel hat er vor Monaten zurückverlangt. Es ist grotesk, an der eigenen Wohnung zu klingeln. Wie an der Vergangenheit klingeln, am eigenen entbundenen Bauch, und sich nach sich selbst erkundigen.

Paolo kommt im Morgenrock. Das Gesicht vom Schlaf verzerrt. Testone springt an ihm hoch, und er schließt ihn lange in die Arme. Zusammen fangen sie an zu tanzen wie zwei Bären mitten im Zimmer.

»Hast du gerade geschlafen?«

»Lamberto ging es schlecht. Ich habe ihm ein Beruhigungsmittel gegeben. Dann habe ich es auch genommen, weil ich so nervös war. Und bin eingeschlafen. Willst du einen Kaffee?«

»Nein.«

»Dieses Bild habe ich für dich gemacht.«

Er streckt mir ein kleines Viereck mit einem hellen Holzrahmen entgegen. Ich gehe damit ans Licht. Es ist ein Selbstporträt: Das Gesicht zerschnitten, entstellt durch Pinselhiebe in Rosa und Grün, die sich überkreuzen wie in einer Negation, die sich selbst negiert. Düstere wütende Farbflächen auf einer klaren, glänzenden Leinwand. Der Hintergrund schwarzrot. Und aufgelöst in diesem dunklen Hintergrund der Kopf, kostbar wie ein Juwel, das sich in der Finsternis verflüssigt. Es ist tatsächlich das Schönste, was er bisher gemalt hat.

Ich küsse ihn. Er umfaßt meine Taille. Der Druck seiner Brust gegen meine. Mir fangen die Wangen an zu glühen. Die vertraute Wärme kehrt zurück und füllt mir den Unterleib. In einem Anfall von Freude hebt er mich hoch und trägt mich zum Bett.

Alles fliegt, die Schnürsenkel, die Strümpfe, der Pullover, die Schuhe. Ich nehme ihn mit geschlossenen Augen, verbiete mir zu denken, versinke in der Vergangenheit, die nach Bekanntem schmeckt, die Begonien am Gaumen.

Wir drücken uns, bis es weh tut, jeder auf der Suche nach dem eigenen Verdrängten und Vernichteten im anderen.

Danach, auf dem Bett sitzend, triumphierend, mit geröteten Augen beichtet er mir, daß der Anruf ein Hinterhalt war.

»Gelungen, nicht?« sagt er lachend. »Jetzt weißt du nämlich, daß ich dir noch immer gefalle.« Er lacht krampfhaft. »Scheiß auf die Scheidung, scheiß auf die Trennung... Jetzt kommst du wieder zu mir und schlägst dir diesen ganzen Quatsch aus dem Kopf...«

Viele, viele Küßchen auf die Füße, auf die Hände, auf den Hals, auf den Rücken.

»Nein, Paolo, es geht nicht.«

»Du bleibst dabei, diese Scheiße zu bauen? Du bleibst dabei? Aber warum denn, wo ich dir gerade gezeigt habe, daß wir uns immer noch gefallen, daß es uns gutgeht zusammen, daß wir gut miteinander Liebe machen können?«

»Ich habe keine Lust, zurückzugehen.«

»Also, warum zum Teufel bist du dann gekommen? Du wußtest, daß ich dich wollte, du wußtest es, du Arschloch, du wußtest es.«

»Ich bin gekommen, weil du mich darum gebeten hast ... Und außerdem hatte ich mich gefreut, dich zu sehen.«

»Du bist ein Arschloch ... Du hast mich provoziert, und jetzt machst du einen Rückzieher. Du bist ein Luder. Ich hasse dich ... Du trittst mein Leben mit Füßen ... Meine Pläne, meine Träume ... fliegt alles in die Luft bloß wegen deinem verdammten Wichskopf ... Und ich haue jetzt ab und schlage mich in einem fremden Land durch, in dem ich niemanden kenne ... Bloß wegen deiner bescheuerten Lust auf Unabhängigkeit und damit ich dann womöglich erfahre, daß du schwanger bist von diesem Schwachkopf da, diesem Verräter Miele, und du dann anklopfst und Geld willst, da bin ich sicher, das kriegst du fertig ...«

Ich stehe auf. Ziehe mich schweigend so schnell wie

möglich an. Greife nach dem Mantel und stürze aus der Tür. Während ich auf den Aufzug warte, höre ich die düsteren Schläge der Trommel und das verzweifelte Weinen von Lamberto.

Ich gehe zu Ada. Ich mag jetzt nicht nach Hause gehen. Ich zittere. Testone beschnuppert mir ängstlich die Hände. Die Kälte schneidet mir in die Beine. Dabei haben wir schon März. Nico ist nicht da. Ist essen gegangen mit Dida und Cesare. Ada sitzt bei der Arbeit an dem breiten rauhen Holztisch, beugt sich über mit Stecknadeln angepinnte Blätter. »Don Carlos« in voller Lautstärke im Rücken. Ein Glas Wein auf dem Drehhocker.

»Was ist denn mit dir los, Armida?«

»Ich hatte Streit mit Paolo.«

»Schon wieder?«

»Er wollte, daß ich wieder zu ihm komme.«

»Er liebt dich.«

»Er ist ein Dickkopf.«

»Das hat uns gerade noch gefehlt, dieses Glied in der Kette der unglücklichen Lieben: Paolo liebt dich, du liebst Miele, der liebt...«

»Wen liebt Miele?«

»Ich denke, er liebt dich, ich weiß nicht. Aber das Spiel verlangt eigentlich, daß er eine andere liebt. Dann wäre es perfekt, nicht?«

»Gibst du mir etwas Warmes? Ich habe das Gefühl, ich gefriere.«

»Glühwein? Mit einer Nelkenblüte drin?«

»Ja, aber ich kann ihn auch machen.«

»Nein, laß nur... Ab und zu tut mir eine Unterbrechung gut, mir brennen die Augen... Habt ihr Liebe gemacht?«

»Ja.«

»Hättest du nicht tun sollen.«

»Ich weiß.«

»Und Miele?«

»Ist nach Barcelona gefahren.«

»Er hat sich mit Leib und Seele in die Politik gestürzt.«

»Hast du was von Dida gehört?«

»Weißt du noch nicht das Neueste? Sie hat Arbeit gefunden. Als Sozialarbeiterin. Im Jugendgefängnis.«

»Die wird all diese kriminellen Jungs sich in sich verliebt machen.

»Ja, das wird sie.«

»Liebst du sie noch sehr?«

»Weißt du, die schönsten Augenblicke sind die, wenn Nico und ich ins Bett gehen, nackt, Zigaretten an, und über sie reden. Wir können stundenlang über sie reden. Wenn sie dann morgens anruft, kommt es mir vor, als hätte ich sie die ganze Nacht im Arm gehalten.«

»Ihr lebt von Phantasien, du, Nico und Cesare. Ihr werdet nie satt werden.«

»Hältst du die Sattheit für eine Freundin der Liebe?«

»Aber klar, die Lust, die Freude zusammenzusein...«

»Als ich Ignazio geliebt habe, ging es mir sehr schlecht. Wir lebten zusammen, und wir stritten uns den ganzen Tag. Wenn ich ihn liebte, war er müde, zerstreut, wenn ich mich dann satt und fern fühlte, wurde er plötzlich von verheerender Eifersucht gepackt. Er hat mich so gequält, daß ich mir, als wir uns verließen, vorkam, als würde ich neu geboren. Monatelang habe ich dieses Vergnügen genossen, mit Leuten zu flirten, die ich nie gesehen hatte, von niemandem kontrolliert zu werden, zu essen, wann ich wollte, zu schlafen, wann ich wollte, zu reden, mit wem und wann und wie ich wollte ... Dann tauchte Dida auf, und ich habe sie sofort geliebt. Aber diesmal werde ich nicht den Fehler machen, sie besitzen zu wollen. Und es macht mir auch nichts aus, daß sie in einen anderen verliebt ist. Ich liebe dieses Von-ferne-Lieben ohne Besitzanspruch. Ich würde nie wieder zurückgehen, nicht einmal tot.«

Wie ein Kind gewiegt von ihrer Stimme entleere ich mich von dem Unbehagen, das sich in Paolos Wohnung aufgetürmt hat. Testone schläft auf dem Teppich, die Schnauze auf meinem Fuß. Ab und zu sieht er hoch, schnaubt ein bißchen und legt dann wieder das Kinn über den Schuh, mit einem beunruhigten Seufzer.

Ada hört auf zu zeichnen. Steht auf. Macht mir Glühwein. Ich bin ihr dankbar für ihre leise und diskrete Art, sich zu bewegen, für ihre Art mit mir zu reden, für ihre Art, die glänzenden schwarzen Strähnen auf die Wangen fallen zu lassen, während sie sich über die Zeichnung beugt.

❖

Der Wecker auf dem Nachttisch zeigt zwei Uhr. Durch das geschlossene Fenster kommt ein blaßgelber Schimmer. Es ist das dunstige Licht der Laternen entlang der Straße. Ich hatte gerade geträumt, daß Miele mir von einem Boot aus zuwinkte. Ich saß auf einem Felsen, und er war ein schwarzer Punkt am Horizont. Ein Boot, das eine Nußschale war, ich winkte ihm, Kloß im Hals, wohin fährst du denn? Aus dem Boot kamen weiße Rauchwölkchen, als ob es aus kleinen versteckten Kanonen schösse. Als ich mich umdrehte, merkte ich, daß Miele nicht mir zuwinkte, sondern jemandem hinter mir.

Ich wache auf, fahre hoch. Stehe auf. Gehe in die Küche und trinke ein Glas Wasser. Gehe wieder ins Bett. Der Schlaf ist weg. Auf dem Nachttisch der letzte Brief von Miele. Von vor zehn Tagen.

Ich öffne ihn. Lese ihn noch einmal. Ein ausweichender Liebesbrief. Er sagt nichts über sich. Aufgefressen von der Bewegung, wie er es nennt. Ich hatte nicht bemerkt, daß unten kaum sichtbar der Name des Hotels steht: »Hotel Asunción« und die Telefonnummer.

Ich nehme den Hörer. Wähle 15, die Auslandsvermittlung. Besetzt. Ich gehe noch einmal in die Küche. Trinke noch ein Glas Wasser. Ich wähle noch einmal die Nummer. Die Leitung ist frei, aber niemand nimmt ab. Das Ohr fischt in der Hörermuschel nach dem fernen Rufzeichen.

Endlich, als ich gerade wieder auflegen will, eine blecherne Stimme: »Sie wünschen?« »Barcelona.« »Welche Nummer?« Und hier packt mich die Unsicherheit, wie ein Krampf: Wenn ich ihn nun aufwecke? Wenn er gerade eingeschlafen ist? Wenn noch jemand im Zimmer ist? Die Worte bleiben mit im Hals stecken. Der Telefonist wiederholt ungeduldig weiter: »Sie wünschen.«

Ich nenne ihm eilig die Zahlen. In einem Atemzug. Ich höre ein Knacken und dann Stille. Ich lege auf. Warte. Plötzlich muß ich pinkeln. Aber wenn er anruft, während ich auf dem Klo sitze? Ich halte es ein. Ein Stich in der Blase. Ich beiße mir auf die Lippen. Das Telefon klingelt aufdringlich.

Eine Frauenstimme redet spanisch mit mir. Ich frage nach Miele und verhaspele mich, als ich den Nachnamen nenne.

Das Haustelefon klingelt matt. Ein Klicken. »Ola?« Eine unerwartete weibliche Stimme, die mich in Panik stürzt.

»Ich möchte mit Miele sprechen.«

»Quién?«

»Mi-e-le.«

»Ah, sí, no está.«

»Und wo ist er?«

»No sé... no sé... Otro numero.«

»Was für eine Nummer? Sagen Sie sie mir bitte?«

Natürlich finde ich keinen Stift. Werfe den Wecker und das Glas Wasser auf den Boden, als ich hastig auf dem Nachttisch herumwühle. »Geben Sie mir die Nummer«, brülle ich und denke, ich werde Sie mir merken. Aber die Stimme sagt monoton weiter: »No sé... no sé...« Und dann knack, legt sie auf.

Noch einmal anrufen oder nicht? Ich lese die Scherben auf, wische das Wasser mit einem Lappen weg. Stelle den Wecker wieder hin, nachdem ich geprüft habe, daß er noch geht. Finde den Stift, der genau vor meiner Nase gelegen hatte, zwischen dem Fläschchen Schlaftabletten und dem Bücherstapel.

Ich wähle noch einmal die 15. Besetzt. Gehe den Block holen, um die Nummer aufschreiben zu können. Lege den Stift in Reichweite. Versuche wieder die 15. Zehn, zwanzig Mal. Inzwischen habe ich wieder Lust zu pinkeln. Ich will gerade auflegen, als mir die feiste Stimme eines reifen Mannes antwortet. Ich gebe ihm die Nummer des Hotels in Barcelona. Er sagt: »Legen Sie auf, ich rufe zurück.«

»Rufen sie gleich zurück?«

»Keine Ahnung. Hier sind viele Voranmeldungen.«

»Um diese Zeit?«

»Glauben Sie, wir schlafen? Es gibt einen Haufen Leute, die nachts statt zu träumen telefonieren, wie Sie...«

Ich rase ins Badezimmer. Setze mich auf die Kloschüssel. Und genau in diesem Moment fängt es an zu klingeln. Ich höre mitten im Pinkeln auf, gehe wieder ins Zimmer. Nehme den Hörer ab. Rutsche aus, finde mich auf dem

Boden wieder, ein Fuß tut weh von dem Stoß gegen die Kante des Nachtschränkchens.

Dieselbe Nummer. Dasselbe Zimmer. Jetzt ist er dran. »Miele!«

»Armida, hallo... ist was passiert?«

»Nein, ich wollte dich nur hören. Wann kommst du zurück?«

»Keine Ahnung. Ungefähr in zehn Tagen. Bald.«

»Hast du geschlafen?«

»Nein, ich bin gerade wiedergekommen.«

»Du hast mir nicht mehr geschrieben. Ich habe mir Sorgen gemacht.«

»Klar habe ich dir geschrieben.«

»Vor zehn Tagen.«

»Ich hatte viel zu tun.«

»Schickst du mir ein Telegramm, wann du ankommst?«

»Ja, Liebling ... Wieso schläfst du eigentlich nicht um diese Uhrzeit? Warst du unterwegs?«

»... Nein... das heißt ja... ich war bei Ada.«

»Ich habe den Eindruck, du betrügst mich ... Hast du's gemacht?«

»Ich habe mit Paolo geschlafen. Aber deswegen rufe ich dich nicht an ...«

»Ich weiß, daß du ihn noch liebst ... Tja dann, Ciao, ich möchte lieber nicht dran denken ... Es tut mir weh.«

Klack. Aufgelegt. In Eile, Schluß zu machen. Und ich, die alles erzählt, während er kein Wort über sich sagt.

Ich reiße den Hörer hoch. Wähle die 15. Aber dann drücke ich mit der anderen Hand auf die weiße Gabel. Lege mich hin. Nehme ein Buch in die Hand. Lese es, ohne etwas zu verstehen. Versuche, mir die schläfrige Stimme der Frau in Erinnerung zu rufen. Sie zu verstehen, von ferne. Sie zu dechiffrieren. Eine nicht sehr junge Frau. Vielleicht um die vierzig, auch wenn der Schlaf ihre Stimme heiser klingen lassen mochte, es ist eine Stimme, die sich gewandt und sicher durch die Welt bewegt, und was noch? Vielleicht ein kurzer Alarmzustand wegen dieses nächtlichen Anrufs, aber keine ausdrückliche Neugier wie bei etwas nur zu Bekanntem: Sie dort und ich hier, ein gespaltener Mann, vollkommen gespalten und ergeben.

Aber Schluß jetzt, ich muß schlafen. Morgen früh um neun bin ich verabredet mit einem jungen Regisseur, der ein Stück von mir inszenieren will. Ich lösche das Licht. Schließe die Augen. Aber der Schlaf kommt nicht. Ich verbiete mir zu phantasieren. Zähle Hunde, solche wie Testone, die über einen Zaun springen: Einer zwei drei fünfundzwanzig achtzig zweihundert sechshundert... Aber es funktioniert nicht.

Ich mache Licht. Nehme eine Schlaftablette. Mache das Licht wieder aus. Wälze mich zwischen den eiskalten Bettlaken hin und her. Habe kalte Füße. Wenn ich nicht sofort etwas tue, werden sie mir abfallen wie zwei Eisbrocken. Ich stehe auf, mache mir eine Wärmflasche. Warte geduldig, bis der Kessel pfeift, auf den Hocker gekauert.

»No sé... otro numero...« Die Stimme pfeift mir im Ohr. Unmöglich, das Geheimnis dieser Nummer zu verstehen, die eine andere sein sollte und statt dessen dieselbe ist. Ein Trick der Frau, um mich irrezuführen? Oder sind die Zimmer miteinander verbunden? Oder dachte sie, er wäre woanders?

Ich stehe auf, nehme noch eine Tablette, schlucke sie. Schließe die Augen. Öffne sie wieder. Sehe auf den Wecker. Halb fünf. Noch drei Stunden Schlaf. Lohnt sich das überhaupt? Mein Magen, in Aufruhr, sagt nein.

Ich wähle wieder die 15. Ich will die Dinge klären. Zum Glück ist besetzt. Ich lege auf.

Ich beschließe, mich anzuziehen. Testone sieht mich überrascht an, der Schnauzbart aufwärts, die Lider schwer vom Schlaf. Gehen wir spazieren? So früh? Er steht schweren Herzens auf. Reckt sich, streckt die Hinterpfoten aus mit der Bewegung einer Tänzerin. Folgt mir schlapp, betrübt.

Ich ziehe die Gummistiefel an. Einen gefütterten Regenmantel. Wir gehen. Draußen ist es noch dunkel. Die eisige Luft schneidet ins Gesicht. Ich atme in vollen Zügen den rötlichen Nebel, der vom Asphalt hochsteigt.

Testone schnuppert unsicher die Luft. Dreht sich um, sieht mich an, als wolle er mir sagen, daß noch nicht Tag ist, daß wir uns geirrt haben. Aber als er merkt, daß ich entschlossen bin, trottet er langsam und ruhig voraus. Bleibt an der ersten Platane stehen. Hebt das Bein. Wartet auf mich.

Hüpft. Bleibt stehen. Bellt, aber ohne Elan, als er eine Katze auf einem Autodach kauern sieht.

»Eifersucht ist eine Sache von sehr schlechtem Geschmack ...« Cesares Stimme zerfranst in der kalten Luft. »Jeder muß die Freiheit haben, mit wem er will und wann er will, Liebe zu machen, auch wenn er verliebt ist, Scheiße verdammte, vor allem, wenn er verliebt ist, Liebe basiert nicht auf Eigentum, oder?«

Testone legt mir zwei Pfoten auf die Brust. Schmiert mich mit Erde voll. Ich schimpfe ihn aus. Er läuft beschämt davon. Dreht sich um und sieht mich aus tiefdunklen Augen an. Ich rufe ihn zurück. Tätschele ihn. Werfe einen Stein für ihn. Und er stürzt los, um ihn zu holen.

»Vorausgesetzt, man ist offen und ehrlich, das ja, denn Verrat und Betrug dazu, das ist was für die Bourgeoisie ...«

Cesare leckt sich die Lippen wie eine alte weise Katze ... »Das ist eine miese Klamotte, so recht fürs Boulevardtheater ...«

»Ganz schön protzig, deine Offenheit, und durchaus nicht frei von Selbstmitleid und Grausamkeit. Wie willst du denn wohl damit umgehen, daß gewisse Geständnisse rasend weh tun?« Dida ist vorsichtiger, skeptischer...

»Die neue Moral, meine liebe Dida, will das so: bedingte Freiheit auf Ehrenwort. Treue läßt sich außerdem nicht erzwingen, Besitz existiert nicht, wenn man sich liebt, liebt man, dann kann man nicht mehr erwarten, als der andere geben will und kann ... Die Eifersucht ist ein Fossil, verstehst du, eine Provinzposse, von der man sich so schnell wie möglich befreien muß ...«

Wenn er auftritt, unerwartet, unaufhaltsam, dieser Gast aus früheren Zeiten, genannt Eifersucht, dann sucht jeder eifrig nach Rationalisierungen, Entschuldigungen und Vorwänden, um vor sich und den anderen zu verbergen, daß er von einem so dämlichen, ordinären Gast heimgesucht wird.

Das Ergebnis ist, daß viele nur deshalb die Liebe fliehen, nur um nicht in die Falle der allzubekannten Besucherin zu gehen. Die verächtlich eine »Bürgerliche« genannt wurde, fast als wäre sie mit den Kriegen und der ökonomischen Expansion in einem fetten ausbeuterischen Europa geboren worden.

Und es heißt, wenn man sie einmal bei sich aufgenommen hat, weiß man nicht mehr, wie man sie wieder los wird. Da kann man besser gleich früh genug sämtliche Türen zumachen und sie meckernd draußen stehenlassen.

Auch ich aufgeweicht von dieser Kohlkopfmoral, ich sage mir: Es ist sein Mangel an Offenheit, der mich beunruhigt, sein Verrat, wenn er es mir sofort gesagt hätte ... Aber die Dame steht schon in der Tür. Hat sich hingesetzt, den Hut abgenommen und macht sich bereit für ihr erstes ausgiebiges Nachtmahl.

❖

Um neun bin ich natürlich todmüde. Habe eine ausgebrannte Kehle. Schwere Lider. Und nicht die geringste Lust, den begabten jungen Regisseur zu treffen.

Der mich dann allerdings erobert mit seinem neapolitanischen Charme. Und wir reden bis mittags miteinander. Während Testone unter dem Tisch schnarcht, und die einen Martinis durch neue Martinis ersetzt werden.

Er bittet mich, die »Stückeschreiberin der Truppe« zu werden. Er hat eine weiche, verführerische, aber auch schüchterne Art.

»Wir werden lockere Theaterformen in einem Kleine-Leute-Viertel entwickeln. Wir werden ein neues Kulturzentrum aufbauen, ein neues Publikum erreichen, die widerlichen eingefahrenen Strukturen des bürgerlichen Theaters auf den Kopf stellen ...«

In seiner Begeisterung kippt er mir den halben Martini über. Ich bestelle einen neuen. Er fängt an, mit Oliven zu spielen. Wirft sie sich in den Mund. Lacht. Wird ernst.

»Schluß mit den Hierarchien, mit dem autoritären Gehabe einer Kultur von oben nach unten, Schluß mit den Gemeinplätzen, den Konventionen, der Vermarktung der Poesia ... Wir werden ganz bescheiden von unten anfangen, indem wir denen das Wort geben, die es nie gehabt haben ... indem wir unter die Emigranten gehen, die Enttäuschten, die Ausgeplünderten, die Unglücklichen, die Armen ...«

Um halb eins kommt seine Freundin. Eine schöne Schauspielerin mit schwarzen Haaren und korallenroten Lippen. Wir essen zusammen eine Pizza und reden weiter über Theater.

»Bist du eigentlich eifersüchtig auf Nando?« frage ich die Frau, als wir einen Augenblick auf der Toilette allein sind.

»Ja, aber ich behalte es für mich. Wehe, wenn ich darüber reden würde.«

»Und er?«

Wir sehen ihn hereinkommen, neugierig, verlegen. Er wäscht sich die Hände in unserem Waschbecken.

»Was habt ihr euch denn erzählt?«

»Wir haben über Eifersucht gesprochen.«

»Eifersucht gibt's nicht. Sie ist eine Erfindung von Kleingeistern.«

»Wir sind alle manchmal ein bißchen kleine Geister«, sagt sie bitter.

»Du bist frei zu tun, was du willst. Und ich bin das auch. Ich liebe meine Freiheit genauso wie deine. Die Zweierbeziehung kotzt mich an, der Besitz der Körper ist für mich ein Horror.«

»Aber deiner Frau sagst du nichts von mir«, fährt sie hartnäckig fort. Und sieht ihn an, schon deutlich höriges Opfer seines rücksichtslosen Überschwangs und seiner anmaßenden Theorien, sehr viel mehr Liebende als Geliebte.

Ich gehe erledigt, torkelnd nach Hause. Die Müdigkeit verfälscht mir den Blick: Ich habe das Gefühl, Miele vorbeigehen zu sehen. Ich rufe ihn. Laufe hinter ihm her. Als ich ihn erreiche, merke ich, daß es ein anderer ist, daß er ihm überhaupt nicht ähnlich sieht.

Ich werfe mich aufs Bett. Kann aber nicht schlafen. Bin ständig in Versuchung, zum Telefon zu greifen, die 15 zu wählen, nach dem Hotel Asunción in Barcelona zu fragen. Zimmer Nummer 26. Ich sehe es, dieses Zimmer, in goldenes Licht getaucht: die Lamellen der Fensterläden halb zu, zwei lange weiße Vorhänge, die sich vom Luftzug blähen, ein großes, helles Bett mit zwei zu prallen Kissen und zwei nackten Körpern, die daliegen, ermattet, nach der Liebe.

Ich wache mit hämmerndem Kopf auf. Ein Klopfen, das in den leeren schmerzenden Schläfenbögen widerhallt. Ich sehe auf den Wecker. Es ist fünf Uhr morgens. Ich stecke einen Fuß aus dem Laken. Rüttele an Testone, der zusammengerollt schläft.

Ziehe mich an. Wir gehen raus. Die Bars sind noch zu. Der Zeitungshändler nimmt die Zeitungspacken entgegen. Eine dicke blonde Frau zupft die Blumen in den Metallkästen hinter einem Verkaufsstand zurecht.

Ich laufe das Tiberufer entlang und versuche, warm zu werden. Dampfwolken steigen mir aus dem Mund, wenn ich Testone rufe. Wäre ich in einem Comic-Heft, stände jetzt in einer dieser Sprechblasen: »Was für 'ne Scheißbrühe ist die Liebe, meine Liebe!«

Ich warte zusammengekrampft neben der Bar, bis der junge Mann mit der Afghanenjacke endlich den Metallrolladen hochgezogen hat und schnaubend die Glastür aufschließt.

Er ist allein hinter der Theke. Die Kaffeemaschine noch kalt. Ich lese ein paar Schlagzeilen, während ich darauf warte, daß er eine Tasse hervorholt, die frische Milch nimmt und heiß macht.

Der heiße Capuccino gleitet ganz süß durch die Kehle. Testone liegt auf dem Boden und schläft, den Kopf unter eine Pfote gesteckt. Jemand kommt herein: ein Arbeiter der städtischen Busbetriebe mit gepflegtem Schnauzbart. Er trinkt einen heißen Kaffee. Fragt den jungen Mann nach dem Ergebnis des Spiels Rom gegen Juventus Turin.

Ich gebe Testone einen Schubs, der sich schüttelt und mir lustlos folgt. Der Aufzug ist kaputt. Wir gehen die sieben Stockwerke zu Fuß und ziehen uns dabei gegenseitig hoch.

Ich gehe in die Küche. Habe Hunger. Mache mir ein Rührei. Esse es dann aber nicht. Der Geruch ekelt mich. Ich gebe es Testone, der es glücklich ißt, die Schnauze tief ins orangerot gemaserte Weiß getaucht. Ich setze mich an den Tisch. Die Hände auf den Tasten der Schreibmaschine. Das Stück liegt da, fast fertig. Ich fange an zu tippen. Der trokkene, speichellose Mund bringt mich zum Husten. Ich stehe auf, gehe auf den Balkon. Die Stadt fängt an aufzuwachen. Eingemummte Männer laufen aus den Haustüren, um in vor Feuchtigkeit perlende Autos zu steigen. Der Motor springt nicht an. Und sie sitzen da und probieren verdrossen weiter, mit starrem Blick nach vorn.

Warm eingepackte Frauen bringen die Kinder zur Schule. Die Busse fahren jetzt häufiger. Eine Katze auf der Motorhaube eines Autos macht Morgentoilette, eine Pfote kerzengerade in der Luft, die fleißige Zunge, die durch das Fell kratzt.

Ich mache das Fenster wieder zu. Friere. Schalte den Heizlüfter an. Nehme ein Buch. Schlage es auf. Setze mich in den durchgesessenen Sessel. »Dieses Gefühl im Kopf, gleichzeitig an zwei Orten zu sein, wirkte sich körperlich auf mich aus, als wäre mir der Geist des Geheimnisses bis auf den Grund der Seele gedrungen ...« Es ist die säuerliche, saftige Stimme von Conrad. Ich lese gierig. Bin jetzt ruhiger. Atme fast regelmäßig. Meine Verdoppelung wird greifbar. Auch ich bin eine und die andere zugleich: die erste geduldig und kontrolliert, die andere vom Teufel besessen.

Das Telefon läutet. Die Hand zuckt weg. Ich zögere einen Augenblick, die Finger hängen über dem Hörer. Wenn die Fliege, die jetzt noch Kreise dreht, sich auf das Buch setzt, ist er es ...

Es ist Ada, die mich zum Mittagessen einlädt. Ich fühle mich sofort besser. Unter dem aschgelben Blick ihrer ruhigen Augen setze ich mich wieder zusammen, werde eins und erkennbar.

»Schlimm ist nur, daß wenn er mich nicht liebt, ich mich nicht liebe. Wenn er mich nicht begehrt, fühle ich mich verachtenswert. Wenn er mich nicht sucht, verschwinde ich.«

»Diese blöden Zweierbeziehungen: Adam und Eva, Penelope und Odysseus, Tristan und Isolde, Romeo und Julia ... Und du glaubst an gegenseitige glückliche Liebe.«

»Aber was macht man denn, Ada, um nicht zu leiden?«

Ich sitze da und flehe sie an wie eine Göttin der Weisheit und trinke ihre Worte und erwarte eine unmögliche Heilung.

»Liebe, so wie ich sie verstehe, ist eine Präzisionsarbeit, ein hauchfeines Handwerksprodukt, das man nur in aller Einsamkeit ausführen kann... Man bearbeitet es wegen der Freude an der Arbeit. Ohne Bestätigungen, Belohnungen zu erwarten. Sinnlos, sich Illusionen hinzugeben über Zweier- und Dreierbeziehungen, jeder sitzt allein in einer Nußschale inmitten eines stürmischen Meers. Und muß die Seefahrt lernen. Das ist alles. Die Seefahrt kann auch in einer Nußschale sehr edle Kunst sein ... Der Anblick einer anderen Nußschale mit einer anderen verzweifelten Seele darin, die sich abstrampelt, um über Wasser zu bleiben, kann dir ein Gefühl glücklicher Wärme geben. Aber sonst nichts. Versuch nicht, sie einzuholen. Vor allem denk nicht, du könntest dort mit einsteigen. Zu zweit würdet ihr untergehen...

Ihr skeptisches Denken hat die Süße eines Blütentees. Ich nehme ihre Hand. Drücke sie. Die lachenden Pupillen füllen sich mit heftigem Gefunkel.

Nach Tagen der Lustlosigkeit esse ich mit Appetit, während ich ihren Erzählungen über die Liebe zuhöre. Der Kopf, eingeschlossen zwischen zwei schwarzen Flügeln, ist durchsichtig weiß wie eine Medusenqualle.

»Miele gehört, gewollt oder nicht, zu einer Welt, die aus uns Gefangene gemacht hat, Armida, zur Welt der Väter, der faszinierenden grandiosen Welt, in die wir alle verliebt sind.«

»Ich liebe nicht seine Welt, ich liebe ihn.«

»Aber er ist der auserwählte Sohn dieser Väter, der schönste, der begabteste... Die Familie ist längst in die Brüche gegangen, das Haus der Großväter ist zerstört, die Wertgegenstände sind verkauft, aber die Spitzen seiner Schuhe sind direkt in den Himmel gerichtet, wo inmitten aller Einsturzgefahren ein ganz sanfter Vater sitzt, der ihn beschützt und der ihn anbetet. Die Spitze seiner Nase bewahrt die historische Erinnerung an die antiken Siege, wie wir uns mit den Spitzen unserer Haare erinnern an die sickernde Unterwerfung, die sich in unseren Lungen eingenistet hat. Der Sohn des toten Herren sucht in dir das kleine Mädchen, das er versorgen und nach seinem Ebenbild schmieden kann ... Und du hast dich vernarrt in diesen teuflischen Entwurf von ihm ... Genau wie du sagst, wenn er dich nicht liebt, existierst du nicht, und das ist die absolut unerbittliche und einzig zulässige Art zu lieben in seiner Welt der Väter. Du sollst keinen anderen Vater haben neben mir, du sollst keinen anderen Mann haben als mich, du sollst keine andere Liebe haben...«

Ich höre ihr fasziniert zu, als wäre sie die Sibylle vom Berg Athos mit den glühenden Augen und der gespaltenen

Zunge. Ihr winziger Körper hat jetzt den prächtigen Glanz einer prähistorischen Riesenschlange.

Als sie mich vor der Tür des Restaurants ganz leicht auf den Mund küßt, kommt es mir vor, als übernähme ich aus ihrem Atem die Kraft eines neuen Verstehens.

❖

Die angekündigten zehn Tage bis zu Mieles Ankunft sind vergangen. Kein Brief. Kein Anruf. Ich beschließe, noch einmal anzurufen. Wähle die 15. Und fühle mich sofort besser. Frei von dem dummen Zwang, den ich mir selber auferlegt hatte und der mich krank machte.

Das Telefon klingelt. Ich greife es mit beiden Händen.

»Ihre Verbindung mit Hotel Asunción in Barcelona, sprechen Sie ...«

»Hallo? Zimmer Nummer 26 bitte.«

»Un momentito.«

Das klägliche Rufzeichen durch die Mauern. Ein entferntes Pfeifen. Keine Antwort. Dann, schlagartig: »Olá?«

Wieder dieselbe Stimme mit der sinnlichen Maserung, heiser vom Schlaf. »Olá ... Olá ...«

»Quería hablar con Miele«, sage ich in einem Gemisch aus Italienisch und dem bißchen Spanisch, das ich kann.

»Ah, Miele ... un momentito ...«

Ein Rauschen. Blasen, die in der Leitung zerspringen. Ein langes Pfeifen. Und da ist er, jenseits der Meere, wunderbarerweise erreichbar.

»Bist du's, Miele?«

»Was ist los, Armida?«

»Nichts. Du hattest gesagt, du wärst in zehn Tagen wieder da. Ich wollte wissen, wann du kommst.«

»Die Dinge haben sich kompliziert ... Die Genossen haben mich gebeten, an Volksversammlungen teilzunehmen ... Ich bin zum Delegationssprecher gewählt worden ... Außerdem ist da dieser Genosse im Gefängnis, der die Garrotte riskiert, und wir müssen uns was einfallen lassen, um ihn zu befreien ... Die Polizei hat uns im Visier ... Aber ich muß bald zurückkommen: Ich habe kein Geld mehr.«

Er hat einen endgültigen Ton. Gleich wird er »Ciao« sagen und auflegen. Und ich habe ihn nicht nach der Frau gefragt, die eben abgenommen hat. Ich versuche Zeit zu gewinnen.

»Soll ich dir Geld schicken?«

»Nein, Liebling ... das ist nicht nötig. Ines und Miguel haben mir sehr geholfen ... Wenn sie nicht wären ... Weißt du, daß Ines wieder ein Kind erwartet?«

Ich habe mich geirrt. Er ist es, der ausführlich wird, sich Zeit nimmt. Als wollte er mir etwas sagen.

»Ich habe ziemlichen Erfolg gehabt... Sie haben sich die Hände wund geklatscht neulich abend, als ich geredet habe. Ich lerne jetzt wirklich richtig, öffentliche Reden zu halten. Ich dachte, ich wäre ein Fiasko als Redner. Und du, meine Kleine? ... Wenn du wüßtest, was für eine Lust ich habe, dich zu sehen ...«

»Wer hat mir vorhin geantwortet, Miele?«

Endlich habe ich es gesagt. Indiskreter Wurm. Cesare würde mich lebendig fressen... Er würde die Lippen kräuseln, wie es seine Art ist, mit einer Miene aus unendlicher Trauer und Grauen, und er würde sagen: »Armida, du bist ein Fiasko! ...«

»Amparo?« höre ich am anderen Ende, »das ist meine Dolmetscherin ... Du bist doch wohl nicht eifersüchtig, meine Armida? Du müßtest sie sehen: Sie ist sechzig und ein Schrank. Ich habe nicht mal Zeit, die Mädchen anzugucken ... bin immer am arbeiten. Und wenn ich allein bin, schreibe ich Vorträge. Begehrst du mich, Liebling?«

Er läßt mir nicht die Zeit zu antworten.

»Ich schicke dir ein Telegramm einen Tag, bevor ich losfahre. Dann kommst du mich abholen: Ich habe solche Lust, dich zu sehen. Und jetzt schlaf ruhig. Ich liebe dich so ...«

Ich lege den Hörer auf. Schlafe sofort ein. Nach Tagen und Tagen der Schlaflosigkeit. Versinke in einem behaglichen schwarzen Schoß, der sich schützend über mir schließt.

Ich wache auf von einem Dauerklingeln. Ziehe den Mantel über das Nachthemd und gehe aufmachen.

Es ist der junge Regisseur. Der übrigens Ernesto Caputo heißt. Er steht aufrecht vor der Tür mit einer Tüte Oliven und einer Flasche Grappa.

»Um diese Zeit schläfst du noch? Weißt du, wie spät es ist? Zwei Uhr nachmittags. Darf ich mich setzen, während du dir Kaffee machst? Hier stinkt's aber nach Hund! Ich mache mal das Fenster auf, darf ich? Ah, also ich habe den Text gelesen. Den ersten Teil finde ich gut. Den zweiten nicht. Nimm's nicht übel, ich sage immer die Wahrheit …«

»Willst du auch einen Kaffee?«

»Du müßtest ihn neu schreiben, den zweiten Teil. Morgen ist ein Treffen der Truppe. Kommst du? Dann stelle ich dir die anderen vor.«

»Was geht denn nicht am zweiten Teil?«

»Es gefällt mir nicht, daß sie zur absoluten Hauptfigur wird, sie hat nicht das Format dafür. Außerdem bringt das alles aus dem Gleichgewicht … Es geht wirklich nicht.«

»Ich finde nicht …«, sage ich, denke aber schon, daß er recht hat und ich alles falsch gemacht habe.

Er bricht in unmäßiges Gelächter aus. Erwidert nichts. Hat gesagt, was er sagen mußte. Setzt eine geschäftige Miene auf. Steht auf. Läuft hin und her. Sieht mich an. Sieht die Bücher an. Zieht eins aus dem Regal. Schlägt es auf. Klappt es mit einem harten Knall wieder zu.

»Tja, ich gehe dann, Armida. Mach dich gleich an die Arbeit. Bis morgen, ciao.«

»Aber …«

»Wenn du das Stück aufführen willst, mußt du es machen, wie ich es sage … Verlaß dich auf mich! Ich habe mehr Erfahrung als du … Jedenfalls, in der Gruppe läuft alles über mich, also versuch nicht, Verbündete da drin zu suchen. Ich verlange von dir Vertrauen und absolute Bereitwilligkeit. Wir werden eine schöne Arbeit zusammen machen. Ciao, Liebling!«

Ich schaffe nicht mehr, ihm auf Wiedersehen zu sagen, er ist schon weg.

❖

Um fünf holt mich eine Frau aus Ernestos Truppe ab. Mit einem verbeulten Fiat 600, Farbe verbrannter Sand. Wir schlittern auf den abgefahrenen Reifen nach Monte Verde.

Ich sehe sie aus den Augenwinkeln im Profil vor der schmutzigen Scheibe. Sie ist blond, hat ganz kurze Haare, sieht ausgehungert aus, das Alter undefinierbar, irgendwo zwischen fünfundzwanzig und fünfunddreißig. Sie fährt zerstreut, gleichgültig gegenüber Stopschildern und Vorfahrten, schneidet die Kurven gedankenlos und dreist. Sagt die ganze Zeit kein Wort.

In Ernestos Wohnung sind schon die anderen. Er stellt mich der Truppe mit resoluter Stimme vor:

»Das ist Armida Bianchi, die Autorin des Textes.« Und fährt zu mir gewandt fort: »Das ist Marcella, die kennst du schon... Phantastisch als verliebte Frau, die alles gibt in der Liebe. Das ist Giancarlo, letztes Jahr von der Schauspielschule abgegangen ... der muß nur ein bißchen Übereifer ablegen, dann ist er in Ordnung. Das ist Nicola, der älteste der Truppe ... er kommt vom Stadttheater in Triest, ist ein vollendeter Schauspieler... vielleicht ein bißchen matt, aber den kriegen wir schon noch auf Hochglanz ... Es ist nur übertriebene Demut und Ernsthaftigkeit, was ihn so glanzlos macht. Das ist Sara, unsere rätselhafte Sara, die dich hergefahren hat ... Vielleicht ist sie viel zu intelligent, um Schauspielerin zu sein, sie müßte Regisseurin sein ... Aber hier bin ich der Regisseur, also ... Dann haben wir noch Ilario, Sabatino und Giovanni, aber die sind drüben in der Küche und machen eine schöne Sangria mit Hilfe meiner Frau.«

Die Wohnung liegt in einem Gärtchen, das von einer hohen abgebröckelten Mauer eingeschlossen ist. Töpfe mit Zitronenbäumchen und roten Geranien beleben einen kümmerlichen Rasen.

»Um den Garten kümmert sich meine Frau ... eine außergewöhnliche Frau, Armida, du mußt sie sofort kennenlernen ... komm mit.«

Er zieht mich an der Hand. Einen ganz engen Flur entlang. Eine Schiebetür. Die Küche liegt da wie ein kleiner aufgeräumter Schrank. Die drei Schauspieler sitzen am Tisch, während sie flink an einer dicken Karaffe mit Rotwein hantiert.

»Das ist Domenica ... und dies ist Armida, unsere Dramaturgin. Domenica und ich sind seit zehn Jahren verheiratet.

Sie ist schön, nicht? Eine vortreffliche Frau, die ich absolut nicht verdiene, weil ich viel zu egoistisch, viel zu abwesend, viel zu gemein bin. Aber sie verzeiht mir immer. Ohne sie wäre ich längst tot.«

Domenica trocknet sich die Hände an der Schürze ab und kommt lächelnd auf mich zu. Sie hat eine freundliche weiche Stimme. Die kastanienbraunen Haare fallen ihr sanft um die blassen Schläfen, den großen Mund mit dem tragischen Zug, die Augen, ruhig und wenig ausdrucksvoll, wie deformiert durch lange geübte Verstellung.

»Und nun lesen wir dein Stück laut vor, so daß jeder, der was dazu zu sagen hat, es sagen kann, in Ordnung?«

Es ist überhaupt nicht in Ordnung für mich. Aber ich willige ein. Was soll ich auch sonst tun? Die Leute setzen sich im Kreis, ein paar auf den Boden, ein paar auf die Stühle, ein paar auf die Fensterbank. Während Domenica kommt und geht, schweigend, mit Gläsern, Servietten, Tellerchen voller Cremetörtchen.

»Wer liest denn?« frage ich beunruhigt.

»Du, mein Liebling ... Die anderen kennen den Text nicht, sie wären viel zu abgelenkt davon, beim Lesen keine Fehler zu machen. Wir werden dir andächtig zuhören.«

Ich finde das eine ganz schlechte Idee. Aber mir bleibt keine Wahl. Ich fange an, mit zitternder Stimme, der Schweiß fließt mir in Strömen den Hals entlang auf die Brust. Ich fühle die neugierigen, zeitweise feindseligen, zeitweise gleichgültigen Blicke dieser Jungen und Mädchen um mich herum. Ich lese schlecht, schnell, die Worte verschluckend.

Ich lese hastig zu Ende. Hebe den Kopf. Habe einen Kloß im Hals, der jetzt weder rauf noch runter geht. Zwinge mich zu lächeln, als wäre ich ganz ruhig, aber es kommt nur eine schmerzverzerrte Grimasse heraus.

Ich warte geduldig, daß sie etwas sagen. Die Stille wird schneidend. Domenica, die freundliche, kommt mir schüchtern zu Hilfe:

»Schön, finde ich, dein Stück... Es gefällt mir.«

»Was verstehst du denn davon, Domenica, du warst gar nicht da, als sie gelesen hat... Nütz das ja nicht aus, daß ich gesagt habe, du bist intelligent. Willst du Eindruck schinden bei der Autorin?«

Ungerecht, aggressiv. Ich suche Domenicas Augen, um ihr zu danken. Aber ich sehe sie ausweichen, sie haben sich geflüchtet hinter diesen Schleier aus Unempfindlichkeit, den ich schon in der Küche bemerkt hatte.

»Die anderen sollen reden, dann werde ich meine Meinung sagen«, drängt Ernesto wohlwollend.

»Ich find's Quatsch«, sagt Giancarlo und vermeidet, mich anzusehen.

»Und warum?« fragt Ernesto amüsiert.

»Weil man nicht versteht, was das heißen soll. Die politische Linie ist nicht sehr klar. Ideologisch ungenügend. Die Rollen widersprüchlich, die Sprache zu literarisch.«

»Und du, Nicola, was meinst du?«

»Mir gefällt es. Ich finde mich darin wieder. Aber ich weiß nicht, ob wir es machen können. Man braucht zuviel Geld, bei all den Personen …«

»Und du, Marcella?«

»Für mich ist es in Ordnung. Mir gefällt, daß es zwei so wichtige Frauenrollen gibt. Meiner Meinung nach muß man es machen.«

»Und du, Ilario?«

»Ich denke, es könnte gehen. Aber man muß es kürzen. Es ist lang.«

»War's das?«

»Ilario hat recht, es hat Längen. Ich würde den ganzen ersten Teil gänzlich streichen, der ist ehrlich gesagt scheußlich.«

Santino hat Mut gefaßt und guckt mich beim Reden herausfordernd an.

»Nein, der erste Teil ist in Ordnung. Der zweite geht nicht«, sagt Ernesto trocken, und allen bleibt einen Augenblick lang die Luft weg.

Dann kommt irgendwas wieder hoch und brodelt. Ein Wunsch nach Rache gegen die Autorität des Regisseurs. Eine Lust, die eigene Meinung zu sagen, unangenehm zu werden, demonstrativ offen.

»Nein, nein, es ist entschieden der erste Teil, der nicht geht. Der hinkt, der langweilt.«

»Aber nein, Schwachkopf, ich sage dir, es ist der zweite Teil, der nicht hinhaut.«

»Man braucht mehr Humor.«

»Dabei hast du dauernd gegrinst!«

»Stimmt, ich habe auch gelacht ... Es muß böser sein.«

»Für mich ist es eher zu böse. Zu viel Aggressivität ... die stört.«

»Ich meine, äh, im zweiten Teil, dieser Prozeß ... der hat eine Härte, die ist ein bißchen ... kleinbürgerlich ...«

»Willst du behaupten, das Volk hat keine Härte?«

»Das Volk kapiert alles, du Blödmann ... Es ist viel weniger intelorant und dämlich. Das Volk steht auf der richtigen Seite der Geschichte.«

»Ja, und mit was machen sie wohl die Revolutionen? Mit Sanftmut?«

»Du verstehst mich nicht, wie üblich, wenn ich rede, verstehst du mich nicht ...«

»Hört auf zu streiten«, greift Ernesto ein, der schweigend diesen Ausbruch von Meinungsverschiedenheiten angehört hatte. »Kommen wir wieder auf den Text zurück.«

»Meiner Meinung kann man das machen ... Wo wir sowieso nichts Besseres haben, machen wir's doch ...«

»Und wenn wir Wedekind machen würden?«

»Den haben wir schon letztes Jahr gemacht.«

»Tja, der hat's ja auch drauf als Autor ... Ich könnte den jedes Jahr machen. Wir könnten auch Brecht machen.«

»Nein, für Brecht sind die Rechte blockiert, das weißt du doch.«

»Stimmt. Warum nicht eine neue Version von Hamlet? Ich hätte da Ideen: Alle weiblichen Rollen streichen ... Die Königin spielt ein Transvestit, Ophelia ein Transsexueller ...«

»Toll, und was machen wir, Däumchen drehen?« Marcella wirft ihm gereizt einen grimmigen Blick zu.

Ernesto sieht ihrem Streit mit väterlichem Gehabe zu. Ab und zu wirft er mir einen Blick entgegen, der mich wie ein Pfeil durchbohrt. Als wollte er sondieren, bis zu welchem Punkt ich es aushalte, dieses Herumtrampeln auf meinem nackten Körper.

»So, jetzt reicht's, Leute ... Ihr habt geredet ... habt gesagt, was ihr denkt, vielen Dank. Wenn ihr ein bißchen mehr nachgedacht hättet, wärt ihr nicht in Urteile gestolpert, die ihr dann nicht halten könnt ...«

Sie hören ihm schweigend zu. Einige reizt dieser autoritäre Ton, aber sie akzeptieren ihn, aus Überlebensgründen, andere sind eindeutig hingerissen von diesem großzügigen und aggressiven Etwas, das in seiner Stimme schwingt.

»Der Text hat Mängel ... das ist normal. Aber ich glaube, alles in allem seid ihr einverstanden, ihn zu inszenieren. Es gilt etwas zu streichen, das ist klar, aber Armida ist da sehr bereitwillig und wird uns für Änderungen zur Verfügung stehen, stimmt's, Armida?«

Ich nicke. Unfähig den Mund aufzumachen. Die Sangria, die zwischen Kehle und Bauch rauf- und runterläuft. Ich weiß nicht, ob ich Lust habe zu schreien oder mich lebendig begraben zu lassen oder einfach zu kotzen.

Im Auto spricht Sara mich zum ersten Mal an. Sie hat einen ironischen, nachdenklichen Blick: »Dir geht's mies?«

»Ein bißchen.«

»Das ist die Brutalität der Gruppenarbeit. Die sich immer auf demokratische Spielregeln beruft, aber in Wirklichkeit nur ein Vorwand ist, um in völliger Freiheit ein kollektives sadistisches Ritual zu veranstalten.«

»Warum hast du das vorhin nicht gesagt? Ich wäre dir sehr dankbar gewesen.«

»Es ist sinnlos. Ich sage es dauernd. Sie hören mir gar nicht zu. Nennen mich die Aristokratin ... Du darfst ihnen die Illusion nicht nehmen, auf der richtigen Seite der Barrikade zu stehen, die Illusion, eine demokratische, kollektive Arbeit zu machen.«

»Hat dir denn mein Text gefallen oder nicht? Du hast kein Wort gesagt.«

»Weißt du, gestern haben wir den Text eines anderen Autors gelesen und vor einer Woche von noch einem anderen, das heißt, von einer anderen, einer Autorin.«

»Ich verstehe nicht.«

»Sie haben einen Auftragstext für die Truppe geschrieben. Hielten sich schon für feste Autoren bei uns. Aber die Mehrheit fand ihre Stücke schlecht, also sind sie durchgefallen.«

»Alle über dasselbe Thema?«

»Ja klar, sie waren extra geschrieben worden, das habe ich dir doch gesagt. Ernesto schleicht seit zwei Jahren um das Thema ›Risorgimento‹ herum.«

»Und er hat zwei Stücke bei zwei verschiedenen Leuten gleichzeitig in Auftrag gegeben?«

»Mit deinem, das er entdeckt hat, als es schon fertig war, sind es drei. Keiner wußte vom anderen, wie du bis eben. Sie haben auch eine öffentliche Lesung über sich ergehen lassen. Sind gebrochen rausgegangen.«

»Wie ich.«

»Aber dein's wird gemacht.«

»Und warum? Viele fanden es doch langweilig und unaufführbar.«

»Du weißt ja nicht, wie sie die anderen zerfetzt haben. Am Ende zählt sowieso nur Ernestos Meinung. Er ist der Regisseur und der Direktor der Truppe. Und ihm gefällt es. Er wird es machen.«

»Glaubst du, er ist ehrlich?«

»Er hätte keinen Grund zu lügen. Wir werden es machen, und es wird ein Erfolg, du wirst es sehen ... Es sind gute Sachen drin ...«

Die Dankbarkeit behindert meine Bewegungen. Ich umarme sie und küsse sie auf die Wangen, die von den Ringen unter den Augen fast verdrängt werden. Sie lächelt rätselhaft. Legt den Gang ein und fährt weg, ohne sich umzudrehen.

❖

Auf einem schwarzen Plastikhocker sitzend. Die Hände auf den Knien. Die Augen starr auf der Tafel, die den Flug aus Barcelona um zwölf anzeigt. Aber des grüne Lämpchen geht nicht an. Obwohl das des späteren Flugs nach Abidjan um zwölf Uhr dreißig schon an ist.

Ich gehe zum Informationsschalter. Frage, ob das Flugzeug aus Barcelona schon gelandet ist. Ein Mann starrt mich zerstreut an.

»Das Flugzeug hat Verspätung.«

»Wieviel?«

»Das erfahren Sie über die Lautsprecher, sobald es mit Sicherheit bekannt ist.«

»Aber weiß man denn wenigstens, ob es aus Barcelona abgeflogen ist?«

Er hört mir nicht mehr zu. Lenkt die Augen auf einen anderen eiligen Reisenden.

Ich gehe wieder zu dem Sitz unter der Ankunftstafel. Sehe mich um. Vor mir eine arabische Familie. Ein Mann in weißem Kammgarn: Der gelockte Bart in einem fast violetten Schwarz, die Augen sanft, freundlich. Die Frau von Kopf bis Fuß in einer braunen Kutte, die Kapuze um den Hals gerutscht, der Kopf verschleiert hinter einem schwarzen, um die Schläfen geschlungenen Taschentuch. Die eleganten Hände spielen mit einem Rosenkranz aus durchsichtigen, blaßgoldenen Körnern. Ein gerade geborenes Kind, in bunte Stoffe, Schleifen, Gaze, Schleier gewickelt, lutscht friedlich an einem Finger.

Ab und zu bückt sich die Frau, wühlt in einem Plastikkoffer mit dicken schwarzen Griffen und zieht Sonnenblumenkerne hervor, die sie dem Ehemann reicht, mit einer bildhaften Bewegung des Handgelenks.

Auf der anderen Seite zwei sehr blonde, behaarte Jungen in kurzen Hosen und T-Schirts, die schmutzigen Füße fest verschnürt in Franziskanersandalen. Einer schläft mit dem Kopf auf dem Rucksack. Der andere döst mit der Schläfe auf der Schulter des Freundes.

Drei Nonnen lesen, bedrückt auf der Stuhlkante sitzend, mit den weißen Halsbündchen, die bis ans Kinn reichen. Eine der drei ist ein Albino und klappt ständig die weißen Lider über fast rosarote Pupillen.

Der Flug 227 aus Barcelona wird circa 60 Minuten Verspätung haben.

Endlich eine Stimme. Ich sehe auf die Uhr. Es ist zehn vor eins. Er müßte in gut zwanzig Minuten landen. Ich stehe auf. Gehe in die Bar. Trinke einen Eistee. Gehe wieder zu meinem Plastiksitz. Finde ihn besetzt. Ein dunkles kleines Mädchen sieht mich triumphierend an.

Ich bleibe stehen und starre auf die Tafel. Das grüne Licht geht immer noch nicht an. Obwohl die angekündigte Verspätung inzwischen überschritten ist. Fünf grüne Lämpchen fangen an zu blinken vor ebenso vielen Flügen aus Toronto, aus Sofia, aus München, aus Hongkong.

Ich wende die Augen zu der großen, bernsteingelben Scheibe, hinter der die Riesenvögel mit der Silberschnauze über die Startbahn gleiten, bereit, sich zum Flug in wunderschöne, ferne Länder aufzuschwingen.

Versunken in einen Zustand gierigen Staunens merke ich nicht, daß jemand meine Schulter berührt. Mir ins Gesicht lacht. Er ist es, und das grüne Lämpchen neben dem Flug aus Barcelona geht eben aus.

Wir umarmen uns. Stürmisch. Aber irgend etwas klappt nicht. Der Elan scheint eher aus einem Anfall des Willens zu kommen als aus einem Schub des Begehrens.

Ich fahre schweigend, seine Hand auf meinem Knie. Die Landschaft stürzt in den Trichter der Straße und wird mit schwindelerregender Schnelligkeit zermahlen, zerrieben. Heraus kommt ein zersiebtes Grau. Das Schweigen wird irreparabel.

Kaum sind wir bei ihm zu Hause, machen wir Liebe, die Kleider noch an, das Gepäck auf einem Haufen im Flur. In Eile, ohne Freude. Ohne auch nur ein Wort.

Ich fahre ihm mit den Fingern über die Augen, um sie freizuräumen von all den Landschaften, den Personen, den Dingen, die er gesehen hat und die ihm unter den Lidern drücken. Mein Atem an seiner Wange, die Mühe hat, sich von einem im Flugzeug gefundenen Eau de Cologne »For Man« zu befreien. Die müden Lippen haben die Worte verloren.

Ich streichle ihn langsam, den Konturen der Brustmuskeln folgend, die Knoten der zusammengezogenen Eingeweide betastend, mit den Fingerkuppen die Venen entlanggleitend, die unter der Haut drücken.

Ich setze den trockenen Mund auf das zusammengekrampfte Glied, fühle, wie es um die eigene Achse rutscht, sich aufbläht, Form annimmt, drücke es leicht zwischen den Zähnen, im selben Augenblick steigt mir eine stinkende Luftblase in die Nase, ich niese, und er lacht und schüttelt die Bauchmuskeln unter meiner Wange. Ich lache mit. Wir umarmen uns wieder, diesmal als Komplizen.

Ich wache auf, als er schon weg ist. Es ist gerade neun. Ich wasche mich, ziehe mich an. Höre Testone im Flur jaulen. Gehe ihn trösten. »Sei ruhig jetzt, ich ziehe mich zu Ende an, und dann gehen wir raus.« Testone schläft nicht gern anderswo, ist nicht gern in Badezimmern und Fluren eingesperrt, wie immer, wenn ich bei Miele oder meiner Mutter übernachte. Er ist nicht gern eingeschlossen, fernab von den Orten, an denen die Mahlzeiten abgewickelt werden, der Schlaf, die Freuden, die Feste , die Lieben derer, die lieben.

Während ich die Tasche suche, fallen meine Augen auf Fotos, die in Spanien gemacht wurden. Lebhafte Farben, zwei, drei Grade heller als die natürlichen Farben: Die Blaus fast violett, die Grüns fast schwarz, die Rosas fast rot, die Weißtöne fast gelb.

Er steht lächelnd inmitten einer kleinen Gruppe von Männern. Zwei junge Frauen, die verschlossen wirken, sitzen auf einem Mäuerchen neben der Gruppe. Auf der Rückseite die Unterschriften.

Schon beim Lesen weiß ich, was ich finden werde. Ich erkenne ihn aus den anderen Namen heraus: Amparo. Die Frau, die in seinem Zimmer im Hotel Asunción in Barcelona geschlafen hat.

Sie ist keineswegs jener sechzigjährige Schrank, von dem er erzählte. Sondern ein schlankes Figürchen mit kurzgeschnittenen tiefschwarzen Haaren, runden Augen, der Mund fleischig, sinnlich.

Ich setze mich hin, mit dem Foto in den Händen. Das Herz nur noch ein Knopf. Jetzt ist plötzlich alles klar: die Kälte der ersten Wiederbegegnung, die Liebe, hastig und wütend, wie um die Schwierigkeit, sich an einen anderen Körper zu gewöhnen, hinter sich zu werfen ... die Anstrengung, das Schweigen, die fremden Gerüche.

Und dann diese Blase aus schlechter Luft, die aus seinem Anus in meine Nase gestiegen war und mich zum Niesen gebracht hatte. Und sein befreiendes Lachen, als hätte er mitsamt der faulen Luft die letzten Gifte einer fremden Liebe ausgestoßen.

Ich höre die Tür aufgehen. Testone läuft nachsehen, wer da ist. Bellt nicht. Wedelt. Es ist Miele, er kommt zurück mit einer Thermoskanne Milchkaffee und warmen Hörnchen. Zufrieden, heiter schenkt er mir zu trinken ein, drängt er mich zu essen.

»Hast du die Fotos gesehen? Sind schön, nicht? Das da bin ich. Und das da sind die internationalen Delegierten. Die kamen aus aller Welt.«

»Amparo war doch deine Dolmetscherin, nicht?«

»Amparo?« Er sieht mich verstohlen an, will Zeit gewinnen. »Wo hast du sie gesehen?«

»Sie steht hinten drauf.«

»Ach ja, die Unterschriften ... Das ist eine andere Amparo. Die gibt's zu Tausenden in Barcelona, die Amparos. Man kann sagen, daß eine von drei Frauen so heißt.«

»Und du hast kein Foto von der anderen Amparo?«

»Ich weiß nicht ... ich sehe mal nach.«

Aber er hat keins. Bekommt einen beschämten Gesichtsausdruck. Ich bestehe nicht darauf. Ich weiß, wie langweilig und vorhersehbar Eifersucht ist.

Auf dem Heimweg mit Testone versuche ich, mich an seine alten Theorien zu erinnern: »Ich hasse Heimlichtuerei, Armida, Betrügereien, Lügen, glaub mir ... Eifersucht ist ein historisches Relikt, und selbst wenn ich ihre Bedeutung für das kollektive Unbewußte anerkenne, ich bin nicht bereit, ihr Sklave zu werden. Zwei freie Menschen wie wir müssen sich in Freiheit lieben können, ohne irgend etwas zu verbergen ...«

Als ich in die Wohnung trete, finde ich einen zusammengefalteten Zettel hinter der Tür: »Heute ist noch eine Versammlung. Laß dich blicken. Ich komme dich um fünf abholen. Ciao, Sara.«

Ich setze mich an den Tisch, die Blätter des Theaterstücks neben mir. Den zweiten Teil neu schreiben, den Prozeß rausstreichen, die Rolle der Hauptperson abschaffen. Aber warum denn? Die Finger weigern sich, sich aus dem Schoß zu erheben. Ich sitze verträumt da und betrachte durch die schmutzigen Fenster die Fassaden der fernen Häuser, die allmählich die Farbe wechseln.

❖

Sara hupt ein paarmal auf der Straße. Ich gehe ans Fenster. Winke ihr zu. Gehe hinunter. Sie sieht fröhlicher aus als üblich. Trägt Vergißmeinnicht mit einer Spange im Haar.

»Hast du gearbeitet?« fragt sie mich sofort.

»Nein.«

»Wenn du den Text nicht abgibst, können wir nicht zu proben anfangen.«

»Was habt ihr denn mit den anderen beiden Autoren gemacht?«

»Gestorben, aus, vorbei.«

»Ich möchte sie kennenlernen.«

»Ich rate dir ab. Sie würden dich hassen. Das heißt, sie hassen dich jetzt schon.«

»Sie dürfen nicht mich hassen, sondern euch, die ihr uns in diese dämliche Rivalitätssituation bringt.«

»Man haßt immer die falschen Leute ... In der Liebe ist es genauso. Man liebt immer die falschen Leute ... glaubst du nicht?«

»Wen liebst du denn?«

»Mich selbst. Was das falscheste ist, was man machen kann. Ich enttäusche mich ständig. Außerdem kenne ich mich zu gut. Mir fehlt die Überraschung. Aber ich kann nicht anders. Ich muß mich zu oft verteidigen, und jetzt lebe ich eingeschlossen in einem einsamen Schneckenhaus und habe nur meine Eingeweide als Gesellschaft ... und du?«

»Ich? ... Ich bin verliebt in ...« Ich halte inne, kurz vor dem Sprung.

»Einen Mann oder eine Frau?«

»Einen Mann.«

»Die übliche Geschichte also ... Und er läßt dich leiden, und du leidest und rennst hinter ihm her und machst die Sachen damit nur noch schlimmer undsoweiter undsoweiter ... Ist es nicht so?«

»So ist es, mehr oder weniger.«

»Wenn man sich selbst liebt, fällt man wenigstens nicht auf diese altbekannten, vorhersehbaren Sachen rein.«

»Wann, glaubst du, habt ihr Premiere?«

»Im November. Hat dir Ernesto das nicht gesagt?«

»Nein.«

»Er tut immer so geheimnisvoll. Da kann er dich besser besitzen.«

»Besitzen in welchem Sinn?«

»Er will sie besitzen, die Leute, vor allem anderen. Dann erst verstehen. Wenn du ihm gefällst, wird er versuchen, dich zu besitzen. Nicht sexuell, versteh mich nicht falsch.

Ein totaler Besitz, der aber vor allem den Geist betrifft. Er ist eine Art faszinierender Zauberer mit Gespür für andere Talente. Wenn du ihm gefällst und ihm dein Stück gefällt, dann wird er gute Regie machen ... Er ist ein Taschenspieler, er kann Löwen und Panther auf die Bühne bringen und sie dann in einem Hut verschwinden lassen ... Sie sind alle verliebt in ihn, hast du nicht gesehen?«

»Alle – wer?«

»Die Truppe ... vor allen anderen Domenica, die, wie er sagt, eine Heilige ist. Aber wie alle Heiligen kennt sie die raffiniertesten Grausamkeiten. Dann Marcella, die sich für ihn umbringt. Und dann Santino, Giancarlo, alle. Bereit zu jeder Niedertracht, um Eingang in sein schlammiges Herz zu finden.«

»Du liebst ihn auch ein bißchen.«

»Ich habe ihn sehr geliebt. Zwei Wochen lang. Dann hatte ich die Nase voll.«

»Wollte er dich auch besitzen?«

»Er hat mich besessen, vollständig. Aber das reichte ihm nicht. Er wollte, daß ich mich völlig aufgebe ... daß ich ihn nicht mehr mit den Augen ansehe, sondern mit dem Bauch ... Ich habe einfach den Verschluß meines Schnekkenhauses zugezogen. Mich drinnen verbarrikadiert. Jetzt habe ich keine Angst mehr vor ihm, ich fühle mich wohl allein.«

Wir kommen an, und alle sind schon da. Ernesto fragt mich, ob ich den zweiten Teil umgeschrieben habe. Ich sage nein. Er macht mir eine Szene vor allen. Als er merkt, daß er zu weit gegangen ist, wirft er sich neben mich auf das Sofa, packt meine Hand, führt sie sich an den Mund, bittet mich um Entschuldigung, überschüttet mich mit Komplimenten. Er versteht sich darauf, mit absolut dämonischer Aufrichtigkeit.

An dieser Stelle habe ich nichts mehr mit ihnen zu tun. Ich sage, daß ich gehe. Aber er hält mich fest.

»Wo gehst du hin? Es ist doch nicht aus ... Bevor ich dich gehen lasse, mußt du mir hier unterschreiben.«

»Was ist das?«

»Der Aufnahmeantrag für die Kooperative. Bist du nicht froh? Du wirst eine von uns ...«

»Ja, aber …«

»Nichts aber … Das ist eine Ehre, die wir dir erweisen … Du darfst zu den Sitzungen kommen, an den Vorstandswahlen teilnehmen, wählen wie die anderen, und du bekommst deinen Anteil an den Dividenden.«

»Erzähl nicht so einen Quatsch, Ernesto … Sag ihr, was du wirklich von ihr willst.« Es ist Sara, sie hat Mut gefaßt und sieht uns ironisch an, das Vergißmeinnicht-Sträußchen ist ihr auf den Hals gerutscht.

»Was ich will? Nichts … Obwohl wir zwei es gut zusammen könnten, stimmt's?« lacht er. Zwinkert mir zu.

»Die Wahrheit, Ernesto«, beharrt Sara und klopft mit dem Fuß auf den Boden.

»Sag du sie ihr doch.«

»Die Wahrheit, Armida, ist, daß du dich als Teil der Kooperative dazu verpflichten mußt, deine Urheberrechte an die Truppe abzutreten.«

»Aber die Truppe ist ja wohl kein kinderfressendes Ungeheuer«, fährt Ernesto aufgebracht dazwischen. »Die Truppe verpflichtet sich ihrerseits, dir ein Gehalt zu zahlen, und das ist für alle gleich …«

»Ein Gehalt, das du nie sehen wirst … Besser, du sagst es ihr, warum soll man Leute betrügen?«

»Warum wohl? Wer sagt, daß es kein Gehalt gibt. Das Geld vom Ministerium kommt … mit Verspätung zwar, aber es kommt, und wenn es kommt, wird es zu gleichen Teilen unter alle aufgeteilt.«

»Aber du weißt doch ganz genau, wenn das Geld vom Ministerium kommt, mußt du erstmal die Schulden bezahlen, und bei den Zinsen, die an die Bank gehen, ist alles in einem Augenblick weg. Wieviel Gehalt hatten wir denn in den drei Jahren, hm?«

Auf dem Heimweg versucht Sara, mich zu trösten. Aber sie wirkt auch, als ob sie sich amüsiert. Das Vergißmeinnicht-Stäußchen sitzt wieder an der rechten Schläfe, allerdings lassen die Blümchen den Kopf hängen.

»Geprellt und zufrieden.«

»So sind die Machtbeziehungen, Armida, da kannst du nichts machen.«

»Danke, daß du mich gewarnt hast.«

»Ach, das nützt ja auch nichts. Nicht deinetwegen. Wenn du das Stück aufführen willst, mußt du zu diesen Regeln stehen. Am besten gibst du dich damit zufrieden. Ich habe es dir erzählt, damit du es weißt, ich finde es lächerlich, jemandem, mit dem man arbeitet, Märchen zu erzählen.«

»Danke.«

»Hör auf, danke zu sagen. Ich bin nicht gut. Ich habe Sinn für Humor, das ist alles. Und keine Lust, jemanden zu retten. Nur das Vergnügen ist subtiler, wenn das Opfer weiß, daß es Opfer ist. Sonst handelt es sich nur um gewöhnlichen Betrug. Findest du nicht?«

❖

Das Telefon klingelt hartnäckig. Ich strecke die Hand aus. Die Dunkelheit läßt mich die Entfernung falsch einschätzen. Ich hatte gerade geträumt, in das Zimmer Nummer 26 im Hotel Asunción zu treten. Es war dunkel. Nur ein bißchen Licht von der Straße kam durch die Lamellen der angelehnten Fensterläden.

Eine Frau stand mit dem Rücken zur offenen Badezimmertür. Und Miele saß auf dem Bett. Er rief sie, und sie wollte sich gerade umdrehen. In diesem Augenblick klingelte das Telefon.

»Hallo – wer ist denn da?«

»Ich bin's, Paolo.«

»Ah, ciao! Wo bist du denn?«

»In New York. Ich wollte dich bitten, zu mir zu kommen. Ich bin bereit, dir alles zu vergeben. Laß uns noch einmal neu anfangen ...«

»Zu dir kommen? Paolo, wie sollen wir denn neu anfangen?«

»Verdammte Scheiße, Armida, warum kannst du dich nicht ab und zu mal gehenlassen? Du bist nie bereit, nie liebevoll. Ich rufe dich von der anderen Seite des Ozeans aus an, um dir zu sagen, ich liebe dich. Und ich will dich hierhaben. Also, kommst du?«

»Nein, Paolo, ich kann nicht.«

»Geh zur Hölle, Armida ... Du bist eine komplette Idiotin ... Ich hasse dich!«

»Du weißt doch, daß die Ehe zu Ende ist. Sie hat sich aufgebraucht, sie ist nicht mehr ...«

»Was interessiert denn die Ehe! Ich würde dich nicht mal tot noch einmal heiraten ... Ich wollte nur ein bißchen mit dir zusammen sein ... Tja, ciao! Von dir habe ich nichts Gutes zu erwarten.«

»Tut mir leid, Paolo.«

»Du bist doch hoffentlich nicht schwanger, hm?«

»Aber nein.«

»Paß auf, denn das Kind von jemand anders erkenne ich nicht an, und dem gebe ich keine Lira. Es ist also sinnlos, daß du es versuchst.«

»Warum bist du eigentlich so beleidigend?«

»Ich will von niemandem reingelegt werden, weder von dir noch von sonstwem.«

»Aber wer will dich denn reinlegen? ... Ich wollte dir sogar sagen, du brauchst mir kein Geld mehr zu schicken ... Ich habe Arbeit gefunden.«

»Ich schicke dir sowieso keines. Das ist Elisabetta. Sag ihr das. Um was für eine Arbeit handelt es sich?«

»Bei einer englischen Journalistin ... als Assistentin ...« Eine Halbwahrheit, denn dieser Job ist mir vor einem Jahr angeboten worden, und ich weiß, daß ich ihn annehmen kann, wann ich will.

»Also, kommst du?«

»Nein.«

»Geh zur Hölle, Armida, ich hasse dich!«

Das Klicken des aufgelegten Hörers. Die metallischen Wellen, die weiterhin das Schweigen von einer Seite des Ozeans zur anderen tragen.

»Paolo!«

Aber seine Verweigerung ist entschieden und endgültig. Ich drehe mich von einer Seite auf die andere. Kann nicht wieder einschlafen. Versuche, in den Traum zurückzukehren, da, wo ich ihn verlassen habe. Das Zimmer im Halbschatten des Hotels Asunción, die offene Badezimmertür, die nackte Frau von hinten und Miele, der sie ruft: Amparo!

Stille. Das Licht der Laternen, in gleichmäßigen Streifen, hellblau, erstreckt sich über den Fußboden. Die offene Tür gibt einen Raum aus milchweißen Kacheln frei. Ein Stück

Vorhang mit rosa Streifen bläht sich vom Dampf des warmen Wassers. Jetzt merke ich, daß das Rauschen des Wassers in der Wanne sehr deutlich ist.

Sie rührt sich nicht. Ein Bein leicht angewinkelt, ein Fuß mit hochgezogener Ferse, als hielte sie mitten in einem Schritt inne. Die Hüften schmal, mädchenhaft, der Rücken lang, in der Taille ausgehöhlt, die Schultern leicht abfallend.

»Amparo!«

Die Frau dreht sich ganz sachte um. Mit einem Lächeln im Mundwinkel. Ich sehe sie verblüfft an, durchdringe die milchige Dunkelheit mit dem Blick.

Vor mir habe ich meine Mutter. Meine Mutter mit zwanzig, mit ihren langen weißen Beinen, dem Schwanenhals.

Jetzt lächelt sie mich an, zweideutig. Ich weiß nicht, ob sie mich anlächelt oder Miele. Die Drehung des Rumpfes hat ihr eine Brust entblößt, die rechte, eine große, leichte Brustwarze, aus der ich mit ganzer Seele schöpfen möchte.

Ich bewege den Kopf. Ein tauber Schmerz hält ihn mir ans Kissen genagelt. Ich habe mir ein Loch geschlagen, beim Spielen zwischen den Tischen. Jetzt erinnere ich mich. Und ich liege hier mit den Stichen, die die verbundene schwere Stirn zusammenziehen.

Sie hat mir das Wasserstoffsuperoxyd in die Ohren geträufelt. Der Sauerstoff hat auf ihren Fingerspitzen kleine prikkelnde Blasen gebildet, sie hat mir die Haare an der Stirn geschnitten, mit einer kleinen Nagelschere, hat ein Stück Mull auf die Wunde gelegt, die blutet, und dann hat sie angefangen, zu verbinden.

Jetzt bin ich eine Mumie und liege ruhig seit Jahrhunderten in einem Schrein, das Mäntelchen beige, die Schuhe geflickt. Meine Mutter und ich gehen die Korridore des Museums entlang. Keine Seele da. Wir bleiben vor einer Statue stehen.

»Das ist Sikmeth, die Göttin der Finsternis«, erzählt sie mir und drückt mir so fest die Hand, daß ich sie nicht mehr fühle.

Sikmeth aufrecht auf einem Podest aus rosa Stein. Die Füße streng beieinander, die Hände auf der Brust. Ein Peplon aus Marmor in schnittlauchgrün und schwarz bedeckt weich ihren Körper. Eine Frau in der Blüte ihrer Jugend.

Meine Kleinmädchenaugen steigen die Statue von den Füßen bis zum Kopf hoch. Bleiben haften auf dem Gesicht der Göttin: Eine alte Löwin mit wäßrigem Blick, die Barthaare borstig, der Mund traurig. Wir sehen uns lange fasziniert an. Und in dem staubigen Sonnenstrahl, der durch das Fenster in den Museumskorridor dringt, verliebe ich mich für immer in diese geheimnisvolle Göttin, die meine Mutter mir geschenkt hat an jenem schicksalhaften Morgen.

Aber jetzt zieht meine Mutter mich am Handgelenk. Läßt mich durch zwei Flügel mit gelangweilt dreinblickenden riesigen Gottheiten gehen. Dann schiebt sie mich sanft, aber bestimmt zu einer schlecht beleuchteten Vitrine.

Unter dem Glas voller Fingerabdrücke sehe ich eine kleine bemalte Tafel, die gegen die Wand lehnt. Weiter hinten ein winziges Körperchen. Dicke Schichten von Binden, geschwärzt von Jahrhunderten.

Mitten zwischen all den geteerten Binden ein zusammengezogenes Gesichtchen, trocken wie eine welke Birne, eine vollkommen erhaltene Nase, ein Mund mit Lippen, die über einer Reihe vollkommener Zähne hochgezogen sind, die Lider auf den Pupillen festgeklebt, die Wimpern verkrümelt auf den Pappmachéwangen.

Ich stehe gelähmt, atemlos vor diesem grauenhaften Spektakel. Meine Mutter mit ihrer ruhigen, weisen Stimme erzählt mir von den ägyptischen Königinnen, die all ihren Besitz mit ins Grab nahmen. Neben der Mumie des kleinen Mädchens liegen tatsächlich Juwelen, beinerne Kämmchen, geschliffene Spiegel, dicke große Brotstücke, zerbröselt und schwarz.

»Dieses kleine Mädchen war die Tochter eines Königs ... Sie haben sie mit ihrem Spielzeug begraben, siehst du ... Sie sollte gerade Braut werden, und statt dessen ist sie gestorben.«

Ich stehe da, an die Scheibe geklebt, unfähig, mich zu bewegen, mit versteinertem Magen. Ich weiß, ich bin für immer gestorben und höre aus sternkalten Entfernungen die musikalische Stimme meiner Mutter und rieche ihren feinen Magnolienduft.

Es gibt einen frevelhaften Gedanken, der mich besessen macht. Ich weiß, daß er schmerzhaft ist, mehr als schmerzhaft, furchtbar, aber gleichzeitig verführerisch. Die Vorstellung, daß die Zeit anhält für uns beide, genau in jenem Augenblick, in jenem menschenleeren Museum, sie und ich verbunden, mumifiziert für die Ewigkeit unserer vollkommenen Liebe.

Amparo hat das gleiche Löwinnengesicht wie Sikmeth, den gleichen traurigen wilden Blick, einen Duft nach Magnolien, den ich seit je liebe.

Ich wache auf, im Bett sitzend, der Schweiß rinnt mir von den Schläfen, Erstickungsgefühl. Das Telefon klingelt seit einiger Zeit. Ich höre das Echo im von den Verbänden schweren Kopf. Nehme den Hörer ab, keuchend, unfähig, die Stimme wiederzufinden.

»Hallo, Armida?«

Ich bekomme mühsam ein »ja« heraus.

»Was hast du denn, geht's dir schlecht?«

»Ich hatte einen Alptraum.«

»Wach auf, es ist zehn Uhr.«

»Ah, ja.«

»Gestern abend haben wir uns getroffen, Dida, Ada, Cesare und ich, wir haben beschlossen, wir fahren alle nach Helsinki und feiern Nicos und Adas Hochzeit. Wir schließen uns den Weltjugendspielen an. Ehrlich gesagt, wir haben dich schon angemeldet, als Theatermacherin ... Im Tausch für die Gastfreundschaft verlangen sie von dir einen kleinen Vortrag übers Theater, hast du Lust?«

»Ja, in Ordnung ... Wann fahren wir denn?«

»In einer Woche. Am ersten August.«

❖

Ein Koffer auf dem Kopf. Der geblümte Rock, der mir an die Knie schlägt. So gehen Miele und ich mit großen Schritten, keck, zum Bahnhof Termine.

»Hast du den Fön mitgenommen?«

»Nein.«

»Vergeßlich wie üblich. Und das eine oder andere Buch für tote Stunden?«

»Ja, ganz viele.«

»Ich fühle mich leicht.«

»Ich nicht gerade ... mit diesem Koffer auf dem Kopf.«

»Komm, ich trag ihn dir.«

»Nein, ich schaff's schon.«

Er baut sich vor mir auf. Nötigt mich, den Koffer vom Kopf zu ziehen. Gibt mir einen Kuß. Nimmt den Koffer und läuft voran, mit den Beinen die Balance, in den Händen die beiden Koffer haltend.

Der Bahnhof ist überfüllt. Hunderte von Leuten, die abfahren, die ankommen. Touristen mit Haaren, die im Nakken mit einem Bindfaden zusammengebunden sind. Scharen von Nonnen. Erregt aussehende Soldaten. Es herrscht eine Zeltlageratmosphäre. Viele Züge haben Verspätung, ein paar fahren im letzten Augenblick von einem anderen Gleis ab. Junge Leute rauchen, auf dem Boden sitzend, auf die Schlafsäcke gestützt. Andere schlafen, an Wände gelehnt, und die Menge steigt, um an ihnen vorbeizukommen, vorsichtig über sie hinweg.

»Wo ist der Treffpunkt mit den anderen?«

»Auf Bahnsteig fünf.«

»Bist du sicher, meine Liebe?«

»Ja, klar.«

»Hast du die Fahrkarten?«

»Ja, ja ...«

»Zeig mal.«

Miele stellt die Koffer ab. Nimmt die Fahrkarten in die Hand und buchstabiert: »Triest Wien Prag Warschau Kiew Wilna Riga Tallin Helsinki. Hast du gesehen, so eine Scheißfahrt! Du hast im Leben noch nicht so eine lange Reise gemacht, möchte ich wetten, und du wirst auch nie wieder ...«

Ich stecke die Fahrkarte in die Tasche zurück. Zum Paß, der Wimperntusche, dem frischgewaschenen Taschentuch, dem Röllchen Dollars. Halte eine Hand drauf. Damit sie nicht verschwindet. Die Zaubertasche, die die wunderbaren Namen ferner und herrlicher, nie gesehener Städte enthält.

Auf Bahnsteig fünf stehen schon Ada und Nico mit zwei militärgrünen Rucksäcken auf den Schultern. Kurz danach kommt Cesare mit einem Schweinslederkoffer mit seinen Initialen. Dida ist wie üblich zu spät dran.

Inzwischen treffen lawinenartig die anderen Festspielteilnehmer ein. Ein Transparent auf dem Bahnsteig verkündet: »Dies ist der Zug der Weltjugendfestspiele. Willkommen!«

Jungen aus dem Süden mit bäuerlichen Koffern, die Lokken bis auf den Hals, die erstaunt und betont unbefangen aussehen. Junge Mädchen aus der Umgebung Roms in neuen milchweißen Hosen. Eine Schar von Leuten, die in verschiedenen Akzenten aus ganz Italien sprechen, schleppt Koffer, Rucksäcke, Schlafsäcke, Taschen, Pakete.

»Habt iht schon Plätze besetzt, ihr Trottel?« brüllt Cesare von irgendwoher, wo er auf unser Gepäck aufpaßt.

»Nico ist unterwegs«, sagt Ada, guckt aber nicht auf den Zug, sondern in Richtung Eingänge, weil sie darauf wartet, Dida auftreten zu sehen.

»Es ist fast sechs. Soll ich sie anrufen gehen?«

»Nein, nein. Wenn sie jetzt noch zu Hause ist, verpaßt sie den Zug sowieso ... Sie wird unterwegs sein.«

»In sechs Minuten fährt der Zug ab ...«

»Da ist sie doch!«

Dida kommt leichtfüßig daher, trotz des Koffers in der Hand, der Tasche, die ihr von der Schulter rutscht, eines Bündels Zeitungen unter dem Arm. Sie hat eine ihrer flaumig-leichten, wallenden Blusen an, die ihr über der Brust aufspringen.

»Mir hat das Herz schon bis in den Hals geschlagen ... Warum kommst du bloß immer zu spät?«

Ada nimmt ihr die Tasche ab. Dida umarmt alle feierlich, glücklich. Wir steigen ein, mitten in einem Gewühl aus Armen, Gepäckstücken, kreischenden Köpfen.

Um Punkt sechs setzt der Zug sich in Bewegung. Tausende von Gesichtern hängen aus den Fenstern, um sich von den Verwandten zu verabschieden oder einfach, um die Stirn zu bieten. Ein Gruß an Rom und an die Wärme. An ihren Verkehr und an ihr sommerliches Chaos, an ihren Gestank, an ihre politischen und gesellschaftlichen Pestgeschwüre.

Wir haben ein ganzes Abteil für uns. Sechs Sitzplätze, sechs Liegepritschen, die nachts ausgeklappt werden und den kleinen Raum ausfüllen, in dem zu leben wir acht Tage lang gezwungen sind.

Wir verstauen das Gepäck. Reißen die Fenster auf. Der Zug fährt in schlangenartiger Bewegung aus der Stadt heraus. Dringt ein in die römische Landschaft, die allmählich überflutet wird von milchigen Abendschatten.

Miele sitzt mir gegenüber. Sieht mich an. Freut sich. Lächelt mir zu. Der Augenblick der prallvollen Liebe dehnt sich aus bis an den Rand einer Explosion.

Das Herz übernimmt den Rhythmus des Zuges. Einen Rhythmus ländlicher Tänze: Ein kleiner Sprung hopp, zwei Schritte rechts, ein kleiner Sprung hopp, zwei Schritte links und weiter und weiter im Kreis herum, ein Schritt, Verbeugung, ein Schritt, Verbeugung, hopp hopp hopp ...

❖

»Um acht Uhr wird im Speisewagen das Essen serviert, er befindet sich am Ende des Zuges. Stellt euch bitte an zum Abholen der Essenmarken. Ohne Marke gibt es kein Essen.«

Wir brechen ein bißchen zu spät auf. Die Schlange reicht schon bis zum fünften Wagen. Wir warten über eine Dreiviertelstunde, gegen die wackelnden Wände gelehnt. Der Wind weht herein, in bitteren, rauchigen Schwaden.

Miele steht neben mir, Schulter an Schulter. Dahinter Dida, singend inmitten einer Gruppe begeisterter neuer Gesichter. Die weiche Bluse zerfällt ihr am Leib. Die Haare fließen ihr auf die Schultern wie eine Kaskade aus goldenen Ringen.

Ada und Nico haben sie ständig im Auge. Cesare spielt für sich mit einem Satz Karten herum, auf einer doppelt gefalteten Zeitung, die auf den Knien liegt. Ich stelle die Pupillen im Dunkeln fest, lasse mich einsaugen von den Luftstrudeln, die heraus- und hineinwehen und mir die Haare zerzausen. Ich bin in einem Zustand friedlicher Trägheit. Könnte die ganze Nacht lang in diesem monotonen Gerüttel warten. Stelle mir vor, wie der Zug von außen aussieht: Eine Kette aus leuchtenden Quadraten, die mitten durch die Landschaft saust. Wie oft habe ich den Hals gereckt, neidisch, um einem erleuchteten Zug nachzusehen, bis er aus meinem Blick verschwand. Heute bin ich drin und sehe träge den

Lichtquadraten nach, die über die Bäume, über die Mauern, über die Schienen, über die Felder schliddern. Diesmal wird der Zug nicht aus dem Horizont verschwinden, quälend, flüchtend nach wer weiß wo, sondern er wird bei mir bleiben, nächte- und tagelang, und mich hypnotisieren mit seinem immer gleichen Rhythmus.

Nach fast einer Stunde Schlangestehen sind wir endlich am Speisewagen. Die Essenmarken sind alle. Sie lassen uns trotzdem hinein. Wir sind müde und ausgehungert. Setzen uns an die weinbekleckerten Tischchen.

»Was gibt's denn zu essen?« Dida reckt den nackten Arm nach einem Kellner. Der auch einfach nur ein armer Student ist und sich die Reise durch Arbeit finanziert.

»Ich gehe gleich mal nachsehen.«

Ada wischt den Tisch mit einer Papierserviette ab. Es riecht nach gekochten Eiern und gammeligen Äpfeln.

»In der Küche ist nichts mehr. Wenn ihr wollt, kann ich euch gekochte Eier und ein bißchen hartes Brot bringen.«

»Und zu trinken?«

»Bier.«

Gekochte Eier, hart wie Marmorkugeln, und altes Brot. Wir verschlingen alles mit Appetit. Trinken zwei Flaschen lauwarmes Bier dazu.

Während wir auf unsere Plätze zurückgehen, hält der Zug mit lauten Klagelauten. Befehle in einer unbekannten Sprache. Hacken, die militärisch knallen. Das Gesicht eines Soldaten in grünlicher Uniform erscheint im Quadrat des Fensters. Er spricht mit uns in einem gebrochenen Italienisch.

»Pässe bitte!«

Durcheinander von Schimpfwörtern wegen der abrupten Bremsung. Füße baumeln in der Luft. Verwuschelte Köpfe gucken aus den Sechserabteilen. Ein anhaltender Pfiff. Der Zug macht noch einen Ruck. Setzt sich in Bewegung. Aber nach ein paar Metern hält er unter neuem Gequietsche der Bremsen wieder an. Jemand fällt aus dem Bett. Flucht. Andere lachen.

»Wir sind an der jugoslawische Grenze«, höre ich eine näselnde Stimme. Ein katarrhalisches Rotzen im Dunkeln. Zwei Verwünschungen auf Slawisch. Ein rotnasiger Soldat kommt vorbei und sammelt die Pässe ein.

»Keiner verläßt den Zug.«

Die Nacht ist nicht mehr weich um uns herum. Sie hat Stacheln und Runzeln bekommen. Befehle sind zu hören, erteilt in autoritärem Ton. Der Zug keucht, bereit zum Weiterfahren. Geräusche von Schritten. Ein wütender Schrei.

»Warum fahren wir nicht weiter?«

»Irgendein Schwachkopf hat seinen Paß nicht dabei.«

»Sie verhören ihn gerade.«

»Wie – verhören? ... Er wird ihn verloren haben.«

»Sie behaupten, er ist ein Spion.«

Gemurmel durch das wattierte Licht der Waggons. Die Stimme von einem der Organisatoren ist zu hören, er protestiert: »Aber das sind doch alles Studenten, entschuldigen Sie, das sind junge Leute aus ganz Italien für die Festspiele ... Wir halten nicht in Jugoslawien ... Wir fahren nach Helsinki, das garantiere ich.«

Eine mürrische Stimme antwortet irgendwas Slawisches etwas Entsprechendes für: »Kratzt mich gar nicht, ob das Studenten sind ... Solange der Paß nicht auftaucht, fährt der Zug nicht weiter.«

Die Diskussion zieht sich eine gute halbe Stunde hin. Inzwischen hat Dida wieder angefangen zu singen. Ein paar Mädchen aus Neapel singen mit. Zuerst gedämpft, dann lauter. Ein Soldat steckt den Kopf in den Wagen und bedeutet ihnen, ruhig zu sein, indem er einen Finger vor den Mund legt. Dida singt weiter, jetzt erst recht, aber allein. Als sie das Lied zu Ende gesungen hat, hört sie auf. Zündet sich eine Zigarette an. Fängt an, von Fenster zu Fenster zu gehen und den Rauch in die Dunkelheit zu paffen.

Endlich fährt der Zug weiter. Wir erfahren nicht, ob sich der Paß angefunden hat. Ein paar schnarchen schon. Die Luft kommt wieder strudelnd und schwarz durch die Fenster. Miele wälzt sich auf seiner Pritsche unter mir.

»Schläfst du nicht?«

»Ich bin nicht müde.«

»Willst du eine Zigarette?«

Ich reiche ihm das Päckchen. Er drückt mir dabei einen Augenblick lang die Finger gegen die Handfläche. Ich lehne mich aus der Pritsche. Aber er hat sich schon zur Wand gedreht und nicht einmal die Zigarette angezündet.

Ich starre wieder auf die Decke einen halben Meter über der Nase. Das Innere eines weißlackierten Fasses. Kleine violette Reflexe streifen in jeder Kurve vorbei.

Ich bin gerade eingeschlafen, als ich von plötzlichen eiligen Schubsern aufwache.

»Was ist denn?«

»Klagenfurt. Klagenfurt!«

»Wir sind in Österreich. Raus mit den Pässen und keine Witze, oder ich ziehe euch das Fell über die Ohren!«

Neue Geräusche von Stiefelhacken. Neue Befehle, auf Deutsch. Aber diesmal ist der Halt nur kurz. Die Leute schlafen weiter.

❖

Um sechs Uhr morgens sind wir in Wien, Lautsprecherstimmen wecken uns. Wir ziehen uns hastig an und stürzen nach draußen. Aufenthalt für eine Stunde.

»Was machen wir?«

»Ich möchte mich waschen.«

»Hast du die Schlange im Zug gesehen? Besser wir gehen in die Bahnhofstoilette.«

»Da ist auch eine Schlange.«

»Also, laßt uns etwas essen gehen, bevor das wieder so endet wie gestern abend.«

Dida ist schon auf dem Bahnsteig, trinkt Kaffee aus einem Pappbecher. Wirft uns einen Kuß zu. Gewaschen, duftend, frische Haare, die ihr um die Schläfen hüpfen.

Wir gehen aus dem Bahnhof. Überqueren eine breite Straße mit vielen Geschäften. Cesare geht voraus, nimmt mit großen Schritten den sonnengezüngelten Bürgersteig. Es ist heiß, obwohl erst halb sieben. Die Geschäfte sind noch alle zu. Ein alter Mann mit einem auf den Kopf gepreßten Matrosenschiffchen verkauft Würstchen direkt aus dem kochenden Wasser in einer Bude im Freien.

Wir stürzen zu ihm. Bestellen zwölf Würstchen mit Senf und Pommes frites. Aber die Kartoffeln sind noch nicht gar. Sie liegen im siedenden Fett, umgeben von Scharen platzender Bläschen.

»So ein Scheißfrühstück. Ich werde ein Magengeschwür kriegen!« brummt Cesare und macht Anstalten zu gehen. Aber kaum reicht ihm Dida ein mit Senf bestrichenes warmes Würstchen, greift er zu und beißt genießerisch ab.

Einen Augenblick später sind auch die anderen Gruppen von jungen Leuten da und fallen über die Bude her. Der Mann, zuerst ganz erregt von der Aussicht auf so viele Kunden, wird bald säuerlich wegen der Hast, mit der ihm diese vielen ungeduldigen Italiener die heißen Würstchen, die noch nicht aufgeschnittenen Brötchen aus der Hand reißen.

Wir haben schon gelernt, daß man, wenn man auf dieser Reise etwas abbekommen will, vor den anderen hinrasen muß. Das Problem ist nur, daß auch die anderen das inzwischen wissen. Die Tage bestehen aus einem ständigen gegenseitigen Beäugen der Gruppen, gefolgt von Gerenne, Postenaufstellen, Strategien. Wer nicht in der ersten Stunde ißt, muß sich mit den Resten zufriedengeben. Und die Schlangen bilden sich zwei Stunden vorher.

Als wir die Würstchen bezahlen wollen, merken wir, daß wir kein österreichisches Geld haben. Der Alte guckt uns erschrocken an. Redet hastig, mit aggressiver Haltung. Wir verstehen nicht. Endlich entschließt sich Cesare, das bißchen Deutsch hervorzukramen, das er kann. Erklärt ihm, daß wir nicht gehen wollen, ohne zu bezahlen, aber daß wir nur über italienisches Geld verfügen. Der Mann wird wütend. Aber inzwischen haben wir die Würstchen schon alle. Und er ist gezwungen, Lire zu nehmen. Dann schließt er eilig die Bude, bevor die letzte Welle ausgehungerter Leute eintrifft.

Der Zug beginnt einen langen Tag. Der erste volle Tag der Reise. Im Hin und Her von Jugendlichen, die sich langweilen und Volleyballspiele zwischen den Wagen austragen, mit einem Ball aus Lumpen. Viele singen. Haben ihre Gitarren dabei und ständig eine Schar Neugieriger um sich, die jederzeit einen Chor improvisieren.

Andere spielen Karten auf dem Kunstleder eines gerade freien Sitzes. Wieder andere diskutieren wild über Politik. Ich lese gern, deshalb langweile ich mich nicht. Sitze am Fenster, mit dem Buch auf den Knien. Ab und zu sehe ich hoch und lasse die Augen über diese neuen, waldigen Landschaften streifen.

Mittags sind wir an der Grenze zur Tschechoslowakei. Der Zug hält ächzend an. Stacheldraht, geschulterte Gewehre, Stahlhelme, menschenleere Bahnsteige.

Eine weiche Frauenstimme wiederholt ständig: »Znojmo ... Znojmo«, diese »Z«-Laute sinnlich dehnend. Ich stelle mir einen Körper vor, winzig, verzehrt von den Leidenschaften. Einen Augenblick später sehe ich sie: breitbeinig, das Megaphon vor dem Mund, eine riesige Frau mit groben, entgleisten Zügen; sie trägt einen strengen grauen Rock, auf dem Kopf ein graues Käppi mit goldenen Schnüren.

»Znojmo ... Znojmo«, wiederholt sie ins Megaphon und sieht aus, als ob sie gleich die Besinnung verliert.

»Fahren wir nicht nach Prag?«

»Nein, Liebling, Prag ist nicht.«

»Aber es steht auf dem Programm.«

»Prag ist nicht. Wir fahren direkt bis Leningrad durch. Moskau sehen wir auch nicht.«

»Moskau auch nicht?«

»Nein, Liebling, Moskau auch nicht.«

Gesprächsfetzen, die beim Lesen zu mir durchdringen. Ich blättere um. Blättere zurück. Fange von vorne an.

»Hast du gesehen, Federico macht dem Pummelchen den Hof?« Eine boshafte, nervöse Jungenstimme sickert durch den Vorhang, der das Abteil vom Gang trennt. Ich spitze die Ohren.

»Welchem Pummelchen denn? Hier gibt's 'ne Menge«, antwortet eine andere Stimme einfältig, von einer Frau.

»Diese schöne da, mit den blonden Haaren, die so sexy aussieht.«

»Wie du die schön finden kannst, weiß ich wirklich nicht. Die sieht aus wie ein Walfisch.«

»Sie ist schön, richtig schön, sie hat das schönste Gesicht, das ich je gesehen habe. Schade, daß sie so fett ist.«

»Mir gefällt sie so, wie sie ist«, mischt sich eine heisere, schleppende Stimme ein. »Ich würde sie sofort vernaschen.«

»Ihr habt vielleicht 'n Kuhgeschmack!«

Gelächter, aufgesaugt vom Rattern des Zuges. Ein Zischen. Der Zug wird langsamer. Durch das Fenster kommen

Böen aus schwerer, fetter Luft. Wir fahren durch ein Industriegebiet. Düstere Schornsteine zerreißen das strahlende Weiß des Mittagshimmels. Lange graue Fabrikhallen mit fensterlosen Wänden. Stacheldraht. Schlangen von Lkws, schlammverspritzt.

»Brno, Prostejon, Ostrava ... So 'ne Scheißnamen! Man weiß ja nicht mal, wie man die aussprechen soll!«

»Die werden's schon wissen.«

»Vielen Dank.«

»Blödmann.«

»Selber Blödmann.«

»Wenn ich nicht so faul wäre, würde ich dir die Fresse polieren.«

»Versuch's doch!«

Die beiden streiten den ganzen Tag, ohne sich von ihren jeweiligen Plätzen zu rühren, die Knie bis zum Kinn gezogen.

»Hast du gesehen, was für ein Unterschied zu Österreich?«

»Ich habe gar nichts gesehen.«

»Hast du nicht gehört, du Idiot, daß wir aus einem kapitalistischen Land in ein sozialistisches Land gefahren sind?«

Die beiden Stimmen werden lauter. Ich sehe vom Buch auf. Werfe einen zerstreuten Blick auf die mit hohen Schornsteinen gespickte Landschaft.

»Ich habe gar nichts gemerkt.«

»Hast du nicht mitgekriegt, wie pompös Österreich aussieht? Merkst du gar nicht, daß hier ein anderer Wind weht, nobler. Hier kümmern sie sich um das Schicksal des Menschen. Da drüben denken sie nur ans Verkaufen.«

»Und das hast du alles aus dem fahrenden Zug gesehen?«

»Du hast wohl keine Augen im Kopf, du Rindvieh! Guck doch mal hin!«

»Das Rindvieh bist du.«

»Hast du irgend etwas Geziertes, Überflüssiges, Vulgäres gesehen, seit du in der Tschechoslowakei bist?«

»Ich weiß nicht, was du mit vulgär meinst.«

»Ich meine, wie der Mensch zur Ware gemacht wird.«

»Ich habe absolut null gesehen.«

»Weil du nicht sehen willst.«

»Du dagegen siehst Sachen, die es gar nicht gibt ... Ich weiß nicht, was besser ist.«

»Willst du mich zum Schwärmer stempeln?«

»Ich hasse Fanatiker.«

»Hast du die Fabriken gesehen und diese Schlangen von Arbeitern, die diszipliniert und ernst warten, bis sie rein dürfen?«

»Ja, so ernst, daß sie schon ganz grau geworden sind, so grau wie der Beton.«

»Das ist das Grau der Revolution, mein Lieber. Das Grau der Gerechtigkeit. Das Grau des Glücks. Du bist geblendet von den glitzernden Farben des Kapitalismus, der den Menschen zuerst anzieht, um ihn dann ins Geschirr zu legen. Du bist ein hirnloser Esel. Nur Schwanz und Schnauze. Allzeit bereit zum Ficken und Fressen. Und sonst gar nichts.«

»Du frißt und fickst wohl nicht, was?«

»Ich fresse und ficke auch, aber ohne daraus einen Lebenszweck zu machen. Ich will die Welt verändern, und wer nicht mitmacht, hat Pech gehabt ... an die Wand.«

»Linksradikalismus, die Kinderkrankheit des Kommunismus.«

»Red keinen Scheiß!«

»Das sagt Lenin, wirklich.«

»Wann hat er das gesagt ... wo?«

»Es ist der Titel eines Buchs.«

Schweigen. Man hört ein ärgerliches Husten. Und dann Schritte im Gang. Die beiden sind still. Ich schaue wieder nach draußen. Gerade läuft ein See rechts neben mir vorbei und sendet phosphoreszierende Schimmer aus. Ein langes Boot mit schwarzem Segel gleitet über das stille Gewässer. Ich höre die ruhige Stimme meiner Mutter, sie rezitiert: »Vorbei zieht mein Schiff / mit schwarzen Segeln / mit schwarzen Segeln / über die stürmische See / Im Herzen bewahre ich eine Wunde / und du reißt sie auf mit Spaß und Juchheh ...«

Als das Boot näherkommt, sehe ich eine Frau am Bug sitzen, sie dreht sich um und betrachtet staunend den Zug voller jugendlicher Köpfe und Arme, die sich herausstrekken, um die Welt beim Schopf zu packen, in einem Rausch der Omnipotenz.

❖

Es ist halb sechs. Ich rutsche aus der Pritsche und springe mit beiden Füßen gleichzeitig auf den Boden, um Miele nicht zu wecken. Ziehe mir den japanischen Morgenrock mit den großen grünen Dahlien an und gehe in Richtung Waschraum. Es gibt immer jemanden, der noch früher aufwacht. Aber die Schlange ist noch kurz, besteht aus zwei oder drei Leuten. Jeder mit seinem Handtuch über dem Arm, der Seifendose, der Zahnbürste in den Fingern.

Man grüßt sich kaum. Die Müdigkeit verlangsamt die Bewegungen. Man hat keine Lust zum Reden. Die anderen schlafen. Ein paar schnarchen noch. Jemand macht sich fertig, um im Speisewagen Platz zu nehmen, wo der Milchkaffee nach den ersten vier Schichten alle ist.

Als sich die Klotür öffnet, sehe ich, daß Dida drin ist.

»Komm ruhig rein, Armida.«

»Da ist doch kein Platz für zwei.«

»Ich bin fast fertig. Nur einen Augenblick ...«, sagt sie, während sie sich mit der Bürste durch die hellen Locken fährt.

»Du bist wunderschön, Dida. Wie machst du das bloß, daß du immer so frisch bist und duftest? Ich fühle mich immer wie ein Scheuerlappen, wenn ich aufwache, Ringe um die Augen bis hier, guck ... Bitterer Geschmack im Mund, Rükkenschmerzen ...«

Sie lächelt und steckt sich mit vier Haarnadeln den Schopf im Nacken fest.

»Freust du dich?« haucht sie mir ins Ohr.

»Ja, sehr.«

»Ich auch, weißt du, ich glaube, Cesare ist neugierig auf mich ... Er hört zu, wenn ich rede. Früher hat er das nie gemacht. Glaubst du, irgendwann wird er mich lieben?«

»Da ist noch Ada, die dich liebt. Und auch Nico liebt dich.«

»Ada ... ich habe sie sehr gern. Aber ich könnte sie nie lieben.«

»Warum denn nicht?«

»Weil sie mich zu sehr liebt. Wenn ich ihre Liebe erwiderte, ich glaube, ich würde verschwinden.«

»Also bist du auch für die einsame, unerwiderte Liebe.«

»Nein, ich will absolut, daß Cesare mich liebt. Und ich werde es schaffen. Eines Tages werde ich es schaffen.«

»Aber erstmal vorderhand liebt er dich nicht.«

»Er wird mich lieben.«

»Und bei ihm hast du keine Angst zu verschwinden?«

»Nein, weil er mich nie so sehr lieben wird wie Ada. Dazu ist er gar nicht fähig.«

Ein trauriges Lachen. Zwei Grübchen bilden sich auf ihren Wangen.

»Dida, wenn ich nicht Miele liebte, würde ich dich lieben. Du bist die faszinierendste Frau, die ich kenne.«

Sie gibt mir ein Küßchen auf die Nasenspitze. Lacht zufrieden. Die Haare fallen ihr in Kettchen über die runden Wangen.

Im selben Augenblick kommt Miele herein. Er hat unsere Stimmen gehört. Sieht uns mißtrauisch an. Faßt mich um die Taille. Sucht meine Zunge mit seiner Zunge. Mit ungewohntem Ungestüm. Aus Eifersucht und Besitzwillen.

Dida, schweigend, geht und zieht die Tür hinter sich zu. Miele drückt mich gegen die Wand. Aber es ist ehrlich gesagt zu unbequem, so Liebe zu machen. Und von draußen klopfen sie böse. Wir gehen zurück zu unseren Plätzen, Hand in Hand.

Jetzt fährt der Zug langsamer. Die Wagen sind breiter, weiter und fahren mit einem anderen Rhythmus voran. Die Pritschen sind größer, gepolstert mit Wolle und Leder. Wenn sie heruntergeklappt sind, hängt in Höhe des Kopfes ein schneeweißes, handgesticktes Deckchen.

Der Speisewagen ist geräumiger, hat mit rötlichem Leder gepolsterte Bänke. Auf jedem Tisch ist eine Lampe mit einem Schirm aus Pergament.

Auch das Essen hat sich geändert. Morgens gibt es schwarzen Tee und Butterbrot. Mittags Gemüsesuppe mit kleinen Fleischbällchen drin und gekochtes Gemüse mit Knoblauch. Abends Bohnensuppe, Brot und Frischkäse mit Bier.

Wir haben alle abgenommen. Es kommt vor, daß wir Mahlzeiten überspringen, weil wir nicht früh genug da waren, um die Marken abzuholen. Trotz des Gerennes kommt es oft vor.

Die Landschaft hat sich noch einmal verändert. Sie ist jetzt ausladend, von einem wäßrigen Grün. Wir fahren durch Birkenwälder mit milchweißen Baumstämmen. Wir sind mitten in Polen und steuern auf die Sowjetunion zu.

Auf den Bahnhöfen stürmischer Empfang. Hunderte von Fahnen. Plakate, auf denen steht: »Ein herzliches Willkommen an die Jugend aus aller Welt im sozialistischen Polen.« Der Zug hält an fast jedem Bahnhof.

Wir steigen aus, in Massen. Essen im Fluge Maispfannkuchen mit Honig, die bäuerliche Hände uns entgegenstrekken. Trinken sauren, sprudelnden Obstwein, den sie uns in Blechnäpfen reichen.

Überall Umarmungen und Küsse. Politische Lieder. Die Jugendlichen haben die Fotoapparate herausgeholt und lassen sich fotografieren, neben den Plakaten auf dem Bahnhof.

In den größeren Orten wie Krakau oder Łodz führen sie uns in Säle, wo sie eine Erfrischung vorbereitet haben. Mit Girlanden aus buntem Papier, Hunderten von blitzenden Gläsern voll Wasser oder Obstwein, Hunderten von gelben Tortenstücken, hausgemacht.

Unsere Leute fallen darüber her wie Heuschrecken und verschlingen alles in wenigen Minuten, unter den nachsichtigen Augen der Organisatoren. Blond, mit schlecht geschnittenen Haaren, geröteten Nacken, fixieren sie uns aus neugierigen Augen mit hungrigen Blicken, wir sind das reisende Europa, das exotische Italien, das sie nur aus Schulbüchern kennen.

»Italy ... Italy ... Venezia?«

»Nein, Rom.«

»Oh, Rom!« Und fast machen sie einen Satz nach hinten. Die Stadt, in der Nero und Vergil gelebt haben, wo der Papst die mageren, weißgekleideten Arme hebt, um die Massen der ganzen Welt zu segnen. »Oh, Rom!« seufzen sie, nicht wissend, wie sie ihrer Bewunderung Ausdruck verleihen sollen.

Sie sind scheu, verlegen, äußerst freundlich, moralistisch, naiv, verängstigt, überschwenglich, neugierig, möchten ihre Nasen in unsere Taschen, in unsere Koffer stecken, unter den entsetzten Augen der Freunde die amerikanischen

Bluejeans herauskramen, die Unterwäsche aus weißem und hellblauem Nylon, durchsichtig wie Libellenflügel, die Turnschuhe aus weißem Segeltuch mit den meerblauen Lederrändern. Alles an uns fasziniert sie und nimmt sie ein.

Irgendein Schlaumeier hat einen Handel aufgezogen, auf der Grundlage von Gesten und Lächeln: Eine Hose gegen eine Balalaika, vier Unterhosen mit Spitze für eine Schallplatte, ein fleischfarbenes Unterhemd aus Kunstseide für drei Stangen Zigaretten, eine Schachtel Perugina-Pralinen für zwei Taschenmesser, einen Schlafsack für ein Fernglas und so weiter.

Als der Zug abfährt, hängen alle Köpfe aus den Fenstern, die Arme zum Abschied gereckt, mit geballten Fäusten, die Fahnen wehen, kaum gebläht vom Wind eines feuchten, schwülen Augusttages.

In Reih und Glied auf dem Bahnsteig diejenigen, die uns so begeistert aufgenommen haben, drehen sich uns entgegen, die Gesichter aufrichtig betrübt. Und winken weiter, auch als der Zug nicht mehr zu sehen ist.

In manchen Orten gibt es nicht einmal einen Bahnhof. Wir halten mitten auf dem sonnenüberfluteten Land. Die jungen Leute springen eilig vom Zug, begierig herauszufinden, was es zu tauschen gibt, zahlen inzwischen mit Glasperlen: Perlmuttknöpfen, Kugelschreibern, Glaskettchen aus Murano, Goldgürteln, Taschentüchern mit dem aufgedruckten Kolosseum.

Die anderen versorgen uns mit Pfannkuchen, warmem Brot, Pflaumenschnaps, frischen Tomaten, winzigen, säuerlich schmeckenden Birnen, Margeritensträußchen, großen bunten Baumwolltaschentüchern, die abfärben.

»Schämst du dich eigentlich nicht, so einen Ramsch zu verkaufen?«

»Pech für sie, wenn sie sich den andrehen lassen«, sagt zynisch ein kugelbäuchiger Römer. Er hat sich zum Organisator eines Einkaufszentrums aufgeworfen und spielt den Vermittler zwischen Bauern und Reisenden.

»Also, gibst du mir jetzt diese Bücher?« fragt er friedfertig, überzeugt von seiner Sache.

»Nein.«

Er macht eine obszöne Handbewegung und wünscht mich

zum Teufel. Der polnische Student, der auf die Bücher von mir und ein Paar Segeltuchschuhe von Cesare wartet, lächelt wehmütig und läßt zwei Goldzähne blitzen.

In fünf Tagen Zugfahrt haben sich in der »neuen europäischen Jugend« eiserne Hierarchien herausgebildet, Bünde, Parteien, Strömungen, die den Zug in Privilegierte und Randgruppen spalten.

Zuallererst die Mafiosi, die kreuz und quer durch den Zug gehen, jeden kennen, wissen, wie man alles anfaßt, mit allem handeln, alle erpressen, locken, drohen, um den Zug in der Hand zu behalten. Sie haben immer einen sicheren Platz am Tisch.

Sie sind die Herren des Zuges. Dann gibt es die Kunden, die Vasallen, die nicht die Stirn und die Skrupellosigkeit der anderen besitzen, aber gern von deren Vermittlungstätigkeit profitieren, um ein Paar alte Tennisschuhe zum dreihundertfachen Preis zu verramschen, oder eine französische Fibel oder gebrauchte Schlüpfer im Tausch gegen Essen und Kunstgewerbe aus der Gegend. Das sind die, die unter der Hand Marken für den Speisewagen kaufen und sie zu überhöhten Preisen weiterverkaufen.

Sie hängen den ganzen Tag in ihren Abteilen herum und essen, trinken, spielen Karten. Intrigieren, um die schönsten Mädchen des Zugs zu erobern, von denen sie die tollsten und peinlichsten Geschichten wissen.

Dann sind da noch die Naiven, die Enthusiasten, wie dieser Stalinist, der im Abteil rechts von meinem schläft, der nichts »sieht«, weder die Geschäfte noch die Mafia, sondern ständig triumphalistische Selbstgespräche über die »großen Geschicke des Sozialismus« führt.

Es gibt auch die Unbewußten, die in den Tag hineinleben, sich lächelnd beklauen lassen, die Gastgeber umarmen, die uns auf den Bahnhöfen empfangen, als wären sie die engsten Brüder. Jedesmal, wenn der Zug abfährt, brechen sie in geräuschvolle Verabschiedungen aus. Sie verbringen Stunden um Stunden am Fenster und sehen die Landschaft vorbeilaufen, sie reißen sich die Arme aus, um jedem Schäfer, jedem Steinhauer, jeder Reispflückerin zuzuwinken, die sie in der Ferne sehen. Als könnten sie anders diese erstaunliche Reise nicht rechtfertigen, die sie aus ihren Familien mit den schlechtriechenden Küchen gerissen hat, aus ihren Straßen in diesen Dörfern, wo man sich sonntags auf der Piazza zum Fußballspielen oder zur Messe trifft.

Schließlich gibt es noch die Aristokraten. Zu anarchisch und snobistisch, um sich auf Tauschgeschäfte einzulassen. Sie neigen dazu, sich in einen geschlossenen Zirkel zurückzuziehen, wo sie einen eigenen Jargon aus Buchzitaten pflegen, sich ganz bewußt über das Gedrängel stellen, lieber auf ein Essen verzichten, um ja nicht beim üblichen Gerenne um den Platz bei Tisch unter ihr Niveau zu gehen.

Unsere Gruppe gehört dazu. Wir verbringen die Tage mit dem Lesen von Geschichtsbüchern und haben etwas übertrieben Ernsthaftes und Gewichtiges, das die anderen stört. Wir brüllen nicht, stürzen nicht streitend aus dem Zug, grapschen nicht nach dem Essen während der kleinen Willkommensfeiern, rufen uns nicht über zwei Wagen hinweg, spielen nicht Karten, singen keine Gebirgschöre, stopfen uns die Taschen nicht voll mit Ansichtskarten, Taschentüchern, Balalaikas und Babuschkas. Wir halten unsere Sachen zusammen und denken nicht im Traum daran, eine gebrauchte Hose für eine Ikone mit kindlicher Bemalung einzutauschen.

Nur Dida paßt in kein Klischee. Sie schließt Freundschaft mit allen. Lehnt das Geschäftemachen ab, aber dann haben wir sie dabei erwischt, daß sie ein schildkrötenfarbenes Plastikkämmchen gegen einen Korb Äpfel verschoben hatte.

»Du also auch, Dida«, sagt Nico mit halb enttäuschter Stimme.

Dida hebt den Strohkorb: Zeigt uns die ersten heilen Äpfel und darunter einen Haufen verfaulter. Wir brechen in Gelächter aus.

»Die sind inzwischen auch schlau, hast du gesehen?«

»Wenn sie die diesem Römer mit dem Bauch angedreht hätten, der hätte den Zug angehalten und sie ihnen an den Kopf geknallt.«

Wir teilen uns die wenigen guten Äpfel. Werfen die anderen aus dem Fenster. Dida schält einen Apfel für Ada. Nico sieht ihr eifersüchtig zu. Cesare liest, in einen dicken Lyrikband vergraben. Miele schreibt etwas in ein Heft mit marmoriertem Einband.

»Wir sind ganz en famille«, sagt Cesare boshaft und sieht in die Runde.

»Und wer ist Vater und wer Mutter?«

Wir gucken uns an. Dida ist sofort begeistert von dem neuen Spiel. Nico kaut auf den Nägeln. Ada mustert die Reisegefährten aus halbgeschlossenen Augen. Miele hebt den Kopf vom Heftchen und zieht eine amüsierte Grimasse.

»Die Mutter ist Dida«, sage ich.

»Nein, die Mutter bist du, Armida«, sagt Nico kategorisch. Und alle geben ihm recht. Nur Miele schweigt.

»Ich? Warum denn? Ich bin die Kleinste von allen.«

»Weil du am meisten Mama bist. Das Alter zählt nicht.«

Ich sehe auf meine Hände und weiß nicht, ob ich beleidigt oder stolz sein soll angesichts dieser gemeinsamen Ansicht.

»Findest du mich auch mütterlich?« frage ich Miele, der einen Augenblick nachdenkt und den Mund verzieht und dann sagt, so wie er immer spricht, zwischen den Zähnen durch, als koste ihn jedes Wort Mühe:

»Ja, du bist eine, die es braucht, daß andere sie brauchen ... insofern mütterlich.«

Geschlagen. Von dem unerwarteten Satz. Es brauchen, daß die anderen mich brauchen. Woher hat er dieses Wissen über mich? Dieses Etwas, das ich selber nicht weiß.

»Und wer ist der Vater?«

»Der Vater ist Nico«, sagt Dida und lächelt ihn liebevoll an, wie um ihm zu sagen, das sie ihn nicht beleidigen will.

»Das stimmt, Nico ist von allen am meisten Vater. Er hat sie im Blut, die Väterlichkeit.«

»Das stimmt überhaupt nicht«, protestiert Nico, »ich habe mir noch nie ein Kind gewünscht, ich glaube auch nicht, daß ich mir je eins wünschen werde.«

»Das ist unwichtig. Nicht wer sich zum Vater erklärt oder väterliche Ambitionen hat, ist auch in Wirklichkeit Vater.«

»Und wer sonst?«

»Vater ist, wer Nachsicht mit den anderen hat, wer sich von den anderen erweichen läßt, wer liebt, ohne wiedergeliebt zu werden.«

»Wenn es darum geht, dann gibt es hier viele Väter«, sage ich. »Ich kenne noch andere, die lieben, ohne Liebe zu verlangen. Ada zum Beispiel. Oder Cesare. Und Dida auch.«

»Aber die lieben wie kleine Kinder. Mit dem vollkommenen Egoismus der Kindheit. In dem sicheren Wissen, daß ihnen am Ende alles zusteht.« Miele ist sarkastisch, resolut.

»Ada nicht. Ada ist ein perfekter Vater«, sage ich und spüre das Gewicht ihrer ironischen gelben Augen auf mir. Ada hebt den Kopf. Ihr Blick durchschneidet die Luft wie ein Blitz aus dichten schwarzen Wimpern.

»Und du, wie liebst du denn, Lackaffe?« platzt sie heraus, zu Miele gewandt, der bisher aus der Schußlinie war.

»Ich liebe, wie jedermann liebt, mit den Widersprüchen und den Höhen und Tiefen, die alle kennen. Ich bin kein Absolutist wie ihr hier. Ich liebe Abwesenheit nicht. Ich liebe Anwesenheit. Und ich will etwas zurückbekommen.«

»Na, danke schön, du bist es doch, der abwesend ist. Du haust ab, und dann gute Nacht.«

»Wohin haue ich ab?«

»Dahin, wo dich niemand erreichen kann, in die glänzende, geordnete Welt der Lüge.«

»Und wer ist der Großvater von uns?« Ich mische mich ein, um die Spannung zu mildern, die allmählich steigt. Miele und Ada gucken sich böse an.

»Da siehst du, daß du die Mutter bist, Armida, unverzeihlich die Mutter: Du sorgst dich vor allem anderen um den Frieden in der Familie. Wir haben dich ertappt, auf frischer Tat.«

Alle lachen. Ich werde rot. Höre die Stimme meiner Mutter, die sagt: »Je größer du wirst, desto älter werde ich. Bleib so, Armida, um der Liebe Gottes willen! Du wirst noch zu meiner Mama mit deiner unverbesserlichen Weisheit ...«

Der Zug hält inzwischen mit einem solchen Ruck, daß Dida gegen die Scheibe knallt.

❖

In der Sowjetunion werden die Aufenthalte länger, offizieller. Auf den fahnengeschmückten Bahnhöfen steht immer eine Delegation, die uns mit Klatschen und Reden empfängt. Der Lautsprecher verkündet in mehreren Sprachen die Programme für den Tag. Die Abfahrtszeit steht in großen kyrillischen Buchstaben auf einer aufgehängten Schultafel. Es werden reichhaltigere Buffets serviert, mit Salzgurken, Wurst, Brathähnchen, Johannisbeermarmelade und verdünntem Wodka.

Ab und zu entdecken wir auch ein vergessenes Stalinportrait ganz hinten in einem dunklen Bahnhof. »Da siehst du's«, sagt unser Freund aus dem Wagen nebenan, »das Volk vergißt seine vielgeliebten Väter nicht ...«

Die Enthusiasten jammern, daß man mit den sowjetischen Genossen nicht über Politik reden kann. Kaum macht man den Mund auf, antworten sie mit einem Lächeln und senken ein wenig den Kopf. Um jede gefährliche Unterhaltung zu unterbinden. Um jedweder indiskreten Frage zuvorzukommen. Lächeln und Kopfschütteln, wie um zu sagen: »Ich verstehe nicht«, selbst wenn sie Italienisch sprechen.

Steif, äußerst freundlich, undurchdringlich beantworten sie den Enthusiasmus der italienischen Gäste mit einer gelassenen, ehrerbietigen Handbewegung: Stecken ein Abzeichen mit Lenins Gesicht an einen Hemdkragen und entfernen sich, geheimnisvoll.

Ein ganz dunkel gekleidetes Mädchen mit einem dicken blonden Zopf, der ihr den Rücken hinunterhängt, erzählt uns in überschwenglichen Worten von Chruschtschow. Sofort bildet sich eine kleine Menge. Sie bedrängen sie mit Fragen. Fotografieren sie, sei es, weil sie auf »russische« Weise schön ist, also beinah ein Plakat, sei es, weil sie so aussieht, als wollte sie mit uns reden, über die offizielle Verschwiegenheit hinaus.

Aber am Abend erfahren wir, daß sie nicht mehr bei den Dolmetscherinnen ist. Sie haben sie nach Hause geschickt. Die Zyniker nutzen das aus, um in Wahnsinnsgelächter auf Kosten der Enthusiasten auszubrechen. Andere bekommen Gewissensbisse: Wer weiß, was sie ihr antun werden wegen uns! Wieder andere fragen sich, ob das »revolutionäres« Verhalten ist.

»Hatten die denn nicht die Entstalinisierung?«

»Doch, aber Spitzel werden immer gebraucht.«

»Wozu braucht man denn Spitzel?«

»Zum Kontrollieren.«

»Wen?«

»Die Leute.«
»Und wer kontrolliert die Kontrolleure?«
»Die Partei.«
»Aber die Partei ist doch keine Polizei ... Die Leute werden ja wohl so frei sein, frei zu reden, oder?«
»Jedenfalls nicht mit uns.«
»Wieso, wer sind wir denn?«
»Wir sind die anderen, die Feinde, die Welt, die Kapitalisten, die Bürger ...«
»Sind wir denn nicht die vielversprechende neue sozialistische Jugend?«
»Wir sind die Scheiße, die wir sind, mein Lieber, auch wenn die selbst ganz schöne Scheiße an der Hacke haben ... Scheiße soll man nicht mischen.«

Je weiter wir fahren, desto mehr werden wir isoliert. Es ist verboten, mit den Eisenbahnern, den Bauern, den Studenten zu sprechen. Nur die Dolmetscher dürfen sich an uns wenden, aber immer vor Zeugen.

Gefangene im Zug der Jugend, fahren wir durch das vom reifen Korn gelbe Land und bringen die Pest des Austauschs und der Neugier mit. Wer immer sich uns nähert, wird im Auge behalten. Die Worte, die gesagt werden, werden registriert im eisernen Gedächtnis irgendeines Beobachters. Nur der Austausch von Waren ist erlaubt, wenn auch nicht offiziell. Der kleine Handel geht durch. Sie drücken ein Auge zu. Das heißt, oft kommen sogar die Polizisten selbst und bieten Schnaps und Holzpüppchen im Tausch gegen italienische Gegenstände.

Eines Morgens werfen sie uns Hals über Kopf aus dem Zug. Wir sind in Kiew, der ukrainischen Großstadt, wo wir zwei Tage Aufenthalt haben.

»Sieht aus wie Neapel«, sagt Dida, die mit großen Schritten vor allen anderen läuft.

»Quatsch, Neapel! Hier sind die Straßen alle breit und die Häuser neu wie aus der Faschistenzeit, wo siehst du denn hier Neapel, wo denn?«

»Es hat etwas Neapolitanisches. Ich spüre das an den Gerüchen: Es riecht nach Gebratenem, nach Füßen, nach armen Leuten, nach schlechtem Eis, nach Schweinefleisch, nach geräuchertem Fisch, nach Krankheit, nach Tratsch.«

»Red keinen Scheiß. Dies hier ist die Mutter der russischen Städte, wußtest du das nicht? Eine der bedeutendsten Stationen an der Bernsteinstraße«, redet Cesare klug dazwischen. »Franz Liszt, der 1847 hierherkam, um ein Konzert zu geben, berichtet von dreihundertsechzig goldenen Kuppeln, sie haben Kiew zu einer ›Lichterstadt‹ gemacht. Dann, 1941, kamen die Deutschen, und nach zwei Jahren sind sie wieder gegangen und haben nur Asche und Ruinen hinterlassen. Zweihunderttausend Tote, klar? Zweihunderttausend Leichen, die du, wenn du genau hinguckst, immer noch die Chreschtschatik entlangflanieren sehen kannst, mit roten Gesichtern vom langen Schlaf.«

»Was bist du unheimlich! Los, wir gehen Eis essen in dem Garten da.«

»Das ist kein Garten. Das ist der Kultur- und Erholungspark.«

»Du bist wirklich langweilig, Cesare! Kommst mir vor wie ein gedrucktes Buch.«

»Ich bin ein gedrucktes Buch ... Ich habe das alles im Reiseführer gelesen ... Aber ich mach mich gern ein bißchen wichtig.«

Dida lächelt gerührt. Cesare studiert Adas ernstes Gesicht. Er redet, weil er hofft, ihre Aufmerksamkeit zu erringen. Sie dagegen ist zerstreut und hat nur Augen für Dida.

Wir klettern eine steile Treppe hoch, die auf eine blumengeschmückte Terrasse führt. Drumherum Hochhäuser im Stil des zwanzigsten Jahrhunderts. Wir setzen uns auf nachgedunkelte Korbstühlchen. Essen dicke Kugeln Himbeereis.

»Und die Sophienkathedrale gehen wir nicht angucken? Die anderen warten da auf uns.«

»Doch, wir gehen gleich ... Laß mich noch ein Eis essen.«

Dida ist ganz gierig auf Eis. Als sie das Himbeereis alle hat, bestellt sie ein Schokoladeneis und dann noch ein Vanille-Erdbeereis. Eis nach Eis kommen wir schließlich an der Sophienkathedrale an, aber die anderen sind schon weg.

»Um so besser«, sagt Nico, »dann können wir sie uns in Ruhe angucken.« Aber niemand hat Lust, sich zu bewegen. Wir setzen uns auf ein Ziegelmäuerchen, machen es uns bequem und bewundern die dreizehn leuchtenden Kuppeln, die den Himmel säugen wie Euter von dreizehn Riesinnen.

Als wir abends ausgehen, geraten wir in ein Restaurant mit Tischen, die rotkariert gedeckt sind. Wir fragen mit den Händen nach Fleisch. Sie bedeuten uns, daß sie nicht verstehen. Miele nimmt einen Stift und fängt an, auf einen Zettel ein Huhn zu zeichnen, das auf der Erde herumpickt. Die Chefin sagt »nein« mit dem Kopf.

Miele zeichnet einen Ochsen mit gedrehten Hörnern, wie wir sie vom Zug aus gesehen haben. Gelächter bei den Gästen. Jemand brüllt wie ein Ochse. Die Chefin schüttelt den Kopf. Mittlerweile hat sich eine kleine Menge um unseren Tisch herum versammelt.

Miele zeichnet einen Fisch mit auffälligen Schuppen, offenem Maul, einem grotesken Ausdruck der Angst. Wieder Gelächter. Jemand macht Schwimmbewegungen nach. Die Frau sagt »nein«.

Ja, was gibt es denn eigentlich? fragen wir verzweifelt. Die Frau sagt ein unverständliches Wort. Einer der Gäste nimmt Miele den Stift aus der Hand und zeichnet ein Ei, ein bißchen sehr rund, aber verständlich. Miele macht das Ei auf, läßt einen Kükenkopf herausgucken. Das Gelächter wird lauter, stürmisch. Jemand klatscht in die Hände. Ein großer, dicker junger Mann gibt uns etwas zu Trinken aus. Wir geben eine Vorstellung.

In diesem Augenblick betritt ein Mann das Lokal, gut rasiert, eingezwängt in einen dunklen Anzug. Er hat eine große Schultertasche. Das Hemd mit den langen, blendend weißen Ecken am Kragen über der Brust offen.

Die Gäste ändern, ohne ihn auch nur anzusehen, ihr Verhalten. Setzen sich eilig wieder auf ihre Plätze. Auch die Frau sieht jetzt eilig und gleichgültig aus. Niemand lacht mehr.

Miele zeichnet zwei Spiegeleier und gibt Zeichen, jedem von uns eine Portion zu bringen. Sie sagt »ja« mit dem Kopf und verschwindet. Der Mann mit den spitzen Kragenecken geht dicht an unserem Tisch vorbei. Wirft über Mieles Schulter hinweg einen Blick auf die Zeichnungen. Setzt sich nicht sehr weit weg und zieht ein Heft aus der Tasche.

Kurz danach kommen zwei Pfännchen mit vier gebratenen Eiern. Dann noch vier. Noch vier. Noch vier. Bis der ganze Tisch voll steht, obwohl er groß ist.

Wir geben der Frau Zeichen aufzuhören. Aber sie tut so, als verstünde sie nicht. Bringt weiter Pfännchen nach Pfännchen an den Tisch. Immer weniger gare Eier, auf denen ein paar rohe Zwiebelringe prangen.

Am Ende bekommen wir eine Riesenrechnung. Die Proteste helfen nicht. Sie verschanzt sich dahinter, unsere Sprache nicht zu verstehen. Und wir bezahlen, wir geben ihr das ganze Geld, das wir morgens getauscht hatten.

❖

Ich wache auf mit einem Gefühl von Angst. Gucke auf die Uhr. Es ist drei. Ich höre ein Geräusch aus der Pritsche unter mir. Lehne mich hinaus, um zu sehen, ob Miele schläft. Aber das Bett ist leer. Ich gucke hoch. Sehe, wie die Tür zugeht, von außen. Kann gerade noch Mieles nackte Füße hinter dem fast geschlossenen Türspalt erkennen.

Warte, daß er vom Klo zurückkommt. Aber nach einer halben Stunde ist er immer noch nicht wieder da. Inzwischen bin ich hellwach. Stehe auf. Hangele mich hinunter. Ziehe mir die Sandalen an. Gehe auf den Gang. Treffe auf zwei Jungen, die im Dunkeln rauchen.

Im Klo ist niemand. Ausnahmsweise ist es dunkel und leer. Ich nutze die Gelegenheit, um ein bißchen Wasser zu lassen. Gehe den Gang entlang, fliege gegen die Holzwände, hin- und hergeschubst vom Rucken des Zuges, der schneller als üblich zu fahren scheint.

Ich halte mich beim Gehen an den Fensterrahmen fest. Werde ab und zu überrannt von einem lauwarmen Luftzug. Nie ist mir dieser Boden so wacklig und glitschig vorgekommen. Jedesmal, wenn ich von einem Wagen in den nächsten gehe, habe ich das Gefühl, ich stürze ins Leere. Die Faltwände aus Wachstuch gehen wie eine Ziehharmonika auseinander und enthüllen alte Risse und schwarze Abgründe.

Die beiden Eisenplatten unter den Schuhen schieben sich ineinander und teilen sich wieder, um sich selbst rutschend, in einer Drehbewegung, die einen fast wegschleudert. Ich setze ganz vorsichtig die Füße auf, eingeschlossen zwischen den beiden schwerfälligen Türen, von Panik ergriffen. Dann drücke ich gegen das Holz vor mir mit aller Kraft der Arme, und dringe vor in den menschenleeren Gang.

Nachdem ich fast ein Dutzend Wagen durchquert habe, stehe ich vor einer Tür. Bewege die Klinke, damit sie aufgeht. Aber sie gibt nicht nach. Ich lege die Stirn an die Scheibe. Sehe die vom Mond glitzernden Schienen, die falsch herum laufen. Ich bin am Ende des Zuges angekommen. Miele ist nicht da.

Das Unternehmen Rückkehr kommt mir unmöglich vor. Wie soll ich noch einmal durch diese schwarzen Durchgänge kommen, die einen erst zu verschlingen und dann Hals über Kopf in die Nacht hinauszuschleudern scheinen?

Ich hole erst einmal tief Luft am Fenster. Meine Augen fallen auf ein Lichtquadrat, das dicht am Zug entlangläuft. Zwei Köpfe, die sich küssen.

Miele, da ist er also. Ich erkenne ihn an der Kopfform, am kastanienbraunen Schopf, an der Nase, die mit der kleinen Nase der Frau zusammenstößt. Ich stürze zur ersten Tür. Mache sie auf. Stehe in einer Kammer voller schmutziger Bettwäsche und Blecheimer. Das Licht ist aus.

Gehe wieder an das Fenster. Lehne mich hinaus. Das Quadrat ist weg. Als wäre es nie dagewesen. Ich lehne mich an die Wand, sie ruckelt. Lasse mich durcheinanderschütteln vom erregten Rhythmus des fahrenden Zuges.

Ich weiß nicht, wieviel Zeit vergeht. Es kommt mir vor, als müßte ich da stehenbleiben, an diese Wand geklebt, bis in alle Ewigkeit. Erst als der Morgen graut, finde ich die Kraft, den Weg zurück anzutreten.

Im Abteil finde ich Miele, er schläft, mit dem Kissen im Arm. Wacht nicht auf, als ich auf die Pritsche über ihm steige und mich mit den Füßen auf seiner Kante abstütze.

Morgens werde ich wach von seinem Gesicht zwei Zentimeter von meinem. Er lächelt mich an. Ich mache die Augen richtig auf. Ich muß sehr komisch aussehen, denn er fängt schallend an zu lachen.

»Was ist denn?« frage ich besorgt.

»Nichts. Ich habe dir nur beim Schlafen zugesehen. Darf ich das nicht?«

»Und warum hast du mir zugesehen?«

»Weil ich dich liebe.«

»Du hast wohl keine Angst, daß sie dich hören.«

»Nein, das heißt, ich will sogar, daß alle es hören: Ich liebe Armida! Gut so? Ich werde dich immer lieben.«

»Immer? Ist das nicht ein bißchen viel? Mir reicht, daß du micht jetzt liebst.«

Ich strecke schüchtern die Hände aus, um sein Gesicht zu berühren. Er hat weiche, duftende Haut. Ich schließe die beiden offenen Handflächen um die Wangen herum. Ziehe ihn zu mir. Küsse ihn. Und er beißt mir ganz zart in die Lippen.

Wir werden unterbrochen von einer schrillen Stimme, die schreit: »Helsinki! Helsinki!«

❖

Der Zug hält außerhalb des Bahnhofs, zwischen Baracken aus Holz und Blech. Und dann laufe ich mit den anderen über die Gleisc, klettere über Schlafsäcke und Lumpenpakken mit dem Koffer auf dem Kopf.

Neben mir die Gruppe: Dida immer frisch und kraftvoll, Ada mit tiefen Ringen unter den Augen und denkbar schlechter Laune, Cesare, der mit bitterer Stimme die Stadt kritisiert, von der er noch gar nichts gesehen hat, Nico mit den sanften Augen ständig bei Dida und Miele, der fröhlich allen voranläuft.

Wir stellen uns in die Schlange der Zollkontrolle. Die Veranstalter mit den roten Armbinden brüllen, dirigieren die Menge zuerst nach rechts, dann nach links. Hunderte von Jugendlichen in den ausgefallensten Kleidern springen von einem Bahnsteig zum anderen und versuchen zu begreifen, wo sie hinsollen.

Auf dem Bahnhofsvorplatz erwarten uns riesengroße, silberglänzende Busse. Aber die Türen sind zu. Wir machen uns im Schatten eines der Riesen breit und warten. Dida summt vor sich hin, zeichnet mit dem Fuß auf dem Asphalt. Ada schläft, mit dem Rücken gegen eins der gigantischen Räder in der Farbe nasser Kohle gelehnt. Cesare folgt mit den Augen einem Grüppchen von Mädchen, die Kokarden verteilen.

»Hast du die Mädchen gesehen!« brummt er kopfschüttelnd.

Aber niemand achtet auf ihn. Nico kauert auf der Erde, den Kopf zwischen die Schultern gezogen, die Augen zu.

»Heh, ich hab' gesagt, habt ihr die tollen Mösen gesehen?«

»Machst du hier den Provinzheini auf Landgang in Skandinavien, der bei jedem Rock heiß wird, den er sieht?« Miele redet mit dem Mund voll Pfefferminzbonbons. Er hat sie tief unten in der Hosentasche gefunden und wirft sie sich dauernd in den Mund, mit einer automatischen Bewegung.

»So viele Blondinen auf einmal habe ich noch nie gesehen.«

»Du kommst mir vor wie ein Landei aus den fünfziger Jahren.«

»Und wo sind wir jetzt, in den achtziger Jahren etwa?«

»Ende der sechziger, Cesare. Demnächst kommen wir in die siebziger. Und da gibt es keinen Stalin mit hochgezwirbeltem Schnauzer mehr, da gibt's keinen Churchill, da gibt's keinen De Gasperi. Hier ändert sich alles, nur du bleibst immer derselbe.«

Cesare spuckt auf den Boden. Grinst. Spuckt wieder. Läßt die Augen nicht von den nackten Beinen der kleinen Mädchen in Shorts.

»Fünfziger, siebziger, wen juckt das schon! ... Mein Schwanz hat kein Alter. Wenn er so viel schönes Fleisch sieht, geht er hoch und dann gute Nacht.«

»All das war ja vorherzusehen, allzu typisch für einen Witzblatt-Italiener wie dich.«

»Witzblattfigur bist du wohl selber, immer geschniegelt, du siehst aus wie ein Friseur, Miele, wirklich wie ein Friseur ...«

»Bist du verliebt in Ada, oder bist du's nicht?«

»Das weiß jeder. Aber sie will mich nicht.«

»Glaubst du etwa, daß du ihr gefällst, wenn du hier den Pappagallo spielst?«

»Ich will mich nicht verstellen, um ihr zu gefallen. Wenn sie mich will, nimmt sie mich so, oder eben gar nicht. Aber sie wird mich sowieso nicht nehmen, weil sie ein verdammtes lesbisches Arschloch ist!«

Nico stürzt sich auf ihn und schlägt ihn mit Wucht zu

Boden. Cesare tritt um sich. Nico wirft sich auf ihn und bearbeitet ihn mit Fäusten. Ein Nahkampf, Körper an Körper, plötzlich, schweigsam, der alle verblüfft.

»Hört auf, ihr Idioten, hört auf!«

Dida sieht ihnen traurig zu, rührt aber keinen Finger, um sie zu trennen. Ich versuche Nico zu bremsen, der mit beiden Händen an Cesares Hals hängt. Aber ich kriege einen Tritt an die Schulter. Miele kommt mir zu Hilfe. Schafft es, Cesare unter Nicos Beinen herauszuziehen.

Ada bleibt, wo sie ist. Sieht ihnen schweigend zu, gegen das Rad gelehnt, die gelben Sphinx-Augen ausdruckslos.

»Das ist die Müdigkeit«, sagt Miele, »wir sind im Eimer nach acht Tagen in diesem verdammten Zug, kein einziges Bad, schlecht und wenig zu essen, in diesem Massengrab, diesem Durcheinander ...«

Während ich Nicos Wunde am Ohr mit dem sauberen Taschentuch abtupfe, muß ich ihn plötzlich umarmen. Er bedankt sich, weinend. Cesare ist weggegangen, steht hinter Dida, die geschworen hat, nie mehr mit ihm zu reden.

Endlich gehen die Autobustüren auf. Aber wir werden sofort getrennt: die Männer auf eine Seite, die Frauen auf die andere. Ich versuche, neben Dida und Ada zu bleiben. Aber Ada ist verschwunden.

Sehe Miele mit den anderen weggehen und verschwinden, hinter den Reihen der Metallriesen. Weiß nicht, wo er untergebracht wird. Warte, daß er sich umsieht, um ihm ein letztes Mal zuzuwinken. Aber er tut es nicht. Das Weiß der zerknitterten Hosen prägt sich in meine Netzhaut. Ich schließe die Augen, lege den Kopf auf die Rückenlehne und lasse, während der Bus losfährt, das Bild noch einmal wie in Zeitlupe vorbeilaufen: die Bewegung der Beine, den Wind, der ihm das Leinen gegen die Knöchel schlägt, den Oberkörper vorgereckt, wie um gegen die Kraft des Windes zu gewinnen, den Hemdkragen, der ihm um den mageren Hals tanzt, den braunen Kopf, der von weitem etwas Zerbrechliches und Verlorenes ausdrückt, das sich vermischt mit einem unheilbaren kindlichen Starrsinn.

Kaivokatu, Annankatu, Lapinlandenkatu ... Der Bus rast in breite, weiße Straßen voller Bäume. Dida auf dem Nebensitz dreht ständig den Kopf, angezogen von den Neuigkeiten.

Sie laden uns ab am Eingang einer öffentlichen Schule. Ein zweistöckiges großes Gebäude mit Riesenfenstern, die bis zur Decke reichen, Türen, die in einen verwüsteten Garten führen.

Wieder Ausharren, auf der Erde sitzend, vor den Schultüren. Wir warten auf weitere Busse mit weiblicher Ladung. Ein paar Minuten später kommen sechs. Sie reißen die Türen auf und lassen eine Lawine von Mädchen zwischen fünfzehn und vierundzwanzig Jahren hinaus. Ein Bus bringt die Französinnen, einer die Spanierinnen, einer die Deutschen und so weiter. Endlich gegen zehn kommen die Veranstalter und geben uns einen Zettel, auf dem für jede eine Nummer steht. Das Schultor geht auf. Wir dürfen hinein.

Sofort stürzen alle, ohne zu wissen wohin, breite Steintreppen hoch. Im Geschubse und atemlosen Gerenne ruft jemand: »Es gibt doch Nummern, was rennt ihr denn so? Jede hat ihr festes Bett, ihr braucht nicht zu rennen!«

Ich gucke auf die Nummer, die ich in der Hand halte: 415 C. In jedem Saal stehen ungefähr dreißig Etagenbetten. In jedem Etagenbett sind drei Schlafplätze, wie im Zug.

Ich finde Pfeile. Das untere Stockwerk geht bis Nummer 380. Zu den Vierhundertern muß man nach oben.

»Was hast du für eine Nummer?« frage ich Dida.

»320, und du?«

»Ich 415. Wir sind in zwei verschiedenen Stockwerken. Ich muß nach oben und du nach unten. Wir sehen uns später, ciao.«

Ich sehe sie verschwinden im Korridor mit den gelblichen Kacheln. Sie schmollt. Der lila Rock wippt ihr schwerfällig um die Knöchel.

Ich gehe die Treppe hoch. Es gibt ein Echo. Die Stimmen fliegen an die Decke und wieder herunter, hundertfach multipliziert, mit einem irrsinnigen Verstärkereffekt: Als wäre außer der weiblichen Menschenmenge, die sich zersetzt und über die Treppen verteilt, noch eine zweite, hoch oben, kopfüber, die die erste nachäfft.

Ich gehe zum Ende des Gangs. Betrete den ersten Saal. Das große Klassenzimmer, jetzt verwandelt in einen Schlafsaal, ähnelt einer Kaserne. Es gibt ungefähr vierzig Etagenbetten, jedes mit drei Schlafplätzen.

402, 403, 404 ... die Betten sind zu Ende, an einer Mauer. Ich gehe hinaus. Laufe weiter. Die Wände sind gekachelt, die hohe Decke schließt mit hellen Holzleisten ab. Die großen, hohen Fenster sehen aus wie in einer Turnhalle. Das Licht fällt lawinenartig herein, ein bißchen verhangen, obwohl es erst elf Uhr morgens ist.

Endlich finde ich mein Bett. Es ist das oberste des Etagenbetts 415. Es gibt Bett A, Bett B und ganz oben Bett C, meins. Ich treffe zwei Mädchen, die gerade ihren Schlafsack auseinanderrollen. Sie begrüßen mich mit einem Lächeln.

»Italienerin?«

»Ja, und du?«

»Ich bin aus Genua, und du?«

»Rom.«

Wir schütteln uns die Hände. Ich sehe die andere an, die nichts zu verstehen scheint. Vielleicht ist sie Ausländerin, denke ich. Aber nein, sie ist aus Udine.

»In diesem Saal sind nur Italienerinnen«, sagt sie zu mir.

»Sieht aus wie ein Konzentrationslager. Es gibt nicht einmal ein Bad.«

»Woher weißt du das?«

»Ich habe geguckt. Da sind nur die fünf Klos pro Stockwerk, stell dir das mal vor ... Die reichen nie. Wir werden wieder Schlange stehen, wie im Zug.«

»Duschen gibt es, hat mir eine aus Neapel erzählt, aber die sind im Souterrain.«

»Und Bettwäsche?«

»Na, weißt du, Bettwäsche! Wir sind doch hier nicht im Grand Hotel! Es gibt eine Militärdecke für jeden und ein Baumwollhandtuch. Einen Lappen über das Kopfkissen ... das ist alles.«

»Willst du Lakritze?«

Die von Bett A sieht mich forschend an. Zieht gleichzeitig zwei zusammengerollte Blusen, ein Paar Hausschuhe aus himmelblauem Stoff und einen geblümten Morgenmantel aus dem Koffer.

»Du bist doch befreundet mit dieser dicken Blonden aus Rom, stimmt's?«

»Dida? Ja.«

»Die ist sympathisch. Hat eine wunderschöne Stimme.

Einer, der mit mir im Abteil saß, war heiß verliebt in sie.«
»Alle verlieben sich in Dida.«
Sie sieht mich ernst an. Dann kramt sie wieder im Koffer. Auch ich packe die wenigen sauberen Sachen heraus, die ich noch habe: Eine weiße Bluse, einen hellblauen Rock, ein Paar Söckchen. Den Rest lasse ich im Koffer. Es gibt weder Schränke noch Kleiderständer.
»Die Genossen werden darauf aufmerksam gemacht, daß um zwölf Uhr unten in der Eingangshalle die Ausweise für die Mahlzeiten verteilt werden. Jede muß ihren Zettel mit der Nummer des Schlafplatzes mitbringen. Die Verteilung dauert bis halb eins, und deshalb empfehlen wir euch, pünktlich zu sein.« Die Lautsprecherstimme hat einen starken venetischen Akzent. Gleich danach wird die Durchsage in Spanisch, in Französisch und in Englisch wiederholt.
»Wenn du nicht rennst und dir den Ausweis holst, dann kriegst du hier bis morgen nichts zu essen. Das sind doch Hundesöhne!« brummt die Frau aus Genua, während sie die Sachen im Koffer zurechtlegt.

❖

»Wo kann man sich hier waschen?«
»Da hinten ... am Ende des Korridors neben der Treppe.«
Ich gehe hin. Befinde mich in einem großen Raum, in den fünf halbe Schwingtüren ohne Schlüssel führen, eine einzige Lampe, die verstaubtes Licht von oben herunterregnet. Gegenüber eine Reihe weißer Keramikwaschbecken an der Wand. Keine Spiegel, keine Ablagen.
Ich stelle mich an die Schlange für das Klo. Hinter ein Dutzend völlig verstört aussehender Mädchen. Viele haben so etwas noch nie gesehen oder gar erlebt. Mich erinnert es an die Klosterschule. Auch da gab es Schlangen im Bad, Schlangen in der Kirche, Schlangen im Refektorium. Das ist keine neue Erfahrung für mich.
»Stimmt es eigentlich, daß es Duschen gibt?«
»Keiner hat sie gesehen, aber angeblich gibt es welche.«
»Seit zehn Tagen träume ich jetzt davon zu duschen.«
»Es gibt Saunen in der Stadt.«

»Ich weiß ... aber die kosten.«
»Wieviel ist eine Mark wert?«
»Das heißt Markka, mit ›a‹, du Dussel!«
»Ich habe nur Lire ...«
»Du kannst immer noch die Möse hergeben ...«
Unterdrücktes Gekicher. Das Mädchen mit den Lire pflanzt sich breitbeinig neben der Schlange auf, direkt vor dem Gesicht derjenigen, die zuletzt geredet hat.
»Was ist dir lieber: eine Ohrfeige oder Spucke im Gesicht?«
»Am liebsten ist mir ein Kuß. Ich habe keine Lust auf Streit.«
»Dann nimm das zurück, was du gesagt hast.«
»Nehme ich, nehme ich. Ich gebe dauernd die Möse her, sogar für wenig. Das sollte keine Beleidigung sein.«
Es ist nicht klar, ob sie Spaß macht oder ob sie es ernst meint. Die anderen beobachten teils empört, teils fasziniert. Sie ist eine kleine, muskulöse Blondine mit tiefschwarzen Augen, einer schönen herrischen Nase, einem aristokratisch ovalen Gesicht und einem strahlend boshaften Lächeln.
»Wie heißt du denn?«
»Ich? Selvaggia. Und du?«
»Ist gar nicht wahr ...«
»Merk dir eins, ich sage immer die Wahrheit. Auch wenn ich Märchen erzähle. Ich schwöre bei Gott, ich bin immer ehrlich. Im übrigen ist die Wahrheit, wie ihr sie seht, etwas unheimlich Langweiliges: etwas für Priester oder für Revolutionäre ...«
Ihre provozierende Lebhaftigkeit verblüfft die anderen, sie gucken sie mit offenem Mund an und wissen nicht, was sie sagen sollen.
»Die ist verrückt«, höre ich eine hinter mir wispern.
»Die ist nicht verrückt, die ist gerissen«, sagt eine andere.
»Mir gefällt sie.«
»Ssst! Sei ruhig, wenn die dich auf dem Kieker hat, macht sie dich fertig.«
Es hat den Anschein, daß alles sich wieder normalisiert. Aber nein, da ist sie wieder, löst sich aus der Schlange und zeigt dem kleinen Publikum aus lauter Frauen einen Schlüssel, den sie an einem Bindfaden um den Hals trägt.

»Ist das der Schlüssel zu deinem Schatzkästchen?«

»Nein, das ist der Schlüssel zu meinem Zimmer.«

»Du hast ein Zimmer?«

Die Gesichter werden plötzlich wachsam. Irgendeine will schon gegen diese Ungerechtigkeit wettern.

»Ich hab's euch doch gesagt: Ich kriege alles, mit der hier.« Sie legt sich eine kleine, feine Hand auf den Schoß. Und lacht ausgelassen. Das Publikum weiß nicht, wie es reagieren soll. Manche lachen. Andere gucken entrüstet.

»Habt ihr eure lieben Genossinnen auf dem Klo sitzen sehen? Guckt mal die Füße an, die man unter den Türen durch sehen kann ... Alle schön zu zweit in Reih und Glied. Die Mentalität von Sklavinnen! Jetzt zeige ich euch mal, wie man mit Eleganz und Persönlichkeit pißt.«

Mit einem Satz springt sie auf das Fensterbrett, das so hoch wie unsere Köpfe ist. Hebt den Rock, hält sich am Fensterpfosten fest, zieht gleichzeitig den Schlüpfer runter und pinkelt ins Leere, lachend, frech.

»Die ist wirklich verrückt«, sagt die Stimme von vorher wieder.

»Holt sie da runter ... wenn sie fällt«, schreit eine andere.

»Geh du doch. Mir macht sie angst. Die kriegt das fertig, dir einen Tritt zu verpassen, die Verrückte!«

Inzwischen ist Selvaggia wieder unten. Jetzt hält sie eine Hand unter den Wasserhahn. Bespritzt sich das Geschlecht mit Wasser. Dann riecht sie an den Fingern. Und schneidet eine fröhliche Grimasse.

»Riecht gut. Nach müder Möse. Ich wette, keine von euch hat im Zug gevögelt. Ich ja, jede Nacht. Hab' mich sogar gewaschen, in der Kabine vom Schaffner ... Was guckst du mich so an, hm, du Transuse? Hier kannst du lernen, was eine wahre Rebellin ist, eine anarchische Möse«, bei diesen Worten hält sie ihr die Finger unter die Nase. Die andere macht einen Satz zurück. Selvaggia lacht angeberisch.

»Riech mal! Magst du das? Das ist der Geruch meiner Freiheit ... Schnappst du jetzt ein? Rückst du noch weiter ab? Bist ein kleiner Angsthase mit Knopfaugen. Wißt ihr, woran mich dieser Ort erinnert? Ans Gefängnis. Aber da haben die Mösen alle Mumm. Starke Frauen, Teufelsbräute. Hier sind wir unter lauter Waschlappen. Wie langweilig! ...

Ach, übrigens, unter uns, ich heiße gar nicht Selvaggia, sondern Beelzebub. Gefällt dir der Name? ... Nein? Also, in Wirklichkeit, muß ich euch beichten, heiße ich Anastasia, genannt Asia. Und damit verabschiede ich mich. Ich gehe wieder in mein Zimmer. Ich wohne unter der Treppe links. Wenn ihr klopfet, so wird euch aufgetan. Einen Wodka schlage ich niemandem ab, nicht mal nachts um drei. Adieu, ihr Schäfchen! Macht nur so weiter ... Ihr werdet auf der Schlachtbank enden. Adieu!«

Ein Husch, und schon ist sie weg. Wir sehen von weitem, wie sie rittlings das Geländer hinunterrutscht. Wir gucken uns verdattert an. Eine zeigt den Vogel, als ob sie sagen will: Die hat nicht alle Tassen im Schrank. Andere lachen vergnügt. Wieder andere denken über die Merkwürdigkeit dieser Erscheinung nach, fast als ob sie überlegten, ob alles nur ein Theaterstück war.

Doch kaum ist sie weg, hat sich die Luft sofort wieder abgekühlt. Die Langeweile kehrt zurück und läßt uns gähnen. Die Schlange wird kürzer, geordnet und langsam. Durch die Fenster kommt ein diffuses gräuliches Licht.

Einige stehen mit nacktem Oberkörper über die Waschbecken gebeugt und waschen sich, spritzen mit Wasser. Andere betrachten verdutzt die Fußreihen, die unter den Klohalbtüren hervorgucken. Es stimmt, daß das Ganze etwas Groteskes hat. Und Asia hat uns das beigebracht mit ihrer kleinen Matinee. Im Kopf beschließe ich, sie Asia zu nennen. Ich finde, es paßt haargenau zu ihr. Auch wenn ich nicht weiß, ob sie wirklich so heißt.

Um viertel vor zwölf bin ich unten. Der Hausflur ist überfüllt mit Frauen, die sich gegenseitig schubsen und um das Tischchen der Veranstalter herumdrängeln. Zwei Mädchen mit verstörten Gesichtern bemühen sich, ein Minimum an Ordnung bei der Verteilung der Ausweise aufrechtzuerhalten. Sie sind nicht an das italienische Chaos gewöhnt, an die Mädchen, die die Hände ausstrecken, ohne zu warten, bis sie an der Reihe sind, daran, daß sie lachen, schubsen, sich Beine stellen, mit dem Hintern am Tisch lehnen oder sich zu zweit über den Stuhl der Organisatorin beugen und sie an den Haaren ziehen.

Ich gehe Dida suchen. Aber Bett 320 ist nicht im Erdgeschoß. Ich gehe wieder in den ersten Stock. Aber ihr Bett ist leer. Ich gehe an den Klos vorbei. Da stehen immer noch ein paar Schlange. Die Waschbecken sind schon schmutzig, der Fußboden überschwemmt. Ich gehe wieder zum Eingang. Und sehe sie von weitem inmitten einer Gruppe von kleinen Französinnen, die am Tor stehen und streiten.

»Dida!«

»Hast du den Ausweis schon?«

»Nein. Wo ist denn Ada?«

»Keine Ahnung. Jetzt stellen wir uns erstmal an ... Dann suchen wir sie.«

Endlich bin ich am Tisch. Jemand knallt mir eine Pappmarke in die Hand. Ich kann sie gerade noch schnappen, da werde ich schroff nach hinten geschubst. Ich gehe raus aus dem Gewühl, die Marke fest in der Hand: ein zusammengefaltetes dünnes Stück Pappe mit numerierten Zetteln drin, für jede Mahlzeit einen, nachlässig zusammengeheftet.

Ich setze mich auf die Freitreppe und warte auf Dida. Breite runde Stufen aus weißem Granit, grüngesprenkelt.

»Ciao.«

»Da bist du ja. Wo haben sie dich denn hingesteckt?«

Es ist Ada. Sie steht unten an der Treppe. Sieht überanstrengt aus. Eine Zigarette im Mund. Sie betrachtet melancholisch ihre nackten Füße in den Sandalen.

»In der Garage da draußen ... Willst du mal gucken?«

»Dida hat gesagt, wir sollen hier auf sie warten.«

»Ich weiß, wo sie ist. Die wird noch zwanzig Minuten brauchen. Ist nicht gut im Schlangestehen ... wird erst alle vorlassen. Wir gehen solange.«

Ich folge ihr. Über einen Weg aus rundlichen Steinen, die im weichen, sandigen Boden versinken. Wir gehen durch einen Innenhof mit einem muschelförmigen Brunnen.

»Sieht aus wie ein Geisterhaus ... Guck mal!«

Am Ende des Weges ist ein flaches langes Gebäude zu sehen, über und über mit Kletterpflanzen mit kleinen violetten Blüten bewachsen. Von weitem wirken sie schwarz. Die Fenster sind unter dichtem, dickem Laub begraben.

Wir gehen durch eine große Schiebetür hinein. Auf dem Fußboden stehen in vier ordentlichen Reihen Etagenbetten aus hellem Holz. Je zwei Pritschen.

»Hast du ein Glück, bei uns sind es drei pro Bett«, sage ich.

»Es ist feucht.«

Ich gucke hinüber zu den rechteckigen Fenstern, die bis an die Decke reichen. Über die Scheiben laufen kreuz und quer kleine grüne Schlangen, die sich mit winzigen blaugrünen, glibberigen Saugnäpfen an der glatten Oberfläche festhalten.

»Es ist unheimlich hier.«

»Aber wenigstens ist es ruhig.«

»Wenn du mich fragst, hier wird irgend jemand eines Nachts umgebracht.«

Sie sieht mich geheimnisvoll lächelnd an. Unbeweglich mit dem schwarzen Haarflügel über der blassen Schläfe hat sie selbst etwas Gespenstisches.

»Und da ich nicht zu den Opfern gehören möchte«, sagt sie, »glaube ich, ich schlage mich auf die Seite der Mörder.«

Sie nimmt mich am Arm und führt mich an ihr Bett unter einem Fenster, durch das violettes Licht mit grünen Streifen hereinrieselt.

»Ich habe beschlossen, diese dämliche, melancholische braune Frau umzubringen, die auf den Namen Ada hört.«

Ihre Stimme hat etwas derart Entschlossenes, daß sie mir angst macht. Aber ich höre sie lachen, ganz leise.

»Ist es denn möglich, Ada, daß du überall deine Gespenster dabei hast, egal wo du hingehst!«

»Wenn ich mich aus Liebe umbringen würde, wäre dir das weniger unheimlich?«

»Du brauchst doch bloß eine Verliebte zu finden, die deine Liebe erwidert ... dann hättest du keine Lust mehr, dich umzubringen.«

»Das ist nicht weiter schwer. Erwiderte Liebe ist ausgesprochen verbreitet. Und endet unweigerlich beim Besitz. Der mich befriedigt und der mich anekelt. Wirklich lieben heißt, das Wohl des anderen zu begehren, das größte Wohl des anderen, weißt du, was das ist? Die Freiheit! Aber du kannst nicht die Freiheit des anderen wollen und gleichzeitig seine Abhängigkeit von dir, seine Gefangenschaft aus Liebe ... Jede besitzergreifende Liebe ist ein Mord, und ich will niemanden umbringen ... nur mich selbst.«

»Du bist so schön, Ada ... laß uns gehen!« Ich habe es eilig, aus dieser Aquariumsumgebung herauszukommen.

Wir gehen wieder in den Innenhof. Dida sitzt auf den Stufen und wartet auf uns. Um sie herum eine Gruppe von Frauen, die ihr bewundernd zuhören.

»Sie hat schon ihre Fans gefunden«, sagt Ada lächelnd, »laß uns einen Augenblick stehenbleiben ... Guck sie mal an, wenn sie dich nicht sieht. Hast du je eine vollkommenere Schönheit gesehen?«

Ich bleibe stehen. Die Augen auf Didas statuengleichem Körper. Aber genau da hebt sie den Kopf. Springt auf die Füße. Putzt mit einer Hand den Rock ab. Kommt auf uns zu, lächelnd, vertrauensvoll.

»Die Stadt gehört uns«, sagt sie und faßt uns um die Taille.

❖

Wir gehen die Esplanadi entlang und atmen die leichte, rauhe Luft. Der Himmel ist anders als unsere Himmel: sehr hoch, verwaschen, weit weg und gleichzeitig seltsam dräuend. Die Luft ist dünn und glitzernd. Jedes Lichtpartikelchen reflektiert ein anderes, und das gibt einem das Gefühl, mitten in einer leuchtenden Explosion zu sein, fast in einer atmosphärischen Katastrophe.

Die Quelle des Lichts ist unsichtbar. Die Sonne, versteckt hinter transparenten Schleiern, ertrinkt in einem dichten Dunst. Wir bewegen uns mitten durchs Licht wie mitten durchs Wasser, mit befangener Behendigkeit.

Wir kommen in die Merikatu und gehen auf das Meer zu. Die Straße ist breit, lang und leergefegt vom Wind. Eine Doppelreihe Pappeln raschelt leise, es klingt wie geknitterte Seide. Die Geschäfte sehen nüchtern aus, fern, so verschlossen wie sie sind hinter Doppelscheiben und Doppeltüren. Ein paar haben eine rostfarbene oder flaschengrüne Markise aufgespannt. Davor auf dem Bürgersteig vom Wind gebeugte Pflanzen.

Eine breite Brücke mit Granitbrüstungen. Darunter die stürmischen Wasser des geteilten und in Kanäle gelenkten Meeres, das dann See, Fluß, Hafen wird. Ein starker Geruch nach faulem Fisch, Heu, Motorenöl, frischem Lack.

»Guck mal, ein italienisches Schiff!« Dida streckt einen

Arm in Richtung Hafen. Mitten zwischen den hohen Schiffen mit den exotischen Namen liegt tatsächlich ein blau angestrichener Bug, darauf in riesigen Buchstaben ein Name: »Carmelina«. Am Heck eine weiß-rot-grüne Flagge.

»Da wird man ganz weich«, sagt Dida und lehnt sich über das Brückengeländer, »ich komme mir vor, als ob ich bei meinem Pförtner sitze und über den Bohnenpreis rede.«

Ein Matrose mit einem Birnenkopf geht auf dem Deck entlang, einen himmelblauen Eimer in der Hand. Stellt sich ans Geländer. Gießt das schmutzige Wasser ins Meer. Sieht einen Augenblick lang um sich und beschnuppert die Luft. Verschwindet.

Wir gehen ins Zentrum zurück, diesmal in Gegenrichtung die Esplanadi hoch. Ab und zu holt Ada den Coupon aus der Tasche, auf dem die Adresse des Restaurants steht und zeigt ihn jemandem, der uns hastig etwas erzählt, lächelnd, und mehrmals grüßend weitergeht. Aber wir verstehen nicht das Geringste. Und trauen uns nicht nachzufragen.

Gegen zwei stehen wir müde und hungrig vor dem Restaurant Vasa. Vergleichen die Adresse. Hier ist es richtig. Wir drücken eine Holztür auf, hinter der noch eine Glastür liegt.

Drinnen ein Tohuwabohu, schlimmer als in der Schule. Junge Leute an den Tischen, sie essen, Ellbogen an Ellbogen, zu zweit auf einem Stuhl. Andere warten im Stehen, bis sie dran sind, und plappern. Ein paar haben sich an die Wände gelehnt und starren mit hungriger Miene auf die Glücklichen, die schon sitzen. Wieder andere hängen auf den Barhockern, trinken Bier und warten, daß ein Platz frei wird.

Wände aus Holz. Decken aus Holz. Eine Art geräumige Berghütte mit einem abgetretenen Fußboden voller Risse und Löcher. Eine Reihe Lämpchen aus rotem Papier hängen an einer Schnur die Decke entlang. Geruch von Gebratenem und Bier.

»Dida!« Eine Männerstimme ertönt von hinten.

Es ist Nico, er fuchtelt mit der Hand. Wir bahnen uns einen Weg durch die dicht gedrängten Körper, stoßen bis zu dem Tisch neben der Küche vor. Cesare und Miele sind auch da.

»Wo haben sie euch denn zum Schlafen hingesteckt?«

»In eine Schule.«

»Uns auch.«

»Wo denn?«

»Nicht weit von euch.«

Miele macht mir Platz. Nico drückt sich eng neben Cesare, damit Dida sitzen kann. Ada quetscht sich auf Cesares Knie.

»Man muß mit den Coupons zur Kasse.«

»Und wie soll das gehen? Da muß man ja über die Köpfe fliegen, wenn man da hin will.«

»Ich gehe.«

Miele nimmt unsere Coupons und verschwindet in der Menge. Kurz danach sehen wir ihn wieder herauskommen, mitsamt einem Tablett. Darauf sind drei Gläser, eine Flasche Bier, ein paar Scheiben Butterbrot und Bücklinge.

»Das ist alles?«

»Das Gulasch ist alle. Man muß früher kommen.«

»Wer tauscht ein Eis gegen eine Scheibe Brot?« Ein blasser und pickliger Junge taucht zwischen den Ellbogen auf, um seine Objekte anzubieten.

»Das Eis mag ich nicht. Aber wenn du mir einen Apfel gibst, gebe ich dir das Brot.«

»Ich bringe dir sofort den Apfel. Willst du einen gelben oder einen roten? Leg die Scheibe Brot bereit, ich bin gleich wieder da.«

»Geht das schon wieder los mit der Tauscherei?« brummt Cesare verärgert. »Wir sind doch gar nicht mehr im Zug, oder?«

Und schon ist der blasse Junge wieder da mit einem weißen Tellerchen, auf dem ein kleiner roter Apfel kullert. Dida gibt ihm eine Scheibe Brot. Er bedankt sich und geht. Ich habe meine Scheibe mit dem Bückling schon gegessen. Und immer noch Hunger.

»Kriegt man denn, wenn man bezahlt, noch irgendwas?«

»Hier nicht. Im Zentrum. Morgen gehen wir in ein ordentliches Restaurant und essen, bis wir richtig satt sind.«

Miele greift unter dem Tisch nach meiner Hand. Drückt sie. Hält mir den Mund ans Ohr.

»Hier sieht es finster aus für die Liebe. Gibt's bei dir irgendein Loch, in das man sich verkriechen könnte?«

»Nein. Wir sind in Schlafsälen mit dreißig, vierzig Betten.«
»Bei uns ist es noch schlimmer. Wie sollen wir das denn machen?«
Ich weiß nicht, was ich antworten soll. Spüre seine Finger, die sich mit meinen verhaken. Und seinen Blick, der weich wird, erregt.

❖

Als ich aus dem Klo komme, stoße ich fast mit Asia zusammen, die gerade mit nacktem Oberkörper und dem Schlüssel an einer dünnen Schnur am Hals hereinstürmt.
»Ach, du bist's, Armida. Ich habe gehört, du schreibst für das Theater. Wie geht's denn?«
»Wer hat dir das gesagt?«
»Ich weiß immer alles. Brauchst du vielleicht ein paar Extracoupons?«
»Nein.«
»Wenn du Markka schwarz tauschen willst, komm vorbei. Ich bin in Zimmer Nummer 16 unter der Treppe. Ciao.«
Sie geht lauthals singend ins Klo. Nach kurzer Zeit sehe ich unter der Tür eine Klopapierrolle herausschießen, die genau vor meinen Füßen liegen bleibt.
»Getroffen, was?« lacht sie.
»Wenn du alles weißt«, fange ich an, schüchtern, verängstigt von ihrem Ungestüm, »dann kannst du mir vielleicht auch sagen, wie man zur Schule Nummer 20 kommt?«
»Auch verliebt, was? So ein Käse! Lauter Frauen, die den Kopf verlieren, wegen eines behaarten Schwanzes. Mit Männern spielt man, in die verliebt man sich nicht. Liebe ist albern. Führt geradewegs in die Ehe. Was soviel heißt wie in den Folterkessel, bei kleiner Flamme. Jetzt guck mich nicht so an, ich bin keine Hexe. Hast du dieses flache gelbe Haus am Ende der Straße gesehen? Wenn du da bist, gehst du erst nach rechts und dann die zweite links, und schon bist du da. Eines Tages wirst du sagen: Asia hatte recht, die Liebe ist ein Haufen Scheiße, und ich spucke drauf.«
Sie spuckt mir auf die Füße. Merkt, daß sie mich schmutzig gemacht hat. Beugt sich schnell hinunter und wischt mir

den Fuß mit dem Rockzipfel ab. Steht wieder auf und geht, ohne sich zu verabschieden.

Eine Frau hat die Szene verfolgt. Sie schüttelt mitleidig den Kopf: »Laß dich mit der nicht ein ... die ist Schrott«, sagt sie. Aber mir gefällt Asia, sie macht mich neugierig.

Ich gehe zurück zu meinem Etagenbett. Es ist zu früh. Alle schlafen noch. Und wenn ich nach unten gehe, werde ich nicht einmal etwas Warmes zu trinken finden. Ich klettere in die oberste Pritsche, lege mich auf den Rücken und starre an die Decke. Der Mangel an Dunkelheit vertreibt den Schlaf. Ein merkwürdiges Gefühl, in einer hellen, wattierten Leere zu schweben. Außerdem ist es nie still im Saal. Viele rauchen bis spät in die Nacht. Eine ißt heimlich, unter der Decke. Andere spielen Karten oder hocken zu zweit oder zu dritt plappernd auf den Betten.

Wenn ich mich umgucke, sehe ich unter den Decken zusammengekauerte Körper, Arme, die Kissen an sich drükken. Nackte, verlassene Rücken, in Federn vergrabene Köpfe. Es kommt mir vor, als hörte ich die verhaltenen Schrittchen der Nonne. Sie haucht mir über die Haare. Reicht mir einen Blechbecher mit einer kochendheißen Flüssigkeit darin. »Trink, Armida, das tut dir gut ... Wenn du weiter wach bleibst, wie willst du dann morgen früh aufstehen ...« Und ich halte die Lippen an das Metall und schlürfe lustlos. Es riecht bittersauer. Ist klebrig. Ein Gebräu aus aufgekochten Lindenblüten mit Mohn- und Rosenessenz. Ich habe gesehen, wie sie es zubereitet, unten in der Küche. Es verbreitet einen Geruch, der leichte Übelkeit erregt. Aber die Nonnen haben blindes Vertrauen in seine wundertätigen Kräfte.

Schwester Cuore Sanguinante, das Blutende Herz, bleibt diskret, aber unerbittlich stehen, bis ich alles austrinke und mir die Zunge verbrenne. »Gut, hm?« sagt sie und tätschelt mir die Wange. »Nein, Schwester. Es schmeckt nach Kacke.« Da kommt eine Ohrfeige. »So ein Wort sagt man nicht, Armida.« »Wie sagt man denn?« »Man sagt Exkremente.« »Also, Lindenblüten schmecken nach Exkrementen.« »Sei nicht altklug, schlaf.« Sie streichelt mir eilig über die Haare und geht, wobei ihr der Rosenkranz gegen die Hüfte klimpert.

Ich brauchte Miele gar nicht zu suchen. Er ist zu mir gekommen. Er hat mir eine Schachtel Anisplätzchen und Apfelsaft mitgebracht. »Falls du noch Hunger hast.«

Draußen warten Cesare und Nico auf uns. Dida kommt kurz darauf, gefolgt von Ada. Wir laufen zusammen in Richtung Zentrum.

»Gehen wir die Esplanadi lang?« »Nein, laßt uns durch den Hafen gehen.«

Und schon stehen wir diskutierend vor einem zweistöckigen Restaurant, dessen große vergoldete Fenster zur Straße liegen. Sollen wir rein oder nicht? »Die werden uns schröpfen.« »Nein, das sieht nicht so teuer aus.« »Probieren wir es aus.« »Endlich mal ein ordentliches Essen, das braucht man.«

Wir treten ein, keck, verschüchtert. Machen Krach. Der Oberkellner wirft uns von weitem böse Blicke zu. Eine wunderschöne Kellnerin mit milchweißen Haaren kommt mit einem Blöckchen zu uns. Was wir wollen? Wir gucken uns verdutzt an. Die Speisekarte ist in Finnisch. Die Frau spricht ein gebrochenes, unverständliches Englisch. Wir deuten auf einen prächtigen Teller auf dem Nachbartisch.

Kurz darauf kommen sechs ovale Teller randvoll mit Fischen aller Art unter einer grell rosa Sauce. Wir bitten um Brot und dann um mehr Brot. Essen wie Halbverhungerte, gierig im Teller fischend. Wir trinken auch sprudelnden, säuerlichen Rheinwein.

Die Rechnung kommt. Wir sehen uns entsetzt an. Es ist eine Riesensumme. Und nachdem wir sie bezahlt haben, haben wir kein Geld mehr. Verstimmt und beschämt gehen wir hinaus.

»Aus der Traum vom Essengehen, liebe Freunde, wir sind pleite.«

»Und was sollen wir essen?«

»Wir haben die Coupons.«

»Tja, für die man nach stundenlangem Warten ein verkohltes Gulasch oder einen Teller Pellkartoffeln essen darf, nein danke.«

»Wir kaufen ein paar Tüten gebratenen Fisch. Hast du gesehen, den verkaufen sie auf der Straße?«

»Ich habe den gegessen, diesen Bratfisch. Ich hatte hinterher Dünnschiß.«

»Du kleiner Vielschiß!«

Didas Lachkaskaden stecken alle an. Die Möwen fliegen tief und kreischen. Es klingt, als ob sie uns nachäffen. Wir schlendern Richtung Hafen.

Als ich wieder in der Schule bin, finde ich einen Zettel am schwarzen Brett am Eingang: »Armida Bianchi wird um fünfzehn Uhr in der Direktion erwartet«.

Ich laufe, um mir einen Pullover zu holen, denn draußen ist es scheußlich geworden. Es nieselt. Ich finde das Bett durchwühlt. Die Kekse und der Apfelsaft sind weg. Ich sehe im Koffer nach. Auch das goldene Armkettchen, das ich gewöhnlich am Handgelenk trage, ist verschwunden.

Ich laufe nach unten. Gehe zu den Veranstalterinnen. Es gibt eine, die italienisch spricht. Ich berichte von dem Diebstahl. Sie zieht die Schultern hoch. »Die Italiener sind Diebe«, teilt sie mir mit, »ihr beklaut euch gegenseitig, wir können da gar nichts machen.«

Ich gehe hinaus. Laufe zur Festspielleitung. Sie verweisen mich in einen Saal und dann in einen anderen. Endlich finde ich den Mann, der mir den Zettel geschickt hat.

»Sie heißen Armida Bianchi?«

»Ja.«

»Sie beschäftigen sich mit Theater?«

»Ja.«

»Heute abend um sieben ist Ihr Vortrag im Palladium ... es gibt Simultandolmetscher. Würden Sie uns den Vortragstext geben, bitte?«

»Ich habe den Text nicht. Ich möchte den Vortrag nicht halten.«

»Tut mir leid, aber er ist im Programm vorgesehen. Wenn Sie ihn nicht halten, bekommen Sie die Reisekosten und die Verpflegung hier nicht erstattet.«

»Kann ich improvisieren?«

»Das sehen die Bestimmungen zwar nicht vor, aber wenn Sie nicht anders können ...«

Ich habe noch nie in der Öffentlichkeit gesprochen. Ich hatte den Vortrag vergessen, aber das sage ich ihm nicht, um nicht ungezogen oder albern zu wirken. Ich frage, wo ich eine Schreibmaschine finden kann. Man zeigt mir einen kleinen Saal. Ich gehe hin.

Die Tischchen mit den Schreibmaschinen sind alle besetzt. Ich warte im Stehen mit dem weißen Blatt in der Hand. Vor mir, der Rücken eines kleinen Mädchens, das eigensinnig die winzigen Finger auf die Tasten haut. Sie hat rotlakkierte Fingernägel. Die blonden Haare hängen ihr den halben Rücken hinunter.

Ganz plötzlich dreht sie sich um. Ich kann eine überraschte Bewegung nicht unterdrücken. Sie ist keineswegs ein kleines Mädchen, sondern eine alte Frau. Ein häßliches Weib mit lauter Falten und kindlicher Anmut. Ich sehe sie neugierig an. Sie lächelt mir zu. Ich lächle zurück. Sie sagt mir in einer unbekannten Sprache, daß sie gleich fertig ist. Deutet auf das fast vollgeschriebene Blatt. Lächelt noch einmal. Dreht sich wieder um. Schreibt schnell weiter.

Kaum ist sie fertig, steht sie auf. Macht eine leichte Verbeugung. Zeigt mit der Hand auf den Stuhl. Im Stehen reicht sie mir bis zur Brust. Sie hat winzige Füße, die in einem Paar sehr hohe rote Lackschuhe stecken. Sie schreitet kerzengerade davon, der blonde Haarvorhang wippt ihr auf dem Rücken.

Ich setze mich. Spanne das Blatt ein. Probiere die Maschine aus. Sage mir: Gut, jetzt fange ich an. Aber mir fällt nichts ein. Ich stütze meinen Kopf in die Hände. Schlucke Speichel. Lasse die Augen über die gebeugten Köpfe um mich herum kreisen. Es dröhnt wie ein Wasserfall. Ich halte mir die Ohren zu. Es ist der Lärm, der mich daran hindert, mich zu konzentrieren, sage ich. Aber es stimmt nicht. Ich habe einen leeren Kopf, vollkommen leer.

Nach einer halben Stunde sitze ich immer noch da. Hundemüde. Ohne etwas geschafft zu haben. Zwei Leute stehen da und gucken mich böse an. Ich muß unbedingt schreiben oder weggehen. Ich fange an, widerwillig. Wie in der Schule beim Aufsatzschreiben.

Während ich zusammenhanglose Sätze durcheinanderwerfe, spüre ich, daß meine Augen vom Fenster angezogen werden. Ich gucke hoch. Sehe Miele, er lacht. Neben ihm ein Mädchen, sieht aus wie Ada in häßlich: Lehnt sehnsüchtig den Kopf an seine Schulter. Und er küßt ihr die Schläfe.

Ich reiße das Blatt aus der Maschine. Stürze nach draußen. Aber Miele ist schon gegangen. Mit dem rabenhaften

Mädchen. An dieser Stelle gehen drei Straßen ab. Ich nehme eine. Nichts. Gehe wieder zurück. Biege in eine andere. Nichts. Inzwischen ist es sinnlos weiterzusuchen. Ich gehe mit schnellen Schritten zurück zur Schule.

❖

Der erste Mensch, den ich treffe, ist Asia. Mit nackten Beinen, in einem großen Pullover, der ihr über die Schenkel reicht. An den Füßen ein Paar rot-weiße Turnschuhe.

»Wo gehst du hin, Armida? Du bist leichenblaß ... Willst du einen Schluck Wodka?«

Ich habe keine Lust zu reden. Will die Treppen hochgehen. Aber sie hält mich am Arm fest.

»Nicht hochgehen. Sie machen gerade sauber.«

Ich reiße mich los. Stürze Hals über Kopf die ersten vier Stufen hoch. Dann bin ich blockiert. Die Beine gehorchen mir nicht mehr. Ich setze mich auf eine Stufe, atemlos. Habe Lust, mich zu erbrechen.

Sie sieht mir von unten ironisch zu, klettert zu mir hoch. Legt mir eine kühle Hand auf die Stirn. Hilft mir beim Runtergehen. Führt mich zu ihrem Zimmer. Schließt auf, mit dem Schlüssel am Hals. Schiebt mich zu einem Korbstuhl.

»Willst du Wodka oder Tee mit Rum?«

Ich schüttle den Kopf. Habe Lust zu gar nichts. Nur zum Kotzen. Sie sieht mich unschlüssig an. Lange, sehr aufmerksam.

»Die kenne ich, diese Symptome ... das ist Eifersucht. Du hast deinen Freund mit einer anderen gesehen. Ich hab's dir doch gesagt, die Liebe ist Scheiße. Du kannst dein Leben nicht einem Typ in die Hände legen, bloß weil der schön und groß ist und gut fickt.«

Sie hält mir ein Glas hin. Zwingt mich zu trinken. Auf der Zunge das Prickeln des Alkohols. Ein Brechreiz schüttelt mich. Sie drückt das Glas mit dem eiskalten Getränk gegen meine Stirn.

»Einmal ist es mir auch schlechtgegangen aus Eifersucht. Wegen eines schwulen Onkels von mir, in den ich mich hoffnungslos verliebt hatte. Ich gefiel ihm nur nackt von hinten. Er hatte es mit dem Arsch. Ich habe geweint vor Eifersucht und vor Schmerz. Ich hätte ihm das Leben gegeben, nicht bloß den Arsch! Aber er hat immer gesagt, ich wäre nicht androgyn genug. Hatte was gegen Brüste. Ich habe versucht, sie abzuschneiden, mit der Rasierklinge. Meine Mutter hat mich gebremst, schreiend. Sie haben mich ins Irrenhaus gesteckt. Die Arschlöcher! Da, bei den vielen Elektroschocks, habe ich bald bloß noch vor mich hinvegetiert. Habe zu allem ja und amen gesagt. Dann haben sie gefunden, ich wäre geheilt. Und mich rausgeschmissen. Zu meiner Mutter wollte ich nicht wieder zurück. Also bin ich rumgezogen, untergetaucht, und habe mich Selvaggia genannt, die Wilde. Ich war wie betäubt, melancholisch, wie eine Bestie. Bin als Packesel gegangen, als Chauffeurin, als Straßenfegerin. Aber es hat nie geklappt. Im Grunde war alles, was sie wollten, meine Möse. Also habe ich gesagt: Na gut, wenn ihr sie wollt, dann könnt ihr sie haben, aber ich verkaufe sie teuer. Ich habe einen Haufen Geld gemacht.«

Sie lacht, trinkt in großen Schlucken. Schenkt mir Wodka nach. Macht mir den Kragen auf, weil er mir ihrer Meinung nach die Kehle einschnürt.

»Trink, Armida … das tut dir gut.«

Und ich trinke. Mir brennt die Kehle. Die Wärme, die mich überrollt, ist sehnsüchtig matt, wenn auch schmerzhaft.

»Aber bald hatte ich es auch über, als Prostituierte zu gehen. Ich habe meine Mutter angerufen, die mich für tot hielt. Habe mich mit ihr in einer Kneipe verabredet. Und das Aas hat mich, nachdem sie mich weinend umarmt und geküßt hatte, von den Pflegern packen und wieder ins Irrenhaus stecken lassen. Am nächsten Tag bin ich ausgerissen. Eine Zeitlang hab ich Halskettchen verkauft. Und gut verdient. Aber ich war bei jemandem angestellt, der dauernd ficken wollte, dauernd, bei Tag und bei Nacht, in irgendeinem Hauseingang, im Auto, im Bügelzimmer, unterm Tresen auf der Straße, hinterm Sonnenschirm, im Klo auf dem Fußboden. Er hatte einen Freund, der beschlossen hatte, nach Indien zu gehen. Ich sage: Ich komme mit. Und wir fahren los. Aber unterwegs kriegt er eine Virus-Hepatitis, und wir landen in einem Krankenhaus in Aleppo. Ich lasse ihn sausen und fahre zurück nach Italien, ohne Geld, ohne alles. Habe gegessen, was ich aus Mülltonnen klauen konnte. Und dann, eines Tages, als ich zum Trampen auf der Straße stand und mich keiner mitnahm und ich dachte, ich müßte dort sterben, an Hunger und an Langeweile, da hält ein ganz braunes Mädchen, eine gewisse Amparo ...«

Ich hebe den Kopf, als ich den Namen höre. Sie unterbricht sich. Schenkt sich neuen Wodka ein. Dann legt sie sich aufs Bett und wirft die Schuhe durch die Gegend.

»Geht's besser?«

»Ja.«

»Ich habe dir von mir erzählt, um dich abzulenken. Und es ist mir auch gelungen.«

»Stimmt.«

»Trink noch was.«

»Erzähl weiter!«

»Wo war ich stehengeblieben? Ach ja, Amparo ...«

»Wo war die her?«

»Aus Barcelona ... Ich habe mich wahnsinnig verknallt. Hätte sie lebendig fressen können. Aber sie war noch flatterhafter als ich, und nach einem Monat Zusammenleben ist sie mit einem argentinischen Volleyballspieler abgehauen. Komm, trink, siehst du, du kriegst schon wieder Farbe ... Soll ich zu deinem Freund gehen und ihm so einen gemeinen Streich spielen, daß er es nie wieder wagt, eine andere Frau anzugucken als dich?«

»Mach hier nicht auf Mafia!«

»Ich bin ein bißchen Magierin ... Ich kann ein Getränk zubereiten, das impotent macht, willst du es?«

Ich sehe sie, mit den glatten Haaren, die sich um das bewegte Gesicht schlängeln: Sie hat hundert Gesichter, diese Asia, und eins ist schwerer zu entschlüsseln als das andere.

»Armida, trink ... du siehst doch, es geht dir besser ... trink.«

Und ich trinke. Sie schenkt mir das Glas voll. Ich schlucke. Die Flüssigkeit löst mir die Knoten in den Eingeweiden. Ich sehe hoch, aus trüben Augen. Ich werde nie wieder aus diesem Stuhl hochkommen. Asia, mit ihren Schlangen, hat mich an die Lehne gebunden.

Etwas zieht meinen Blick an. Ich drehe langsam die Pupillen. Das Zimmer, ich sehe es jetzt zum ersten Mal, es ist ein Treppenverschlag. Die Decke fällt schräg ab und halbiert den sowieso schon beschränkten Raum des Zimmers. Es gibt keine Fenster. Nur ein Loch, durch das Luft hineinkommt. Ein Abzug. Eine flammenförmige Glaslampe, die auf einem Stuhl steht, beleuchtet das eiserne Krankenhausbett.

Sie folgt meinem Blick. Zeigt ein sardonisches Lächeln. Kippt das halbe Glas Wodka auf einmal.

»Gefällt dir mein Zimmer?«

»Es ist ein Treppenverschlag.«

»Besser als wie die Sardinen gequetscht, in diesen Sälen mit dreißig Betten. Hier bin ich und sonst niemand.«

In der Wand Nägel. Und an den Nägeln hängen die Kleider. An einem kleineren Haken ein Hundehalsband aus rotem Leder. Und neben dem Halsband etwas, das glitzert. Ich stelle den Blick mühsam scharf. Die Wangen glühen mir. Die Lider wiegen einen Zentner. Plötzlich begreife ich, was es ist: mein goldenes Armkettchen.

»Das habe ich einen Stock höher geklaut. Weiß nicht, was ich damit mache, vielleicht werfe ich es weg. Ich hebe es auf für schlechte Zeiten. Wenn der Alkohol alle ist und ich keinen Furz zu tun habe ...«

»Es ist meins«, sage ich mit fadendünner Stimme.

»Deins? ... Tja, also du bist total bescheuert: Läßt ein goldenes Armband im offenen Koffer, am hellichten Tage, in einem Zimmer mit achtzig Leuten ... Wo hast du eigentlich deinen Kopf? Dein Glück, daß ich es genommen habe. Wer weiß, wer es sich sonst unter den Nagel gerissen hätte ... So hab ich es für dich in Sicherheit gebracht ... Wenn ich es verkaufe, machen wir halbe-halbe, zufrieden? Laß uns einen trinken, auf das Wiederfinden.«

Sie gießt mir wieder Wodka nach. Die Hand zittert mir, als ich das Glas hoch und an den Flaschenhals halte. Sie lacht. Aber auch ihre Hand ist nicht sehr ruhig. Sie merkt nicht, das das Glas schon voll ist: Die Flüssigkeit läuft über. Sie gießt weiter über die Schuhe, auf den Fußboden. Wir lachen beide. Sie mit der Flasche im Anschlag, ich mit dem erhobenen Glas.

»Siehst du, was du mit mir machst? Du paßt gar nicht auf. Trink, trink, bevor alles rausläuft ... Ich nehme gleich die Flasche. Scheiße ... Da ist ja gar nichts mehr drin ...«

»Du hast alles auf den Boden geschüttet.«

»Ich? Auf den Boden? Bist du verrückt! Das warst du doch ... Warum hast du nicht halt gesagt, als das Glas am Überlaufen war?«

»Ich stehe mit den Füßen im Wodka ...«

»Laß mal sehen?«

Sie zerrt einen Fuß hoch. Riecht daran. Zieht mir den Schuh aus. Schüttet ihn sich auf die Zunge. Es kommen ein paar Tropfen raus. Sie hustet vor lauter Lachen. Ich lache mit ihr mit. Stelle die Füße wieder auf den nassen, glitschigen Fußboden. Plötzlich fällt mir wieder ein, daß ich um sieben meinen Vortrag im Palladium halten soll. Ich sage es ihr. Sie klatscht begeistert in die Hände.

»Ich komme mit, mach dir keine Sorgen. Beschwipst kann man sehr gut reden.«

Ich will das Armband vom Nagel nehmen. Sie hält meine Hand fest.

»Las es uns aufheben, für die schlechten Zeiten. Ich schwöre dir, ich werde nicht alles für mich kassieren.«

Ich ziehe die Hand herunter. Scheiß auf das Armband! Ich habe Durst. Für nichts auf der Welt würde ich jetzt eine Rede halten. Aber sie schiebt mich aus dem Zimmer. Nimmt mich am Arm. Zieht mich zum Ausgang. Wir gehen zusammen aus der Schule, torkelnd.

❖

Ich sitze in einem Samtsesselchen. Im Palladium. Frage mich, wie ich hierhergekommen bin. Die Erinnerung an Asia bringt mich durcheinander. Ich suche sie neben mir. Aber sie ist verschwunden.

Miele kommt mit einer Tasse Kaffee. Zwingt mich, ihn zu trinken. Seine Gesten sind überzeugend und autoritär. Ich gucke ihn an, von unten nach oben, die Nasenlöcher gehen unendlich weit auf, und aus den Augen tropft ein ganz süßes Sepiaschwarz.

»Du bist betrunken, du bist total betrunken, Armida ... Gleich rufen sie dich auf, und was willst ihnen erzählen?«

»Miele, ich liebe dich.«

»Geh zu den Veranstaltern ... Sag ihnen, es geht dir schlecht ... Du kannst doch nicht auftreten in diesem Zustand.«

Aber ich höre ihm nicht zu. Ich brauche einen Kuß von ihm, sofort. Sage es ihm. Und er beugt sich über mich mit einer mütterlichen Geste aus sehnsüchtiger und wehmütiger Geduld.

In diesem Augenblick höre ich, wie mein Name ins Mikrofon gebrüllt wird: »Armida Bianchi bitte ans Rednerpult ... Die italienische Theaterschriftstellerin Armida Bianchi wird über die Klassenprobleme im Bereich der Theaterwelt reden.«

Miele sieht mich schief an. Gibt mir nicht die Hand, als ich mich mühsam hochziehe. Ich gehe los, stocksteif, um nicht zu schwanken. Hunderte von Augen richten sich auf mich. Es ist so anstrengend, aufrecht zu gehen, daß ich an die Angst vor dem Mikrofon und an den ideenleeren Kopf gar nicht denke.

Ich erreiche das Podium. Stütze mich mit beiden Händen auf das Rednerpult. Finde Halt. Kann durchatmen.

Jemand knallt mir einen Scheinwerfer ins Gesicht. Ich sehe nichts und niemanden mehr, nur noch dieses Metallobjekt aufgerichtet vor mir: den Kopf einer geschwätzigen Schlange, ich muß ihr beweisen, daß ich sie nicht fürchte, sonst wird sie die Zunge rausstrecken und mich umbringen, ich muß sie verzaubern mit der Stimme, betäuben mit den Worten.

Ich fange einfach an, ohne nachzudenken. Und dann macht die Zunge allein weiter. Ich weiß absolut nicht, was ich da erzähle. Ab und zu merke ich, daß ich gerade über die Reise berichte und von all dem, was da passiert ist, während der zehn Tage Fahrt quer durch Europa.

Das Schweigen wird greifbar. Gespannt. Ich sehe nichts. Aber ich spüre, daß sie zuhören. Weiß nicht, ob begeistert oder wütend oder empört oder amüsiert. Ich behalte den Kopf der Schlange im Auge, die sich manchmal bedrohlich aufrichtet, dann wieder still vor sich hindöst, die Silberaugen mit den enormen karierten Pupillen geschlossen.

Ab und zu bricht ein Gelächter aus. Ich weiß nicht, ob sie über mich lachen oder über das, was ich sage. Rede unbeirrt weiter, achte nur auf die Schlange. In Wirklichkeit rede ich mit Filippo und erzähle ihm von unserer verheerenden Reise und von den Tauschgeschäften und den Warteschlangen und ... Mir kommt das alles äußerst komisch vor, aber ich bewahre Ernst, wegen der Schlange, und ich höre, wie Filippo sich totlacht, und neben ihm lacht ein Haufen Leute nach Herzenslust, sie biegen sich vor Gelächter über das, was ich erzähle.

Plötzlich merke ich, daß die Schlange anfängt zu toben, sie öffnet ihr ledriges Maul aus glitzernden Schuppen zu einem winzigen Spalt, und heraus kommt eine glitzernde, messerscharfe Zungenspitze.

Ich trete zurück. Verstumme. Und werde eingeholt von tosendem Beifall. Ich kann gerade noch zur Seite treten, da schießt das Reptil die ganze überdimensional lange Zunge heraus. Ich springe die vier Stufen der Bühne in einem Satz hinunter. Lande auf allen vieren. Höre Gelächter. Stehe würdevoll auf. Wische mir die Ärmel ab. Gehe kerzengerade zum Ausgang.

Miele holt mich ein. Drückt mich gegen die Mauer. Schüttelt mir die Schultern.

»Bist du komplett verrückt?«

»Aber wieso denn?«

»Du hast eine ganz miese Schmierenkomödie abgezogen. Hast erzählt, was du nie hättest erzählen dürfen ... Von den Schiebereien, den Tauschgeschäften ... du bist verrückt!«

»Aber warum denn nicht?«

»Du bist hier Gast. Stell dir mal die rechten Journalisten vor, wie die das ausschlachten werden. Du hast die Festspiele verarscht. Du hast die alle in den Arsch getreten. Du hast sie dem Gespött der Leute ausgesetzt. Die werden dich jetzt mindestens rausschmeißen.«

»Ich habe nur wahre Sachen erzählt.«

»Die werden dich nach Italien zurückschicken, mit einem Ausweisungsbescheid wie die Prostituierten.«

»Und du, kommst du mit?«

»Du bist ja wahnsinnig! Besoffen und wahnsinnig. Darf man erfahren, wieso du dermaßen getrunken hast?«

Ich will gerade sagen: Du warst der Grund, weshalb es mir schlechtging. Aber ich beiße mir auf die Zunge. Sage, daß ich nicht weiß, warum ich getrunken habe. Keine Ahnung.

Wir gehen zusammen hinaus. Ich hänge mich an seinen Arm, mit seinem Geruch in der Nase vergesse ich die Schlange, den drohenden Rausschmiß, lasse mich fortziehen von diesem liebevollen Arm.

Der Alkohol gibt mir eine Kühnheit, die ich nicht gewohnt bin. Ich sehe ein angelehntes Tor, und plötzlich schubse ich Miele in diese Richtung. Er begreift nicht, leistet aber auch keinen Widerstand. Er ist in schwarze Gedanken versunken.

In der kühlen Dunkelheit des Toreingangs umarme ich ihn, schnuppere den Duft seiner Wange, halte ihn in der Taille fest, nehme seinen Kopf zwischen die Hände, küsse ihn.

Er läßt alles mit sich machen. Ich weiß nicht, ob er mich will oder nicht. Es ist mir egal in diesem Augenblick. Der Stolz ist irgendwo begraben, ersoffen im Wodka. Ich schalte ihn ab, in einer wütenden Umklammerung.

Ein kleiner Junge, der Hals über Kopf mit einem Hund an der Leine die Treppe herunterstürzt, trennt uns. Der Hund bellt laut. Der kleine Junge bleibt stehen und guckt uns verblüfft an. Dann ruft er laut: »Maaaa!«

Wir laufen Hand in Hand nach draußen. Gehen schweigend in Richtung Schule. Ich trete auf Pappkugeln und bin ständig in Gefahr hinzufallen. Aber es ist mir völlig egal. Ich klammere mich an Mieles Hand und gehe blind und jauchzend weiter.

»Du hast dich eigenhändig ruiniert ... du bist ein Schwachkopf.«

»Aber die Leute haben Beifall geklatscht.«

»Ja, sicher, was glaubst du, wie vielen es Spaß gemacht hat, daß so ein wahnsinniger Einfalltspinsel daherkommt und erzählt, was niemand sonst zu erzählen wagt ...«

»Also habe ich es richtig gemacht?«

»Nein, gar nichts hast du richtig gemacht. Du hast alles falsch gemacht. Politik macht man nicht, wie es der Stumpfsinn gerade will. Politik ist Strategie und Intelligenz. Du handelst aufgrund von irrationalen Impulsen aus deinem beschissenen Arsch ...«

»Du meinst Herz?«

»Nein, Arsch. An Stelle eines Herzens hast du einen Arsch, den hast du da nämlich.«

Ich lache über dieses komische Bild. Sehe sein Gesicht wenige Zentimeter vor meinem, zornbebend, die Augen schießen Flammen wie bei einem prähistorischen Drachen.

»Ich bin hier nicht zum Spielen, Armida. Wir gehören mit unserer Reise zu einem breitangelegten politischen Programm, das den Sozialismus bei der Jugend populär machen soll. Alle sozialistischen Länder haben mitgeholfen, diese kostspieligen Festspiele zu organisieren ... eingeschlossen diese finnischen Heiligen, die gar nicht zum sozialistischen Block gehören, aber ziemlich viel verstehen und die sich zur Verfügung gestellt haben. Zu diesem Programm von friedlicher Verständigung und intellektuellem Austausch paßt dein besoffenes Gequassel eben wie die Faust aufs Auge ... oder vielmehr wie ein Tritt in die Eier. Du kannst dafür nur bestraft werden. Mach dich gefaßt auf harte Bandagen. Und ich werde nicht auf deiner Seite sein, denn du hast total danebengehauen, total daneben ...«

»Werden sie mich foltern?«

»Du Schwachkopf ... das hättest du allerdings verdient.«

»Ich bin keine Politikerin, Miele. Ich habe nur gesagt, was passiert war, und aus.«

»Nein, du hast Politik gemacht, ohne es zu wissen oder zu wollen, und das ist das Widerlichste überhaupt. Du hast reaktionäre Politik gemacht.«

»Ich habe die Sachen so erzählt, wie sie waren ... sonst gar nichts ... Und sie haben sich auch noch amüsiert ... Es war die Wahrheit ...«

»Die Wahrheit kann gefährlich sein, wenn sie falsch gehandhabt wird. Die Wahrheit, die du erzählt hast, kann gegen uns gewendet werden.«

»Du redest wie Genosse Stalin mit seinem großen eindrucksvollen Schnauzbart, aber der ist inzwischen tot und begraben, den fressen die Würmer.«

»Die Wahrheit existiert nicht in der Politik, Armida. Es gibt nur die Strategien, die großen Pläne, das gemeinsame Interesse, die Disziplin und die Taktik.«

»Auch unser Ahnherr Machiavelli dachte so, aber der

hatte keinen Schnauzbart und wollte nicht die Welt verändern ...«

»Du brauchst gar nicht die Geistreiche zu spielen. Du bist zum Heulen.«

»Warum streiten wir uns, Miele? Ich will nicht mit dir streiten. Ich will Liebe machen.«

»Ich mag besoffene Frauen nicht. Wenn du wieder nüchtern bist, kannst du mich ja suchen. Ciao!«

»Wo gehst du hin?«

Er antwortet nicht. Kehrt mir den Rücken zu und geht. Weiß vor weiß. In das Nichts des sumpfigen Abends.

Ich setze mich auf die Erde, den Kopf zwischen den Händen. Schlafe ein. Träume, in der schlammigen Pfütze vor mir zu versinken. Bin ein Regenwurm und finde Gefallen daran, mich in das Schwarz dieser sumpfigen Gewässer zu stürzen, aber bin ich mir auch meiner abgrundtiefen Schwäche und meiner Zerbrechlichkeit bewußt. Stoße auf ein Hindernis, das mir unüberwindlich scheint. Sehe hoch. Es ist eine Schuhspitze, die mir entgegenragt. Ich betrachte meinen weichen, vergänglichen Körper mit einem Gefühl größter Freude und Angst. Möchte weiter herumtauchen in diesem breiigen Schlamm mit den exquisiten Gerüchen. Aber der Schuh wird mich gleich zertreten. Ich verstecke mich im morastigen Grund. Stelle mich tot. Erwarte den entscheidenden Tritt.

»Armida, ich bin's, wach auf! Was machst du denn hier auf der Erde? Du erkältest dich noch. Komm, wir gehen! Was hast du denn?«

Ich habe die Augen offen, aber ich sehe nichts. Etwas Hellblaues tänzelt vor meinen aufgerissenen Pupillen. Mit größter Anstrengung kann ich schließlich himmelblaue Schatten erkennen, die ganz allmählich Form und Konsistenz annehmen.

»Ada!«

»Die Zeit zum Abendessen ist vorbei. Hast du gegessen?«

Ich schüttele den Kopf. Bin geblendet von ihrem himmelblauen Kleid, es sieht aus, als wäre es aus lauter tanzenden Spiegelstückchen.

»Ich habe gehört, daß du viel Mut bewiesen hast im Palladium. Viele Leute waren begeistert. Sie sagen, du hast einen ungeheuer amüsanten Bericht von unserer Reise gegeben und alle haben gelacht.«

»Miele sagt, sie werden mich rausschmeißen.«

»Schade, daß ich nicht da war. Ich wußte überhaupt nicht, daß du redest. Warum hast du mir denn nichts gesagt?«

»Ich habe es ja selbst nicht gewußt ... Glaubst du, sie werden mich rausschmeißen?«

»Wenn sie dich rausschmeißen, gehe ich mit.«

Ich nehme Schwung. Stehe auf. Gebe ihr einen Schmatzer auf die Wange. Sie drückt meinen Arm. Zieht mich in Richtung Schule. Ich gehe hinter ihr her, ich muß mich fürchterlich anstrengen, um nicht an ihr einzuschlafen.

❖

»Armida Bianchi in die Direktion! Armida Bianchi in die Direktion!« Die Stimme des Hauslautsprechers ereilt mich auf dem Klo. Ich hatte mich gerade hingesetzt, nach einer halben Stunde Schlangestehen. Es verschließt mir den Anus, und die Exkremente gehen nicht mehr raus. Ich putze mich mit einem Stück Watte ab. Hier gibt es weder Bidets noch Bäder.

Ich stakse hinaus. Spüre, daß sie mich angucken. Gehe zu den Treppen. Auf halbem Weg kommt mir Asia entgegen, die Haare fest zu vielen Zöpfchen geflochten, die mit einem roten Gummiband gehalten werden, in einem weiten Eisenbahner-Overall, in den sie zehnmal hineinpaßt.

»Du bist ja grün ... Du hast Angst, was?«

»Sie werden mich rausschmeißen, glaube ich ...«

»Und du hebst gleich beim Reinkommen den Rock hoch und legst ihnen einen schönen Furz hin.«

»Alles deine Schuld, du hast mich betrunken gemacht, und ich habe einen Haufen Scheiße geredet im Palladium.«

»Du warst ausgezeichnet. Wer weiß, wie langweilig du ohne Wodka gewesen wärst. So hast du Funken gesprüht.«

»Hast du mich gehört?«

»Klar. Ich bin nur weggegangen, um einen Happen zu essen. Aber danach bin ich wiedergekommen und habe dich gesehen da oben auf der Bühne, ganz bierernst hast du

Sachen losgelassen, daß man sich vor Lachen vollgepinkelt hat.«

»Was habe ich denn losgelassen?«

»Ein kleines Stück komisches Theater. Eine Farce. Du warst eine Wonne, und die Leute waren verrückt nach dir. Ich schwör's dir. Die wollten dich alle vernaschen; wer ist denn diese Möse, der man die Wodkafahne meilenweit anriecht, haben sie gesagt, und ich habe mir auf die Lippen gebissen, damit ich ihnen nicht erzähle, daß ich dich so betrunken gemacht habe und daß wir uns gemeinsam einen Rausch angesoffen hatten, denen zum Trotz ...«

»Jetzt muß ich laufen, sonst komme ich zu spät.«

»Laß sie warten. Das ist immer besser. Mach dich ein bißchen wichtig. Du bist immer so beschissen demütig. Mit Demut kannst du dir den Arsch abwischen. Wir müssen im Leben Königinnen sein, nicht Sklavinnen. Königinnen und Räuberinnen. Sonst enden wir zermatscht und mißhandelt ...«

»Armida Bianchi wird in der Direktion verlangt, bitte ...«, die Stimme des Lautsprechers bleibt beharrlich. Ich will die Treppen hinunterstürzen. Asia hält mich am Arm fest.

»Ach, weißt du übrigens: Ich habe für dich die Karten gelegt. Karo-König: Dieser Mann wird dir weh tun. Pik-Drei: Eine Katastrophe. Es ist besser, du verläßt ihn sofort. Es gibt Schwierigkeiten mit der Gesundheit. Kreuz-Sieben: Der Tod kommt auf dich zu. Aber vielleicht kriegt er dich nicht. Jedenfalls, wenn du einen Rat willst: Verlaß ihn, und zwar sofort.«

»Danke, ich werd's mir überlegen.«

»Nein, ausgerechnet du, du wirst dir gar nichts überlegen. Du bist eine dumme Gans und stur wie ein Maulesel. Na, dann, ciao ... Ich habe dich gewarnt.«

Ich laufe nach unten und vergesse augenblicklich ihre schwarzen Prophezeiungen. Komme keuchend an die Tür der Festspielleitung. Klopfe. Eine Stimme ruft mir etwas zu, in einer Sprache, die ich nicht kenne. Ich nehme an, daß es eine Aufforderung zum Eintreten ist. Drehe langsam den Türgriff. Befinde mich in einem nackten Saal mit Neonlicht und zwei Tischen, die sich gegenüberstehen. An jedem der beiden Tische sitzt ein Mann. Ich weiß nicht, zu welchem ich gehen soll. Bleibe mitten im Raum stehen und warte.

»Bitte setzen Sie sich«, sagt mir der von rechts. Er deutet auf einen Stuhl, der genau in der Mitte zwischen den beiden Tischen steht.

Ich setze mich. Jedesmal wenn einer redet, muß ich den Kopf nach seiner Seite drehen. Ich komme mir vor wie eine Zuschauerin bei einem Tennismatch.

»Sie haben einen sehr geistreichen Vortrag über die Reise der jungen Italiener zu den Weltjugendfestspielen gehalten.«

»Danke.«

»Wir hatten Sie allerdings um etwas anderes gebeten.«

»Tut mir leid.«

»Wir hatten überdies den Eindruck, daß Sie unter Alkoholeinfluß standen.«

»Äh, ja.«

»Sie geben es zu?«

»Ich gebe es zu.«

»Sie wissen, daß dies die Vorschriften verbieten?«

»Ich weiß.«

»Und trotzdem haben Sie es getan?«

»Äh, ja. Es tut mir leid.«

»Sie geben also zu, getrunken zu haben?«

»Ja, das habe ich doch gesagt.«

»Woher hatten Sie den Alkohol?«

»Eine Freundin hat ihn mir gegeben.«

»Wer?«

»Ich weiß nicht mehr. Sie hat ihn mir für ein paar Lire verkauft, und danach habe ich sie nicht mehr gesehen.«

»Sie heißt nicht zufällig Asia Angeli?«

»Nein, ich glaube wirklich nicht.«

»Sie sollten im Palladium über Theater reden.«

»Ich weiß.«

»Sie sollten reden über die gesellschaftlichen Klassen in der Gesellschaft des Theaters.«

»Ich weiß. Aber ich bin keine Theaterkritikerin. Ich schreibe Stücke.«

»Warum haben Sie keinen schriftlichen Text vorgelegt, wie alle anderen Redner?«

»Ich habe ihn nicht rechtzeitig fertiggekriegt.«

Mein Kopf dreht sich rasch hin und her. Das Tennismatch wird hart.

»Wir bitten Sie, so wie die Dinge liegen, auf die Schlußdiskussion am runden Tisch zu verzichten, für die wir Sie angemeldet hatten.«

»Was für ein runder Tisch denn?«

»Über den Weltfrieden ... Signorina Bianchi, Sie sind wirklich zu zerstreut.«

»Ach so, gut, ich verzichte.«

»Sie verzichten spontan?«

»Ja, spontan ... Wenn Sie mich schon darum bitten ... Ja.«

»Wissen Sie auch, daß Sie damit gleichzeitig auf die Rückerstattung der Reisekosten verzichten? Sie müssen die Rückfahrkarte selbst bezahlen.«

»Ach so!«

»Fallen Sie nicht immer aus allen Wolken.«

»Haben Sie wieder getrunken?« drängt der andere.

»Nein, ich trinke nicht.«

»Werden Sie nicht wieder geistreich.«

»Nein, entschuldigen Sie.«

»Also gut, Sie verzichten spontan auf die Teilnahme an der internationalen Podiumsdiskussion über den Frieden und erklären, daß Sie die Rückfahrkarte vollständig selbst bezahlen werden ...«

»Was kostet sie denn?«

»Ich rechne es gleich aus und sage es Ihnen.«

»Fest steht, daß ich hier kein Geld dabeihabe.«

»Das macht nichts. Sie können zahlen, wenn Sie wieder in Rom sind.«

»Ahja, gut ... Kann ich gehen?«

»Einen Augenblick, Signorina Armida. Zuerst unterschreiben Sie hier.«

»Ja.«

»Und hier auch.«

»Und was ist das jetzt?«

»Eine Erklärung, in der Sie versichern, daß Sie keine weiteren Alkoholika trinken werden, solange Sie an den Festspielen teilnehmen.«

Ich unterschreibe. Mit schweißfeuchter Hand. Der Stift rutscht mir aus den Fingern.

»Schon wieder betrunken, was?« Der Mann grinst verächtlich. »Ihr Italiener habt die meisten Probleme während der

Festspiele gemacht. Ihr seid undiszipliniert, habsüchtig, gerissen und sucht immer Streit.«

»Diebe und Prostituierte ...«

»Das habe ich nicht gesagt.«

»Ist die Predigt zu Ende? Kann ich gehen?«

»Noch nicht. Bevor Sie gehen, bitte ich Sie, uns zu sagen, wer Ihnen den Alkohol besorgt hat.«

»Das hab ich doch gesagt. Ich weiß es nicht.«

»Bestimmt nicht?«

»Ganz bestimmt nicht.«

»Dann können Sie gehen. Und lassen Sie sich nicht wieder erwischen.«

Ich rase hinaus. Nehme beim Treppensteigen immer vier Stufen auf einmal. Gehe in den Schlafsaal. Direkt zu meinem Bett. Zuerst erkenne ich es nicht wieder, weil da oben jemand ist. Ich überlege, daß ich mich im Saal geirrt habe. Will gerade umkehren.

»Heh, Armida, wo gehst du hin?«

Es ist Asia. In einem silbernen Kostümchen. Sie sitzt auf meinem Bett. Kaut Kekse.

»Wie war's?«

»Sie wollten unbedingt wissen, wer mir zu trinken gegeben hat.«

»Und hast du's gesagt?«

»Nein.«

»Du hast mich nicht verraten?«

»Nein.«

»Dann bist du eine wahre Freundin ... Scheiße, darauf müssen wir anstoßen, komm!«

Sie zieht mich am Arm zur Treppe. Aber ich sträube mich.

»Warte doch mal. Die behalten mich im Auge. Die kriegen sofort raus, daß du es warst, wenn sie uns zusammen sehen.«

»Pah, um so besser. Sollen sie mich doch rausschmeißen, dann bin ich raus aus diesem Sumpf, und wir stürzen uns ins Vergnügen.«

»Nein, laß sein. Überhaupt, ich trinke nicht. Ich hatte die ganze Nacht Bauchschmerzen.«

»Ich habe auch was Leichteres, wenn du willst?«

»Nein, nein ... Außerdem muß ich aufs Klo, und um diese Zeit steht da gewöhnlich eine Schlange.«

»Ich komme mit.«

Ich gehe zu den Toiletten. Gefolgt von Asia, die Kekse knabbert und barfuß herumhüpft. Überraschenderweise ist die Schlange nur kurz. Ich gehe ins Klo. Setze mich drauf. Aber alles ist blockiert. Ich kriege den Darm nicht in Bewegung.

»Ich sehe deine Füße. Du bist komisch ... Wie heißt denn dein Liebster?«

»Miele.«

»Scheiße, was für ein Name! Ist er schön?«

»Ja.«

»Und du liebst ihn sehr?«

»Ja.«

»Du bist wirklich eine dumme Gans.«

Ich stehe auf. Ziehe die Spülung. Für heute gebe ich es auf. Gehe zum Wasserhahn und wasche mir die Arme. Asia schwirrt um mich herum wie eine unruhige Fliege.

»Die Karten sagen auch, daß das böse enden wird. Die ist unter keinem guten Stern geboren, diese Liebe.«

»Asia, hör auf, den Unglücksraben zu spielen!«

»Soll ich ihn verführen und dir wegschnappen?«

»Nein, um Himmels willen ... Ich würde dich hassen.«

»Also dann steck ihn dir an den Hut. Pech gehabt.«

Beleidigt geht sie weg, ohne Gruß. Die Zöpfchen hüpfen auf den mageren Schultern.

❖

Miele ist immer im Palladium. Wenn ich ihn sehen will, muß ich da hin. Ada und Dida haben sich mit einer Gruppe Holländerinnen angefreundet und sind immer unterwegs in der Stadt. Manchmal kommen sie mit uns essen, manchmal auch nicht.

Ich finde Nico, er sitzt zusammengekrümmt in einem der roten Samtsessel des Palladiums und reibt sich die Augen. Die Brille hängt über der Rückenlehne des Vordersitzes. Cesare steht an die Mauer gelehnt und wartet, bis er dran ist mit seinem Vortrag über die Probleme der Jugend in der Landwirtschaft.

»Wie geht's dir?«
»Schlecht.«
»Was ist los?«
»Dida. Ich sehe sie fast überhaupt nicht mehr.«
»Und deine Frau?«
»Auch verschwunden.«

Wir werden von tosendem Beifall unterbrochen. Jetzt ist Cesare dran. Nico setzt die Brille wieder auf und verlängert den Blick bis zur Bühne.

Die herbe, eigensinnige Stimme kommt durch das Mikrofon und verbreitet sich in aggressiven Wellen über den Saal. Die Leute hören kurz zu und nehmen dann das übliche Getuschel wieder auf. Viele stehen auf, gehen in die Bar. Kommen wieder rein. Setzen sich hin. Schreiben mit. Unterhalten sich leise. Setzen sich den Kopfhörer mit der Simultanübersetzung auf.

Cesare spricht präzis, reiht Zahlen aneinander. Er hat keine pelzige Zunge. Seine schneidende Stimme fürchtet keine Unbeliebtheit. Was er sagt, ist eine Katastrophenvision. Aber er sucht weder Komplizenschaft aus Sentimentalität, noch will er Aufsehen erregen. Er beschränkt sich darauf, die Schäden eines Landes aufzuzählen, das massenhaft dem Mythos der Technik und der Industrie hinterhergelaufen ist und die Ländereien, die Bäume, die Landwirtschaft dabei vergessen hat.

Am Schluß bekommt er viel Beifall. Und er kehrt zufrieden an seinen Platz zurück und trocknet sich den Speichel in den Mundwinkeln. Seine Augen wandern ständig zu dem gefütterten Ledervorhang, der sich jedesmal bläht und raschelt, wenn jemand durchgeht, und danach mit einem weichen Schlag wieder in sich zusammenfällt. Er wartet auf Ada. Wie Nico auf Dida wartet.

Jetzt steht ein Franzose mit vorstehenden Zähnen auf der Bühne, der über das Verhältnis zwischen Jugendlichen und Bauern in der Normandie spricht. Er liest von Zetteln ab, die er mit zitternden Händen umklammert.

Dann ist ein Deutscher mit einem schlaffen Körper und einer schrillen Stimme dran. Dunkelblauer Anzug mit Krawatte und Weste. Er steigert sich zu einer Rede voller emphatischer, vorgefertigter Phrasen. Nur wenige hören ihm zu.

Nico gibt mir ein Zeichen. Steht auf. Ich folge ihm. Wir gehen in die Bar. Trinken einen Kaffee. Kurz danach ist auch Cesare da. Und bestellt ein riesiges Eis mit Sahne. Aus dem Saal höre ich eine Frauenstimme.

Ich stecke den Kopf durch den schweren Ledervorhang. Sehe ein kleines Mädchen mit langen blonden Haaren, das den Hals zum Mikrofon reckt. Wo habe ich sie gesehen? Ach ja, bei den Schreibmaschinen.

Sie ist Griechin. Ich verstehe nicht, was sie sagt. Sie hat eine eindringliche und nachdenkliche Stimme. Eine volle, laute Stimme, absolut unpassend zu diesem Körperchen eines uralten kleinen Mädchens.

Ich sehe, daß viele die Kopfhörer aufsetzen. Greife mir auch einen, der zufällig über einer Armlehne hängt. Setze ihn über die Ohren.

Ich höre fasziniert zu. Sie redet über Sappho. Und darüber, wie politisch ihre Poesie ist. Im Saal ist es still geworden. Jemand will wissen, wer diese griechische Ziege ist, die ankommt und uns von einer seit zweitausend Jahren toten Frau erzählt, als wäre die eine große Sozialistin.

Als sie aufhört, gibt es zaghaften, betroffenen Beifall. Jemand pfeift. Aber es gibt auch Leute, die begeistert sind und gar nicht aufhören zu klatschen.

Ich warte, bis sie durch den Korridor kommt, und halte sie an. Ich sage »toll« zu ihr. Sie lächelt. Schüttelt den Kopf. Ich klatsche lautlos in die Hände, als Zeichen. Sie wird rot. Dann geht sie davon, winzig klein und auf den hohen Absätzen schwankend.

Wieder lebhafter Beifall. Ich hebe den Kopf: Diesmal ist es Miele. Er steigt auf die Bühne, sicheren Schritts, blond und schön wie ein Apoll. Ich höre seine Worte nicht, ich weiß, daß er über die großen Probleme des Friedens in der Welt redet, man hört, daß er Routine hat und im Reden geübt ist, er liest nicht ab, verhaspelt sich nicht, die Rede fließt glatt und glücklich und überzeugend dahin.

Ich lausche seiner Stimme. Die dahinplätschert wie ein leicht bewegtes, facettenreiches Meer aus lauter Farben, ein Blau, das sich in Grün verwandelt, das sich in Violett verwandelt und sich bricht und ausfranst und weiterrollt und sich dabei in tausend funkelnde Wellen weiterbricht.

Ich lasse mich überrollen von diesen Wellen, die mich fortreißen, mich verzaubern. Jetzt haben seine Erörterungen den Rhythmus eines Marschs bergauf angenommen, beschwerlich, aber ruhig, er kommt nicht aus dem Tritt, stolpert nicht, wird nicht langsamer.

Auf einmal scheint er sich in einer Schlucht voller Felsbrocken verheddert zu haben, aber er überspringt die Steine, tritt auf sie drauf, läßt sie wegkullern, ohne das Gleichgewicht zu verlieren, schreitet weiter bei seinem unaufhaltsamen Aufstieg, zum Gipfel, wo er atemlos, aber elegant ankommt, und dort verbeugt er sich, entschlossen, den Preis des besten Läufers entgegenzunehmen.

Sehr langer Beifall begleitet sein Finale im Crescendo eines großen Tribuns. Der Scheinwerfer folgt ihm die Bühne hinunter und den Gang entlang wie einem Star, der vom wohlwollenden Blick des Publikums liebkost wird.

Er geht dicht an mir vorbei, ohne mich zu sehen. Ich wage nicht, ihn aufzuhalten. Ein paar Mädchen sind ihm auf den Fersen. Wollen mit ihm reden, ihn aufhalten, lächeln ihn feierlich an, sagen ihm, daß er toll ist, und er bedankt sich, zufrieden, aber nicht hochmütig, in einer Mischung aus Reinheit und Eitelkeit.

Ich treffe ihn in der Bar, wo er ein Glas Milch trinkt, umringt von Frauen, die ihn anhimmeln.

»Du warst sehr gut«, sage ich.

Er starrt mich einen Moment lang unentschlossen an. Ich habe den Eindruck, aus einer verlassenen Ferne auf ihn zu treffen.

»Hat's dir gefallen?«

»Du bist toll. Du hast alle verzaubert.«

Er ist zufrieden. Drückt mir den Arm. Küßt mich auf den Mund. Vor den Mädchen. Und dafür bin ich ihm dankbar. Wem verdanke ich all diese Großzügigkeit?

»Gehen wir essen?«

»Ja. Laß uns auf Cesare und Nico warten, und dann gehen wir ...«

»Nein, ich meinte, du und ich allein«, sagt er, während er mich aufs Ohr küßt.

Aber wir müssen drauf verzichten, denn genau in diesem Augenblick kommen Cesare und Nico, um Miele zu seiner

Rede zu gratulieren. Und gemeinsam machen wir uns auf den Weg zum Restaurant.

Während des Essens hält Miele unter dem Tisch meine Hand. Ich verschlinge eine Fischsuppe mit lauter Gräten und Schwarzbrot mit Butter, ohne etwas zu schmecken. Cesare bestellt einen Kartoffelsalat.

»Das muß extra bezahlt werden«, verkündet die Kellnerin hart.

»Ja, ja, wir zahlen.«

»Habt ihr denn auch Geld?«

»Wir haben ja wirklich einen ganz schlechten Ruf«, sagt Miele, während er Markka aus der Tasche holt und sie mit der flachen Hand glattstreicht.

»Ist es recht so?«

Die Kellnerin nickt und geht mit den Bestellungen davon. Ich suche Dida und Ada an anderen Tischen. Aber ich sehe sie nicht. Nico sucht sie auch. Er nimmt die Brille ab, die ihm auf die Nase drückt. Haucht sie an. Putzt sie mit der sauberen Serviette. Dann setzt er sie wieder auf und starrt weiter suchend auf die Eingangstür. Schließlich nimmt er sie ab, um zu essen. Setzt sie aber sofort wieder auf, sobald er die Eingangstür quietschen hört.

Sie laden mich zu einem Bier ein. Aber ich lehne ab. Mir wird schlecht, wenn ich es nur rieche.

»Willst du Apfeltorte?«

»Nein.«

Miele ißt gierig. Trinkt viel Bier. Stopft sich mit gesalzenen Butterbroten und Bücklingen voll. Dann guckt er ganz plötzlich auf die Uhr.

»Es ist fast zwei. Ich habe eine Verabredung mit ein paar Persern, wegen eines internationalen Treffens in Teheran ... streng verboten vom Schah natürlich. Aber sie wollen es trotzdem machen. Bezahlt für mich mit, hier ist das Geld. Ich gehe schon. Wir sehen uns nachher im Palladium. Ciao, Liebling, ciao ...«

Er steht auf. Gibt mir einen Kuß auf den Mund und geht. Nico sieht ihm nach, mit melancholischem Gesicht. Cesare stochert in einem Zahn. Flucht in sich hinein. Eifersüchtig auf Mieles viele Bekanntschaften und auf sein Geschick, sich zum Mittelpunkt jeder Unternehmung zu machen.

❖

Cesare, Nico und ich die Unioninka hoch, Kieselsteine kikkend, nach den beiden verschwundenen Freundinnen Ausschau haltend.

»Und wenn wir in die Sauna gehen?«

»Wir haben doch gerade gegessen.«

»Na und, was soll's? Ist doch kein kühles Bad.«

»Ihr zwei könnt ja gehen, ich habe keine Lust.« Cesare seilt sich ab, sehr schlecht gelaunt. Nico ruft ihm nach.

»Bist du überhaupt schon mal drin gewesen, du Trottel?«

»Nein.«

»Ein Raum ganz aus Holz ... mit Birkengeruch und ganz viel Dampf, und du schwitzt und schwitzt, und mit dem Schweiß gehen die Gifte raus ...«

»Literatur!«

»Ich schwör's dir ...«, beharrt Nico.

»Also, ciao.«

Cesare geht davon, in den Zähnen stochernd. Nico und ich bleiben Arm in Arm mitten auf der sonnigen Straße allein.

»Gehen wir im Park spazieren? Ich hab eine vage Ahnung, daß Dida da ist.«

»Ja, los.«

Wir gehen langsam in Richtung Kaivopuisto. Durchqueren den Tahitorni-Park. Ab und zu entdeckt Nico einen weißen Rock, der um einen runden Körper flattert, und bleibt ruckartig stehen.

»Wer weiß, wo sie ist?«

»Vielleicht sucht sie dich gerade«, sage ich, um ihn zu trösten.

»Ich habe nicht einmal Ada, mit der ich reden könnte ...«

Wir bleiben vor einem Schaufenster stehen, in dem sexuelle Objekte ausgestellt sind. Kolossale Glieder aus rosa Gummi, Vibratoren, Kunstmünder, Plastikbrüste, ganze zerlegbare Becken aus Kunstleder.

»Bei dem Kram fällt mir ein, daß ich seit Monaten keine Liebe mehr gemacht habe«, sagt Nico und kratzt sich am Kopf. »Manchmal habe ich an Dida gedacht wie an einen künstlichen Körper ... Die fleischliche Fiktion, aus der ich lüstern schöpfe ... Ich könnte genausogut ein Gummiglied nehmen und in sie eindringen ...«

»Mit Ada machst du nie Liebe?«

»Nein, sie will nicht ... Ich übrigens auch nicht. Es ist so schön, nackt nebeneinander zu liegen und über Dida zu reden.«

Inzwischen sind wir an der Kaivopuisto angekommen. Wir setzen uns auf eine Bank. Unter eine riesige Tanne mit bläulichen Spitzen.

»Die Pornographie ist ein Riesentheater ... Nur daß man sehr raffiniert sein muß, um gutes Theater zu machen ... Normalerweise fällt man auf die schäbigste Schmiere rein ... auf die platteste Fiktion.«

»Aber was ist denn Fiktion?« provoziere ich ihn, während ich die Beine auf einer Wiese voller Kleeblätter langstrecke. Ich schließe die Augen, mit einem Gefühl des Friedens.

»Fiktion ist das, was zwischen dem Leben und dem Tod ist ... in einem gefährlichen, künstlichen und geheimnisvollen Nichts. Eine Kleinigkeit genügt, um sie in die Greuel der Verderbnis zu stoßen, und genauso wenig genügt, um sie zur prunkvollsten und erhabensten Schönheit zu erhöhen.«

»Es gefällt mir, Nico, wie dein Denken wandert, auf ganz leichten Nagelschuhen ...«

»Guck mal, der da«, sagt er, als er sich die Brille aufsetzt, »der da ... ist das nicht Miele?«

Ich mache die Augen auf. Sehe ein weißes Auto, das langsam am Park entlangfährt. Drinnen zwei Köpfe. Eine Frau am Steuer. Blond, mit einer Baskenmütze schräg über der Schläfe. Der andere sieht wirklich aus wie Miele.

Ich stehe auf. Will ihn rufen. Aber Nico zieht mich am Ärmel.

»Laß ihn. Du ersparst ihm, einen Haufen Märchen zu erzählen.«

»Was für ein schönes Argument!«

Jetzt ist das Auto schon die Straße hinuntergeglitten, mitsamt seiner geheimnisvollen Ladung.

»Vielleicht war er es gar nicht.«

»Für mich war er es. Aber es ist egal. Wenn du nicht leiden willst.«

»Wieso, hast du etwa Lust zu leiden, Nico?«

»Nein, aber wenn ich es mitkriege, stelle ich mich auch.«

»Ich auch ... aber Miele gibt mir keine Gelegenheit.«

»Vielleicht will er dich nur provozieren.«

»Vielleicht.«

Wir schauen uns trotzig an. Seine Augen sehen, wenn sie nicht von der Brille bedeckt sind, zerbrechlich, krank aus. Ich betrachte sie lange fasziniert. Auch er sieht mich an. Mit einer verzweifelten Sehnsucht.

»Komm, laß uns in diese Sauna gehen, Armida. Sie wird uns gut tun.«

Wir laufen wieder weiter. Richtung Zentrum. Er behauptet, er erinnert sich an das Schild einer Sauna in einer Straße beim Palladium. Und tatsächlich, da ist es. Ein weißbemaltes Schild, das an einem blaulackierten Eisenmast hängt. Wir gehen hinein. Eine Frau mit einer weißen Haube auf dem Kopf begrüßt uns barsch und fröhlich. Nimmt das Geld. Wirft uns saubere Handtücher über den Arm und öffnet uns die Tür zu einem kleinen Raum mit Neonlicht. Schubst mit den großen muskulösen Armen mich hinter einen Vorhang und Nico hinter einen anderen und gibt uns zu verstehen, daß wir uns ausziehen sollen.

Als ich nackt dahinter hervorkomme, hinter einem kleinen Handtuch versteckt, sehe ich Nico vor mir, auch nackt, ohne Brille, von einem geradezu peinlichen Weiß. Ich breche in Gelächter aus. Auch die Frau lacht. Dann schubst sie uns rüde beide in eine Kammer mit übereinanderliegenden Holzstufen. In einer Ecke ein Ofen mit einer gußeisernen Platte, aus der heißer Dampf steigt.

Die Hitze brennt in den Nasenlöchern. Man kann nicht stehen. Ich setze mich auf die oberste Stufe und sehe Nico zu, der schüchtern tastend nach einem Platz auf der untersten Stufe sucht. Dann dreht er den blinden Kopf in meine Richtung.

»Was siehst du von mir?« frage ich ihn.

»Etwas Weißes mit zwei Beinen.«

»Ich dagegen sehe dich gut. Du hast einen schönen Körper, auch wenn er so weiß ist, daß es einem leidtun kann.«

Er lacht verlegen. Breitet das kleine Handtuch auf der Stufe aus. Legt sich drauf. Kommt aber sofort wieder hoch. Setzt sich hin, die Arme um die Knie.

»Hat sie uns hier eingeschlossen?« Die besorgte Stimme verhallt in den duftenden Dämpfen.

»Vielleicht.«

»Und wenn wir ersticken?«

»Aber nein, ich habe einen Witz gemacht ... Sie hat uns nicht eingeschlossen, sie hat die Tür nur angelehnt.«

»Ich glaube, ich werde ohnmächtig, Armida.«

»Soll ich die Tür aufmachen?«

»Nein, nein, vielleicht schaffe ich es ... Ich kriege nur keine Luft ... Aber es geht schon besser.«

»Leg dich flach, Nico.«

»Ich habe Angst.«

»Wovor denn?«

»Vor dem Sterben.«

Ich steige die Stufen hinunter, die uns trennen. Lege ihm die Hand aufs Herz. Die Schläge sind langsam, aber kräftig.

»Du stirbst nicht. Es ist die Hitze. Willst du kaltes Wasser?«

Er schüttelt den Kopf, hält meine Hand auf der Brust fest, der Schweiß läßt die Finger abrutschen, ich sehe ihn schwellen zwischen den Beinen, lege mich auf ihn, nehme ihn ganz behutsam, mische seinen Schweiß mit meinem, denke an nichts, während ich ihn drücke, mit ausgedörrter Kehle, Feuer in den Lungen.

»Die Fiktion der Fiktionen«, sagt er bitter.

Wir drücken uns aneinander in einer langen todeskampfähnlichen Umarmung.

❖

Es ist Samstag morgen. Ich wache mit dem Gefühl auf, jemand kitzelt mich am Fuß. Nehme die Binde ab, die ich gegen das Licht aufsetze. Sehe Ada auf der Metalleiter stehen, sie lehnt sich über das Bett und berührt einen meiner Füße.

»Wach auf, Armida. Wir fahren nach Savonlinna.«

»Was ist denn das?«

»Ein Ort am Saimaa-See.«

»Ich komme nicht mit, habe keine Lust.«

»Komm schon, es ist ein wunderschöner Tag.«

»Ich mag nicht. Bin müde. Konnte gestern abend nicht einschlafen.«

»Wir fahren alle: Cesare, Nico, Dida, Miele und ich.

»Miele auch? Bist du sicher?«

»Ganz sicher. Wir haben uns um halb acht am Schultor verabredet.«

»Wie heißt dieser Ort?«

»Das ist doch egal. Es gibt einen See und viele, viele Inseln. Und wir sind da. Reicht dir das nicht?«

Plötzlich packt mich eine große Neugier auf diesen unbekannten See. Das Licht, das durchs Fenster flutet, kommt mir weniger feindselig und unfreundlich vor. Es macht mir Lust, sofort aufzustehen.

»Ich wußte, daß du es dir anders überlegst.«

Ada sieht mich vergnügt an. Sie reicht mir die Kleider, immer noch auf der Leiter balancierend.

»Ada, ich wollte dir sagen, daß ich gestern mit Nico geschlafen habe. Hat er es dir erzählt?«

»Nein.«

»Macht es dir etwas aus?«

»Nein. Du weißt doch, daß ich Dida liebe. Wir schlafen noch nicht einmal miteinander.«

»Ich weiß. Aber immerhin bist du seine Frau.«

»Ich habe keinen Besitzanspruch ...«

Jemand beschwert sich mit einem »schhh!« über unsere halblauten Stimmen. Der Saal ist in Licht getaucht, aber es ist noch immer fast Nacht. Ich steige geräuschlos hinunter und gehe zu den Toiletten, die ausnahmsweise völlig verlassen sind.

Wasche mich über dem Waschbecken. Trockne mich ab. Kämme mich. Atme in großen Zügen die reine frische Morgenluft. Habe die letzte Bluse an, die noch sauber ist.

Miele kommt als erster. Ich sehe ihn von weitem mit den üblichen weißen Hosen, die kastanienfarbene Strähne über den Augen, der Gang federnd, elastisch.

Er lächelt mich an. Umarmt mich. Verströmt leichten Lavendelduft. Setzt sich neben mich. Lehnt den Kopf an meine Schulter.

»Liebst du mich, Armida?«

»Und du?«

Im selben Augenblick kommen die anderen. Cesare in ein Paar viel zu weiten roten Hosen wie in einem Sack. Nico schlecht rasiert und mit Rasierschaum in den Ohren. Er küßt mich linkisch, guckt dabei woanders hin.

Ada ist fröhlich. Noch schwärzer und zarter als sonst. Dida läuft hinter ihr her, in ein dünnes weiß-lila Kleid gehüllt, das an einen großen tropischen Schmetterling erinnert. Die Brust guckt unter gerafften Spitzen hervor. Ein roter Schal über die Schultern geworfen.

»Jetzt sind wir mal wieder alle zusammen!« Cesare hüpft in den neuen Tennisschuhen herum. Er ist sichtbar zufrieden. Verliert Ada nicht aus den Augen.

»Ganz schön lange her, daß wir uns gesehen haben«, fährt er fort, »Ada und Dida versunken in großen Frauenfreundschaften, Nico und Armida versunken in den erotischen Dämpfen der Sauna, Miele versunken in seinen politischen Ambitionen ...«

Miele sieht ihn feindselig an. Lacht dann aber. Haut ihm auf die Schulter.

»Und du, Cesare, worin warst du versunken?«

»Ich? ... Im Verlangen.«

»Im Verlangen nach dieser Französin mit der Kartoffelnase?«

»Jeder weiß, daß ich in Ada verliebt bin. Und ich bin treu. Von einer Treue, die um so heroischer ist, als es keine Nachfrage gibt. Was die Angelegenheiten meines Schwanzes betrifft ... die haben nichts mit mir zu tun. Es sind jedenfalls köstliche kleine Vergeblichkeiten.«

Während er das sagt, schiebt er seinen Bauch vor und deutet betrübt auf sein undiszipliniertes Alter ego. Als wäre es ein entarteter Sohn, für dessen Launen er nicht verantwortlich ist.

»Ich kann mir seine Gelüste nicht aufhalsen ... Der macht seinen Kram allein ... Die einzige Möglichkeit, mich von ihm abzugrenzen, ist, ihn zu ignorieren ... Soll er doch sein Fähnchen nach dem Wind richten ... Ich richte mich jedenfalls nicht nach ihm!«

»Kurz, du bist komplett und total gespalten. Zerteilt, zerhauen wie eine faule Melone.« Ada sieht ihn sarkastisch an und pustet ihm den Rauch ins Gesicht.

»Soll ich mich vielleicht kastrieren? Soll ich mir die Eier abschneiden, um dir zu beweisen, daß ich dir gehöre ... dir bis zum Überdruß? Wenn du mit mir Liebe machen würdest, dann würde er nicht hinter anderen Weiberröcken herschnüffeln ... Er hat einfach weniger Geduld als ich, das ist alles. Er gibt sich mit Ersatz zufrieden, ich nicht ... Ich liebe dich, Ada, im Herzen bin ich dir treu wie ein Heiliger, den Schwanz, das habe ich dir gesagt, den habe ich nicht unter Kontrolle, aber was immer der auch tut, er kriegt mich nicht ... Er wird mich nie kriegen.«

Der rot-blaue Autobus kommt und hält genau vor uns an. Inzwischen sind noch gut zwanzig andere Leute da. Der Bus öffnet die Türen mit einem Schnaufer, wie ein untertauchender Wal. Wir steigen ein. Setzen uns nach hinten. Dank der hermetisch verschlossenen Rauchglasscheiben können wir tatsächlich sehen, ohne gesehen zu werden.

Der Fahrer verteilt die Fahrkarten. Läßt den Reiseleiter neben sich Platz nehmen. Drückt ihm ein Mikrofon in die Hand. Wir fahren los. Der Reiseleiter, ein Student, erzählt uns die Geschichte des Landes: »Die ugrisch-finnischen Stämme, die sehr wahrscheinlich aus dem Ural kamen ...«

Jemand läßt eine Thermosflasche mit heißer Schokolade herumgehen. Jemand anderes fängt an zu singen. Viele schlafen. Oder rauchen. Aber der Rauch wird schnell von den Öffnungen der Klimaanlage aufgesogen.

»Ich habe mit Nico Liebe gemacht.«

Miele guckt mich einen Augenblick böse an.

»Wann?«

»Gestern in der Sauna.«

»Und, freust du dich?«

»Ja und nein. In Wirklichkeit wollte ich dich.«

Die Stirn hellt sich wieder auf. Ich sehe ihn lächeln. Er nimmt meine Hand und quetscht sie zwischen den Beinen.

»Und willst du mich noch?«

»Sehr.«

»Ich glaube, heute abend können wir es wirklich mal machen.«

Er schnuppert ausgiebig an meinem Hals. Überhäuft mich mit kleinen feuchten Küssen. Ich schließe die Augen und wünsche mir, daß die Zeit so stehenbleibt, für immer.

Am späten Vormittag kommen wir in Savonlinna an. Durch dichte schwarze Wälder, zwischen hundert großen und kleinen Wasserspiegeln hindurch, über waghalsige, im Leeren schwebende Brücken hinweg.

Da die Zeit nicht stehengeblieben ist, hinterlasse ich wie Däumling kleine Zeichen ... Spuren, um den Weg in der Erinnerung wiederzufinden: Hier ein Sandweg, in dem die Schuhe mit einem feinen Knirschen versinken, da Blüten in Glockenform, die an einer merkwürdigen violetten Pflanze hängen, ein künstlicher See mit grün-golden gefiederten Enten, ein Café mit Korbstühlen.

Wir setzen uns, wollen einen Tee trinken. Der erst nach einer langen Wartezeit kommt und schwarz wie Kaffee ist und nach Zimt duftet. Dazu gibt es Kuchen hart wie Stein.

Später bringen sie uns zu einer Jugendherberge mit einem flachen roten Dach. Einem Gebäude aus Pinienholz mit großen Sälen voller Betten. Der Pinienduft vermischt sich mit dem süßlichen Geruch von Schweinefett. Davor: Sand und Wacholderbüsche. Dahinter: der Zwergpinienwald, aus dem ein Duft von Harz und Pilzen kommt.

Auch hier Zimmer mit dreißig Betten, Fenster ohne Läden, Klos mit halbhohen Türen, Kantinen, Säle, Spiele.

»Es geht nicht, hier Liebe zu machen.«

»Das kriegen wir schon hin. Notfalls gehen wir in den Wald«, flüstert Miele mir ins Ohr.

❖

Wir laufen durch die Straßen. Setzen uns in Cafés. Besichtigen die mittelalterliche Festung. Die unterirdischen Gefängnisse. Das historische Museum. Rauchen, singen. Streiten. Trinken. Immer zusammen. Nico von einer fieberhaften Euphorie gepackt. Die Hände in den Händen seiner Frau und seiner Geliebten. Cesare immer maulig, aber sichtlich erregt, versucht, die Blicke seiner Ada einzufangen. Miele und ich nahe, Komplizen. Ich warte lange auf die Nacht. Und wenn wir dann doch nicht schaffen, allein zu sein? Die Wälder sehen nicht sehr einladend aus, der Boden ist feucht, schlammig, voller Tannennadeln.

Das Abendessen zieht sich stundenlang hin. Ich kann nichts essen. Sehe Miele zu, der in aller Ruhe einen großen Teller Gerstensuppe ißt. Cesare schlägt sich mit einem grätigen Fisch aus dem See herum. Ada beobachtet verzückt, wie Dida den Löffel in eine luftige cremige Mousse au Chocolat senkt. Nico beobachtet Ada, und indem er sich an den Fäden ihres Blickes entlanghangelt, landet auch er bei Didas mopsigen Händen.

Danach bummeln wir durch die Grünanlage am Hafen, über Schotter, der im Licht der arktischen Nacht glitzert. Der Geruch von fauligem Fisch vermischt sich mit dem des Wacholders und der Tannen, die anfangen, sich mit der Nachtluft vollzusaugen.

Wir treffen eine Gruppe Finnen, die vor einem improvisierten Feuer tanzen. Wir fangen auch an zu tanzen. Klappern mit den Füßen auf dem Kies. Ab und zu reicht eine Hand eine Flasche herum. Jeder setzt sie an den Mund und gibt sie dem Nachbarn weiter.

Ich tanze mit Nico und mit Ada, während neben uns zwei halbnackte Finnen hüpfen. Die anderen sitzen im Kreis und klatschen in die Hände.

»Das ist die Mittsommernacht, Armida ... die Mittsommernacht.«

Ich trinke. Gebe die Flasche weiter. Auf der Zunge ein kräftiger Pflaumengeschmack. Jemand hat einen Joint angesteckt. Der Duft des Haschischs schmeichelt sich in die Nasenlöcher. Nico sucht Dida mit den Augen. Und findet sie mitten in einem anderen Kreis, sie tanzt allein, barfuß und mit nackten Brüsten. Alle Augen sind auf sie gerichtet.

Ich drehe mich um auf der Suche nach Miele. Ich sehe ihn nicht. Halte schlagartig inne, betäubt, die Flasche klopft beharrlich an meinem Arm. Ich bekomme die Hand nicht hoch, um sie zu nehmen. Bewegungsunfähig durch eine schmerzhafte Vorahnung.

Tatsächlich sehe ich ihn hinter einem Busch hervorkommen, neben einem Mädchen mit langen nackten Beinen. Sie bleiben am Feuer stehen. Verabschieden sich. Dann kommt er zu mir. Zieht mich am Handgelenk.

»Mach doch nicht so ein Gesicht, Armida!«

»Kannst du nicht mal fünf Minuten bei mir bleiben, ohne

irgendwo anders hinzurennen? Wenn dir das Mädchen da gefällt, warum gehst du nicht mit ihr?«

»Welches Mädchen denn, Armida? Ich bin hinter den Busch gegangen, um zu pinkeln. Ich weiß nicht, wer das Mädchen ist. Die kam da vorbei ...«

Ein Augenblick Unsicherheit. Von außen mein Delirium beobachtend. Ist es möglich, das Offensichtliche zu leugnen? Ich sehe ihn an, verblüfft und gleichzeitig längst ergeben, bereit, zu erblinden, um ihm zu glauben.

»Laß uns gehen ... ich habe Lust auf dich, Armida ... laß uns gehen!«

Aber in der Jugendherberge gibt es keine Einzelzimmer. Der große Saal ist voller Leute, die schon schlafen. Ich setze mich entmutigt aufs Bett. Aber er gibt nicht auf.

»Warte hier auf mich, ich gehe einen Platz suchen.«

Kommt kurz danach wieder, strahlend. »Hab' was gefunden«, sagt er. Schnappt Didas Schlafsack und geht zu den Treppen. Ich folge ihm. Wir klettern die Stufen im Dunkeln hinunter. Sind in einem Keller. Gehen durch. Kommen auf einen Hof. Hinten, endlich, eine Tür.

»Sei leise und paß auf die Äpfel auf. Geh rein!«

Ich öffne die Tür. Bekomme eine Wolke von gewalttätigem, stechendem Geruch von gärenden Äpfeln ab. Auf einer Seite Apfelweinfässer. Auf der anderen Kisten mit geräuchertem Fisch.

Miele breitet den Schlafsack zwischen zwei Fässern aus, das Fußteil an einer Räucherfischkiste. Der Fußboden ist aus Holz, wurmstichig und teerverschmiert. Der Schlafsack bewahrt den süßen Duft von Didas Hyazinthen.

Wir umarmen uns heftig. Mit den Kleidern am Leib. Ungestüm. Trennen uns wieder. Sehen uns an aus überdimensionalen Entfernungen. Dann, als hätte uns jemand von hinten geschubst, prallen wir zusammen, Bauch und Bauch, Brust und Brust, Mund und Mund vereinigend. Sofort danach entfernen wir uns wieder, sehen uns an und stürzen uns von neuem aufeinander. Eine Umarmung in Wiederholungen, obsessiv. Ich lege ihm eine Hand auf die schweißnasse Brust. Das Herz schlägt schnell. Ich nehme eine Brustwarze zwischen die Lippen. Spüre, wie er lächelt, in der Dunkelheit. Der Apfelgeruch wird aufdringlicher.

Jetzt sind wir ein einziger Körper mit zwei Köpfen und vier Armen und vier Beinen. Rollen über den Boden, gleichgültig gegenüber der Kälte und den Hindernissen, auf die wir stoßen. Tauchen ins Leere, fallen aus hunderten Metern Höhe, das köstliche Grauen des Falles genießend, aber ohne den Aufprall am Ende. Einfach fallend und fallend, lange Minuten lang, in einer Staubwolke aus Äpfeln, geräucherten Forellen, Milch und Teer.

Diesmal trennen wir uns. Um getrennt zu bleiben. Die Gerüche setzen sich wieder zusammen, verlieren dieses würzige Brennen, das betrunken macht. Wir schweben nicht mehr im Leeren, in einem geheimnisvollen Raum zwischen der Erde und dem Himmel, zwischen Äpfeln, die explodieren, und Fischen, die fliegen, wir sind eingesperrt in einer viel zu kleinen Rumpelkammer ohne Luft und Licht, mit dem klebrigen Samen, der auf dem nackten Bauch gerinnt, die Knochen taub, der Atem kurz.

Im Dunkeln sehe ich nur das rote Pünktchen von Mieles Zigarette.

»Ich habe dich gestern gesehen, mit einem Mädchen, in einem Auto.«

»Wo?«

»Beim Park.«

»Weißt du das bestimmt?«

Die Stimme wird unsicher. Das rote Pünktchen kreist um sich selbst. Etwas Bitterscharfes in der Kehle. Er nimmt sich Zeit.

»Ich habe dich auch im Zug gesehen, als du eine geküßt hast.«

»Aber wann denn?«

»Wenn du mir sagst, daß du, obwohl du mich liebst, Liebschaften mit anderen Frauen brauchst, dann kann ich das verstehen. Aber sage es mir. Dein Schweigen ist es, weshalb es mir schlechtgeht. Du leugnest auch noch das Offensichtliche.«

Schweigen. Sein Arm gegen meinen Bauch gedrückt, bekommt ein leichtes Zittern. Ich merke, er ist besorgt.

»Ich habe niemanden außer dir, Armida. Mich interessiert auch sonst niemand.« Er sagt es absolut ruhig. Die Herrschaft über die Stimme, die einer hat, der gewohnt ist, in feindseligen Versammlungen, vor improvisierten Tribunalen zu reden.

Ich habe eine jähe, blitzartige Gewißheit: Dieses Verleugnen hat er nötig. Es hilft ihm eher als mir. Es konstituiert seine Persönlickeit. Sein Geheimnis. Sowie ich ihn zwingen wollte, würde ich alles zerstören. Das ist eine absolute Gewißheit. Ich muß ihn lassen, wie er ist, eingeschlossen in sein Geheimnis wie in eine zweite Haut. Unverwundbar, weil einsam, verborgen, nie ganz enthüllt.

Ich darf die verzauberte Ferse nicht berühren. Wenn ich ihm das Geheimnis entrisse, das ihn unverwundbar macht, würde ich ihn elendiglich zurückweisen zu all den anderen Männern, er wäre gezwungen, sich zwischen Wahrheit und Lüge aufzuteilen. Er dagegen lebt in einer Welt aus Gewißheiten und Täuschungen, Faszinationen und Träumen. Zwischen plötzlichen Erscheinungen und plötzlichem Verschwinden, in der verführerischen Zeit der Ungewißheit und des Zweifels.

Ich sage nichts mehr. Beuge mich vor, um ihm den Nabel zu küssen. Spur einer uralten Wunde, Überrest einer fatalen und fernen Bindung. Zwischen diesen winzigen Blütenblättern aus Fleisch finde ich sie wieder, vage, vertraute Düfte, etwas Süßes und Verschlossenes, genau wie das leicht ekelige Innere von gewissen Blumen, ihr geheimes pflanzliches Geschlecht.

❖

Letzter Tag in Helsinki. Morgens. als ich von der langen Schlange auf dem Klo zurückkomme, finde ich auf dem Bett einen Umschlag. »Armida Bianchi«. Ich öffne ihn.

»Sehr verehrtes Fräulein, Sie sind als Teilnehmerin der großen Jugendfestspiele eingeladen zum Abschiedsfest, das heute abend um 19.30 Uhr im Garten der Villa Hummeri stattfindet. Der Bus fährt um 19 Uhr von der Schule ab.«

Ich gucke auf die anderen Betten. Ein weißer Umschlag liegt auf jeder Pritsche. Wir sind alle eingeladen. Das wird einen wahren Menschenstrom geben. Was soll ich denn anziehen? Meine Sachen sind schmutzig. Ich beschließe, mir eine saubere Bluse zu kaufen. Eventuell auch eine gebrauchte.

Auf dem Weg nach unten komme ich an Asias Tür vorbei. Ich klopfe, um ihr guten Tag zu sagen. Niemand antwortet. Ich will gerade gehen, da sehe ich ihr Gesicht in einem schwarzen Spalt auftauchen. Die Haare auf der Stirn verklebt, der Abdruck einer Falte des Bettlakens, der ihr die Wange zweiteilt, die Augen verschlafen und verschwollen.

»Ich lasse dich schlafen. Wollte dir nur guten Tag sagen.«

»Nein, komm rein.«

Sie zieht mich zu sich und schließt die Tür hinter sich. Die Luft drinnen ist erstickend. Gewalttätige Gerüche von schlechter Verdauung, Wodka und Seife.

»Geht's dir schlecht?«

»Mir geht's nie schlecht, ich kann zwar sterben, aber schlechtgehen kann's mir nicht, ich sterbe und stehe wieder auf wie Unkraut ... Wie findest du meine Brüste? Sie tun mir weh, gestern abend habe ich mit einem gefickt, der da drauf rumgebissen hat, als ob sie aus Marzipan wären.«

Sie knöpft sich die Schlafanzugjacke über der Brust auf. Zeigt mir zwei schwere Brüste, die nach unten gleiten, die rosa Spitzen frech nach oben gereckt. Zwei ringförmig blaue Flecken laufen um die Brustwarzen herum.

»Sie sind wunderschön ... Aber du bist verrückt, dich so behandeln zu lassen ... Guck mal, richtig blaue Flecken!«

»Er hat sich so gefreut ... sah aus wie ein Hundebaby, das Milch nuckelt. Nur daß er spitze Zähne hatte.« Sie lacht. Macht eine schmerzverzerrte Grimasse. Knöpft sich die Jacke über der Brust wieder zu.

»Du weißt, daß wir morgen abfahren. Die Festspiele sind zu Ende.«

»Ich weiß.«

»Und was machst du?«

»Ich bleibe noch. Habe hier Freunde. Bei denen kann ich wohnen.«

»Und was wollen sie dafür?«

»Nichts.«

»Kommst du auf das Fest in der Villa Hummeri heute abend?«

»Ich habe keine Einladung bekommen.«

»Ich gebe dir meine.«

»Ich brauche keine Einladungen ... Ich stecke mir eine Feder in den Arsch und gehe hin. Möchte mal sehen, wer mich da rauswirft.«

»Du schockierst sie immer ... Sie haben Angst vor dir.«

»Sie sind so langweilig.«

»Hast du viel getrunken?«

»So viel wie nötig, inzwischen weiß ich die Dosis, ich mag es, die Agonie im Mund zu schmecken, sie steigt mir in die Kehle, drückt mir auf das Zahnfleisch, ich könnte sie ausdehnen bis ins Unendliche, dann nehme ich das Boot da auf dem Fluß und weiß bis zum nächsten Tag nichts mehr von mir.«

»Kurz, du bist ein Zombie.«

»Nein, ein Zombie ist immer tot, ich dagegen wechsele von einem Zustand in den anderen wie ein Vampir, eher ... unter Mühen, aber systematisch, ich verändere mich gern. Wie war es übrigens mit deinem hübschen Hans Dampf in allen Gassen?«

»Gut.«

»Gefickt?«

»Ja.«

»Gut?«

»Ja.«

»Siehst du, das ist ein Geheimnis, das ich noch lüften muß: Als Tote mache ich Liebe sehr gut, wie eine Tote eben, vernünftig und bereitwillig, wie sich das gehört; als Lebende mache ich sie genauso gut, aber als unerschütterliche Zuschauerin mag ich mir gern beim Ficken zugucken, da bin ich derart brillant, daß es einen schaudert. Nur daß ich da nicht bin.«

»Welches Geheimnis denn?«

»Das Geheimnis der Lust.«

»Wenn du dich von weitem beobachtest, dann kannst du nicht dabei sein und es genießen.«

»Es muß daran liegen, daß der Genuß weder zum Leben noch zum Tod taugt, sondern zu etwas, das dazwischen liegt: Die Ekstase, ein banaler Zustand, der für jeden geilen Kerl greifbar ist, nein, das interessiert mich nicht.«

»Es ist Stolz, was dich reinlegt, Asia, ein schrecklicher Scheißstolz.«

»Verflucht, warum trinken wir nicht einfach einen Lakka zusammen? Weißt du, was das ist? Himbeergeist ... Gestern abend hab ich einen ganz sympathischen Typ kennengelernt ... einen Mann um die fünfzig, Vater von drei kleinen Kindern, verheiratet mit einer tollen Frau, die zwei Schritte daneben stand und einen anderen Mann küßte ... Er ist ein ziemlicher Säufer, kippt einen ganzen Liter Lakka weg, ohne mit der Wimper zu zucken. Wir hatten einen Heidenspaß ... Soll ich ihn dir vorstellen? Er ist zwar nicht so schön wie Miele, aber ... Hör mal, warum machen wir nicht einen Vertrag, wir beiden: Ich bringe dir bei, wie man trinkt, und du bringst mir bei, wie man genießt.«

»Schöner Tausch!«

»Ich bringe dir bei, wegzugehen und wiederzukommen, findest du das etwa wenig? Es ist das Geheimnis ganz vieler antiker Religionen: Hinabgleiten, auf beiden Füßen, ganz ruhig, in die Täler der Selbstvergessenheit und dann langsam wieder zurückkehren, mit einem Schaukeln wie auf einem Boot in deinem Bett, damit, daß das Leben dir ins Gesicht knallt, mit den Gerüchen, den Geschmäckern, den Leuten, die laufen, singen und lecker nach nassem Hund riechen ...«

»Ich würde sofort sterben ... Ich habe nicht deine Widerstandskraft.«

»Du könntest ganz erhabene Dinge über die Reise in die Welt der Toten schreiben, wenn du wieder aufwachst.«

»Vom Alkohol wird mir übel.«

»Die Übelkeit ist die passende Reisegefährtin.«

»Warum kommst du nicht mit uns nach Rom?«

»In Rom geht's einem gut, wenn man tot ist, es ist eine Geisterstadt, aber lebend gefällt sie mir nicht, sie schmeckt zu sehr nach Sambuca.«

»Trinkst du Sambuca?«

»Wenn ich kein Geld habe, kann ich ihre Süße nicht verdauen, und dann dieser durchsichtige Anis, der mir in die Venen geht ... erinnert mich an verlassene Fußballfelder, Stadtkloaken, Glatzen und näselnde Stimmen ...«

»Hast du denn genug Geld, um hierzubleiben? Soll ich dir was leihen?«

»Von dir will ich nur eins, Armida: die Möse.«

»Red nicht wie ein Dorfjüngling.«

»Ich rede, wie es mir paßt, ich will, daß du mir beibringst, wie man mit Wonne Liebe macht.«

»Die Frau für die Pflicht, die Kinder zur Freude, die Melone für die Wonne ... das ist ein arabisches Sprichwort.«

»Ich möchte dir Gewalt antun, Armida ... Ich möchte dir die Klitoris blutig beißen, ich möchte dich ficken, verdammt nochmal, zu Tode ficken.«

»Liebe habe ich gern zart und süß.«

»Du bist ein kleines sentimentales Miststück, und jetzt hau ab, ich habe die Schnauze voll von dir.«

Ich stehe auf. Gehe zur Tür. Ihre aggressive Stimme holt mich da ein:

»Dein Armband habe ich verkauft, aber das Geld behalte ich ganz für mich ... klar? Und scher dich zum Teufel!«

Ich gehe hinaus. Mache die Tür hinter mir zu. Höre sie im Dunkeln fluchen. Die frische Luft im Korridor macht mich schwindelig. Ich lehne mich einen Augenblick an die Wand, Schweiß auf der Stirn.

Ada kommt lächelnd auf mich zu. Eine neue Hose, eine schöne rosa Bluse. Der glänzende schwarze Flügel über der Stirn.

»Ada, du kommst immer und rettest mich.«

»Was ist los?«

»Ich hatte einen Alptraum.«

»Laß uns gehen. Du bist blaß. Willst du einen Cognac?«

»Um Himmelswillen!«

Ich stütze mich auf ihren Arm. Wir gehen langsam zum Ausgang. Setzen uns auf die halbmondförmigen Stufen. Das Morgenlicht saugt mich auf, ertränkt mich.

»Und Dida?«

»Sie bügelt gerade ihre beste bestickte Bluse. Kommst du mit auf das Fest heute abend?«

»Glaubst du, daß Miele kommt?«

»Ich glaube schon. Feste mag er doch gern.«

»Und Nico?«

»Schläft. Heute nacht sind wir wachgeblieben und haben über Dida geredet.«

»Habt ihr Liebe gemacht?«

»Nein.«

»Ihr seid verrückt.«

»Bald bist du's auch, Armida, ich sehe dich schon mit großen Schritten die Straße der einsamen Liebe langgehen, du bist fast soweit ... Du wirst sehen, wie qualvoll und glücklich die Liebe ist, wenn sie eine Einbahnstraße ist ...«

»Helena liebt Demetrius, der Hermia liebt, die Lysander liebt, der Helena ...«

»Nico liebt Dida, die Cesare liebt, der Ada liebt, die Dida ...«

»Und Titania ...«

»Liebt einen Eselskopf.«

❖

Villa Hummeri. Der Garten mit den runden Steinen. Halb acht. Das Licht überflutet den Garten wie ein Gewässer aus lauter winzigen funkelnden Körnchen, die sich über eine Wiese ausbreiten.

Die äußerst freundlichen Veranstalter begrüßen uns alle lächelnd am Eingang der Villa. Die beiden, die mich verhört haben, reichen mir jetzt höflich und liebenswürdig die Hand. Fragen mich, ob der Aufenthalt in Helsinki glücklich war. Erwarten aber keine Antwort. Wenden sich mit gleichermaßen formaler Höflichkeit den nächsten Ankommenden zu.

Ich gehe Miele suchen. Aber ich finde ihn nicht. Treffe Cesare, der sehr schlecht gelaunt ist und gebrannte Erdnüsse ißt. Er holt sie, ganze Hände voll, aus den Schälchen, die auf allen Tischen verteilt sind, und steckt sie wütend in den Mund.

Nico läuft hinter ihm her, niedergeschlagen, die Brille auf die Nase gerutscht. Er trägt ein schönes sauberes Hemd und die üblichen viel zu weiten Hosen aus feiner blauer Wolle.

»Hast du Ada gesehen?«

»Nein.«

»Das Fräulein Julie ist noch nicht hinuntergekommen?« Cesare mischt sich ein mit bitterer Stimme.

»Was für eine Julie?« fragt Nico zerstreut.

»Jetzt kommt Jean, der Diener, mit den Stiefeln des Herrn

und putzt sie, wie es sich geziemt ... Ausgezeichnet, faszinierend, brutal und unterwürfig ...«

»Wer soll das denn sein?« Diesmal bin ich die Neugierige.

»Dein vielgeliebter Miele.«

»Warum Diener?«

»In diesem verzauberten nordischen Garten ... An einem Mittsommertag ... Während Fräulein Julie ihre Marmeladen kocht ... Er, der Rohe, der selbstverständliche, hinreißende Diener mit dem Bocksherzen ...«

»Hör auf, Cesare. Du bist gemein.«

»Diener oder nicht, er kommt überall gut weg ... Und wir sind die jämmerlichen Kleinbürger, die nichts begriffen haben. In zehn Tagen Helsinki sind wir nicht fähig gewesen, uns mit auch nur einem Finnen anzufreunden, und sei's auch nur zum Ficken, immer unter uns, immer zusammen, um uns um unseren Nabel Sorgen zu machen ... Er dagegen hat hier eine Arbeit gemacht, als Soziologe, als Politiker, als Agitator ... War in allen Häusern, die zählen, hat sie kennengelernt, die Kapitalisten, die Intellektuellen, die schönen Frauen, die Politiker, man kann sagen, er besitzt diese Stadt, genau so wie der Diener bei Strindberg das Herz von Fräulein Julie besitzt. Während wir uns die Straßen entlangschleppen und über unsere albernen Provinzlieben nachdachten ...«

»Hast du dich auch in Miele verliebt?«

»Ich liebe ihn nicht ... Ich bewundere ihn, das ist etwas anderes.«

»Ich bewundere ihn auch.«

»Mit dem Unterleib.«

»Sei kein Arschloch, Cesare.« Nico setzt wütend die Brille ab. Ich befürchte, daß er ihn gleich wieder verprügelt. Aber er beschränkt sich darauf, ihn empört anzusehen.

»Übrigens, wo ist denn Miele, hast du ihn gesehen?«

»Ich glaube, er redet mit der Frau von ich weiß nicht welchem Minister.«

»Woher weißt du das?«

»Ich rate es nur. Wenn sie nicht die Frau eines Ministers ist, dann sieht sie jedenfalls so aus. Hast du die Perlen gesehen?«

Ich gehe weg. Habe keine Lust, mir Cesares mißgünstige

Stimme anzuhören, der alles und jeden kritisiert. Gehe bis zum Ende der Wiese, um mir die Villa von weitem anzugukken.

Komme an einen Birkenwald. Ein feiner säuerlicher Duft von Zitronenkraut leitet mich verschlungene Wege entlang. Ich setze mich auf einen bemoosten Stein. Und sehe nach vorn. Die Villa mit all den aufgerissenen Fenstern, aus denen Licht kommt, scheint in der Luft zu schweben, eine durchsichtige Fata Morgana. Die Musik quillt aus den offenen Türen und überflutet den Park. Die Menschen sind kaum zu erkennen in diesem ameisenhaften, schweigenden Kommen und Gehen.

Ich bleibe, ich weiß nicht wie lange, da sitzen, fasziniert von diesem Anblick. Bis mir die Beine einschlafen. Also stehe ich auf. Will zur Villa zurückgehen, da höre ich ein Schwappen, das mich ans Ende des Waldes lockt.

Ich gehe durch ihn durch, ohne Angst, tauche die Füße in das weiche, feuchte Gras. Komme zu einer Anhöhe. Sehe mich um. Im ewig schwebenden Licht der finnischen Sommernacht entdecke ich einen gewundenen Wildbach, der sich zwischen Gräben und Brombeersträucher schlängelt, verschwindet und dann wieder auftaucht, fast hinter dem Rücken des Waldes, mit dem Getöse eines Wasserfalls. Ich gehe darauf zu, bahne mir einen Weg durch die Brombeersträucher. Höre die Spritzer gegen die Felsen. Das Gluckern der Strudel in den Grotten.

Plötzlich sehe ich, wie sich etwas bewegt, vor mir. Stelle den Blick scharf. Verharre mit den Augen auf zwei weißen Körpern, die allmählich Form annehmen in der Dunkelheit.

Ich überlege zu gehen. Doch dann hält mich etwas an ihren Bewegungen fest. Es sind zwei weibliche Körper, zwei nackte Frauen, die einander gegenüber sitzen, sich küssen, gleichgültig gegenüber der ganzen Welt, die eine rund, glatt, mit aufgehendem, leuchtendem Fleisch, die andere klein, dürr, mit einem schwarzen Kopf, einem Rabenflügel, der ihr über die Schläfe gleitet.

Sie küssen sich lange, fast bewegungslos, lautlos. Gleiten Hand in Hand in das Wasser und fangen an, sich gegenseitig naßzuspritzen. Die laue Luft hüllt sie ein, verschließt sie in einem dicken Glas.

Ich möchte sie rufen, mich ins Wasser stürzen und mit ihnen baden. Aber etwas hält mich zurück, das Wissen, nur ein Auge zu sein, das zusieht, mit der schmerzhaften Impotenz des Zuschauers, der verdammt ist, Zuschauer zu bleiben. Während sie die Szene bestreiten, indem sie etwas ausdrücken, was ich nur bezeugen kann. Ich bleibe unbewegt, gefesselt an meinen Platz als Zuschauerin. Schuldig wie alle Zuschauer, mich einer köstlichen Passivität des Gefühls zu überlassen.

❖

Ich wache auf mit dem Glas in der Hand. Zwischen lauter leicht bekleideten Jungen und Mädchen, mit einer verführerischen Musik in den Ohren. Miele klopft mit seinem Glas gegen meins.

»Was machst du, träumst du?«

»Ich habe dich gesucht.«

»Such mich nicht zuviel ... du wirst herausfinden, daß ich nicht da bin.«

»Armida hat Talent, aus allem einen Mythos zu machen, wie alle Leute mit wenig Phantasie.« Cesares ätzende Stimme kommt von hinter meinem Rücken.

»Ich liebe die Dinge, die ich liebe, Cesare, hast du etwas dagegen?«

»Im Grunde hast du das Herz einer kleinen Näherin. Traum und Erlösung. Du machst die Welt zu einem bloßen Topf Melasse. Bist du froh, Miele, im Herzen dieser kleinen Näherin zu sitzen?«

Miele lächelt und zuckt mit den Schultern. Küßt mich auf den Mundwinkel. Gießt etwas Whisky in mein Glas. Gibt mir Zeichen, zu trinken.

»Gleich kommt das unsterbliche Fräulein Julie, mit der Sensibilität einer Aristokratin, und haut dem armen Fink den Kopf ab ... mit einem gut gezielten Hieb. So wird die Gewalt der Frau über den Mann ein weiteres Mal vollzogen, mit der vollkommenen Unschuld eines kindlichen Verstandes.«

»Wen meinst du denn, Cesare?« Miele guckt ihn leicht

besorgt an. Nico setzt mit nervösen Gesten die Brille auf und ab. Starrt forschend in die Dunkelheit, denn er wartet auf Didas Ankunft.

»Du weißt doch genau, wen ich meine, diese kleine Hohepriesterin des Demeterkults, genannt Ada.«

»Und dein Vögelchen?« hakt Miele amüsiert nach.

»Das traurige Vögelchen, Gefangener der zarten Hände einer Aristokratin, ist hier ...«

Mit einer unverhofften Bewegung läßt Cesare das Glas auf den Boden fallen, macht sich die Hosen auf, holt mit zwei fieberhaften Fingern zwischen den Falten der Unterhose das runzlige Glied hervor und zeigt es Miele.

»Erkennst du nicht das Vögelchen des Fräulein Julie? Das Vögelchen, das den Kopf verliert wegen eines Klassendünkels?«

Miele lacht. Schaut sich verlegen um. Nico rückt zum x-ten Mal die Brille zurecht. Richtet den kurzsichtigen Blick auf das Glied, das in der offenen Hand des Freundes liegt.

»Aber ich werde nicht sterben, das meine ich ganz ehrlich, Freunde, ich werde mich ganz süß entmannen lassen, Süße ist mein Stil, auch wenn es nicht stimmt, aber ich denke gern so, nur du, Miele, du kannst süß und grausam gleichzeitig sein, mit der vollkommenen Natürlichkeit eines Gottes. Ich bin ein Paradiesvogel mit gestutzten Flügeln, ich werde mich nicht rächen, ich werde nicht wüten gegen meine Mörderin, ich werde nur darauf warten, daß sie für einen Augenblick das Herz hervorholt ... um es ihr blutig zu picken, aber ohne Bosheit, mit wohlriechender Güte.«

»Jetzt tust du diesen jämmerlichen Schwanz wieder an seinen Platz, Cesare ... die Leute gucken schon.«

Aber er gehorcht nicht. Stößt ein schauriges Gelächter aus und wirft den Kopf zurück. Dann kehrt er uns den Rücken zu und pißt auf die Wiese, wobei er säuerlich in sich hineingrinst.

»Willst du mit mir tanzen, Armida?«

Nico faßt mich an einer Hand und zieht mich zu der polierten Tanzfläche zwischen den runden Steinen, auf der sich, engumschlungen, die Paare drehen. Er packt mich heftig um die Taille. Versenkt den Mund in meinen Haaren. Zittert.

»Was hast du denn, Nico? Weinst du?«

Er schneuzt sich die Nase. Antwortet nicht. Klammert sich wieder an mich.

»Was glaubst du, was würde geschehen, wenn die Kette reißt?«

»Was für eine Kette, Nico?«

»Die Kette der Lieben ... wenn Dida und Ada sich liebten, was offenbar gerade geschieht ... was sollen dann wir machen?«

»Ach, deshalb ist heute abend diese Tragödienstimmung.«

»Das ist ein ganz zerbrechliches Gleichgewicht, was wir haben, Armida, wenn es zerbricht, dann sind wir am Arsch, ich glaube nicht, daß ich das durchstehen würde.«

»Warum glaubst du, daß es zerbrochen ist?«

»Habe ich dir nicht erzählt, daß wir uns geküßt haben neulich abend, als ich sie nach Hause gebracht habe ...«

»Wen – Ada?«

»Nein, Dida.«

»Und hat sie dir gesagt, daß sie dich liebt?«

»Nein. Sie hat gesagt, daß sie Cesare liebt, wie immer. Sie hat gesagt: Ich küsse dich und denke an ihn, nimm's mir nicht übel, aber ich liebe nur ihn.«

»Na also, und warum glaubst du, daß sie Ada liebt?«

»Ich weiß es nicht. Ich habe Angst.«

Ich habe den Eindruck, Asia von weitem zu sehen. Lasse Nico stehen und gehe auf sie zu. Aber sie ist es nicht. Ich gehe wieder zu Nico. Der streitet sich mittlerweile mit Cesare. Die Brille, die mit dem Bügel an der Hemdtasche hängt, schwankt gefährlich.

Ich suche Miele. Er ist verschwunden. Ich gehe mir Saft holen. Ein Franzose mit tiefschwarzen langen Haaren gibt mir ein volles Glas in die Hand. Lächelt mich an. Sagt mir etwas, das ich nicht verstehe. Zieht mich zu einem Sofa. Kaum setzen wir uns hin, wirft er sich auf mich und brüllt mir ins Ohr. Ich stoße ihn weg und stehe auf.

Laufe durch einen Korridor mit einer sehr hohen Decke. Mache eine Tür auf, aus der Licht dringt. Stehe in einer Bibliothek mit Wänden voller Regale. Bücher bis unter die Decke. Gebundene Bücher: rotes Maroquinleder, blaue und silberne Buchrücken, alte handgemalte Pergamente. Mitten im Raum ein Tischchen mit Perlmuttplatte. Ich nehme ein Buch. Schlage es auf. Es ist in Finnisch.

Ich gehe hinaus. Komme zum Ende des Korridors. Stehe vor einer gewundenen Treppe. Gehe hoch. Komme in einen anderen plüschbelegten Korridor. Trete auf zwei, drei Schichten von dicken Teppichen mit geometrischen Mustern. An den Wänden große Portraits mit dunklem Hintergrund. Edelmänner und Edelfrauen in Brokatgewändern, dicke Ringe an den Fingern, Perlenketten, die bis an die Knie reichen.

Ich öffne wahllos eine Tür. Es ist ein Schlafzimmer im Empirestil mit einem venezianischen Kronleuchter an der Decke. Auf dem Bett mit dem hohen Baldachin liegt eine Frau, schlafend, das Kleid bis zu den Hüften hochgerutscht. Ein leerer Ärmel hängt ihr von einer Schulter. Sie hat einen bestrumpften und einen nackten Fuß. Der Rock ist zwischen den Beinen zusammengerollt. Als wäre sie plötzlich mitten in einem Liebeskampf unterbrochen worden. Jetzt schläft sie, müde. Und der andere?

Ein jäher Blick auf eine Hose, die über einer Stuhllehne hängt, verschlägt mir den Atem. Eine weiße Hose aus weichem zerknitterten Leinen. Auf dem Boden Münzen, die aus der Tasche gerollt sind. Ich ziehe heftig die Tür zu, als hätte ich mir die Augen an einem zu sengenden Anblick verbrannt.

Stürze die Treppen hinunter. Setze mich auf die unterste Stufe, um nachzudenken. Ich möchte zurückgehen, die Frau zur Rede stellen, sie nach Miele fragen, aber was hat es für einen Sinn, Mieles Geheimnis zu brechen? Warum ihn bedrängen? Der Zweifel quält mich: Und wenn er es doch nicht war? Wie soll ich es sicher wissen?

Ich höre Schritte. Drehe mich um. Daran, wie er die Knie anwinkelt, weich und behutsam, erkenne ich, es ist er. Tatsächlich, da ist er. Ich sehe hoch und schaue ihn an, ohne den Mund aufzubekommen.

»Ach, was machst du denn hier, Armida?«

Er nimmt mich in den Arm, schüttelt mich, quetscht mir die Lippen mit den Lippen.

»Ich war auf der Terrasse mit Vera ... die von der kommunistischen Jugend aus Prag. Kennst du sie?«

Eine bedächtige, ruhige Stimme. Unschuldig. Ich sehe ihn stumm an. Erwarte die Katastrophe. Aber nichts geschieht. Er streichelt mir liebevoll eine Hand.

»Glaubst du mir nicht, Armida? ... Sag mir, daß du mir glaubst, bitte ... du hast meine ganze Liebe ... meine ganze Liebe ... sag mir, daß du mir glaubst ...«

»Ja, ich glaube dir«, sage ich, mit einer Anstrengung, die mich entkräftet, entleert.

Und er, froh, nimmt mein Gesicht zwischen die Hände. Gibt mir einen unendlich süßen und qualvollen Kuß. Zur Besiegelung seiner vollkommenen wunderbaren Lüge.

❖

Und jetzt habe ich wieder den Koffer auf dem Kopf. Die Leinenschuhe an den Füßen. Die Bluse, gewaschen, aber ungebügelt, rutscht aus dem viel zu weiten Rock. Ich habe abgenommen, ich weiß nicht wieviel. Der Rock rutscht mir auf die Hüften.

Miele geht schweigend neben mir. Das Gesicht verschlossen hinter fernen Gedanken. Cesare ist Ada auf den Fersen, trägt seine und ihre Taschen. Nico und Dida teilen das Gewicht eines großen Koffers, jeder trägt ihn an einem Griff.

Am Bahnhof treffen wir die anderen Italiener wieder. Alle dünner, müder, zerlumpter, bepackter, stiller. Jeder mit seinem Gepäck, das Gesicht benommen und melancholisch.

Eine Atmosphäre von Räumung, von Auflösung. Die Ferien sind zu Ende. Es geht wieder nach Hause, in diese Vorstadtwohnungen mit den Balkons voller zum Trocknen aufgehängter Wäsche und Basilikumtöpfe auf dem Sims, Mütter, die kochen, Väter, die abends zum Kartenspielen in die Bar gehen, Freunde, die ständig voller großer Pläne und Träume stecken, die nie in Erfüllung gehen werden, Freundinnen, die sich nach der neuesten Mode kleiden und alles über die amerikanischen Filme wissen und dann in der Kirche heiraten und vier Kinder kriegen und eine Miene aus Grollen und Schmollen aufsetzen, Finger, die ewig nach Knoblauch und Bleiche riechen, daß es einem ins Herz sticht, wenn man sie nur sieht, und dann gute Nacht, Marie ...

Der Zug scheint diesmal schneller zu fahren. Den allzu vielen allzu bekannten Dingen des täglichen Lebens entgegen, beladen mit Ballast, ersteigertem, gestohlenem, getauschtem und teuer erstandenem Krempel. Die schmutzigen Kleider zusammengerollt in den Taschen, die Schuhe ausgelatscht, der Magen hinüber, das Gesicht voller Pickel, die Haare rebellisch gegen jeden Kamm.

In wenigen Stunden stellt sich die Hierarchie wieder her. Wieder beginnt das Tauschsystem, wieder gibt es die Übergriffe und das Unrecht der Hinfahrt, aber ausgeübt werden sie mit größerer Mattigkeit und mehr Zynismus. Niemand diskutiert mehr über Politik, vor allem werden lange neapolitanische und venetische Lieder gesungen. Gruppenfotos werden herumgereicht: sehr blonde Mädchen in kurzen Hosen in den Armen von dicken jungen Männern mit Schnauzern, Cliquen, die im Kreis sitzen und essen oder singen, unter einem Vordach oder auf einer Wiese, ein paar, die gerade vor dem Mikrofon im Palladium stehen.

Nico hat ein Foto von der Villa Hummeri, genau so, wie ich sie von der Wiese aus gesehen habe, schwebend und funkelnd wie eine sommerliche Luftspiegelung. Dann gibt es Fotos von Autos, von Friedhofsgärten, von Saunen, von Straßen, die vom Wind leergefegt sind, von Geschäften mit hochgezogenen Markisen, von bunten Mengen von Mädchen, die hinter dem Kopf Hörner machen oder die die Zunge rausstrecken. Die Reise ist schon Vergangenheit geworden, festgehalten in diesen Quadraten aus absolut desinteressiertem glänzenden Papier.

Ada scheint in einen unheilbaren Schlaf gefallen zu sein. Sie schläft unaufhörlich, mit dem Kopf an Nicos eckiger Schulter. Cesare sieht ihr mit liebevollen Augen zu, zärtlich.

Miele ist zerstreut. Barsch, zeitweise abwesend. Ich frage ihn nicht aus. Beschränke mich darauf, ihn anzusehen. Lernend, wie Ada sagt, daß »die Leidenschaft einsam ist und sich von ihren inneren Rhythmen nährt«.

»Man bildet sich ein, sie zu teilen, diese Rhythmen ... sie zu verschmelzen zu einer einzigen Bewegung, aber das ist nur ein unauflösbares Spiel mit Spiegeln ...«, setzt Nico nach, die eigene Stimme mit der heiseren von Ada vermischend. Mittlerweile sprechen sie schon gleich. Nach so vielen Nächten, die sie mit Gesprächen über Dida verbracht haben.

»Sie ist nur ein wunderbarer Zufall, die Liebe zu zweit, in Wirklichkeit lebt jeder seine Gefühle allein und zehrt sie auf, ohne zu wissen, bis wohin der andere mitgeht, man hofft, daß der wunderbare Zufall bis zum Ende anhält, aber natürlich hält er nicht an, eine der beiden Empfindungen verzehrt sich schneller als die andere, und man findet sich plötzlich deplaziert, man schwankt im Leeren, und hängt fest in den Klauen eines bodenlosen Schmerzes ...«

»Sagst du das zu mir, Nico?«

»Auch. Paolo hat dich geliebt, aber du hast aufgehört, ihn zu lieben, um hinter Miele herzulaufen ... Man läuft immer hinter einem Teil von sich her, der entwischt, wie ein Hase ...«

Ich höre ihm nicht mehr zu. Er langweilt mich mit seinen Theorien über die einsame Liebe. Es sind nicht meine Vorstellungen, noch werden sie es je sein. Ich lese weiter. Bemerke, daß Miele in der Zwischenzeit verschwunden ist. Aber ich folge ihm nicht. Ich warte auf ihn, ruhig, die Augen eingetaucht in eine grenzenlose Landschaft aus einem silberhellen Grün.

Miele kommt wieder. Setzt sich. Zündet eine Zigarette an. Blättert in einem Buch. Schläft ein. Fährt plötzlich aus dem Schlaf hoch. Geht wieder hinaus. Kommt spät zurück. Ich folge kaum seinen Bewegungen. Respektiere sein Geheimnis. Das anscheinend jeden Tag dichter und undurchdringlicher wird.

Nachts schlafe ich wenig. Wache auf bei jedem Knarren, bei jedem Rucken und kann danach nicht wieder einschlafen. Habe Halsschmerzen und eine ständige Übelkeit, die meine Eingeweide in Aufruhr versetzt.

Die Ankünfte und Abfahrten auf den Bahnhöfen sind ein vorhersehbarer Ritus. Alle springen mit einem Satz aus den hohen Wagen. Wir treffen uns alle im Erfrischungsraum wieder. Der jeweilige Delegierte hält eine kurze Rede. Dann gibt es die Hurras und die Prosits. Jemand klaut ein paar Flaschen Wodka und verkauft sie nachts unter aufgeregtem Geflüster.

Manchmal hält der Zug einen halben Tag lang. Sie bringen uns zum jeweiligen Haus des Volkes. Lassen uns Platz nehmen unter großen Porträts von Lenin und Marx. Stopfen uns mit Tee und Kuchen voll. Halten uns eine Predigt. Bringen uns wieder zum Bahnhof. Stecken uns ein Abzeichen ins Knopfloch.

In Budapest halten wir einen ganzen Tag. Die Sonne scheint, es ist warm. Sie machen mit uns einen Ausflug auf den Janos Hegy, den höchsten Hügel von Buda. Eine Zahnradbahn. Konzentrische Terrassen, gigantische Statuen des zwanzigsten Jahrhunderts, die aufs Haar denen in Rom in der Tennisbar gleichen, wo Miele mich zum ersten Mal zum Daiquiri eingeladen hatte. Die Stadt sieht aus, als wäre sie schwarz auf einen fast weißen Himmel gezeichnet. Das Glitzern der Donau, die wie eine Riesenschlange dahingleitet und die Stadt in zwei Hälften teilt.

Später trinken wir einen prickelnden eiskalten Wein auf einem Schiff, das am Flußufer ankert. Umgeben von einer Menge ärmlich gekleideter Leute. Lebendige, neugierige Gesichter. Schüchternes und freundliches Lächeln.

Bevor wir wieder in den Zug steigen eine Sauna. Solarien, Räume mit heißem Dampf, grün gekachelte Schwimmbäder, Brausen mit eiskaltem Wasser, Holzschuhgeklapper von dicken, nackten Frauen, verdutzt über das plötzliche Auftauchen einer Gruppe durcheinander plappernder Italienerinnen.

Sonst weiß ich nichts mehr von der langen Rückreise. Ich erinnere mich nur noch an ein Gefühl drohenden Schmerzes und eine tiefe, verzweifelte Langeweile.

Auf dem Bahnhof in Rom trinken wir einen Milchkaffee, zum letzten Mal alle sechs zusammen. Die Gesichter düster, verschlafen. Nico, der sich mit automatischen Bewegungen die Brille putzt, gerührt schluckt. Cesare, der nervös mit den Füßen wippt, Miele, der Heimatluft schnuppert, mit einem unvergleichlichen Lächeln. Dida, frisch und freundlich, in einer der üblichen Blusen, die ihr über der Brust aufgehen. Ada, noch aufgesaugt von ihren unruhigen Träumen, der Kopf fest eingeschlossen zwischen zwei tiefschwarzen Flügeln.

Ich komme nach Hause. Stecke den Schlüssel ins Schloß. Schließe auf. Trete ein. Reiße die Fenster auf. Die Luft ist abgestanden. Es ist stickig heiß. Ich werde überfallen von Testones Flöhen, die nach einem Monat Fasten jemand suchen, den sie verschlingen können. Gehe das Insektenvertilgungsmittel suchen.

Beim Anblick des leeren Körbchens habe ich einen Kloß im Hals. Ich greife zum Telefon, die Tasche noch in der Hand. Wähle die Nummer meiner Mutter.

»Wie geht es Testone?«

»Der liegt hier und schläft. Du fragst nach ihm eher als nach mir ... Wie war denn die Reise?«

»Ich komme ihn holen.«

»Weißt du, daß er sich verlaufen hatte?«

»Wie – verlaufen?«

»Ich weiß nicht ... er hat dich gesucht ... hat nichts mehr gefressen, dann habe ich entdeckt, daß er zu dir gelaufen war und vor deinem Haus auf dich wartete ... Der Pförtner hat es mir gesagt. Tagelang hat er sich von ihm nicht anfassen lassen. Schließlich hat er angerufen, und ich habe ihn abgeholt. Ein andermal ist er weggelaufen und zu Paolos Haus gelaufen, auch da hat ihn der Pförtner wiedererkannt, aber der konnte ihn auch nicht festhalten. Er ist schon ein Dickkopf, dein Testone.«

Ich nehme die kleine Teekanne aus Keramik aus dem Koffer, die ich in Helsinki für sie gekauft habe, und gehe meinen Hund abholen.

❖

Ich habe wieder angefangen, an dem Theaterstück zu arbeiten. Sara hat mich mehrmals angerufen, um mir zu sagen, daß Ernesto auf den überarbeiteten Text wartet. In wenigen Tagen sollen die Proben beginnen.

Ich schreibe vor dem offenen Fenster. Es ist immer noch sehr heiß. Wenn ich hochgucke, sehe ich die Spitze der Platane mit den gezackten Blättern, die im Wind baumeln. Ich sehe die Häuser gegenüber, die je nach dem Stand der Sonne die Farbe wechseln.

Testone liegt zusammengekuschelt unter dem Tisch, mit der Schnauze auf meinem Fuß. Schläft tief und schwer. Ab und zu träumt er, eine Katze zu verfolgen oder einen anderen Hund, wer weiß: Ein gedämpftes Bellen mit geschlossener Schnauze, aufgeregtes Bewegen der Pfoten, als ob er liefe.

Das Telefon klingelt. Ich nehme den Hörer ab. Erkenne sofort die Stimme. Die dunklen und hellen Töne, den Rhythmus.

»Bist du am Arbeiten?«

»Ja.«

»Ich liebe dich, Armida ... Das dachte ich heute morgen im Badezimmer: Du bist die Frau, die ich im Leben am meisten geliebt habe.«

Aber die Stimme verschweigt etwas. Etwas noch nicht Gesagtes, das herauskommen möchte.

»Hast du mir etwas zu sagen?«

»Woher weißt du das?«

»Ich fühle es.«

»Du mußt zum Arzt, Liebling.«

»Und warum?«

»Vielleicht hast du Tripper.«

»Ich? Woher denn?«

»Ich habe ihn mir geholt, also hast du ihn dir wahrscheinlich auch geholt, das ist alles.«

»Ach ...« Ich lasse mir Zeit. Ein Gefühl der Müdigkeit, das mir die Beine zerschlägt.

»Bist du sauer?« Seine Stimme am anderen Ende der Leitung klingt besorgt, freundlich und liebevoll.

»Wie hast du ihn dir geholt, Miele, diesen Tripper?«

»Keine Ahnung.«

»Holt man sich den Tripper nicht, wenn man Liebe macht?«

»Nicht nur ... Man kann ihn von einem schmutzigen Handtuch oder einem unsauberen Klodeckel kriegen ...«

»Erzähl mir doch keine Märchen, Miele.«

»Ich schwör's dir, Armida, du brauchst mir ja nicht zu glauben, wenn du nicht willst, aber ich habe nie mit jemand anderem geschlafen als mit dir.«

Quälendes Fühlen eines Geheimnisses, das sich in sich selbst verschließt. Das Geheimnis einer nutzlosen Lüge. Die Torheit von jemandem, der sich grundlos auf etwas versteift. Um sich nicht bloßzustellen. Niemals, aus keinem Grund. Ich begreife, daß Insistieren sinnlos ist.

»Was muß ich tun?«

»Geh zum Arzt. Hast du einen Frauenarzt?«

»Ja, eine Ärztin.«

»Geh hin und laß dich untersuchen. Kann sein, daß du gar nichts hast. Ist gar nicht gesagt, daß du dir auch was geholt hast.«

»Wie sind die Symptome?«

»Schleimiger weißer Ausfluß, Schmerzen, Rötungen, du merkst es sofort.«

»Bis jetzt habe ich noch nichts.«

»Gut, ein Glück, um so besser, kann sein, daß du nichts hast, es kann aber auch noch die Inkubationszeit sein, laß dich lieber untersuchen, ich kuriere ihn jetzt jedenfalls aus, das ist nichts Ernstes, in ein paar Tagen ist man wieder gesund, mach dir keine Sorgen ... Das einzige Problem ist, daß wir uns mindestens einen Monat lang nicht lieben dürfen.«

»Gut, ich gehe zur Frauenärztin.«

»Glaubst du mir, wenn ich dir sage, daß ich dich liebe?«

»Wenn du es mir sagst ... Ich wüßte nicht, warum du mir etwas vormachen solltest, es gibt auf der ganzen Welt keinen Grund dafür, daß du mir etwas vormachst ...«

»In der Tat, es gibt keinen Grund ... Ich liebe dich so sehr, Armida, sag mir, daß du mich auch liebst.«

»Das weißt du doch.«

»Na gut ... Also, ich laufe jetzt zur Arbeit. Wir sehen uns heute Abend. Ciao.«

Ich gehe zur Frauenärztin. Stelle fest, daß auch ich einen Tripper im Anfangsstadium habe. Lasse mir die Medikamente verschreiben. Kaufe eine Spritze und mache mir die Injektionen selbst.

Abends gehe ich mit Dida, Ada, Cesare und Nico essen. Miele ist fröhlich. Er drückt mir die Hand unterm Tisch. Lacht. Raucht viel. Ißt viel. Trinkt ein Glas Wein nach dem anderen.

Dida trägt eine ihrer üblichen Blüschen aus nichts, die ihr wie Milchschaum über die Schultern rutschen. In einem Augenblick des Schweigens hebt sie das Glas und verkündet:

»Ich muß euch etwas Wichtiges sagen.«

Sofort ist alles still. Nico nimmt die Brille ab und reibt sich die Augen. Ada betrachtet sie mit lächelnden Augen. Miele zwinkert mir zu.

»Cesare und ich heiraten.«

Die Stimmen überschlagen sich. Freudenausbrüche. Glückwünsche.

Nur Ada ist verstummt. Sie sitzt da mit dem Besteck in den Fingern wie in einem Schraubstock.

»Warum denn bloß diese Manie zu heiraten?« ruft Miele, während er anstößt und ein Stück Hähnchen hinunterschluckt.

»Ich möchte eine Grundsatzerklärung abgeben«, fährt Cesare ernst dazwischen, »meine Liebe zu Ada hat sich nicht verändert, Dida weiß das, wenn ich sie heirate, dann nur, um ein geregeltes Sexualleben zu haben ... Alle wissen, daß ich Sexualität hervorragend von Gefühlen trennen kann, also ficke ich dann mit meiner Frau und liebe Ada, die Frau, die sich mir entzieht und mich umbringt.«

»Das ist eine Sauerei, Cesare, die genau zu dir paßt«, brüllt Miele.

»Hört, hört, von wem die Predigt kommt! Du, Miele, hast niemandem irgend etwas beizubringen, du bist ein alter Bock, ein Libertin ohne Reue ... und auch dich wird der Comtur bei der Hand nehmen und der Hölle übergeben.«

»Diese ganze Heiraterei ist einfach lächerlich. Nico liebt Dida und heiratet Ada. Du liebst Ada und heiratest Dida, die dich liebt, der du Ada liebst, die Dida liebt und so weiter und so fort ... Und was macht ihr dann? Gebt ihr euch dem kreuzweisen Ehebruch hin?«

»Ehebruch interessiert mich nicht, Miele, außerdem gibt es zwischen uns keine Geheimnisse, und Ehebruch ohne Geheimnisse ist kein Ehebruch, im übrigen sind Ehen ohne Liebe die einzigen, die funktionieren.«

»Ihr seid alle verrückt und bescheuert.«

»Überhaupt, warum heiratest du eigentlich nicht Armida?«

»Ich liebe sie, also dürfte ich sie nach eurer Moral nicht heiraten, denn was für eine Ehe wäre schon eine Liebesehe? ... Und außerdem bin ich gegen die Ehe, gegen jede Art von

Ehe ... Hast du das nicht auch immer gesagt, Cesare, daß sie eine bürgerliche Institution ist?«

»Wenn man sie ernst nimmt mit all ihren Spielregeln, ja, aber die Art, wie wir die Ehe praktizieren, ist wenigstens originell ...«

»Originell vielleicht ... Aber warum muß man unbedingt heiraten? Warum das Gesetz, den Gesellschaftsvertrag dazwischenschalten?«

»Du bist eine Nervensäge, Miele ... Anstatt hier den Moralisten zu spielen, verlänger doch lieber die Kette der unerwiderten Lieben. Armida liebt dich ... du liebst dich selbst ...«

Wir stoßen an. Dida steht auf und geht jedem am Tisch einen Kuß auf den Mund geben. Verströmt einen starken, quälenden Hyazinthenduft. Miele drückt mir weiter die Hand unterm Tisch, als wollte er mir sagen, wir sind anders, besser.

Um Mitternacht bringt er mich nach Hause. Bleibt vor der Haustür stehen und küßt mich.

»Gibt es noch etwas, das du mir sagen mußt, Miele?«

»Ja ... dir kann man wohl nichts verheimlichen.«

»Was ist es?«

»Ich muß nach Paris, für eine Woche, ich fahre morgen früh, ich rufe dich an von da, wartest du auf mich?«

»Warum sollte ich nicht auf dich warten?«

»Manchmal habe ich Angst, dich zu verlieren, es ist eine Angst, die mich nachts wachhält, ich habe Angst, daß du die Nase voll hast von mir, und du hättest recht damit ... Ich bin so wenig aufmerksam, so wenig anwesend. Aber ob du es glaubst oder nicht, ich liebe dich, und ich glaube, ich werde dich immer lieben.«

Wir küssen uns noch einmal. Seine Lippen sind freundlich, schmachtend, und sie gleiten lächelnd, undurchdringlich davon.

❖

Testone weckt mich mit der feuchten Nasenspitze auf meinem Arm. Kaum mache ich die Augen auf, wedelt er mit dem Schwanz, schnaubt und windet sich in Freudenqualen.

Ich stehe auf. Wasche mich. Ziehe mich an. Gehe mit ihm nach draußen. Aber ich gehe nicht weit weg. Habe Angst, daß Miele anruft, während ich unterwegs bin. Testone weiß es. Läuft vor von einer Plattform zur anderen, wartet, daß ich ihn einhole. Ich rufe ihn. Schiele auf die Uhr.

Er dreht sich um. Sieht mich mit flehenden Augen an. Bereit loszurasen. Aber ich halte ihn zurück. Schimpfe mit ihm. Rufe ihn wieder zurück. Und er, niedergeschlagen, gehorcht lustlos, kommt zurück, an jedem Baum haltend, schnüffelnd, wo er hingepißt hat, hoffend, daß ich es mir inzwischen anders überlege.

Ich kaufe die Zeitungen. Und beim Lebensmittelhändler ein bißchen Schinken, Brot, Mozzarella, und dann gehe ich wieder nach Hause. Setze mich an die Schreibmaschine. Schreibe ein Blatt nach dem anderen voll.

Um zwei Uhr stehe ich mit Rückenschmerzen vom Tisch auf und mache mir ein einsames Mittagessen. Beim Essen schaue ich Testone zu, der kleine Kunststückchen vorführt, um mich zu unterhalten.

Eine seiner Lieblingsnummern ist die Fliegenjagd. Er fixiert eine Fliege, mit drei Beinen fest auf dem Boden, das vierte angewinkelt in der Luft, die Nase reglos nach oben in Richtung Wand, auf der sich ein schwarzes Pünktchen mit durchsichtigen Flügeln blicken läßt. Sobald sich die Fliege bewegt, macht Testone einen raschen Satz nach vorn, reißt die Schnauze auf und schlägt sie wieder zu, mit einer Wucht, daß die Zähne klappern, es klingt wie eine Metallfalle, ein Krack, das ihn mehr überrascht als die Fliege.

Fast immer fliegt das Insekt in aller Ruhe weg. Und Testone dreht den Duckmäuserkopf in meine Richtung, mit angelegten Ohren und einer Art komischem, gezwungenem Lächeln, das ihm die schwarzen Lippen auseinanderzieht. Kommt zu mir und legt den Kopf auf meine Knie. Und beobachtet mich, von unten nach oben, dreht nur die Augäpfel auf eine komische, pathetische Art nach oben.

Ich streichele ihn am Kopf, nenne ihn Dickkopf, Köpfchen, Schwarzköpfchen, und er wedelt vergnügt mit dem Schwanz, das Kinn immer noch auf meinen Knien.

Währenddessen entdeckt er aus den Augenwinkeln, daß die Fliege sich nicht weit von uns niedergelassen hat, auf dem Rand des Tisches, und nimmt wieder die Beobachtungsstellung ein.

Nachdem ich gegessen und Testone den Brei gegeben habe, lege ich mich auf das Bett und lese. Das Telefon in Reichweite. Ich lese weiter Jane Austen. Folge der strengen Geometrie ihrer ironischen Imagination. Ganz das Gegenteil zu den strahlenden Schwestern Brontë, die ich so geliebt habe, als ich ein kleines Mädchen war, sie und ihren zerzausten Blick auf die Dinge der Welt. Jetzt wandere ich durch eine geordnete Landschaft, zusammengesetzt aus lauter kleinen Alltäglichkeiten: kurze Unterhaltungen über den Musselin, der gerade in Mode ist, über die Kutschen, über die Einladung in die Bäder von Bath, die Begegnung mit dem Kavalier mit den stechenden Augen und Klatsch unter Nachbarinnen, die Hochzeit mit dem reichen, edlen Mann des Herzens. Am Ende siegt, wer Mut, Aufrichtigkeit und einen kräftigen Schuß bürgerlicher Ironie besitzt. Verlieren tun die Dummköpfe, die Oberflächlichen, die Schlitzohren, die Eitlen, die Unaufrichtigen, die Niederträchtigen.

Es kommt mir vor, als sähe ich sie, diese Jane Austen, mit den gepflegten Kleidern, die strohigen Haare mit der Seidenschleife, die Vorliebe für schlagfertige Antworten, die Augen weich und spöttisch, die Ironie, die ihre Lippen kräuselt. Das England des neunzehnten Jahrhunderts breitet sich aus unter ihrem scharfen, unklerikalen, verzweifelten Blick, wie eine grausame und friedliche Landschaft, naheliegend und beunruhigend.

Um fünf setze ich mich wieder an die Schreibmaschine. Mit dem Ohr weiter am Telefon. Testone, melancholisch geworden, liegt unter dem Tisch. Ab und zu springt er auf, schlägt einen schnellen Purzelbaum, rollt sich auf den Rükken und guckt mich, alle vier Pfoten nach oben, die Zunge aus der Schnauze, an, als wollte er sagen: Gehen wir?

Um sieben gehen wir gassi. Er weiß sofort Bescheid, kaum gehe ich zum Kämmen ins Bad. Schnappt das Halsband und bringt es mir wedelnd. »Warte«, sage ich, »eine Minute.« Aber seine Ungeduld ist an der Grenze. Er kann nicht mehr warten. Setzt sich genau an den Punkt, wo ich ihn am besten sehen kann, gibt kleine wütende Kehllaute von sich und behält das Halsband fest zwischen den Zähnen.

Wenn wir an die Haustür kommen, nehme ich ihm das Halsband ab, sonst schleift er mich weg. Er zieht mit der Kraft eines Ochsen und rutscht dabei mit den Krallen über den Fliesenfußboden.

Kaum ist er auf dem Bürgersteig, rennt er entfesselt los, vor und zurück, auf die erste dicke Platane zu, mit der er sicher gleich zusammenknallt. Aber er bremst im letzten Augenblick, dreht sich um seinen in die Luft gereckten Hintern und stürzt mit fröhlichem Kopfschütteln wieder zu mir zurück. Um wieder vorwärts zu laufen, sobald er mich erreicht hat, mit der gleichen waghalsigen Drehung.

Ich folge ihm amüsiert. Rufe ihn, wenn er sich zu weit entfernt. Sehe dauernd auf die Uhr.

»Ich kann dir nicht mehr als zehn Minuten geben, Testone. Denn – wenn Miele anruft? Und mich nicht erreicht? Und wenn er dann nicht noch einmal anruft?«

Ich rede erregt auf ihn ein. Und er guckt mich verständnisvoll an. Er weiß genau, daß mein Kopf besetzt ist, daß ich zu Hause festgenagelt bin und auf einen Anruf warte, der nicht kommt. Er weiß, daß ich es eilig habe, wieder hochzugehen. Denn mein Warten hat sich inzwischen verwandelt in eine köstliche Qual, die mich nährt und mich zerrüttet.

Er versucht, seine Geschäfte in der kürzest möglichen Zeit zu erledigen, uriniert gegen die Bäume, gegen die Mauern, gegen die Mülltonnen, gegen die Reifen der parkenden Autos. »Und das Häufchen, Testone ... Wann entschließt du dich, das Häufchen zu machen?« Aber er zögert diesen Augenblick so lange hinaus, wie es irgend geht, fuhrwerkt statt dessen mit der Schnauze am Boden herum, von einem Baum zum anderen. Als er sieht, daß ich gleich die Geduld verliere, entschließt er sich endlich. Hockt sich auf die Hinterpfoten und zieht sich zusammen, so angestrengt, daß ihm der Hals erstarrt.

Aber nicht immer ist es damit getan. Denn kaum hat er sich zusammengekrampft, springt er ungeduldig wieder auf, dreht sich rasch um sich selbst, beschnüffelt verzweifelt das Gras, legt die Ohren an, hockt sich wieder hin und läßt endlich, sämtliche Muskeln kontrahiert, die Augen starr ins Leere gerichtet, die Exkremente auf die Wiese fallen. Dann geht er einen Schritt beiseite, dreht dem eben verrichteten

Geschäft den Rücken zu und fängt an, Erde um sich zu schmeißen, indem er mit den Hinterpfoten ausschlägt. Steinchen, Grasbüschel und Erde fliegen durch die Luft und fallen überall hin, nur nicht auf die Kacke.

Jetzt kommt er wieder zu mir, fröhlich wedelnd, als wollte er sagen: Wir können gehen. Er bellt befriedigt die Vögel auf den Bäumen an, die vorbeifahrenden Autos, während er vor mir hertrottet.

Zu Hause lege ich mich zum Lesen auf das ausgeleierte Sofa mit den kaputten Federn. Schalte den Plattenspieler ein. Lege Don Giovanni auf, die nördliche Stimme von Sherill Milnes füllt das Zimmer. Ich sehe ihn sich bewegen, gewandt, in weißen Strumpfhosen, das Körperchen aus fast schwarzem rotem Samt, der geschwungene Hut mit dem Federbusch in einem triumphierenden flaumigen Weiß.

»Mach auf das Gitter/ O lindre meine Pein ... Mir lacht dein süßes Mündchen/ Voller Wonne/ Und dein liebliches Auge strahlt/ Wie die Sonne./ Magst du auch grausam sein/ Was gilt's, du hast mich lieb.«

Ich sehe aus dem Fenster, stelle ihn mir vor, blond und lächelnd, und er wirft mir einen Blick zu. Don Giovannis Stimme lacht mir in die Ohren.

Wir verbringen den Abend allein, Testone und ich. Das Telefon unglaublich still und reglos. Ab und zu läutet es. Testone fährt zusammen. Folgt mir mit dem Blick, während ich loslaufe und abnehme.

»Was machst du, Armida?« Nicos Stimme, betrübt, freundlich.

»Ich flicke ein bißchen an dem Stück herum, wie der Regisseur es will.«

»Willst du heute abend mit mir ausgehen?«

»Wo ist denn Ada?«

»Weg. Fährt ihre Mutter in Apulien besuchen.«

»Und Dida?«

»Auch weg.« Mit Cesare, der macht sie noch verrückt, der Arsch: Vögelt mit ihr und schreit sie an, daß er die andere liebt.«

»Das machst du doch mit Ada auch, oder?«

»Mit Ada vögele ich nicht, und außerdem ist das etwas anderes, wenn wir uns über Dida unterhalten, da ist nichts

Erpresserisches dabei, nichts Verpflichtendes ... Wir liegen im Dunkeln und reden über sie.«

»Und wenn sie sich in dich verlieben würde?«

»Das ist eine Phantasie von dir, du hast es gern geometrisch und geschlossen, wir nicht ... wehe, wenn unsere Linien sich träfen: Das wäre das Ende dieses Gleichgewichts, das uns zusammenhält.«

»Du hast wohl nichts von Miele gehört?«

»Da siehst du's, Armida ... auch du machst es wie wir ... verfolgst ein Herz, das immer entwischt. Willst du mit mir zu Abend essen und über Miele reden?«

»Nein danke, Nico, ich bin müde und will früh ins Bett.«

»Wenn du irgendwann akzeptierst zu lieben, ohne wiedergeliebt zu werden, Armida, dann wirst du glücklich sein, dann wirst du nur sein Bestes wollen und nicht mehr daran denken, ihn zu besitzen.«

»Danke für den Rat, Nico ... Aber zum Glück liebt Miele mich.«

»Ja, sicher, du hast großes Glück ...«

In seiner Stimme liegt Mitleid. Ich werfe trotzig den Hörer auf. Widme mich wieder Don Giovanni, der mit großen Schritten über den kleinen Dorfplatz schreitet. Und Elvira – »sie ist verrückt, meine Freunde« – ist auch da, um ihm einen Strich durch die Rechnung zu machen, als er eben Zerlina verführen will. »Schändlicher, keinen Schritt mehr«, schreit sie ihn an, »der Himmel führt mich her, dich zu entlarven. Jetzt schlägt die Stunde, diese arme Betrogene zu entreißen deinen frevelnden Händen.« Immer verhängnisvoll, moralisch, strafend, diese Elvira, allen verhängnisvollen Elviras ähnlich, die meine Kindheit mit ihren unsinnigen Verboten bevölkert haben.

Und Don Giovanni, gelangweilt, leise zu Elvira: »Siehst du nicht, o Geliebte, daß Scherz ich hier nur treibe?« Aber sie ist gekränkt, bäumt sich auf: »Ich weiß, Verworfner, wie grausam du scherzest.« Zerlina weiß inzwischen weder ein noch aus, sieht wartend um sich. Don Giovanni fängt diesen Blick der Schwäche im Flug auf, nähert sich ihr, nimmt sie am Handgelenk: »Ach, die Unglücksel'ge ist verliebt bis zum Wahnsinn, und nur aus Mitleid spiel ich den Verliebten. Warum, ach, ist mein Herz so weich nur geschaffen?«

Und man kann nicht anders, als ihn lieben, diesen Lügner mit der parfümierten Stimme, der frech herumspaziert und achtlos zarte Frauenherzen tritt mit seinen Schühchen aus Hirschleder.

Ich warte und warte. Bis zwölf, eins, halte mich mit Kaffee wach. Esse ein Stück Mozzarella, Brot mit Butter. Trinke ein Glas Milch. Testone hat schon gegessen, aber er guckt mich an, in der Hoffnung, daß ich ihm einen Happen zuwerfe. So teilen wir das Abendessen: ein Häppchen Käse für mich und eins für ihn, ein Stück Brot für mich und eins für ihn, ein paar Weintrauben für mich und ein paar für ihn.

Als mir vor Müdigkeit die Augen zufallen, ziehe ich mich aus. Stelle das Telefon neben das Bett. Krieche unter das Laken. Lese noch etwas, aber mit Mühe.

Schlafe ein. Aber ich schlafe schlecht. Fahre ab und zu hoch, weil ich das Gefühl habe, das Telefon klingelt. Nehme den Höhrer ab. Rufe: »Hallo?« Testone, vom Licht wachgeworden, guckt mich verständnislos an. Bleibt auf dem Boden liegen und bewegt nur beunruhigt die Augen.

Ich sehe ihn verdrossen an. Lösche das Licht. Lege mich wieder lang. Aber ich habe Mühe einzuschlafen. Jetzt ist schon eine Woche vorbei, und er hat nicht angerufen.

❖

»Armida, mein Liebling ... Ich bin gerade zurück ... Wie geht's dir?«

»Sehr gut.«

»Du mußt mir verzeihen, daß ich dich nicht angerufen habe, wie ich versprochen hatte ... Aber weißt du, ich war dauernd unterwegs, von einer Stadt zur anderen. Ich habe so oft an dich gedacht ...«

»Gehen wir heute abend zusammen essen?«

»Ich hole dich nachher ab.«

Ich betrachte mich im Spiegel. Bin abgemagert, häßlich geworden. Das Gesicht eingefallen und zerknautscht, die Augen düster. Die Haare hängen mir glanzlos um die Schläfen. Ich beschließe, sie mir zu schneiden. Und verunstalte sie vollends mit gnadenlosen harten Schnitten. Ziehe ein engtailliertes, lackrotes Kleid an, der Rock fällt weich über die Beine. Lege etwas Rouge auf die Wangen. Schlüpfe in die hochhackigen Sandalen.

Testone kommt mit. Seit heute morgen war er nicht draußen. Ich bürste ihn, bade ihn, damit er auch ordentlich ist, sauber und duftend.

Miele holt uns ab, mit dem roten Volkswagen. Umarmt mich. Küßt mich. Redet, erzählt tausend unbedeutende Kleinigkeiten. Ich frage nach nichts, höre zu, ein bißchen zerstreut, auf dem Beifahrersitz balancierend.

Wir gehen in ein Restaurant am Tiber, »Zum Bummelzug« heißt es. Eine Aufschüttung auf dem Bahndamm, der über der Strecke nach Ostia liegt. Wir setzen uns an einen wackeligen Tisch unter eine Pergola. Bestellen Pastasciutta und gebratenen Fisch. Testone ist im Auto geblieben. Miele wollte ihn nicht mitnehmen.

Am Tisch bittet Miele mich, von mir zu erzählen. Ich weiß nicht, was ich sagen soll. Erzähle ihm, daß Ada geschrieben hat. Daß Nico angerufen hat, um mir mitzuteilen, daß Filippo ein Mädchen aus Neapel geschwängert hat, das bei ihm als Dienstmädchen arbeitet. Erzähle ihm, daß Cesare und Dida zusammen nach Amalfi gefahren sind. Berichte ihm von Ernesto, und daß er von mir verlangt, daß ich das Stück nach den Bedingungen der Truppe umschreibe, nach den vorhandenen Schauspielern, und daß er keine zu wichtigen Frauenrollen haben will.

Er schweigt und beobachtet mich. Ich weiß nicht, was er denkt. Er hat glanzlose Augen. »Erzähl weiter«, sagt er, »du hast so eine süße Stimme!« Und ich erzähle weiter, rede aufs Geratewohl, mit einer gespielt fröhlichen Stimme.

Plötzlich unterbricht er mich. Bekommt den entschlossenen Ausdruck der bedeutenden Anlässe.

»Ich wollte dir sagen, Armida ...«

»Ja, was?« Die Pause dauert Jahrhunderte, ich habe zusammengekrampfte Bauchmuskeln, eine trockene Kehle.

»Verstehe es nicht falsch, Liebes ... Es ist schwer, daß du es überhaupt verstehst ... Alle Anzeichen sprechen gegen mich, aber Tatsache ist ... Tatsache ist, daß ich wahrscheinlich gezwungen bin zu heiraten.«

»Zu heiraten?«

»Es ist eine komplizierte Geschichte ... Es handelt sich um eine politische Exilantin aus Guatemala, und wenn sie nicht heiratet, nehmen sie ihr den Paß ab, und in ihrer Heimat droht ihr der Knast, sie ist gefoltert worden, weißt du ... Ein armes kleines Wesen, zerbrechlich und zart.«

»Hast du nicht behauptet, mich zu lieben?«

»Ich liebe dich auch, Armida ... Genau das wollte ich dir sagen ... daß sich nichts ändert, auch wenn alles danach aussieht, ich fühle mich dir näher denn je, und ich liebe dich so sehr.«

»Und wann hast du beschlossen zu heiraten?«

»Es ist eine politische Aktion, mein Liebling, du mußt mir glauben, ein Akt von Mut und Unterstützung gegenüber einer Person, die sonst sterben würde ...«

»Und liebt sie dich?«

»Ich glaube ja, aber vielleicht auch nicht, außerdem, Liebe, was ist das, meine Armida: Ein Zustand der Ambivalenz, der Sehnsucht ... Eine nebulöse Explosion, in der du alles finden kannst, vom Schutt eines Arbeitstages bis zu den Erinnerungen einer längst vergrabenen Kindheit ... Und jetzt, bitte, komm mit zu mir nach Hause ... Ich habe eine solche Lust auf Liebe, daß ich platze.«

»Ich möchte lieber nicht, Miele.«

»Warum denn nicht?«

Ehrlich überrascht drückt er heftig meine Hand. Fast aufgebracht über meinen unvorhergesehenen Mangel an Nachgiebigkeit.

»Da du es gerade mal mit der Wahrheit hast, Miele, kannst du mir vielleicht einmal sagen, wie die Dinge wirklich liegen: Von wem hast du dir den Tripper geholt, den du mir angehängt hast?«

»Ich habe dir immer die Wahrheit gesagt, Armida, das schwöre ich, ich habe mit niemandem geschlafen außer mit dir, ich schwöre es dir, nie.»

Er bleibt sich treu. Zäh und starrköpfig bis zur Selbstaufgabe. Widersteht heldenhaft jeder Versuchung durch das Wahre, um vertrauensselig einem eigenen grandiosen Bild von der Liebe zu folgen.

Und ich verzichte ein weiteres Mal darauf, ihn zu behelligen mit meinen Bedingungen armseliger weiblicher Logik.

Es ist richtig, daß er sich so darstellt, wie er sich darstellen will. Auch wenn es nicht der Wahrheit entspricht. Aber die Wahrheit, wie er sagen würde, was ist das? Wo bildet sich die Grenze zwischen jenem wahrheitsgetreuen Gefühl, das ich in meiner Phantasie ausarbeite und der nackten Darlegung von Fakten?

»Armida, glaub mir, ich liebe nur dich ... Ich brauche dich ... Ich will dich nicht verlieren.«

Ich sehe zu, wie er einen Pfirsich schält und ihn sich in den Mund steckt, Stück für Stück, mit handwerklichem Feingefühl. Er schaut mich flehend an. Absolut aufrichtig und absolut verlogen. Unschuldig, weil ergeben, weil in Übereinstimmung mit seinen Schritten. Ohne jede Arglist. Mit der Brutalität der Reinen, die sich nackt ausziehen und dich bitten, sie so zu nehmen, wie sie sind, in ihrer naiven und gerissenen Verkommenheit, einfach im Namen der Liebe.

Ich höre ein fernes Bellen. »Das ist Testone«, sage ich, »da muß etwas passiert sein ... Laß uns gehen.«

Er leistet keinen Widerstand. Besteht darauf, die ganze Rechnung allein zu bezahlen. Schluckt den letzten Rest Wein hinunter und folgt mir.

Wir finden Testone auf dem Dach des Autos, er bellt wütend. Das Schiebedach ist auf einer Seite aufgeschlitzt. Eine lange Schnittwunde, die beiden Wachstuchzipfel aufgerollt. Aber die Diebe haben die beiden Koffer nicht gestohlen, die Miele unter den Sitzen versteckt hatte. Sie sind von Testone in die Flucht geschlagen worden.

Miele lacht zufrieden. Streichelt ihn am Kopf. Spricht mit ihm, leise und zärtlich.

»Brav, Testone, du bist ein Genie ... Du hast mich vor den Dieben bewahrt, braver Hund, brav, ganz brav, eigentlich hast du ein Hähnchen verdient.«

Wir steigen ins Auto. Miele läßt an. Fährt an mit einem Ruck. Fährt verbissen, nimmt die Kurven, ohne zu bremsen, als führe er Slalom auf dem Asphalt. Er sieht traurig aus, niedergedrückt. Nimmt eine Hand von mir, führt sie an seine Lippen. Küßt sie.

»Wann sehen wir uns wieder, Armida?«

»Ich weiß nicht.«

»Ich rufe dich morgen an, ja?«

»Nein.«

»Soll ich annehmen, daß du mich nicht mehr sehen willst?«

»Im Augenblick nicht.«

»Aber warum nicht? Ich brauche dich, Armida, ich brauche dich, und ich liebe dich, auch wenn du mir nicht glaubst, ich liebe dich zutiefst, und ich will dich ...«

Sowie er vor dem Haus hält, schwinge ich mich aus dem Auto und gehe in die Haustür, ohne mich umzudrehen und zu verabschieden. Ich höre seine Stimme, die mir verzweifelt durch das Fenster des Autos nachruft. Aber ich drehe mich nicht um. Antworte nicht. Gehe zum Aufzug. Der kaputt ist. Stürze die Treppen hoch, gefolgt von Testone.

❖

In Amerika geben sie ihnen Frauennamen: Charlotte, Nancy, Lilly, Susy. Wie um zu sagen, daß die unvorhersehbaren dunklen Kräfte, die von Hurrikans entfesselt werden, nur aus den unergründlichen Tiefen der weiblichen Welt stammen können. Eine aufgeräumte Landschaft, die glaubt, für die kurze Ewigkeit ihres Lebens in Harmonie mit dem Universum zu leben: ein Haus, ein Wald, ein Garten, ein Ladenbereich, eine Straße, eine Zapfsäule, eine Schule.

Plötzlich schnellt ein Wind von wer weiß woher über die Dächer, erhebt sich, hoch, ganz hoch, und schleudert die Dachziegel durch die Luft, hebt das Holzgerüst aus den Angeln, knickt die Schornsteine ab, schleudert die Mauern kilometerweit weg, zerschmettert die Bäume, zerfleddert den schönen aufgeräumten Garten, wirft das Auto gegen die Klippen, weidet die Läden aus, überschwemmt die Straße mit Wasser, schwemmt mit dem Schlamm die Schule weg. In wenigen Minuten ist nichts mehr da. Die Harmonie ist zerbrochen. Die Verwüstung ist radikal und spontan.

Mein fernes Auge begleitet von einer Ecke des Schlafzimmers aus unerschütterlich die Wucht des Hurrikans, der Sturm macht keine Anstalten, sich zu legen, Tage um Tage bin ich Beute der zerreißenden Kräfte des Zyklons, das

Fieber trocknet mir den Mund aus, hält mir den Hals naß, die Woge der abschaumstrotzenden, trüben Wasser zerschellt genau an dem Gestade, das zwischen den Wimpern und der Wurzel der Augen liegt, ich kann sie nicht unterlaufen, die Schläge, Wellenberg nach Wellenberg werde ich versenkt im strudelnden Fluß, der alles mitschleppt, Ziegel, Masten, Blechteile, tote Tiere, Straßenschilder, verbrannte Bäume, Boote, die nur noch Siebe sind. Nur mein eisiges, ruhiges Auge betrachtet schweigend, von oben an der Decke, und erwartet das Ende, es verschafft eine gewisse Befriedigung, dem eigenen Untergang beizuwohnen, ohne eingreifen zu müssen, außerhalb des Jammers, in einer konvulsivischen, albernen Agonie.

Wenn ich denke, daß alles gelöst ist und ich sehr wohl eine Ode auf die Verschiedene singen kann, bemerkt das Auge, daß sich etwas bewegt, am Boden, neben dem Nachttisch. Es ist nicht Armida mit den gebrochenen Beinen und Armen, sondern Testone, der nach Tagen und Tagen Warten am Fuß des Bettes winselnd aufsteht, gepackt von einem konvulsivischen Zittern.

Testones Bestürzung holt mich auf die Welt zurück, ich stehe auf und schwankend wie eine Betrunkene führe ich ihn nachts vor dem Haus spazieren, ich will niemanden sehen, habe das Telefon abgestellt, habe ausrichten lassen, ich führe weg, ich gehe hinaus und lasse mein Auge auf dem Fenstersims, schwebend, tatsächlich, ich sehe schlecht mit nur einem Auge: Stolpere, falle, stehe wieder auf, verfehle die Straße zu meiner Wohnung.

Komme atemlos nach Hause. Setze mich vor das offene Fenster, das mich ruft, mit einer komischen Stimme, wie eine erkältete Sirene, spring, Armida, es ist wunderschön zu fliegen, der Gedanke an dieses schwindelnde Schaukeln fasziniert mich, das Fenster öffnet seine Arme, bereit, mich zu empfangen, und ich klammere mich krampfhaft an die Armlehnen des Korbsessels, lege eine Hand auf Testones feuchte Schnauze, um mich nicht täuschen zu lassen von der Euphorie des Flugs, langsam, langsam scheint mir, daß das Auge zurückkehrt in seine Höhle, auf seinen üblichen Platz, ich sehe die Häuser gegenüber wieder Farbe und Form annehmen.

So beginnt unsere Genesung. Meine und Testones. Sein liebevoller Atem auf den Knöcheln. Sein süßer Blick in den Augen. Wir ernähren uns von Konserven. Schlafen zu den seltsamsten Stunden. Wachen oder besser gesagt vegetieren, vor dem aufgerissenen Fenster, in einem September, der ganz langsam altert, mit Hieben aus glühender Hitze.

Wir gehen nach draußen, Testone und ich, wie zwei Diebe, des nachts, auf Zehenspitzen, weil wir den Anblick des Nächsten meiden, spazieren durch die menschenleeren Straßen, die feuchte Luft atmend wie eine Medizin.

❖

Die Kartoffel ist immer noch da, tropfend, in der kelchrunden Hand. Der Rücken fängt an, mir wehzutun vom langen Stehen. Die Stimme, die aus dem kleinen schwarzen Kasten kommt, hat mich durch die Straßen der Erinnerung geleitet wie ein blinder, hellsehender Führer.

Hinter dieser Stimme habe ich mich verzaubert und verloren, drei Jahre lang, drei sehr lange Jahrhunderte lang, zwei Beine mit etwas geschwollenen Knöcheln, die eine herbe, sinnliche Stimme spazieren führten, die Stimme, die mich verhext hat zwischen Skylla und Charybdis, in einer Sommernacht vor achtzehn Jahren.

Jetzt dringt diese wissende Stimme aus dem harmlosen schwarzen Plastikkasten, die mir gewöhnlich schöne Konzerte von Bach und von Mozart schenkt, in dieser sonnigen Küche, zwischen dem Fenster zum Hof und dem metallenen Spülbecken, der Spülmaschine, die stockend arbeitet, kommt die Sirenenstimme zurück und windet ihren abgeschuppten Schwanz um meine Taille.

Ich setze mich, stütze den Ellbogen auf den Tisch, ziehe das Radio heran, stelle es lauter, die Stimme wird ausgekernt, wölbt sich, ich drehe am Knopf, jetzt kommt ein Ameisenstimmchen mit luftigen ›S‹.

Miele, der über Frieden redet, als redete er über Liebe, mit der kühnen Eindringlichkeit eines großen Redners. Miele, der sich ereifert über die Summen, die jedes Jahr ausgegeben werden, um das Land aufzurüsten: für Bomben,

Kanonen, Kampfflugzeuge, Kriegsschiffe, Torpedo-Boote, Wasserstoffbomben, Neutronenbomben sowie Tausende von Generälen, von Soldaten, die Schuhe tragen, Uniformen, Helme, Koppel, Gewehre, Maschinenpistolen, Geschosse, Handgranaten, daß ihnen der Schweiß in Strömen fließt ...

Hätte ich ein aufgeräumtes, ruhiges und gehorsames Gedächtnis, dann würde ich mich jetzt nicht wundern über diese plötzliche Anhäufung von Erinnerungen. Jemand, der seine Erinnerungen sorgfältig in den Regalen des Gehirns aufbewahrt, weiß, was er tun muß, er braucht nur die Hand auszustrecken und kann alte Bände wieder aufschlagen, neue Fotoalben, Bücher, in denen man Rat sucht und nachliest.

Aber für mich ist das nicht so. Mein Gedächtnis, genau wie Plato erzählt, ist ein Baum, auf dem die Erinnerungsvögel sich nur niederlassen, wenn sie Lust dazu haben, wenn sie müde sind und sich ausruhen wollen. Aber es genügt ein Windhauch, ein Argwohn, ein Wunsch, damit sie wegfliegen, und wer kann sie halten?

Ich werde an der Gurgel gepackt von der Überraschung, die Zweige des Gedächtnisses plötzlich wieder beladen mit vergessenen Vögeln zu finden. Die schlagartig ein hemmungsloses, quälendes Gezwitscher entfachen. Tausende von Vögeln, die sich treffen, sich schnäbeln, sich feiern, sich wiedererkennen, sich raufen, in einem Crescendo, daß sich mir der Kopf dreht.

Achtzehn Jahre sind vergangen, vergessen, aus der Erinnerung verschwunden, verloren in einem unterirdischen Gemurmel, Miele hat eine schöne Frau mit schwarzen Haaren geheiratet, zwei Kinder bekommen, sich scheiden lassen und lebt jetzt mit einem zwanzig Jahre jüngeren Mädchen, schreibt Bücher, hält Versammlungen ab, hat Erfolg.

Ada ist Filmarchitektin, mit viel Intelligenz und Phantasie, lebt zusammen mit einem Mädchen aus Ferrara mit dem süßen Namen Serena. Dida und Cesare haben sich getrennt. Cesare hat wieder geheiratet, eine Lehrerin aus Neapel, hat einen Bauch angesetzt, brummt immer noch, aber weniger lebhaft.

Dida lebt allein, mit einem Sohn, der ihr aufs Haar gleicht, sie hat nie sagen wollen, von wem sie ihn hat, er ist ein Sohn der Mutter allein. Jahrelang ist sie sehr arm gewesen und hat sich so gut es ging durchgeschlagen, mit verschiedenen Gelegenheitsarbeiten, jetzt verdient sie ihren Lebensunterhalt mit dem Singen und Komponieren von Liedern und damit, sie auf Plätzen und Festivals vorzutragen.

Paolo hat eine wunderschöne Kanadierin geheiratet und lebt mit ihr in Montreal, sie haben drei blonde Kinder, drei kleine Franco-Amerikaner, er malt verbissen und stellt aus und verkauft, das Gesicht immer ausgezehrter, die Augen sehnsüchtig, schmerzlich, Fingerspitzen, von denen Farbknospen sprießen, immer ausgefeilter und schöner.

Nico, der süße, sanfte Nico hat sich in den »bewaffneten Kampf« verliebt, hat geglaubt, die Welt verändern zu können, gegen den Willen der Leute, indem er sie das Feuer zu Hause finden ließ, indem er sie »zu ihrem Besten« unter Pistolenbeschuß nahm, hat teilgenommen an zwei »Kriegsaktionen«, wie er sie nannte, dann ist er gestorben, man weiß nicht genau wie, umgebracht, nachdem er ich weiß nicht welchem Professor in die Beine geschossen hat, während der Kampagne »gegen die Mystifizierung der Kultur im Dienst der Multis, für die Zerschlagung der Machtzentren ...«.

Ich bin ins Leichenschauhaus gegangen, um ihn zu sehen, sie hatten ihn geöffnet, hatten ihn der Länge nach in zwei Teile geschnitten, wie ein Hähnchen, eine tiefe Narbe durchfurchte ihn, von der Kehle bis zum Schambein, bedeckt mit einem befleckten Bettlaken, das einen Augenblick hochgehoben wurde, gerade lange genug, um mir sein zerrissenes Bild in das Gehirn einzuprägen, für immer, das Gesicht blaß, entspannt, der Abdruck der Brille auf den vom Bart dunklen Wangen, ein halbes Lächeln des verzweifelten Wartens und die Gewißheit, daß er in all den Jahren keine andere Liebe, keine andere Freude, keine andere Sehnsucht gehabt hat als die, die ihn mit Dida verbanden.

Ich bin hier, in der Hand diese Kartoffel, die in ihrer weißen, glänzenden und zärtlichen Festigkeit etwas in sich zu bergen scheint, für immer, das armselige und gleichzeitig grandiose Geheimnis von Miele.

Rita Mae Brown

«**Rita Mae Brown** trifft überzeugend und witzig den Ton ihrer Protagonistinnen und schreibt klug ein Stück Frauengeschichte über Frauen, die ihr Leben selbst bestimmt haben.» Die Zeit

Herzgetümmel *Roman*
(rororo 12797 und als gebundene Ausgabe)
Als Geneva heiratet, ist die Welt noch in Ordnung. Sie liebt ihren Mann, und Nash verwöhnt sie wie es sich für einen Südstaaten-Kavalier gehört. Doch der Bürgerkrieg trennt das traute Glück und Geneva macht sich in Männerkleidern auf die Suche nach ihrem Mann...

Jacke wie Hose *Roman*
(rororo 12195)
Schrullig sind sie geworden, ungezähmt geblieben – die beiden Hunsenmeir-Schwestern in Runnymede, Pennsylvania. Seit 75 Jahren lieben und hassen sie sich, sind «Jacke wie Hose». Ein aufregendes Leben zwischen Krieg und Bridgepartien, Börsenkrach und großer Wäsche.

Die Tennisspielerin *Roman*
(rororo 12394)
«Rita Mae Brown schafft lebendige Wesen, mit denen wir grübeln und leiden, hoffen und triumphieren, erlöst und vernichtet werden. Es geht dabei um viel, viel mehr als um Tennisstars, egal ob echte oder fiktive. Rita Mae Brown ist eine große Charakterzeichnerin geworden.» Ingrid Strobl in «Emma»

rororo Unterhaltung

Rubinroter Dschungel *Roman*
(rororo 12158)
«Der anfeuerndste Roman, der bislang aus der Frauenbewegung gekommen ist.» New York Times

Wie du mir, so ich dir *Roman*
(rororo 12862)
In Montgomery scheint die Welt zwar in Ordnung, aber was sich da alles unter der puritanischen Gesellschaftskruste tut, ist nicht von schlechten Eltern...

Im Rowohlt Verlag ist außerdem lieferbar:

Bingo *Roman*
Deutsch von Margarete Längsfeld
416 Seiten. Broschiert.
Louise und Julia Hunsenmeir, beide in den Achtzigern und mehr als selbstbewußt, setzen alle Tricks und Kniffe ein, um einen attraktiven Endsiebziger zu umgarnen. «... ein Glückstreffer der Unterhaltungsliteratur.» Westdeutsche Zeitung

3211/1

Elfriede Jelinek

Mit kalter Schärfe analysiert **Elfriede Jelinek** die alltägliche Gewalt an Frauen. «Es gibt Dinge, die werden mir als Frau von den Kritikern nicht verziehen. Es gilt als einer Frau angemessen, hübsch intelligent, sparsam und sensibel zu schreiben. Aber ein Extremismus in der Schilderung wird mir als Frau nicht zugestanden.» Elfriede Jelinek, mehrfach für ihr Werk ausgezeichnet, zuletzt mit dem Heinrich-Böll-Preis 1986, lebt in Wien und München.

Die Ausgesperrten *Roman*
(rororo 5519)
«Es ist bemerkenswert, mit welchem Detailreichtum Elfriede Jelinek die Spielarten kleinbürgerlichen Verhaltens aufzeigt, präzise eingeschrieben in die Zeitgeschichte des österreichischen Wirtschaftswunders.» Frankfurter Allgemeine Zeitung

Die Klavierspielerin *Roman*
(rororo 5812)
Der Klavierspielerin Erika Kohut, von ihrer Mutter zur Pianistin gedrillt, ist es nicht möglich, aus ihrer Isolation heraus eine sexuelle Identität zu finden. «Eine literarische Glanzleistung.» Süddeutsche Zeitung

Die Liebhaberinnen *Roman*
(rororo 12467)
«Bestechend an dieser Schriftstellerin ist die Genauigkeit und Schärfe, mit der sie in eine Welt falscher Glücksvorstellungen eindringt.» Frankfurter Rundschau

rororo Literatur

Michael *Ein Jugendbuch für die Infantilgesellschaft*
(rororo 5880)
In Elfriede Jelineks Buch steht der Name Michael für einen ideologischen Misthaufen, auf dem einzig solche Träume gedeihen, die gesellschaftlich erwünscht und politisch nutzbar sind.

wir sind lockvögel baby!
Roman
(rororo 12341)
«Als einer der ersten radikal durchpopisierten Pop-Romane deutscher Zunge wird Elfriede Jelineks Roman-Erstling nicht so leicht zu überbieten sein.» Kurier, Wien

Im Rowohlt Verlag sind außerdem erschienen:

Lust
256 Seiten. Gebunden.

Oh Wildnis, oh Schutz vor ihr
Prosa
288 Seiten. Kartoniert.

Totenauberg *Ein Stück*
96 Seiten. Pappband.

3242/1